Louis-Ferdinand
Céline

Mort
à crédit

TOME II

Gallimard

ISBN 2-07-036748-7

Dans la piaule comme ça bouclé, étendu tout le long sur le dallage, j'ai tremblé encore longtemps, je m'en allais cogner partout... J'allais choquer dans l'armoire... Je faisais un bruit de castagnettes... J'aurais jamais cru que je pouvais tenir dans l'intérieur une tempête pareille... C'était pas croyable comme saccades... Je cavalais comme une langouste... Ça venait du fond... « Je l'ai estourbi! » que je me disais... J'en étais de plus en plus certain et puis alors un moment j'ai entendu comme des pas... des gens qui discutaient le coup... Et puis qui poussaient le lit en haut...

« Ça y est! Les voilà qui le transportent... » Après encore un moment, j'ai entendu alors sa voix... La sienne!... Il était seulement sonné! « J'ai dû lui défoncer le cassis! Il va crever tout à l'heure!... » que je me suis mis à penser... Ça va être encore bien pire!... Toujours il était sur mon lit... J'entendais les ressorts... Enfin je savais rien. Et puis alors le cœur me soulève... Je commence à vomir... Je me poussais même pour me faire rendre... Ça me soulageait énormément... J'ai tout dégueulé... La grelotte m'a repris... J'en gigotais tellement fort, que je me reconnaissais plus... Je me trouvais étonnant moi-même... J'ai vomi le macaroni... J'ai recommencé, ça me faisait un violent bien. Comme si tout allait partir... Partout sur le carreau j'ai dégueulé tout ce que j'ai pu... Je me poussais dans la contraction... Je me cassais en deux pour me faire rendre encore davantage et puis les glaires et puis de la mousse... Ça filait... ça s'étendait jusque sous la porte... J'ai tout vomi la tambouille d'au moins huit jours auparavant et puis en plus de la diarrhée... Je voulais pas appeler pour

339

sortir... Je me suis traîné jusqu'au broc qu'était debout près de la cheminée... J'ai chié dedans... Et puis je tenais plus d'équilibre... J'avais la tête qui tournait trop... Je me suis écroulé à nouveau, j'ai tout lâché sur le dallage... J'ai foiré encore... C'était une débâcle marmelade...

Ils ont dû m'entendre farfouiller... Ils sont venus ouvrir... Ils ont jeté un œil dans la pièce... Ils ont refermé encore à clef... Après peut-être dix minutes, c'est l'oncle Édouard qu'est entré... Il était absolument seul... J'avais pas remis ma culotte... j'étais comme ça en pleine cacade... Il avait pas peur de moi... « Rhabille-toi maintenant! qu'il m'a dit... Descends en avant, je t'emmène.... » Il a fallu qu'il me donne la main... Je pouvais pas me reboutonner tellement que je tremblais de partout... Enfin j'ai fait comme il me disait... Je suis passé devant lui pour descendre... Y avait plus personne dans notre escalier, ni dans la boutique non plus. Tout le monde était débiné... Ils devaient être rentrés chez eux... Ils avaient de quoi racontèr...

Au cadran, là-haut, sous le vitrage, il était quatre heures et quart... Il faisait déjà un petit jour...

Au bout du Passage, on a fait relever le gardien pour qu'il ouvre la grille. « Vous l'emmenez alors? » qu'il a demandé à mon oncle...

— Oui! il va coucher chez moi!...

— Eh bien! à vous toute la chance! A votre bonne santé, cher Monsieur! Vous avez un beau phénomène!... qu'il a répondu.

Il a refermé derrière nous et à double tour. Il est retourné dans sa turne. Il ramenait encore de loin : « Ah ben merde! Il est frais le coco! »

On a pris avec mon oncle toute la rue des Pyramides... On a traversé les Tuileries... Arrivés au Pont Royal, j'avais toujours la tremblote... Le vent du fleuve, il réchauffe pas. Alors, tout en avançant, il m'a raconté l'oncle Édouard comment ils étaient venus le chercher... C'était Hortense, paraît-il... Il était déjà endormi... C'était pas tout près son bled... C'était plus loin que les Invalides, derrière l'École Militaire... rue de la Convention, avant la rue de Vaugirard... J'osais pas demander d'autres détails... On marchait tout à fait vite... Et puis je pouvais pas me réchauffer... Je claquais toujours des dents...

« Ton père va mieux! qu'il m'a fait un moment donné... Mais il restera sûrement couché encore deux ou trois jours... Il ira pas au bureau... Le docteur Capron est venu...» C'est tout ce qu'il m'a dit.

On a pris par la rue du Bac et puis à droite jusqu'au Champ-de-Mars... C'était au diable son « garno »... Enfin on arrive... C'est là!... Il me le montre son domicile, une petite maison au fond d'un jardin... Au deuxième sa crèche... J'osais pas me plaindre de la fatigue... mais quand même je tenais plus en l'air... Je me rattrapais après la rampe. Il faisait maintenant complètement jour... Une crise m'a repris dans l'étage, une nausée terrible! Il me conduisit lui-même aux chiots... J'ai dégueulé encore longtemps... Ça revenait... Il sort un lit-cage du placard... Il ôte un matelas à son lit... Il m'installe dans une autre pièce... Il me passe aussi une couverture... Je m'affale dessus... Il me déshabille... Je crache encore tout un flot de glaires... Enfin, je m'endors par à-coups... C'est un cauchemar qui m'attrape... J'ai sommeillé que par sursauts...

La façon qu'il s'est arrangé l'oncle Édouard pour que mon père insiste plus... Qu'il me foute entièrement la paix... Je l'ai jamais sue exactement... Je crois qu'il a dû lui faire comprendre que son truc disciplinaire, de m'envoyer à la Roquette, c'était pas encore si peinard... Que j'y resterais peut-être pas toujours!... Que je m'échapperais peut-être tout de suite... exprès pour venir le buter... et puis qu'alors cette fois-là je le ratatinerais pour le compte... Enfin il s'est débrouillé!... Il m'a pas fait de confidences... Je lui en demandais pas non plus.

Chez l'oncle, son logement, c'était gentiment situé, c'était riant, agréable... Ça dominait sur les jardins rue de

Vaugirard, rue Maublanc... Y en avait des ribambelles de petits bosquets, de potagers, devant et derrière... Ça grimpait les chèvrefeuilles tout autour des fenêtres en façades... Chacun avait son petit carré entre les maisons, radis, salades et même tomates... et de la vigne! Ça me rappelait tout ça ma laitue... Elle m'avait pas porté bonheur! Je me sentais faible extrêmement comme si je relevais d'une maladie. Mais dans un sens je me trouvais mieux. Je me sentais plus du tout traqué au domicile de l'oncle Édouard!

Je recommençais à respirer!...

Dans sa chambre à lui, il y avait comme embellissement, des séries entières de cartes, épinglées en éventails, en fresques, en guirlandes... Les « Rois du volant »... Les « Rois de la pédale » et les « Héros de l'aviation »... Il se les payait toutes au fur et à mesure... Son projet final c'était que ça forme une tapisserie, que ça recouvre entièrement les murs... Ça serait plus bien long à présent... Paulhan et sa petite calotte en fourrure... Rougier, le grand tarin tordu... Petit-Breton, mollet d'acier, maillot de zèbre!... Farman, la barbe... Santos-Dumont, fœtus intrépide!... Le vicomte Lambert, spécialiste de la tour Eiffel... Latham, le grand désabusé!... La « Panthère noire » Mac Namara... Sam Langford le tout en cuisses!... Une centaine d'autres gloires encore... aussi de la boxe forcément!...

On avait pas la mauvaise vie... On s'arrangeait pas mal du tout... Mon oncle, en rentrant de son business et des mille démarches pour sa pompe il me parlait des « évents » sportifs... Il supputait tous les risques... Il connaissait toutes les faiblesses, les tics, les astuces des champions... On déjeunait, on dînait sur la toile cirée, on faisait la tambouille ensemble... On discutait le coup en détail, les chances de tous les favoris...

Le dimanche, on était gonflés... Sur les dix heures du matin, dans la grande Galerie des Machines c'était fantastique comme coup d'œil... On arrivait bien en avance... On se piquait là-haut dans le virage... On s'embêtait pas une seconde... Il bagottait sec l'oncle Édouart, d'un bout de la semaine à l'autre... C'était un écureuil aussi... C'était pas encore au point absolument comme il voulait son histoire de pompe... Il avait même beaucoup d'ennuis à cause des brevets... Il comprenait pas très bien les difficultés... Ça venait surtout de l'Amérique... Mais de bonne ou de mauvaise humeur il me faisait jamais des discours... Jamais il parlait de sentiments... C'est ce que j'estimais bien chez lui... En attendant, il m'hébergeait. Je demeurais dans sa seconde pièce. Mon sort était en suspens. Mon père voulait plus me revoir... Il continuait ses bafouillages.... Ce qu'il aurait voulu par exemple c'est que je parte au régiment... Mais j'avais pas encore l'âge... Je comprenais tout ça par bribes... L'oncle, il aimait pas qu'on en cause... Il aimait mieux parler des sports, de sa pompe, de boxe, d'ustensiles... de n'importe quoi... Les sujets brûlants ça lui faisait mal... et à moi aussi...

Tout de même à propos de ma mère, il devenait un peu plus bavard... Il me ramenait comme ça des nouvelles... Elle pouvait plus marcher du tout... Je tenais pas beaucoup à la revoir... A quoi ça aurait servi?... Elle disait toujours les mêmes choses... Enfin le temps a passé... Une semaine, puis deux, puis trois... Ça pouvait pas s'éterniser... Je pouvais pas prendre des racines... Il était gentil, mon oncle, mais précisément... Et puis alors comment vivre? Rester toujours à sa charge?... C'était pas sérieux... J'ai fait une petite allusion... « On verra plus tard! », qu'il a répondu... C'était pas du tout pressé... Qu'il s'en occupait...

Il m'a appris à me raser... Il avait un système spécial, subtil et moderne et remontable dans tous les sens et même à l'envers... Seulement alors si délicat, que c'était un blot d'ingénieur quand il fallait changer la lame... Ce petit rasoir si sensible c'était un autre nid à brevets, une vingtaine en tout, m'a-t-il expliqué.

C'est moi qui préparais la table, qu'allais chercher les provisions... Je suis resté comme ça dans l'attente et la fainéantise encore presque un mois et demi... à me prélasser comme une gonzesse... Jamais ça m'était arrivé... Je faisais aussi la vaisselle. Y avait pas d'excès au chiffon!... Après, je me promenais où je voulais... Exactement!... C'était une affaire!... J'avais pas un but commandé... Rien que des véritables balades... Il me le répétait tous les jours, avant de sortir, l'oncle Édouard. « Va te promener! Va donc Ferdinand! Comme ça droit devant toi... T'occupe pas du reste!... Va par où ça te fera plaisir!... Si t'as un endroit spécial, vas-y! Vas-y donc! Jusqu'au Luxembourg si tu veux!... Ah! Si j'étais pas si pris... J'irais moi voir jouer à la Paume... J'aime ça moi la Paume... Profite donc un peu du soleil... Tu regardes rien, t'es comme ton père!... » Il demeurait encore un instant. Il bougeait plus, il réfléchissait... Il a rajouté... « Et puis tu reviendras tout doucement... Je rentrerai ce soir un peu plus tard... » Il me donnait en plus un petit flouze, des trente sous, deux francs... « Entre donc dans un cinéma... si tu passes par les boulevards... T'as l'air d'aimer ça les histoires... »

De le voir aussi généreux... et moi de lui rester sur le râble, ça commençait à me faire moche... Mais j'osais pas trop raisonner. J'avais trop peur qu'il se formalise... Depuis toute cette comédie je me gafais des conséquences... J'attendrais donc encore un peu que ça se rambine de soi-même... Pour ne pas occasionner des frais je lavais tout seul mes chaussettes pendant le temps qu'il était sorti... Chez lui c'était disposé, par les pièces en enfilade, mais les unes assez loin des autres. La troisième, près de l'escalier, elle était curieuse, ça faisait comme un petit salon... mais presque avec rien dedans... une table au milieu, deux chaises et un seul tableau sur le mur... Une reproduction, une immense, de « l'Angélus » de Millet... Jamais j'en ai vu d'aussi large!... Ça tenait tout le panneau entier... « C'est beau ça hein, Ferdinand? » qu'il demandait l'oncle Édouard à chaque fois qu'on passait devant pour aller à la cuisine. Parfois on demeurait un instant pour le contempler en silence... On parlait pas devant « l'Angélus »... C'était pas les « Rois du volant »!... C'était pas pour les bavardages!

Je crois qu'au fond l'oncle, il devait se dire que ça me ferait joliment du bien d'admirer une œuvre pareille... Que pour une vacherie comme la mienne c'était comme un genre de traitement... Que peut-être ça m'adoucirait... Mais il a jamais insisté... Il se rendait tout à fait compte des choses délicates... Il en parlait pas, voilà tout... C'était pas

seulement un homme pour la mécanique l'oncle Édouard...
Faudrait pas confondre... Il était extrêmement sensible on
peut pas dire le contraire... C'est même enfin à cause de ça
que j'étais de plus en plus gêné... Ça me tracassait de plus
en plus de rester là comme un plouc à goinfrer sa croûte...
Un vrai sagouin culotté... Merde!... Ça suffisait...

Je lui ai demandé une fois de plus, je me suis risqué, si
y aurait pas d'inconvénient à ce que je me remette en campagne... que je relise un peu les « annonces »... « Reste
donc par ici! qu'il m'a fait... T'es pas bien? Tu souffres de
quelque chose, mon zouave? Va donc te promener! Ça te
vaudra mieux!... Te mêle de rien!... Tu vas te refoutre dans
tes andouilles!... C'est moi qui vais te trouver le boulot!
Je m'en occupe suffisamment! Laisse-moi faire tranquille!
Fourre pas ton blaze de ce côté-là! T'as encore trop la
pétasse! Tu peux seulement que tout bouziller... T'es trop
nerveux pour l'instant! Et puis je me suis entendu avec ton
père et ta mère... Va encore faire des balades... Ça durera
sûrement pas toujours... Va par les quais jusqu'à Suresnes!
Prends le bateau, tiens! Change-toi d'air! Y a rien de meilleur que ce bateau-là! Descends à Meudon si tu veux!
Change-toi les idées!... Dans quelques jours je te dirai...
Je vais avoir quelque chose de très bien!... Je le sens!...
J'en suis sûr!... Mais il faut rien brutaliser!... Et j'espère
que tu me feras honneur!...

— Oui mon oncle!... »

Des hommes comme Roger-Marin Courtial des Pereires
on en rencontre pas des bottes... J'étais encore, je l'avoue,
bien trop jeune à cette époque-là pour l'apprécier comme il
fallait. C'est au « Génitron » le périodique favori (vingt-
cinq pages) des petits inventeurs-artisans de la Région
Parisienne que mon oncle Édouard eut la bonne fortune
de faire un jour sa connaissance... Toujours à propos de
son système pour l'obtention d'un brevet, le meilleur, le

plus hermétique, pour tous genres de pompes à vélos...
Pliables, emboutibles, souples ou réversibles.

Courtial des Pereires, il faut bien le noter tout de suite,
se distinguait absolument du reste des menus inventeurs...
Il dominait et de très haut toute la région cafouilleuse des
abonnés du Périodique... Ce magma grouillant de ratés...
Ah! non! Lui Courtial Roger-Marin, c'était pas du tout
pareil! C'était un véritable maître!... C'était pas seulement
des voisins qui venaient pour le consulter... C'était des
gens de partout : de Seine, Seine-et-Oise, des abonnés de la
Province, des Colonies... de l'Étranger voire!...

Mais fait remarquable, Courtial dans l'intimité n'éprouvait que du mépris, dégoût à peine dissimulable... pour
tous ces tâcherons minuscules, ces mille encombreurs de
la Science, tous ces calicots dévoyés, ces mille tailleurs
oniriques, trafiqueurs de goupilles en chambre... Tous ces
livreurs étourdis, toujours saqués, traqués, cachectiques,
acharnés du « Perpétuel » de la quadrature des mondes...
du « robinet magnétique »... Toute l'infime pullulation
des cafouillards obsédés... des trouvailleurs de la Lune!...

Il en avait marre d'eux tout de suite, rien qu'à les
regarder un peu, les entendre surtout... Il était contraint de
faire bonne mine pour les intérêts du cancan... C'était sa
routine, son casuel... Mais c'était sale et pénible... Encore
s'il avait pu se taire!... Mais il devait les réconforter! les
flatter! Les évincer tout doucement... selon le cas et la
manie... et surtout leur prendre une obole!... C'était à qui
le premier parmi tous ces forcenés, ces effroyables miteux
s'échapperait un peu plus tôt... Encore cinq minutes!...
De son garno... de son échoppe... de l'omnibus, de la
soupente... le temps de pisser... pour foncer encore plus
vite jusqu'au « Génitron »... s'écrouler là, devant le bureau
à des Pereires en rupture de chaînes... Haletant... hagard...
crispé... de frayeur, agiter encore la marotte... poser encore
à Courtial des colles infinies... toujours et quand même à
propos des « moulins solaires »... de la jonction des « petites
effluves »... du recul de la Cordillère.. de la translation des
comètes... tant qu'il restait un pet de souffle au fond de la
musette fantasque... jusqu'au dernier soubresaut de l'in-

fecte carcasse... Courtial des Pereires, secrétaire, précurseur, propriétaire, animateur du « Génitron », avait toujours réponse à tout et jamais embarrassé, atermoyeur ou déconfit !... Son aplomb, sa compétence absolue, son irrésistible optimisme le rendaient invulnérable aux pires assauts des pires conneries... D'ailleurs, il ne supportait jamais les longues controverses... Tout de suite, il bloquait, il prenait lui-même le commandement des débats... Ce qui était dit, jugé, entendu... l'était finalement et une sacrée fois pour toutes !... Il s'agissait pas d'y revenir... ou bien, il se fâchait tout rouge... Il carambouillait son faux col... Il explosait en postillons... Il lui manquait d'ailleurs des dents, trois sur le côté... Ses verdicts, dans tous les cas, les plus subtils, les plus douteux, les mieux sujets aux ergotages devenaient des vérités massives, galvaniques, irréfutables, instantanées... Il suffisait qu'il intervienne... Il triomphait d'autorité... La chicane existait plus !

Au moindre soupir divergent il laissait cours à son humeur et le consultant martyr ne pesait pas lourd dans la danse !... Retourné à l'instant même, écrabouillé, déconfit, massicoté, évaporé sans appel !... C'était plus qu'une fantasia, une voltige sur un volcan !... Il en voyait trente-six chandelles, le pauvre effronté !... Courtial aurait fait, dans ce cas-là, tellement qu'il était impérieux dès qu'il se mettait en colère, recroqueviller dans sa poche le plus insatiable des maniaques, il l'aurait fait tout de suite dissoudre dans un trou de souris.

Il était pas gros Courtial, mais vivace et bref, et petit costaud. Il annonçait lui-même son âge plusieurs fois par jour... Il avait cinquante piges passées... Il tenait encore bon la rampe grâce aux exercices physiques, aux haltères, massues, barres fixes, tremplins,.. qu'il pratiquait régulièrement et surtout avant le déjeuner, dans l'arrière-boutique du journal. Il s'était aménagé là un véritable gymnase entre deux cloisons. Ça faisait exigu forcément... Cependant, il évoluait aux agrès tel quel... Dans les barres... avec une aisance étonnante... C'était l'avantage de sa taille qu'il pivotait comme un charme... Où il butait par exemple et même avec brutalité c'est quand il prenait son élan autour des anneaux... Il ébranlait dans le cagibi comme un battant de cloche! Baoum! Baoum! On l'entendait sa voltige! Jamais je l'ai vu au plus fort de la chaleur ôter une seule fois son froc, ni sa redingote, ni son col... Seulement ses manchettes et sa cravate à système.

Il avait, Courtial des Pereires, une raison majeure de se maintenir en parfaite forme. Il fallait qu'il garde soigneusement son physique et sa souplesse. Il en avait nettement besoin... En plus d'être comme ça inventeur, auteur, journaliste, il montait souvent en sphérique... Il donnait des exhibitions... Le dimanche surtout, dans les fêtes... Ça gazait presque toujours bien, mais quelquefois y avait du pétard, des émotions pas ordinaires... Et puis c'était pas encore tout!... De cent manières différentes son existence fort périlleuse, farcie d'imprévus, lui ménageait des surprises... Il avait toujours connu ça! C'était sa nature!... Il m'a expliqué ce qu'il voulait...

« Les muscles, Ferdinand, sans l'esprit, c'est même pas du cheval! Et l'esprit quand y a plus les muscles c'est de l'électricité sans pile! Alors tu sais plus où la mettre! Ça s'en va pisser partout! C'est du gaspillage... C'est la foire!... » C'était son avis. Il avait d'ailleurs rédigé sur ce même sujet quelques ouvrages fort concluants : « La pile humaine. Son entretien. » Il était « culturiste » comme tout et bien avant que le mot existe. Il voulait la vie diverse... « Je veux pas finir en papier! » Voilà comment il me causait.

Il aimait ça, lui, les sphériques, il était aéronaute presque de naissance, depuis sa toute première jeunesse avec Surcouf et Barbizet... des ascensions très instructives... Pas des performances! ni des raids! ni des bouleversantes randonnées! Non! rien de tapageur, de pharamineux! d'insolite! Il les avait en horreur lui, les chienlits de l'atmosphère!... Que des envols démonstratifs! des ascensions éducatives!... Toujours scientifiques!... C'était sa formule absolue. Ça faisait du bien pour son journal, ça complétait son action. Chaque fois qu'il avait ascendu, il rapportait des abonnés. Il possédait un uniforme pour monter dans la nacelle, il y avait droit sans conteste comme capitaine à trois galons, aéronaute « fédératif, breveté, agrégé ». Il comptait plus ses médailles. Sur son costard le dimanche, ça lui faisait comme une carapace... Lui-même il s'en foutait pas mal, il était pas ostentatoire, mais pour l'assistance ça comptait, il fallait du décorum.

Jusqu'au bout, qu'il est resté Courtial des Pereires, défenseur résolument des « beaucoup plus légers que l'air ». Il pensait déjà aux héliums! Il avait trente-cinq ans d'avance! C'est pas peu dire! Le « Zélé » son vétéran, son grand sphérique personnel, il reposait entre les sorties dans la cave même du bureau, au 18 Galerie Montpensier. On ne le sortait en général que le vendredi avant dîner pour préparer les agrès, rafistoler toute la trame avec d'infinies précautions, les plis, les enveloppes, les ficelles remplissaient le gymnase miniature, la soie boursouflait dans les courants d'air.

Lui, non plus, Courtial des Pereires, il arrêtait jamais de produire, d'imaginer, de concevoir, résoudre, prétendre... Son génie lui dilatait dur le cassis du matin au soir... Et puis même encore dans la nuit c'était pas la pause... Il fallait qu'il se cramponne ferme contre le torrent des idées... Qu'il se garde à carreau... C'était son tourment sans pareil... Au lieu de s'assoupir comme tout le monde, les chimères le poursuivant, il enfourchait d'autres lubies, des nouveaux dadas!... Vroutt!... L'idée de dormir s'enfuyait!... ça devenait vraiment impossible... Il aurait perdu tout sommeil s'il ne s'était pas révolté contre tout l'afflux des trouvailles, contre ses propres ardeurs... Ce dressage de son génie lui avait coûté plus de peine, de vrais surhumains efforts que tout le reste de son œuvre!... Il me l'a souvent répété!...

Quand il était quand même vaincu, après bien des résistances, qu'il se sentait comme débordé par ses propres enthousiasmes, qu'il commençait à y voir double, à y voir triple... à entendre des drôles de voix... il avait plus guère qu'un moyen pour réprimer ces virulences, pour retomber dans la cadence, pour reprendre toute sa bonne humeur, c'était un petit coup d'ascension! Il se payait un tour dans les nuages! S'il avait eu plus de loisirs, il serait monté bien plus souvent, presque tous les jours en somme, mais c'était pas compatible avec le roulement du canard... Il pouvait monter que le dimanche... Et déjà c'était compliqué... Le « Génitron » l'accaparait, sa permanence c'était là! Y avait pas à plaisanter... Les inventeurs c'est pas des drôles... Toujours à la disposition! Il s'y collait courageusement, rien ne rebutait son zèle, ne déconcertait sa malice... ni l'abracadabrant problème, ni le colossal, ni l'infime... Avec des grimaces, il digérait tout... Depuis le « fromage en poudre », l' « azur synthétique », la « valve à bascule », les « poumons d'azote », le « navire flexible », le « café-crème comprimé » jusqu'au « ressort kilométrique » pour remplacer les combustibles... Aucun des essentiels progrès, en des domaines si divers, n'entra dans la voie pratique, sans que Courtial eût l'occasion, à maintes reprises à vrai dire, d'en démontrer les mécanismes, d'en souligner les perfections, et d'en révéler aussi toujours impitoyablement les honteuses faiblesses et les tares, les aléas et les lacunes.

Tout ceci lui valut bien sûr de très terribles jalousies, des haines sans quartier, des rancunes coriaces... Mais on le trouvait insensible à ces contingences falotes.

Aucune révolution technique, tant qu'il tint la plume au journal, ne fut déclarée valable, ni même viable, avant qu'il l'ait reconnue telle, amplement avalisée dans les colonnes du « Génitron ». Ceci donne une petite idée de son autorité réelle. Il fallait en somme qu'il dote chaque invention capitale de son commentaire décisif... Il leur donnait pour mieux dire « l'Autorisation »! C'était à prendre ou à laisser. Si Courtial déclarait comme ça dans sa première page que l'idée n'était pas recevable! Holà! Holà! funambulesque! hétéroclite! qu'elle péchait salement par la base... la cause était entendue! Ce fourbi ne s'en relevait pas!... Le projet tombait dans la flotte. S'il se déclarait au contraire absolument favorable... l'engouement ne tardait guère... Tous les souscripteurs radinaient...

Dans son magasin-bureau, sur la perspective des jardins, tout à l'abri des Arcades, Courtial des Pereires, ainsi, grâce à ses deux cent vingt manuels entièrement originaux, répandus à travers le monde, grâce au « Génitron » périodique, participait péremptoirement et d'une façon incomparable au mouvement des sciences appliquées. Il commandait, aiguillait, décuplait les innovations nationales, européennes, universelles, toute la grande fermentation des petits inventeurs « agrégés »!...

Bien sûr, ça ne marchait pas tout seul, il devait attaquer, se défendre, parer aux tours de cochon. Il magnifiait, écrasait, imprévisiblement d'ailleurs, par la parole, la plume, le manifeste, la confidence. Il avait un jour, entre autres, c'était à Toulon vers 1891, provoqué un début d'émeute par une série de causeries sur « l'orientation tellurique et la mémoire des hirondelles »... Il excellait, c'est un fait, dans le résumé, l'article, la conférence, en prose, en vers et quelquefois, pour intriguer, en calembours... « Tout pour l'instruction des familles et l'éducation des masses », telle était la grande devise de toutes ses activités.

« Génitron », Polémiques, Inventions, Sphérique, c'était la gamme de ses mobiles, d'ailleurs chez lui inscrits partout sur tous les murs de ses bureaux... au frontispice, à la devanture... on ne pouvait pas s'égarer! Les plus récentes, les plus complexes emberlificotées controverses, les plus ardues, les plus subtilement astucieuses théories, physiques, chimiques, électrothermiques ou d'hygiène agricole, se rendaient, se ratatinaient comme des chenilles au commandement de Courtial sans plus tortiller davantage... Il les sonnait, les dégonflait en moins de deux... On leur voyait immédiatement le squelette, la trame... C'était un esprit Rayons X... Il ne lui fallait qu'une heure d'efforts et de furieuse application pour retaper une fois pour toutes les plus pires enculaillages, les plus prétentieuses quadratures à l'alignement du « Génitron », à la comprenette si hostile des plus calamiteux connards, du plus confus des abonnés. C'était un boulot magique qu'il enlevait superbement, la synthèse explicative, péremptoire, irrécusable, des pires hypothèses saugrenues, les plus ergoteuses alambiquées, insubstantielles... Il aurait fait par conviction passer toute la foudre entière dans le petit trou d'une aiguille, l'aurait fait jouer sur un briquet, le tonnerre dans un mirliton. Telle était sa destinée, son entraînement, sa cadence, de mettre l'univers en bouteille, de l'enfermer par un bouchon et puis tout raconter aux foules... Pourquoi! et comment!... Moi-même j'étais effrayé plus tard, vivant avec lui, de ce que j'arrivais à saisir dans une journée de vingt-quatre heures... rien que par bribes et allusions... Pour Courtial rien n'était obscur, d'un côté y avait la matière toujours fainéante et barbaresque et de l'autre y avait l'esprit pour comprendre entre les lignes... Le « Génitron » *invention, trouvaille, fécondité, lumière!*... C'était le sous-titre du journal. On travaillait chez Courtial sous le signe du grand Flammarion, son portrait dédicacé tenait le milieu de la vitrine, on l'invoquait comme le Bon Dieu, dès la moindre contestation, pour un oui, pour un non! C'était le suprême recours, la providence, le haricot, on ne jurait que par le Maître et un peu aussi par Raspail. Courtial avait consacré douze manuels rien qu'aux synthèses explicites des découvertes d'Astronomie et quatre manuels seulement au génial Raspail, aux guérisons « naturalistes ».

Ce fut une fameuse bonne idée, qu'eut en somme un jour l'oncle Édouard, de se rendre lui-même au « Génitron » pour tâter un peu le terrain au sujet d'un petit emploi. Il avait un autre motif, il venait aussi le consulter à propos de sa pompe à vélo... Il connaissait des Pereires depuis fort longtemps, depuis la publication de son soixante-douzième manuel, celui parmi tous les autres, qu'était encore le plus lu, le plus répandu dans le monde, celui qui avait le plus valu pour sa gloire, sa belle célébrité : « L'équipement d'une bicyclette, ses accessoires, ses nickels, sous tous les climats de la terre, pour la somme globale de dix-sept francs quatre-vingt-quinze. » L'opuscule « manufacteur » au moment dont je parle en était chez Berdouillon et Mallarmé, les éditeurs spécialistes, quai des Augustins, à sa trois centième édition!... La faveur, l'engouement universels suscités dès la parution par cet infime, trivial ouvrage peuvent à présent de nos jours difficilement s'imaginer... Toutefois « l'Équipement des Vélos » par

Courtial Marin des Pereires représenta vers 1900, pour le cycliste néophyte, une sorte de catéchisme, un « chevet », la « Somme »... Courtial savait faire d'ailleurs et d'une manière fort pertinente toute sa critique personnelle. Il ne se grisait pas pour si peu! Sa célébrité croissante lui valut, évidemment, un courrier toujours plus massif, d'autres visites, d'autres importuns plus tenaces, des corvées nouvelles, des polémiques plus acides... Bien peu de joies!... On venait le consulter de Greenwich et de Valparaiso, de Colombo, de Blankenberge, sur les variables problèmes de la selle « incidente » ou « souple » ? sur le surmenage des billes?... sur la graisse dans les parties portantes?... le meilleur dosage hydrique pour inoxyder les guidons... Gloire pour gloire, il ne pouvait pas beaucoup renifler celle qui lui venait de la bicyclette. Il avait depuis trente ans, ainsi répandant par le monde la semence de ses opuscules, rédigé bien d'autres manuels et des vraiment plus flatteurs et des synthèses explicatives de haute valeur et d'envergure... Il avait en somme en cours de carrière expliqué à peu près tout... Les plus hautaines, les plus complexes théories, les pires imaginations de la physique, chimie, des « radios-polarites » naissantes... La photographie sidérale... Tout y avait passé peu ou prou à force d'en écrire. Il éprouvait pour cela même une très grande désillusion, une véritable mélancolie, une surprise bien déprimante, à se voir comme ça préféré, encensé, glorieux, pour des propos de chambre à air et des astuces de « pignons doubles »!... Personnellement, pour commencer, il avait horreur du vélo... Jamais il avait appris, jamais il était monté dessus... Et question de mécanique c'était encore pire... Jamais il aurait pu démonter seulement une roue, même la chaîne!... Il ne savait rien foutre de ses mains à part la barre fixe et le trapèze... Il était des plus malhabiles, comme trente-six cochons réellement... Pour enfoncer un clou de travers il se déglinguait au moins deux ongles, il se flanquait tout le pouce en bouillie, ça devenait tout de suite un carnage dès qu'il touchait un marteau. Je parle pas des tenailles, bien sûr, il aurait arraché le pan de mur... le plafond... la crèche entière... Il restait plus rien autour... Il avait pas un sou de patience, son esprit allait bien trop vite, trop loin, trop intense et profond... Dès que la matière lui résistait, il se payait une épilepsie... Ça se terminait en marmelade... C'est seulement par la théorie qu'il arrangeait bien les problèmes... Question de la pratique, par lui-même, il savait juste faire les haltères et seulement dans l'arrière-boutique... et puis en plus le dimanche escalader la nacelle et commander son « Lâchez tout »... et se recevoir plus tard en « boule »... Si il se mêlait de bricoler comme ça de ses propres doigts, ça finissait comme un désastre. Dès qu'il bougeait un objet, il le foutait tout de suite par terre, en bas, à l'envers, ou bien il se le projetait dans l'œil... On peut pas être excellent dans n'importe quoi! Il faut bien se faire une raison... Mais dans l'immense choix de ses œuvres, il en avait une toute spéciale, dont il tirait une grande fierté... C'était sa vraie corde sensible... Il suffisait qu'on l'effleure pour qu'il frémisse immédiatement... Il fallait y revenir souvent pour qu'il vous traite en copain. Question des « synthèses », c'était, on peut le dire sans bobard, un inégalable joyau... une pharamineuse réussite... « L'œuvre complète d'Auguste Comte, ramenée au strict format d'une « prière positive » en vingt-deux versets acrostiches »!...

Pour cette inouïe performance, il avait été fêté, presque immédiatement, à travers toute l'Amérique... la latine... comme un immense rénovateur. L'Académie Uruguayenne réunie en scéance plénière quelques mois plus tard l'avait élu par acclamations « Bolversatore Savantissima » avec le titre additif de « Membre Adhérent pour la vie »... Monte-video, la ville, point en reste, l'avait promu le mois suivant « Citadinis Eternatis Amicissimus ». Courtial avait espéré qu'avec un surnom pareil, et en raison de ce triomphe, il allait connaître d'autre gloire, d'un genre un peu plus relevé... qu'il allait pouvoir prendre du large... Prendre la direction d'un mouvement de haut parage philosophique ... « Les Amis de la Raison Pure »... Et puis point du tout! Balle Peau! Pour la première fois de sa vie il s'était foutu le doigt dans l'œil! Il s'était entièrement gouré... Le grand renom d'Auguste Comte exportait bien aux Antipodes, mais ne retraversait plus la mer! Il collait sur la Plata, indélébile, indétachable. Il rentrait plus au bercail. Il restait « pour Américains » et cependant pendant des mois, et encore des mois de suite, il avait tenté l'impossible... Tout entrepris au « Génitron », noirci colonnes après colonnes, pour donner à sa « prière » un petit goût entraînant bien français, il l'avait réduite en « rébus », retournée comme une camisole, parsemée de menues flatteries... rendue revancharde... cornélienne... agressive et puis péteuse... Peine perdue!

Le buste même d'Auguste Comte, longtemps hissé en très bonne place, il plaisait pas aux clients, à la gauche du grand Flammarion, il a fallu qu'on le supprime. Il faisait du tort. Les abonnés renâclaient. Ils aimaient pas Auguste Comte. Autant Flammarion leur semblait nettement populaire, autant Auguste les débectait. Il jetait la poisse dans la vitrine... C'était comme ça! Rien à chiquer!

Courtial, certains soirs, beaucoup plus tard, quand le bourdon le travaillait un peu, il prononçait des drôles de mots...

— Un jour, Ferdinand, je partirai... Je partirai au diable, tu verras! Je partirai très loin... Je m'en irai tout seul... Par mes propres moyens!... Tu verras!...

Et puis il restait comme songeur... Je voulais pas l'interrompre. Ça le reprenait de temps en temps... Ça m'intriguait bien quand même...

Avant d'entrer chez des Pereires, mon oncle Édouard pour me caser avait tenté l'impossible, remué ciel et terre, il s'était arrêté devant rien, il avait déjà usé à peu près toutes ses ficelles... Dans chaque maison où il passait, il parlait de moi en très bons termes... mais ça donnait pas de résultat... Sûrement qu'il me gardait de très bon cœur dans son logement de la Convention, mais enfin il était pas riche... ça pouvait pas durer toujours! C'était pas juste que je le rançonne... Puis j'encombrais son domicile... c'était pas très vaste son bocal... j'avais beau faire semblant de dormir quand il se ramenait une mignonne... sur la pointe des pieds... sûrement quand même je le gênais.

D'abord de nature il était extrêmement pudique. Et puis, on aurait jamais cru, dans un certain nombre de cas tout à fait timide... C'est ainsi qu'avec Courtial, même après des mois de relations, il était pas encore très libre. Il l'admirait sincèrement et il osait rien lui demander... Il avait encore attendu avant de lui parler de mon histoire... et cependant ça le démangeait... Il se sentait comme responsable... que je reste ainsi sur le sable... sans situation aucune...

Un jour, à la fin, quand même il s'est enhardi... En badinant, sans avoir l'air. Il a posé la petite question... S'il aurait pas besoin des fois, pour son bureau des Inventeurs, ou pour son aérostation, d'un petit secrétaire débutant?... L'oncle Édouard, il ne se leurrait guère sur mes aptitudes. Il s'était bien rendu compte que dans les boulots réguliers je me démerdais franchement mal. Il voyait les choses assez juste. Que pour mon genre et ma balance, ce qui serait plutôt indiqué c'était les trucs « en dehors », des espèces d'astuces capricieuses, des manigances à la « godille ». Avec Courtial, tous ses fourbis problématiques, ses entourloupes à distance, j'avais des chances de m'arranger... Voilà ce qu'il pensait.

Courtial, il se teignait les tifs en noir ébène et la moustache, la barbiche il la laissait grise... Tout ça rebiffait à la « chat » et les sourcils en révolte, touffus, plus agressifs encore, nettement diaboliques, surtout celui de gauche. Il avait les pupilles agiles au fond des cavernes, des petits yeux toujours inquiets, qui se fixaient soudain, quand il trouvait la malice. Alors, il se marrait un bon coup, il s'en secouait fort toute la tripe, il se tapait les cuisses violemment et puis il restait comme figé par la réflexion une seconde, comme admiratif du truc...

C'est lui, Courtial des Pereires, qu'avait obtenu en France le second permis de conduite pour automobile de course. Son diplôme encadré d'or et puis sa photo « jeune homme », au volant du monstre avec la date et les tampons, nous l'avions au-dessus du bureau. Ça avait fini tragiquement... Il me l'a souvent raconté : « J'ai eu de la veine! qu'il admettait. Ça je t'assure! Nous arrivions au Bois-le-Duc... une carburation splendide!... Je ne voulais même pas ralentir... J'aperçois l'institutrice... grimpée en haut du remblai... Elle me faisait des signes... Elle avait lu tous mes ouvrages... Elle agitait son ombrelle... Je ne veux pas être impoli... Je freine à hauteur de l'école... A l'instant je suis entouré, fêté!... Je me désaltère... Je ne devais plus stopper qu'à Chartres... dix-huit kilomètres encore... Le dernier contrôle... J'invite cette jeune fille... Je lui dis : « Montez Mademoiselle... montez donc à côté de moi! Prenez donc place! » Elle hésite, elle tergiverse la mignonne, elle fait la coquette un peu... J'insiste... La voilà qui s'installe... Nous démarrons... Depuis le matin, à chaque contrôle, surtout à travers la Bretagne, c'était du cidre et encore du cidre... Ma mécanique vibrait très fort, gazait parfaitement... Je n'osais plus du tout ralentir... Et pourtant j'avais très envie!... Enfin il faut que je cède!... Je freine donc encore un peu... J'arrête tout, je me lève, je saute, j'avise un buisson... Je laisse la belle au volant! Je lui crie de loin : « Attendez-moi! Je reviens dans une seconde!... » A peine effleurais-je ma braguette, que je me sens, vous entendez! Assommé! Enlevé! Propulsé effroyablement! tel un fétu par la bourrasque! Baoum! Formidable! une détonation inouïe!... Les arbres, les feuillages alentour sont arrachés, fauchés, soufflés par la trombe! L'air s'embrase! Je me retrouve au fond d'un cratère et presque évanoui... Je me tâte...! Je me rassemble!.. Je rampe encore jusqu'à la route!... Le vide absolu! La voiture? Vacuum mon ami! Vacuum! Plus de voiture! Évaporée!... Foudroyée! Littéralement! Les roues, le châssis... Chêne!... pitchpin! calcinés!... Toute la membrure... Que voulez-vous! Je me traîne aux environs, je me démène d'une motte à l'autre! Je creuse! Je trifouille! Quelques miettes de-ci, de-là! quelques brindilles... Un petit morceau d'éventail, une boucle de ceinture! Un des bouchons du réservoir... Une épingle à cheveux! C'est tout!... Une dent dont je ne fus jamais sûr!... L'enquête officielle n'a rien résolu!... Rien élucidé!... C'était à prévoir... Les causes de ce formidable embrasement demeurent pour toujours mystérieuses... C'est presque deux semaines plus tard à six cents mètres de l'endroit, qu'il fut retrouvé dans l'étang et d'ailleurs après maints sondages un pied nu de cette demoiselle à moitié rongé par les rats.

« Pour ma part, sans être absolument formel, une des nombreuses hypothèses qui furent à ce moment émises pour expliquer cette ignition, si terriblement détonante, pourrait peut-être à la rigueur me satisfaire... Le cheminement imperceptible d'un de nos « fusibles allongés »... Il suffisait, qu'on y songe! que par l'entraînement des cahots, des petites saccades successives, cette mince tringlette en minium vienne par hasard trembloter, ne fût-ce que l'espace d'une seconde! un dixième de seconde! contre les tétines de l'essence... Immédiatement tout éclatait!... Une mélinite prodigieuse! L'obus vivant!... Telle était mon bon ami la précarité du cataclysme. Je suis revenu à cet endroit, longtemps après la catastrophe... Ça sentait toujours le brûlé!... D'ailleurs à ce stade fort critique du progrès des automobiles il fut observé à bien des reprises de telles fantastiques explosions, presque aussi massives! en pulvérisations totales! Des disséminations atroces! Des propulsions gigantesques!... Je ne pourrais leur comparer à l'extrême rigueur que les déflagrations subites de certains brasiers d'Air liquide... Et encore!... Je ferais mes réserves!... Celles-ci sont en effet banales! Absolument explicables... Et de fond en comble! Aucun doute! Aucune énigme! Tandis que le mystère subsiste presque tout entier quant aux causes de ma tragédie!... Avouons-le très modestement! Mais quelle importance aujourd'hui? Aucune!... On n'utilise plus les « fusibles » depuis Belle Lurette! Ne retardons pas à plaisir!... D'autres problèmes nous requièrent... Mille fois plus originaux! Comme c'est loin, tout ça mon ami! On ne travaille plus au « minium »! Personne...! »

Courtial n'avait point adopté, comme moi, dans son habillement le col en celluloïd... Il avait son propre système pour rendre inusables, insalissables, imperméables, les faux cols en toile ordinaire... C'était une sorte de vernis dont on passait deux ou trois couches... Ça tenait pendant six mois au moins... à l'abri des souillures de l'air et des doigts, des transpirations. C'était un très bel enduit à base de pure cellulose. Le sien de faux col, le même, il le gardait depuis deux ans. Par pure et simple coquetterie il le repeignait tous les mois! un coup de badigeon! Ça lui donnait de la patine, le ton, l'orient même, des antiques ivoires. Le plastron pareil. Mais alors bien contrairement à ce qu'assurait la notice, les doigts marquaient tout à fait net sur le col enduit... Ils restaient en larges macules surajoutées les unes aux autres! Ça faisait un Bertillon total, l'affaire était pas au point. Il l'avouait de temps en temps lui-même. Il lui manquait aussi un nom pour intituler cette merveille. Il se réservait d'y penser quand le moment serait venu.

En hauteur, Courtial des Pereires, il avait vraiment rien eu trop! Il fallait pas qu'il perde un pouce... Il se mettait des très hauts talons, d'ailleurs il était difficile, question des chaussures... Toujours des empeignes de drap beige et petits boutons de nacre... Seulement il était comme moi, il cocotait dur des panards... Il était terrible à renifler arrivé le samedi tantôt... C'était le dimanche matin qu'il faisait sa toilette, j'étais averti. La semaine, il avait pas le temps. Je savais tout ça... Sa femme je l'avais jamais vue, il me racontait ses faits et gestes. Ils demeuraient à Montretout... Pour les pieds, y avait pas que lui... C'était la terreur à l'époque... Quand il venait des inventeurs, qu'ils arrivaient comme ça en nage, presque toujours de fort loin, ça devenait quand même difficile de les écouter jusqu'au bout, même avec la porte grande ouverte sur le grand jardin du Palais... Ce qu'on arrivait à renifler à certains moments c'était pas croyable... Ils parvenaient à me dégoûter de mes propres nougats.

Les bureaux du « Génitron » en fait de terrible désordre, de capharnaüm absolu, de pagaye totale, on pouvait pas voir beaucoup pire... Depuis le seuil de la boutique jusqu'au plafond du premier, toutes les marches, les aspérités, les meubles, les chaises, les armoires, dessus, dessous, c'était qu'enfoui sous les papelards, les brochures, tous les invendus à la traîne, un méli-mélo tragique, tout crevassé, décortiqué, toute l'œuvre à Courtial était là, en vrac, en pyramides, jachère... On discernait plus le dictionnaire, les cartes des traités, les mémoires oléographiques dans le tumulus dégueulasse. On pénétrait au petit bonheur, en tâtonnant un peu la route... on enfonçait dans une ordure, une fuyante sentine... dans la tremblotante falaise... Ça s'écroulait tout d'un coup! Tout soudain la cataracte!... Les plans, les épures en bombe! les dix mille kilos grafouillés vous déambulaient dans la gueule!... Ça déclenchait d'autres avalanches, une effroyable carambole de toute la paperasse bouillonneuse sur un ouragan de poussière... un volcan foireux d'immondices... Ça menaçait la digue de rompre chaque fois qu'on vendait pour cent sous!...

Lui pourtant ça l'alarmait pas... Il trouvait même pas ça terrible, il ressentait nullement le désir de changer l'état des choses, de modifier sa méthode... Mais pas du tout! Il se retrouvait à merveille dans ce chaos vertigineux... Jamais il cherchait bien longtemps le livre qu'il voulait pingler... Il tapait là-dedans à coup sûr... En plein dans n'importe quel tas... Il faisait voler tous les débris, il fourgonnait ardemment à plein monticule, il piquait de précision à l'endroit juste du bouquin... Chaque fois c'était le miracle... Il se fourvoyait bien rarement... Il avait le sens du désordre... Il plaignait tous ceux qui l'ont pas... Tout l'ordre est dans les idées! Dans la matière pas une trace!... Quand je lui faisais ma petite remarque que ça m'était bien impossible de me dépêtrer dans cette pagaye et ce vertige, alors c'est lui qui faisait vilain et il m'incendiait... Il me laissait même pas respirer... Il prenait d'autor l'offensive... « Évidemment, Ferdinand, je ne vous demande pas l'impossible! Jamais vous n'avez eu l'instinct, la curiosité essentielle, le désir de vous rendre compte... Ici! malgré tout! c'est pas les bouquins qui vous manquent!... Vous vous êtes jamais demandé, mon pauvre petit ami, comment se présente un cerveau!... L'appareil

qui vous fait penser? Hein? Mais non! Bien sur! ça vous
intéresse pas du tout!... Vous aimez mieux regarder les
filles! Vous ne pouvez donc pas savoir! Vous persuader
bien facilement du premier coup d'œil sincère, que le
désordre, mais mon ami c'est la belle essence de votre vie
même! de tout votre être physique et métaphysique! Mais
c'est votre âme Ferdinand! des millions, des trillions de
replis... intriqués dans la profondeur, dans le gris, tara-
biscotés, plongeants, sous-jacents, évasifs... Illimitables!
Voici l'Harmonie, Ferdinand! Toute la nature! une fuite
dans l'impondérable! Et pas autre chose! Mettez en ordre,
Ferdinand, vos pauvres pensées! Commencez par là! Non
par quelques substitutions grimacières, matérielles, néga-
tives, obscènes, mais dans l'essentiel je veux dire! Allez-
vous pour ce motif vous précipiter au cerveau, le corriger,
le décaper, le mutiler, l'astreindre à quelques règles obtuses?
au couteau géométrique? Le recomposer dans les règles de
votre crucifiante sottise?... L'organiser tout en tranches?
comme une galette pour les Rois? avec une fève dans le
milieu! Hein? Je vous pose la question. En toute franchise!
Serait-ce du propre? du joli? Le bouquet! En vous Ferdinand, bien sûr! l'erreur accable l'âme! Elle fait de vous
comme de tant d'autres : un unanime « rien du tout »! Au
grand désordre instinctif! Pensées prospères! Tout à ce
prix, Ferdinand!... L'Heure passée point de salut!... Tu
restes, je le crains, pour toujours dans ta poubelle à raison!
Tant pis pour toi! C'est toi le couillon Ferdinand! le
myope! l'aveugle! l'absurde! le sourd! le manchot! la
bûche!... C'est toi qui souilles tout mon désordre par
tes réflexions si vicieuses... En l'Harmonie, Ferdinand, la
seule joie du monde! La seule délivrance! La seule vérité!...
L'Harmonie! Trouver l'Harmonie! Voilà... Cette boutique est en Har-mo-nie!... M'entends-tu? Ferdinand?
comme un cerveau pas davantage! En ordre! Pouah! En
ordre! Enlève-moi ce mot! cette chose! Habituez-vous à
l'harmonie! et l'Harmonie vous retrouvera! Et vous retrouverez tout ce que vous cherchez depuis si longtemps
sur les routes du Monde... Et encore bien davantage!
Bien d'autres choses! Ferdinand! Un cerveau, Ferdinand!

que vous retrouverez tous! Oui! Le « Génitron »! C'est un cerveau! Est-ce assez clair? Ce n'est pas ce que tu désires? Toi et les tiens?... Une vaine embuscade de casiers! Une barricade de brochures! Une vaste entreprise morti-fiante! Une nécropole de Chartistes! Ah! jamais ça! Ici tout est mouvant! Ça grouille! Tu te plains! Ça gigote, ça bouge! Vous y touchez un petit peu! Risquez donc un petit doigt! Tout s'émeut! Tout frémit à l'instant même! Ça ne demande qu'à s'élancer! fleurir! resplendir! Je n'abolis pas pour vivre, moi! Je prends la vie telle qu'elle se pose! Cannibale Ferdinand? Jamais!... Pour la ramener à toute force à mon concept de fouille-crotte! Pouah! Tout branle? Tout s'écroule? Eh! Tant mieux! Je ne veux plus compter les étoiles 1! 2! 3! 4! 5! Je ne me crois pas tout per-mis! Et le droit de rétrécir! corriger! corrompre! tailler! repi-quer!... Hein!... Où donc l'aurais-je pris? De l'infini? Dans la vie des choses? C'est pas naturel, mon garçon! C'est pas naturel! C'est des manigances infâmes!... Je reste bien avec l'Univers moi! Je le laisse tel que je le trouve!... Je ne le rectifierai jamais! Non!... L'Univers, il est chez lui! Je le comprends! Il me comprend! Il est à moi quand je le demande! Quand j'en veux plus je le laisse tomber! Voilà comment les choses se passent!... C'est une question cos-mogonique! J'ai pas d'ordre à donner! Tu n'as pas d'ordre! Il n'a pas d'ordre!... Buah! Buah! Buah!... »

Il se mettait franchement en colère, comme quelqu'un qu'est bien dans son tort...

Les petits ouvrages à Courtial étaient traduits en bien des langues, on en vendait jusqu'en Afrique. L'un de ses correspondants était absolument nègre, c'était le chef d'un Sultanat en Haut Oubanghi-Chari-Tchad. Il se pas-sionnait ce garçon pour les ascenseurs en tous genres. C'était son rêve, sa manie!... On lui avait fait parvenir toute la documentation... Il en avait jamais vu en réalité.

Courtial avait publié vers 1893 un véritable traité « De la Traction Verticale ». Il connaissait tous les détails, les multiples applications, hydrauliques, balistiques, « l'électro-récupérative »... C'était un ouvrage de valeur, absolument irréfutable, mais pourtant qui ne constituait dans l'ensemble de son œuvre qu'un modeste et frêle apport. Son savoir, c'était bien simple, embrassait tous les domaines.

Les officiels le boudaient, le traitaient par-dessous la jambe, mais il était bien difficile, même au plus ranci des cuistres, de se passer de ses manuels. Dans un grand nombre d'écoles, ils figuraient en plein programme. On ne pouvait rêver plus commode, plus simple, plus assimilable, c'était du tout cuit! Ça se retenait, ça s'oubliait, sans fatigue aucune. On calculait « grosso modo » comme ça en causant, pour ne parler que de la France, qu'une famille au moins sur quatre possédait dans son armoire une : « Astronomie des Familles », une « Économie sans Usure » et la « Fabrication des Ions »... Une au moins sur douze sa « Poésie en couleurs », son « Jardinier sur les Toits », « l'Élevage des poules au Foyer ». Ceci pour ne mentionner que les applications pratiques... Mais il avait à son actif toute une autre série d'ouvrages (en multiples livraisons) alors de véritables classiques! « La Révélation Hindoustane », « L'Histoire des Voyages polaires de Maupertuis jusqu'à Charcot ». Alors des masses considérables! De quoi lire pour plusieurs hivers, plusieurs kilos de récits...

Tout le monde avait commenté, scruté, copié, plagié, démarqué, bafoué, pillé son fameux « Médecin pour soi » et le « Réel langage des Herbes » et « l'Électricité sans ampoule »!... Autant de brillants, aimables, définitifs assouplissements de sciences pourtant assez ardues, complexes en elles-mêmes, périlleuses, qui seraient demeurées, sans Courtial, hors la portée du grand public, c'est-à-dire crâneuses, hermétiques, et disons-le pour tout conclure, sans flatterie exagérée, à peu près inutilisables...

Peu à peu, à force de vivre avec Courtial dans la grande intimité, j'ai bien saisi sa nature... C'était pas extrêmement brillant tout à fait en dessous. Il était même assez carne, mesquin, envieux et sournois... Maintenant, demeurant équitable, il faut bien admettre que c'était un terrible afur le boulot qu'il s'envoyait! de se démerder comme un perdu, à longueur d'année, c'est exact, contre la bande des grands maniaques, les abonnés du « Génitron »...

Il passait des heures horribles, absolument ravagées... dans un déluge de conneries... Il fallait qu'il tienne quand même, qu'il se défende, qu'il renvoye les coups, qu'il emporte toutes les résistances, qu'il leur laisse la bonne impression, qu'ils s'en aillent tous assez heureux avec l'envie de revenir...

D'abord il a renâclé, Courtial, pour me prendre à son service. Il y tenait pas... Il me trouvait un peu trop grand, un peu trop large, un peu costaud pour sa boutique. Déjà on pouvait plus remuer, tellement c'était un fouillis... Et cependant j'étais pas coûteux. On m'offrait au « pair », juste le logement, la nourriture... Mes parents étaient bien d'accord. Je n'avais pas besoin d'argent qu'ils répétaient à mon oncle... J'en ferais sûrement mauvais usage... Ce qu'était beaucoup plus essentiel, c'est que je retourne plus chez eux... C'était l'avis unanime de toute la famille, des voisins aussi et de toutes nos connaissances... Qu'on me donne à faire n'importe quoi! qu'on m'occupe à n'importe quel prix! n'importe où et n'importe comment! Mais qu'on me laisse pas désœuvré! et que je reste bien à distance. D'un jour à l'autre, de la façon que je débutais, je pouvais foutre le feu au « Passage » ! C'était le sentiment général...

Y aurait bien eu le régiment... Mon père il demandait pas mieux... Seulement j'avais toujours pas l'âge... Il me manquait au moins dix-huit mois... Du coup, l'occasion des Pereires et son vaillant « Génitron » ça tombait joliment à pic, c'était réellement une aubaine!...

Mais il a beaucoup hésité, tergiversé le Courtial... Il a demandé à sa femme ce qu'elle en pensait! Elle a pas fait

364

d'objection... Au fond, elle s'en fichait pas mal, elle venait jamais aux Galeries, elle restait à Montretout, dans son pavillon. Avant qu'il se décide, je suis retourné le voir tout seul au moins une dizaine de fois... Il parlait beaucoup d'abondance... toujours, et tout le temps... Moi, je savais très bien écouter... Mon père!... L'Angleterre!... J'avais écouté partout... Dès lors, j'avais l'habitude!... Ça ne me gênait pas du tout! J'avais pas besoin de répondre. C'est comme ça que je l'ai séduit... En fermant ma gueule... Un soir, il m'a dit finalement :

— Voilà mon garçon! Je vous ai fait attendre pas mal, mais maintenant j'ai bien réfléchi, vous allez restez chez moi! Je crois que nous pouvons nous entendre... Seulement, il ne faut rien me demander...! Ah! non! pas un sol! Pas un pélot! Ah! pas moyen! Ah! cela non! N'y comptez pas! N'y comptez jamais! J'ai déjà un mal incroyable dans l'état capricieux des choses à joindre les deux bouts! à faire les frais du « périodique », à tranquilliser l'imprimeur! je suis harcelé! perclus! rendu! Vous m'entendez bien! On me quémande nuit et jour! Et l'imprévu des clichés? De nouvelles charges? A présent? N'y songeons pas!... Ce n'est point une industrie! Un négoce! Quelque fructueux monopole! Ah ça mais non! Nous n'avons qu'un frêle esquif au vent de l'esprit!... Et que de tempêtes, mon ami, que de tempêtes!... Vous embarquez? Soit. Je vous accueille! Je vous prends! Soit! Montez à bord! Mais je vous le dis bien d'avance! Pas un doublon dans les cales! Rien dans les mains! Peu dans les poches! Point d'amertume! Point de rancœur!... Vous préparerez le déjeuner! Vous coucherez à l'entresol, j'y couchais moi-même autrefois... dans le bureau tunisien... Vous arrangerez votre sofa... L'on y demeure parfaitement... Vous y serez joliment tranquille! Ah! veinard!...Vous verrez un peu sur le soir! quel séjour! Quel calme! Le Palais-Royal est à vous absolument tout entier à partir de neuf heures!... Vous serez heureux Ferdinand!... A présent, tenez! moi-même! qu'il pleuve, qu'il gronde, qu'il rafale! Il faut que je m'envoie Montretout! C'est une sujétion infecte! Je suis attendu! Ah! je vous assure que c'est souvent abominable! Je suis excédé au point de m'en projeter sous les roues quand je regarde la locomotive!... Ah! Je me retiens! C'est pour ma femme! Un peu aussi pour mes essais! Mon jardin radio-tellurique! Enfin! tout de même! J'ai rien à dire! Elle a beaucoup supporté! Et elle est charmante quand même! Vous la verrez un de ces jours Madame des Pereires! Son jardin lui fait si plaisir!... C'est tout pour elle! Elle a pas grand-chose dans la vie! Ça et puis son pavillon! Et puis un peu moi, tout de même! Je m'oublie! Ah! c'est drôle! Allons assez rigolé! C'est conclu! C'est bien ainsi Ferdinand! Topez là! En bon accord? D'homme à homme! Bien! Dans la journée, vous ferez nos courses. Vous n'en manquerez pas! Mais n'ayez crainte, Ferdinand, je veux aussi vous entreprendre, vous guider, vous armer, vous élever à la connaissance... Point de salaire! Certes! Soit! Nominal c'est-à-dire! Mais. du spirituel! Ah! vous ne savez pas Ferdinand ce que vous allez gagner? Non! non! non! Vous me quitterez Ferdinand, un jour... forcément... Sa voix devenait déjà triste. Vous me quitterez... Vous serez riche! Oui! riche! Je le dis!...

Il m'en faisait ouvrir la gueule, je restais béant.

« Vous me comprenez, tout n'est pas dans un porte-monnaie!... Ferdinand! Non! Il n'y a rien dans un porte-monnaie! Rien!... »

C'était bien aussi mon avis...

« Et puis d'abord, songeons-y! Que je vous fasse d'abord un titre! Une raison d'être! C'est capital dans nos affaires! Une présentation légitime!... Je vais vous mettre sur les papiers, sur tous les papiers! « Secrétaire du Matériel. » Hein? Ça me paraît des plus convenables... Ça vous va? Pas prétentieux?... Pas vague?... Ça va? »

Ça m'allait absolument... Tout m'allait... Mais le condé du matériel c'était pas honoraire du tout... Ça existait comme boulot!... Il m'a affranchi d'emblée... C'est bien moi qui devais me taper toute la bagotte des livraisons avec la voiture à bras... Tous les va-et-vient de l'imprimeur... Et puis c'était moi encore le responsable pour les accrocs du grand sphérique... c'est moi qui devais lui retrouver tous ses instruments à la traîne, baromètres, haubans, toutes les petites broutilles, toute la quincaille... C'est moi qui raccommodais les gnons et la grande enveloppe... C'est moi qui rafistolais avec un filin et la colle. C'est moi qui refaisais tous les nœuds avec les câbles, les cordelettes... les agrès qui pétaient en route... Le « Zélé » c'était un sphérique infiniment vénérable qui tenait une sacrée bouteille, même comme ça au fond de la cave saupoudré dans la naphtaline... des asticots par myriades venaient se régaler dans ses plis... Heureusement encore que les rats ils se dégoûtaient du caoutchouc... y avait que des toutes petites souris qui croûtaient la trame. Je lui ai cherché du « Zélé » tous ses accrocs, ses moindres lacunes, je le réparais en « fonds de culotte » « surjeté », « rebordé », « plissé », ça dépendait des fissures... Il foirait d'un peu partout, je le ravaudais des heures entières, ça finissait par me passionner...

Dans le cagibi du gymnase, y avait tout de même un peu plus de place... Et puis il fallait pas qu'ils me voyent... les visiteurs de la boutique...

Un jour ou l'autre, c'était compris dans notre accord solennel, je devais aussi monter dans le truc, à l'altitude de trois cents mètres... Un dimanche quelconque... Je serais le « second » aux ascensions... Je changerais alors de titre... Il me disait ça, je suppose, pour que je reprise avec plus de soin... Il était extrêmement rusé dessous ses sourcils l'escogriffe!... Il me biglait de son petit œil vicelard... Je le voyais venir, moi aussi... Il était bourreur comme pas deux!... Il me faisait « monter » à l'avance!... Enfin on bouffait assez bien dans l'arrière-boutique... J'étais pas très malheureux... Il fallait bien qu'il me possède! Il aurait pas été patron!

Pendant comme ça que je trafiquais dans le fond de mes coutures, il venait me rencarder généralement sur les quatre heures.

— Ferdinand! Je ferme le magasin... Si on vient... Si ils me demandent... tu répondras que je suis parti depuis cinq minutes, d'ailleurs je me dépêche! Je serai revenu bientôt!

J'ai su, à force, où il allait. Il cavalait aux « Émeutes », le petit bar du Passage Villedo, au coin de la rue Radziwill pour les « résultats des courses »... C'était l'heure précise... Il m'en disait rien de très net... Mais je savais quand même... S'il avait gagné il sifflait un air de « Matchiche »... C'était pas souvent... S'il avait perdu... il bouffait sa chique, il crachait partout... Il vérifiait sur le « Turf ». Il le laissait traîner dans les coins, son canard des pronostics. Il cochait ses « dadas » au bleu... C'est ça le premier vice que j'y ai découvert.

S'il avait un peu tiqué pour m'introduire dans sa musique, c'était surtout à cause des « gayes »... Il avait peur que je bafouille... que je répète aux alentours qu'il jouait à Vincennes... que ça revienne aux abonnés. Il me l'a dit un peu plus tard... Il perdait énormément, il avait pas beaucoup de veine, martingale ou yeux fermés, il revoyait rien de ses paris... Sur Maisons, Saint-Cloud, Chantilly... C'était toujours le même tabac... C'était un véritable gouffre... Tous les abonnements y passaient dans la fantasia!... Et le pèze du sphérique aussi il allait se noyer à Auteuil... Elle se beurrait, la race chevaline! Longchamp! La Porte! Arcueil-Cachan! Et youp! Et yop! Et youp! la la! Caracole! Sautez muscade! Je voyais la caisse s'amincir, le mystère était pas loin... Le petit flouze toujours en casaque! au trot! à la cloche! placé! quart! gagnant! de n'importe quelle subtile manière!... Il rentrait jamais des épreuves! On se tapait des petits haricots pour douiller quand même l'imprimeur... Ma blanquette elle faisait la semaine, et on mangeait sur nos genoux avec une serviette, au fond du bureau... Je trouvais pas ça risible au flanc!... Quand il avait pris la culotte il expliquait rien, il avouait jamais... Seulement, il devenait rancuneux, tatillonneux, agressif à mon égard... Il abusait de sa force.

Après deux mois à l'essai, il avait parfaitement saisi que

je me plairais jamais ailleurs... Que le condé du « Génitron » c'était entièrement pour mon blaze, que ça me bot-
tait exactement, qu'autre part dans un autre jus je serais
toujours impossible... C'était écrit dans mon Destin...
Quand des fois il avait gagné il remettait rien dans la caisse,
il devenait encore plus sordide, on aurait dit qu'il se vengeait. Il aurait étrillé un sou... Sournois et menteur comme
toujours, comme une douzaine de soutiens-gorge... Il me
racontait des tels bobards, que la nuit ça m'en remontait...
Je me les racontais à nouveau, tellement qu'ils étaient
durailles! Crapules! Et pesants!... Ils me réveillaient en
sursaut. Ils étaient quelquefois trop fortiches, imaginés
de telle façon, n'importe quoi... pour pas me banquer...
Mais quand il rentrait de la Province, qu'il avait fait une
sensation, qu'il avait bien ascendu... qu'ils l'avaient soufflé de compliments... que le « Zélé » par exemple avait
pas trop crevé sa toile... alors il lui survenait des bouffées
prodigues... Il se lançait dans la dépense... Il nous ramenait
des tas de boustife par la porte de l'arrière-boutique...
des paniers complets... Pendant huit jours on s'entonnait
qu'on en pouvait plus mâcher, à s'en péter les bretelles...
Il fallait bien que j'en profite, après ça serait la disette!...
ça recommençait les ravigotes!... on rallongeait les maren-
gos... aux cornichons... avec sardines... aux petits oignons...
et puis aux environs du terme c'était strictement la panade
avec ou sans les pommes de terre... Lui encore, il avait sa
chance, il remangeait le soir à Montretout, avec sa daronne!
Il maigrissait pas... moi c'était balle-peau!

Mais aussi, à force de ceintures, je me suis dessalé...
toujours avec les « abonnements »... Question des finances
y avait pas de rentrées régulières... Rien que des « sorties »...
Il se donnait un mal énorme pour sa comptabilité... Il
devait la montrer à sa femme. Ce contrôle l'exaspérait...
Ça le foutait en rogne infecte... Il transpirait pendant des
heures... Rien que des queues et des zéros...

Enfin, tout de même, y a un chapitre où il m'a jamais tru-
qué, jamais déçu, jamais bluffé, jamais trahi même une seule
fois! C'est pour mon éducation, mon enseignement scientifique. Là, jamais il a flanché, jamais tiqué une seconde!...

Jamais il a fait défaut! Pourvu que je l'écoutasse, il était constamment heureux, ravi, comblé, satisfait... Toujours je l'ai connu prêt à me sacrifier une heure, deux heures, et davantage, parfois des journées entières pour m'expliquer n'importe quoi... Tout ce qui peut se comprendre et se résoudre, et s'assimiler, quant à l'orientation des vents, les cheminements de la lune, la force des calorifères, la maturation des concombres et les reflets de l'arc-en-ciel... Oui! Il était vraiment possédé par la passion didactique. Il aurait voulu m'enseigner toute la totalité des choses et puis aussi de temps à autre me jouer un beau tour de cochon! Il pouvait pas s'en empêcher! ni dans un cas ni dans l'autre! Je pensais bien moi, à tout ça, dans l'arrière-boutique tout en réparant son bastringue... C'était sa nature foncière, c'était un homme qui se dépensait... Il fallait qu'il se lance à bloc dans un sens ou bien dans l'autre, mais alors vraiment jusqu'au bout. Il était pas ennuyeux! Ah! ça on pouvait pas dire! Ce qui me piquait la curiosité c'était d'un jour aller chez lui... Il me parlait souvent de sa daronne, mais jamais il me la montrait. Elle venait jamais au bureau, elle aimait pas le « Génitron ». Elle devait avoir ses motifs.

Quand ma mère a été bien sûre que j'étais bien casé, que je partirais pas tout de suite, que j'avais un emploi stable chez ce des Pereires, elle est venue exprès, elle-même, au Palais-Royal, m'apporter du linge... C'était un prétexte au fond... pour se rendre un peu compte... du genre et de l'aspect de la maison... Elle était curieuse comme une chouette, elle voulait tout voir, tout connaître... Comment il était le « Génitron »?... La façon dont j'étais logé? Si je mangeais suffisamment?

De sa boutique jusque chez nous c'était pourtant pas très loin... A peine un quart d'heure à pied... En arrivant malgré ça elle en râlait de fatigue... Entièrement sonnée

370

qu'elle était... Je l'ai aperçue à grande distance... du bout de la Galerie. Je causais avec un abonné. Elle s'appuyait sur les devantures, elle stationnait sans avoir l'air... Elle se reposait tous les vingt mètres... Ça faisait plus de trois mois déjà qu'on s'était pas vus... Je l'ai trouvée d'une extrême maigreur et puis elle s'était comme bistrée, jaunie, froncée des paupières et des joues, toute ridée autour des yeux. Elle avait l'air vraiment malade... Une fois qu'elle m'a eu donné comme ça mes chaussettes, mes caleçons et mes grands mouchoirs, elle m'a tout de suite parlé de papa, sans que je lui aie rien demandé... Il s'en ressentirait pour la vie, qu'elle m'a aussitôt sangloté, des conséquences de mon attaque. Déjà, on l'avait ramené deux fois en voiture du bureau... Il tenait plus en l'air... Il était tout le temps sujet à des défaillances... Il lui faisait me dire qu'il me pardonnait volontiers, mais qu'il voulait plus me recauser... avant très longtemps d'ici... avant que je parte au régiment... avant que j'aie changé tout à fait d'allure et de mentalité... avant que je revienne du service...

Courtial des Pereires, il rentrait juste de faire son tour, et probablement des « Émeutes ». Il devait avoir peut-être paumé un peu moins que d'habitude... Toujours est-il qu'il est devenu là, de but en blanc, extrêmement aimable, accueillant, amène au possible... « Enchanté de la voir »... Et à mon sujet? Rassurant! Il s'est mis tout de suite dans les frais pour séduire ma mère, il a voulu qu'elle monte en haut pour causer un peu avec lui... dans son bureau personnel... à l'entresol « tunisien »... Elle avait du mal pour le suivre... C'était un terrible tire-bouchon, surtout jonché des tas d'ordures et des paperasses qui dérapaient. Il était extrêmement fier de son « bureau tunisien ». Il voulait le montrer à tout le monde... C'était un ensemble atterrant dans le style hyper-fouillasson, avec des crédences « Alcazar »... On pouvait pas rêver plus tarte... Et puis la cafetière mauresque... les poufs marocains, le tapis « torsades » si crépu, emmagasinant lui tout seul la tonne solide de poussière... Jamais on n'avait rien tenté... Même une ébauche de nettoyage... D'ailleurs les amas d'imprimés, les cascades, les monceaux d'épreuves, de plombs, de morasses à la traîne, rendaient tout effort dérisoire... Et même il faut bien l'avouer, ça pouvait devenir très dangereux... C'était un véritable risque de venir troubler l'équilibre... Tout ça devait rester tranquille, bouger en tout le moins possible... Le mieux encore, on se rendait compte, c'était de semer au hasard, au fur et à mesure, d'autres nouveaux papiers litières. Ça donnait quand même un peu de fraîcheur en surface... et une sorte de coquetterie.

Je les entendais, qui se parlaient... Courtial lui déclarait tout net, qu'il avait discerné chez moi des aptitudes très réelles pour le genre de journalisme qui faisait fortune au « Génitron »... Le reportage!... L'enquête technique!... la mise au point scientifique! La critique désintéressée... que j'arriverais sans aucun doute... qu'elle pouvait s'en retourner tranquille et dormir sur ses deux oreilles... que l'avenir me souriait déjà... qu'il m'appartiendrait entièrement aussitôt que j'aurais acquis toutes les connaissances essentielles. C'était une question de simple routine et de patience... Il m'inculquerait à mesure tout ce dont j'aurais besoin... Mais tout cela peu à peu!... Ah! Oh! il était l'ennemi des hâtes! Des précipitations sottes!... Il ne fallait rien brusquer! Rien vouloir déclencher trop vite! L'idiot bouzillage! Je manifestais d'ailleurs, toujours d'après ses ragots, un très vif désir de m'instruire!... En plus, je devenais adroit. Je m'acquittais parfaitement des petites tâches qui m'incombaient... Je m'en tirais à mon honneur... Je deviendrais malin comme un singe! Empressé! Futé! Laborieux! Discret! Enfin la tarte à la crème! Il arrêtait plus... C'était la première fois de sa vie à ma pauvre mère qu'elle entendait parler de son fils en des termes aussi élogieux... Elle en revenait pas... A la fin de cet entretien, au moment de se séparer, il a tenu à ce qu'elle emporte tout un carnet d' « abonnements » qu'elle pourrait sans doute bien placer au hasard de ses relations... et de ses rencontres... Elle a promis tout ce qu'il voulait. Elle le regardait tout éberluée... Courtial, il ne portait pas de chemise, seulement son plastron vernis par-dessus son gilet de flanelle, mais celui-ci dépassait toujours du faux col largement, il le prenait de très grande taille, ça formait en somme collerette et bien sûr tout à fait crasseuse... L'hiver il s'en mettait deux l'un par-dessus l'autre... L'été, même pendant les chaleurs, il gardait la grande redingote, le col laqué un peu plus bas, pas de chaussettes, et il sortait son canotier. Il en prenait un soin extrême... C'était un exemplaire unique, un véritable chef-d'œuvre, dans le genre sombrero, un cadeau d'Amérique du Sud, une trame rarissime! Impossible à réassortir... C'est simple, ça n'avait pas de prix!... Du premier juin au quinze septembre, il le gardait sur sa tête. Il ne l'ôtait presque jamais. Il fallait un prétexte terrible, il était sûr qu'on le lui volerait!... Le dimanche ainsi, au moment des ascensions c'était sa plus vive inquiétude... Il était bien forcé quand même de me l'échanger pour sa casquette, la haute à galons. Ça faisait partie de l'uniforme... Il me le confiait à moi le trésor... Mais aussitôt qu'il retouchait terre, à peine qu'il avait boulé, en lapin, en pleine mouscaille, rebondi sur les sillons, c'était vraiment son premier cri : « Hé mon panama! Ferdinand! Mon panama! Nom de Dieu!... »

Ma mère a tout de suite remarqué l'épaisseur du gilet de flanelle et la finesse du beau chapeau... Il lui a fait tâter la tresse pour qu'elle se rende compte... Elle est demeurée admirative un bon moment à faire : « Oh! Ttt! Oh! Ttt! »... « Ah! Monsieur! ça je le vois bien! C'est une paille comme on en fait plus »... qu'elle s'est extasiée!...

Tout ceci à ma bonne maman ça lui redonnait de la confiance... lui semblait d'excellent augure... Elle aimait particulièrement les gilets de flanelle. C'était une preuve de sérieux qui l'avait jamais trompée. Après les « aurevoir » attendris elle s'est remise peu à peu en route... Je crois que pour la première fois de son existence et de la mienne elle se trouvait un peu moins inquiète quant à mon avenir et mon sort.

C'était parfaitement exact que je me donnais au boulot !...
J'avais pas de quoi me les rouler... du matin au soir... En
plus des « cargos » d'imprimeries, j'avais le « Zélé » à la
cave, les infinis rafistolages et puis encore nos pigeons dont
il fallait que je m'occupe deux, trois fois par jour... Ils restaient ces petits animaux, à longueur de semaine, dans la
chambre de bonne, au sixième, sous les lambris... Ils roucoulaient éperdument... Ils s'en faisaient pas une seconde.
C'était le dimanche leur travail, pour les ascensions, on
les emmenait dans un panier... Courtial soulevait leur
couvercle à deux ou trois cents mètres... C'était le « lâcher »
fameux... avec des « messages »!... Ils rentraient tous à
tire-d'aile... Direction : le Palais-Royal!... On leur laissait
la fenêtre ouverte... Ils flânaient jamais en route, ils aimaient pas la campagne, ni les grandes vadrouilles... Ils
revenaient automatique... Ils aimaient beaucoup leur
grenier et « Rrou!... et Rrou!... Trouu!... Rrouu!... » Ils
en demandaient pas davantage. Ça ne cessait jamais...
Toujours ils étaient rentrés bien avant nous autres. Jamais
j'ai connu pigeons aussi peu fervents des voyages, si amou-
reux d'être tranquilles... Je leur laissais pourtant tout ouvert... Jamais l'idée leur serait venue d'aller faire un tour
au jardin... d'aller voir un peu les autres piafs... Les autres
gros gris roucoulards qui batifolent sur les pelouses...
autour des bassins... un peu les statues! sur Desmoulins!...
sur le Totor!... qui lui faisaient des beaux maquillages!...
Rien du tout! Ils frayaient tout juste entre eux... Ils se
trouvaient bien dans leur soupente, ils bougeaient que
contraints, forcés, tassés en vrac dans leur cageot... Ils
coûtaient quand même assez cher, à cause de la graine...
Il en faut des quantités, ça brûle beaucoup les pigeons...
C'est vorace! on dirait pas! A cause de leur température
tout à fait élevée normalement, quarante-deux degrés
plus quelques dixièmes... Je ramassais soigneusement la
crotte... J'en faisais plusieurs petits tas tout le long du mur
et puis je laissais tout sécher... Ça nous dédommageait
quand même sur leur nourriture... C'était un engrais excellent... Quand j'en avais plein un sac, à peu près deux fois
par mois, alors Courtial l'emportait, ça lui servait pour

ses cultures... à Montretout sur la colline. Il avait là sa belle maison et puis son grand jardin d'essais... y avait pas un meilleur ferment...

Je m'entendais tout à fait bien avec les pigeons, ils me rappelaient un peu Jonkind... Je leur ai appris à faire des tours... Comme ça à force de me connaître... Bien sûr, ils me mangeaient dans la main... mais j'obtenais beaucoup plus fort, qu'ils tiennent tous les douze ensemble perchés sur le manche du balai... J'arrivais ainsi, sans qu'ils bougent, sans qu'un seul veuille s'envoler, à les descendre... et les remonter du magasin... C'était vraiment des sédentaires. Au moment de les foutre dans le panier quand il fallait bien qu'on démarre ils devenaient horriblement tristes. Ils roucoulaient plus du tout. Ils rentraient la tête dans les plumes. Ils trouvaient ça abominable.

Deux mois ont passé encore... Peu à peu comme ça Courtial il s'est mis bien en confiance. Il était maintenant persuadé qu'on était faits pour s'entendre... Je présentais bien des avantages, j'étais pas très difficile sur la nourriture ni sur la rétribution ni sur les heures de boulot... Je récriminais pas chouïa!... Pourvu que je soye libre le soir, qu'après sept heures on me foute la paix, je me considérais bien servi...

A partir de la minute où il barrait prendre son train je devenais moi le seul patron du bastringue et du journal... J'éliminais les inventeurs... Je leur donnais la bonne parole et puis je m'élançais en croisière, souvent vers la rue Rambuteau, avec la carriole au cul, pour le départ des « Messageries », une pleine brouette de « cancans ». Au début de la semaine, j'avais toute la morasse à reprendre, les typos, le clichage, les gravures. Ça faisait en plus des pigeons, du « Zélé », des maintes autres bricoles, un manège qui n'arrêtait pas... Lui, il remontait vers son bled. Il avait là-bas, qu'il me disait, du travail urgent. Hum! La néo-agriculture!... qu'il me racontait comme ça sans rire... mais je croyais bien que c'était du bourre... Quelquefois il oubliait de revenir, il restait deux, trois jours dehors... J'étais pas inquiet pour ça... Je me détendais un peu, j'en avais besoin... Je donnais à bouffer aux oiseaux là-haut dans les combles, et puis j'accrochais ma pancarte : « C'est fermé pour aujourd'hui » en plein milieu de la vitrine... J'allais m'installer peinard sur un banc dessous les arbres, à proximité... De là je surveillais la cambuse, les allées et venues... Je regardais venir le monde, toujours la même bande de cloches, les mêmes maniaques, les mêmes tronches d'hagards, la horde des râleurs, des abonnés récalcitrants... Ils se cognaient dans l'inscription. Ils saccageaient le bec-de-cane, ils se barraient, j'étais bien content.

Quand il revenait de sa bordée, l'autre polichinelle, il avait une drôle de mine... Il me regardait curieusement pour voir si je me gourais pas...

— J'ai été retenu, tu sais, l'expérience était pas au point... Je croyais jamais en sortir!...

— Ah! Ça c'est dommage, que je faisais... J'espère que vous êtes content?...

Peu à peu, de fil en aiguille, il m'en a dit davantage, encore un peu plus tous les jours, il m'a donné tous les détails sur tous les débuts de son business. Y en avait des pas ordinaires! Des trucs à se faire bien étendre. Comment ça s'était goupillé, et puis tous les aléas, les condés les plus périlleux, les petites ristournes en profondeur... Enfin, il m'a bien affranchi, ce qui devient tout à fait rare, si on songe un petit instant à son caractère saligaud, à ses méfiances innombrables, à ses déboires calamiteux... C'était pas un homme qu'aimait se plaindre... Il en avait eu des échecs et des contredanses! A pas croire vraiment!... C'était pas toujours la pause, le trafic, la copinerie des inventeurs!... Il faut pas confondre Chacals! Chacos!... et petites saucisses!... Ah! non! Y en avait parmi, de temps en temps, qu'étaient des véritables sauvages, absolument diaboliques, qui ressautaient comme des mélinites dès qu'ils se sentaient enveloppés... Évidemment pourtant bien sûr on peut pas contenter tout le monde! Le diable et son train! Ça serait trop commode! J'en savais moi-même quelque chose!... Il me donnait à ce propos-là un exemple de malignité qu'était vraiment terrifique. Jusqu'où ça pouvait conduire...

En 1884, il avait reçu commande par les éditeurs de « l'Époque » Beaupoil et Brandon, Quai des Ursulines, d'un manuel d'instruction publique destiné au second programme des Écoles Préliminaires... Un travail forcément succinct, mais fignolé cependant, élémentaire certes, mais compact! Spécifiquement condensé... « L'Astronomie domestique » s'intitulait cet opuscule et puis par la même occasion : « Gravitation. Pesanteur. Explications pour les Familles. » Il se précipite donc au boulot... Il s'y colle séance tenante... Il aurait pu se contenter de livrer à la date convenue un petit ouvrage en bref, expédié à la va-je-te pousse! à coups d'emprunts malencontreux dans les « Revues » étrangères... Des citations momentanées... mal tronquées! Perverties! Hâtives! et bâtir six, quatre! deux! une nouvelle cosmogonie encore mille fois plus miteuse que toutes les autres miniatures, entièrement fausse et sans raison... Complètement inutilisable! Courtial, on le savait d'avance, ne mangeait pas de ce pain-là. C'était une conscience! Son souci majeur, avant tout, avant de se mettre à l'ouvrage, c'était des résultats tangibles... Il voulait que son lecteur en personne lui-même se forme sa propre conviction, par ses propres expériences... quant aux choses les plus relatives, des astres et de la pesanteur... Qu'il découvre lui-même les lois... Il voulait ainsi l'obliger ce lecteur, toujours fainéasson, à des entreprises très pratiques et point seulement le contenter par une ritournelle de flatteries... Il avait ajouté au livre un petit guide de construction pour le « Télescope Familial »... Quelques carrés de cartonnage fournissaient la chambre noire... un jeu de miroirs pacotille... un objectif ordinaire... Quelques fils plombés... un tube d'emballage... On s'en tirait en suivant strictement les clauses pour dix-sept francs soixante-douze (devis au carat)... Pour ce prix (en plus de ce passionnant et si instructif montage) on devait obtenir chez soi, non seulement une vue directe des principales constellations,

377

mais encore des photographies de la plupart des grands astres de notre zénith... « Toutes les observations sidérales à la portée des familles »... C'était la formule... Plus de vingt-cinq mille lecteurs, dès la parution du manuel, se mirent sans désemparer à la construction de l'objet, le merveilleux appareil photosidéral miniature...

Je l'entends encore des Pereires, me raconter avec détails tous les malheurs qui s'ensuivirent... L'effroyable méprise des Autorités compétentes... leur partialité abjecte... Combien ce fut tout ça pénible, infect, écœurant... Combien de libelles il avait reçus. Menaces... Défis... Mille missives comminatoires... Des sommations juridiques... Comme il avait dû s'enfermer, se calfeutrer dans son garno!... Il demeurait alors rue Monge... Et puis traqué de plus en plus, s'enfuir jusqu'à Montretout, tellement qu'ils étaient les voyeurs, rageurs, vicieux, insatiables, déçus par la Télescopie... le drame avait duré six mois... et c'était pas encore fini!... Certains amateurs rancuneux, encore plus poisseux que les autres ils profitaient du dimanche... Ils arrivaient à Montretout escortés de toutes leurs familles pour botter les fesses du patron... Il n'avait pu recevoir personne pendant presque un an... L'affaire « photosidérale » c'était qu'un petit exemple parmi beaucoup d'autres! de ce qui pouvait jaillir du profond des masses dès qu'on tentait de les éduquer, de les élever, de les affranchir...

« Moi, je peux dire, tenez Ferdinand, que moi j'ai souffert pour la Science... Pire que Flammarion c'est certain! pire que Raspail! pire que Mongolfier encore! Moi en petit évidemment! J'ai tout fait! J'ai fait davantage! » Il me répétait ça bien souvent... Je répondais rien... Il me toisait de profil... douteux... Il voulait voir l'impression... Alors il piquait en plein tas dans la carambouille... après son dossier... Il l'extirpait au jugé de sous l'énorme tumulus... Il l'époussetait à petits coups... Il se ravisait... Il l'ouvrait prudemment devant moi...

« J'y réfléchis!... Je me repens... A mon tour, je suis peut-être un petit peu chargé d'amertume! entraîné par mes souvenirs!... Je suis peut-être un peu injuste... Grand

Dieu! J'ai bien quelques raisons!... Je te demande? J'ai oublié chemin faisant, et cela vraiment c'est très mal... pas exprès bien sûr! pas exprès! les plus touchants, peut-être en somme les plus sincères, les plus exquis témoignages... Ah! tous ne m'ont point méconnu!... La hideur du genre humain n'est pas absolument totale! Non! Quelques âmes élevées, de-ci, de-là, par le monde... ont su reconnaître ma complète bonne foi! Voici! Voilà! Encore une autre! » Il extrayait au hasard des lettres, des mémoires, de ses recueils d'observations... « Je vais t'en lire une, parmi d'autres! »

« *Cher Courtial, cher maître et vénéré précurseur! C'est bien grâce à vous, à votre admirable et si scrupuleux télescope (des familles) que j'ai pu voir hier à deux heures et sur mon propre balcon toute la lune, dans sa totalité* complète *et les montagnes et les rivières, et même je pense une forêt... Peut-être même un lac! J'espère bien avoir aussi Saturne, avec mes enfants, dans le cours de la semaine prochaine, comme c'est indiqué (aux lettres italiques) sur votre « calendrier sidéral » et aussi Bellegophore un peu plus tard, dans les derniers jours de l'automne, comme vous l'avez vous-même écrit à la page 242... A vous cher, gracieux et bienveillant maître, à vous de corps, de cœur, d'esprit ici-bas et dans les étoiles...*

« *Un transformé.* »

Il gardait toujours comme ça, dans son dossier mauve et lilas, toutes les babilles admiratives. Les autres, les défavorables, les menaçantes, les draconiennes, les pustuleuses, il les brûlait séance tenante. Pour ça tout au moins, il préservait un certain ordre... Autant de poisons en fumée! qu'il m'annonçait à chaque fois en mettant le feu à ces horreurs... Que de mal on pourrait détruire si tout le monde en faisait autant! Moi je crois que les favorables, il se les écrivait à lui-même... Il les montrait aux visiteurs... Il me l'a jamais très positivement avoué... Y avait des sourires quelquefois... J'approuvais pas complètement. Il se rendait un petit peu compte que je sentais bien la vapeur. Du coup, il me faisait la gueule... Je montais nourrir les pigeons ou je descendais au « Zélé »...

J'allais aussi pour lui maintenant « banquer » ses mises aux « Émeutes » au coin du Passage Radziwill. Il aimait mieux que ça soye moi, à cause des clients, que ça pouvait lui faire du tort... Sur « Cartouche » et « Lysistrata » dans Vincennes « première au galop »... Et youp ! lala !...

« Tu diras bien que c'est ton plâtre !... » Il devait de l'argent à tous les « boucs ». Il tenait pas du tout à se faire voir... Le mec qui prenait le plus de paris, entre les soucoupes, il avait un drôle de nom, il s'appelait Naguère... Il avait le truc pour bégayer, pour bafouiller tous les gagnants... Il faisait comme ça, je le crois, exprès, pour qu'on se trompe un tout petit peu... Après il contestait tout... Il faisait sauter le numéro... Moi je lui faisais toujours écrire... On perdait quand même.

Je ramenais les « Échos des Turfs » ou alors la « Chance »... Si sa culotte était forte, il me faisait, encore ce culot, une petite séance... Il recevait plus les inventeurs... Il les renvoyait tous aux pelotes avec leurs maquettes, leurs graphiques... — Allez-vous-en tous, vous torcher ! C'est pas travaillé, ces épures !... Vous avez pas la migraine !... Ça sent le cambouis, la margarine ! Des idées, comme ça ? des nouvelles ? mais j'en pisse moi, trois pots par jour !... Vous avez pas des fois honte ? Vous sentez pas la catastrophe ? Vous osez venir présenter ça ? A moi ? Qui suis submergé par les inepties ! Hors d'ici ! Tudieu ! Dilapidateurs ! Fainéants de l'âme ! et de corps !...

Il se faisait virer le mecton, il rebondissait dans la porte, il volait avec son rouleau. Courtial il en avait plein le bouc ! Il voulait penser à autre chose... C'est moi qui étais la diversion, il me cherchait n'importe quelle salade... « Toi, n'est-ce pas, tu ne te doutes de rien ! Tu écouteras n'importe quoi ! Tu n'as rien à faire au fond... Mais moi, tu comprends, mon ami, ça n'est pas du tout le même afur... Ah ! pas du tout le même point de vue !... J'ai un souci moi... Un souci métaphysique ! Permanent ! Irrécusable ! Oui ! Et qui ne me laisse pas tranquille ! Jamais ! Même comme ça quand j'en ai pas l'air ! Quand je te cause de choses et d'autres! Je suis tracassé! !... relancé!... parcouru par les énigmes!... Ah! voilà! Tu ne t'en doutais pas! Ça te surprend bien? Tu n'en as pas la moindre idée? »

Il me fixait à nouveau, comme s'il ne m'avait encore vraiment jamais bien découvert... Il se rebiffait les bacchantes, il s'époussetait les pellicules... Il allait chercher la laine pour se la passer sur ses tatanes... Tout en faisant ça, il continuait à m'évaluer...

— Toi n'est-ce pas, qui te laisses vivre! Qu'est-ce que ça peut te faire? ?Tu t'en fous au maximum des conséquences universelles que peuvent avoir nos moindres actes, nos pensées les plus imprévues!... Tu t'en balances!... Tu restes hermétique n'est-ce pas? calfaté!... Bien sanglé au fond de ta substance... Tu ne communiques avec rien... Rien n'est-ce pas? Manger! Boire! Dormir! Là-haut bien peinardement... emmitouflé sur mon sofa!... Te voilà comblé... Bouffi de tous les bien-être... La terre poursuit... Comment? Pourquoi? Effrayant miracle! son périple... extraordinairement mystérieux... vers un but immensément imprévisible... dans un ciel tout éblouissant de comètes... toutes inconnues... d'une giration sur une autre... et dont chaque seconde est l'aboutissant et d'ailleurs encore le prélude d'une éternité d'autres mirales... d'impénétrables prodiges, par milliers!... Ferdinand! millions! milliards de trillions d'années... Et toi? que fais-tu là, au sein de cette voltige cosmologonique? du grand effarement sidéral? Hein? Tu bâfres! Tu engloutis! Tu ronfles! Tu te marres!... Oui! Salade! Gruyère! Sapience! Navets! Tout! Tu t'ébroues dans ta propre fange! Vautré! Souillé! Replet! Dispos! Tu ne demandes rien! Tu passes à travers les étoiles... comme à travers les gouttes de mai!.., Alors! tu es admirable, Ferdinand! Tu penses véritablement que cela peut durer toujours?...

Je répondais rien... Je n'avais pas d'opinion fixe sur les étoiles, ni sur la lune, mais sur lui-même, la saloperie!... alors j'en avais bien une. Et il le savait bien la tante!...

— Tu chercheras à l'occasion, là-haut, dans la petite commode. Tu les mettras toutes ensemble. J'en ai reçu au moins une centaine de lettres du même genre. Je voudrais tout de même pas qu'on me les prenne!... Tu les classeras, tiens!... T'aimes ça l'ordre!... Tu te feras plaisir!... — Je savais bien ce qu'il désirait... Il voulait encore me bluffer!... — Tu trouveras ma clef au-dessus du compteur... Moi je m'absente un peu! Tu vas refermer le magasin... — Non, tu vas rester pour répondre... — Il se ravisait... — Tu diras que je suis parti! loin!... très loin!... en expédition!... que je suis parti au Sénégal!... à Pernambouc!... au Mexique!... où tu voudras!... Sacredié!... pour aujourd'hui, c'est bien suffisant!... J'en ai une véritable nausée de les voir sortir du jardin... Rien que de les apercevoir, je me trouverais mal!... Ça m'est égal!... Dis-leur ce que tu veux... Dis-leur que je suis dans la Lune!... que c'est pas la peine de m'attendre... Ouvre-moi la cave à présent! Tiens bien le couvercle! Me le laisse pas retomber sur la gueule comme la dernière fois!... C'était sûrement intentionnel!...

Je répondais pas à ces mots-là... Il s'engageait dans l'ouverture. Il descendait deux, trois échelons... Il attendait un petit instant, il me déclarait encore...

— Tu n'es pas mauvais, Ferdinand... ton père s'est trompé sur ton compte. Tu n'es pas mauvais... T'es informe! informe voilà!... proto-plas-mique! De quel mois es-tu, Ferdinand? En quel mois naquis-tu veux-je dire!... Février? Septembre? Mars?

— Février, Maître!...

— Je l'aurai parié cent sous! Février! Saturne! Que veux-tu devenir! Pauvre nigousse! Mais c'est insensé! Enfin baisse la trappe! Quand je serai complètement descendu! Tout à fait en bas, tu m'entends? Pas avant surtout! Que je me casse pas les deux guisots! C'est une échelle en rillette! elle flanche du milieu!... Je dois toujours la réparer! Amène!... Il gueulait encore du tréfonds de la cave... Et surtout pas d'importuns! Pas d'emmerdeurs! Pas d'ivrognes! T'entends, je n'y suis pour personne! Je m'isole! Je m'isole absolument!... Je resterai peut-être parti deux heures... peut-être deux jours!... Mais je veux pas qu'on me dérange! Ne t'inquiète pas! Peut-être que je remonterai jamais! Tu n'en sais rien! s'ils te le demandent!... En méditation complète?... T'as saisi?...

— Oui, Maître !

— Totale ! Exhaustive ! Ferdinand ! Retraite exhaustive !...

— Oui, Maître...

Je renvoyais le truc à pleine volée avec une explosion de poussière ! Ça tonnait comme un canon... Je poussais les journaux sur la trappe, c'était entièrement camouflé... on voyait plus l'ouverture... Je montais nourrir les pigeons... Je restais là-haut un bon moment... Quand je redescendais, s'il était encore dans le trou, je me demandais toujours quand même si il était rien arrivé !... J'attendais encore un peu ! ... Une demi-heure... trois quarts d'heure... et puis je commençais à trouver que la comédie suffisait... Je soulevais alors un peu le battant et je regardais dans l'intérieur... Si je le voyais pas, je faisais du raffut !... Je sonnais le battant contre les planches... Il était forcé de répondre... Ça le faisait ressortir du néant... Il roupillait presque toujours à l'abri du vasistas dans les replis du « Zélé » dans la grande soie, les gros bouillons... Il fallait aussi que j'y travaille... Je le faisais décaniller... Il remontait au niveau du sol... Il rapparaissait... Il se frottait les châsses... Il retapait sa redingote... Il se retrouvait tout étourdi dans la boutique...

— Je suis ébloui, Ferdinand ! C'est beau... C'est beau... C'est féerique !

Il était pâteux, il était plus très bavard, il était calmé... Il faisait comme ça avec sa langue : « Bdia ! Bdia ! Bdia ! »... Il sortait du magasin... Il vacillait d'avoir dormi. Il s'en allait comme un crabe dans la diagonale... Cap : le pavillon de la Régence !... Le café, le genre volière en faïence, à jolis trumeaux, qu'était encore à l'époque au milieu du parterre moisi... Il se laissait choir au plus proche... sur le guéridon près de la porte... Moi, de la boutique je l'observais bien... Il se tapait d'abord sa verte... C'était facile de le bigler... Toujours nous avions en vitrine le fort joli télescope... L'exemplaire du grand concours... Il faisait peut-être pas voir Saturne, mais on voyait bien des Pereires comment qu'il sucrait sa « purée ». Après ça c'était « l'oxygène » et puis encore un vermouth... On distinguait bien les couleurs... Et juste avant de prendre son dur le fameux grog le « der des der ».

Après son terrible accident, Courtial avait fait le vœu, absolument solennel, de ne plus jamais, à aucun prix, reprendre le volant dans une course... C'était fini! Terminé! Il avait tenu sa promesse... Et même encore vingt ans plus tard il fallait presque qu'on le supplie pour qu'il se décide à conduire au cours d'inoffensives promenades... ou bien en certaines circonstances pour d'anodines démonstrations. Il était beaucoup plus tranquille dans son sphérique en plein vent...

Toute son œuvre sur la « mécanique » tenait dans les livres... Il publiait d'ailleurs toujours bon ou mal an deux traités (avec les figures) sur l'évolution des moteurs et deux manuels avec planches.

L'un de ces petits opuscules avait été à l'origine de très virulentes controverses et même de quelque scandale! Nullement par sa faute au surplus! Le fait, c'est notoire, de quelques aigrefins véreux ayant travesti sa pensée dans un but de lucre imbécile! Pas du tout dans sa manière! Voici le titre dans tous les cas :

« L'automobile sur mesure pour 322 francs 25. *Guide de construction intégrale. Manufacture entière chez soi. Quatre places, deux strapontins, tonneau d'osier, 22 kilomètres à l'heure, 7 vitesses et 2 marches arrière.* » Rien que des pièces détachées! achetées n'importe où! assemblées au goût du client! selon sa personnalité! selon la vogue et la saison! Ce petit traité fit fureur... entre les années 1902-1905... Ce manuel, c'était un progrès, contenait non seulement les plans, mais encore toutes les épures au deux-cent millième! Photo, références, profils... tous impeccables et garantis.

Il s'agissait de lutter, sans perdre une seconde, contre le péril naissant des fabrications « en série ». Des Pereires malgré son culte du progrès certain exécrait, depuis toujours, toute la production standard... Il s'en montra dès le début l'adversaire irréductible... Il en présageait l'inéluctable amoindrissement des personnalités humaines par la mort de l'artisanat...

A l'époque de cette bataille pour l'automobile sur mesure, Courtial était déjà presque célèbre dans le milieu des novateurs pour ses recherches originales, extrêmement audacieuses sur le « Chalet Polyvalent », la demeure souple, extensible, adaptable à toutes les familles! sous tous les climats!... « La maison pour soi » absolument démontable, basculable (transportable évidemment), rétrécissable, abrégeable instantanément d'une ou deux pièces à volonté, selon les besoins permanents, passagers, enfants, invités, vacances, modifiable à la minute même... selon toutes les exigences, les goûts de chacun... « Une maison vieille, c'est celle qui ne bouge plus!... Achetez jeune! Faites souple! Ne bâtissez pas! Montez! Bâtir c'est la mort! On ne bâtit bien que des tombes! Achetez vivant! Demeurez vivants! Le « Chalet Polyvalent » marche avec la vie!... »

Tel était le ton, l'allure du manifeste rédigé tout par lui-même, à la veille de l'Exposition : « L'Avenir de l'Architecture » au mois de juin 98 dans la Galerie des Machines. Son opuscule de la construction ménagère avait provoqué presque immédiatement un extraordinaire émoi chez les futurs retraités, les pères de famille à revenus minimes, chez les fiancés sans abri et les fonctionnaires coloniaux. On le harcelait de demandes, des quatre coins de la France, de l'Étranger, des Dominions... Son chalet, tel quel, entièrement debout, toit mobile, 2.492 clous, 3 portes, 24 travées, 5 fenêtres, 42 charnières, cloisons en bois ou tarlatane, suivant la saison, fut primé « hors classe » imbattable.,. Il s'érigeait à la dimension désirée avec l'aide de deux compagnons et sur n'importe quel terrain en 17 minutes, 4 secondes!... L'usure était insignifiante... la durée donc illimitée!... « Seule, la résistance est ruineuse! Il faut qu'une maison entière joue, ruse comme un véritable organisme! flotte! s'efface même dans les remous du vent! dans la tempête et la bourrasque, dans les paroxysmes orageux! Dès qu'on l'oppose, inqualifiable sottise! aux déchaînements naturels c'est le désastre qui s'ensuit!...

Qu'exiger de la structure? la plus massive? la plus galvanique? la mieux cimentée ? Qu'elle défie les éléments? Folie suprême! Elle sera c'est bien fatal, un jour ou l'autre bouleversée, complètement anéantie!, Il n'est, pour s'en convaincre un peu, que de parcourir l'une de nos si belles et si fertiles campagnes! Notre magnifique territoire! n'est-il point jonché, du Nord au Midi, de ruines mélancoliques! d'autrefois fières demeures! Altiers manoirs! parure de nos sillons, qu'êtes-vous devenus? Poussières! »

« Le « Chalet Polyvalent » souple lui! tout au contraire s'accommode, se dilate, se ratatine suivant la nécessité, les lois, les forces vives de la nature! »

« Il plie beaucoup, mais ne rompt pas... »

Le jour même qu'on inaugurait son stand, après le passage du Président Félix Faure, la parlote et les compliments, la foule rompit tous les barrages! service de garde balayé! Elle s'engouffra si effrénée entre les parois du chalet, que la merveille fut à l'instant arrachée, épluchée, complètement déglutie! La cohue devint si fiévreuse, si désireuse, qu'elle comburait la matière!... L'exemplaire unique ne fut point détruit à proprement dire, il fut aspiré, absorbé, digéré entièrement sur place... Le soir de la fermeture, il n'en restait plus une trace, plus une miette, plus un clou, plus une fibre de tarlatane... L'étonnant édifice s'était résorbé comme un faux furoncle! Courtial en me racontant ces choses, il en restait déconcerté à quinze ans de distance...

« J'aurais pu certainement m'y remettre... C'était un domaine, je le crois, où je m'entendais à merveille, sans me flatter. Je ne craignais personne pour l'établissement « au carat » d'un devis de montage sur terrain... Mais d'autres projets plus grandioses m'ont détourné, accaparé... Je n'ai jamais retrouvé le temps essentiel pour recommencer mes calculs sur les « index de résistance »... Et somme toute, malgré le final désastre ma démonstration était faite!... J'avais permis par mon audace, à certaines écoles, à certains jeunes enthousiastes de se découvrir!... de manifester bruyamment! de trouver ainsi leur voie... C'était bien justement mon rôle! Je n'avais point d'autres désirs! L'Honneur était sauf! Je n'ai rien demandé, Ferdinand! Rien convoité! Rien exigé des Pouvoirs! Je suis retourné à mes études... Aucune intrigue! Aucune cautèle! Or écoute!... quelques mois passent... Et devine ce que je reçois? Presque coup sur coup? Le « Nicham » d'une part, et huit jours après, les « Palmes Académiques »!... Là vraiment j'étais insulté! Pour qui me prenaient-ils soudain? Pourquoi pas un bureau de tabac? Je voulais renvoyer toutes ces frelateries au Ministre! J'ai voulu prévenir Flammarion : « N'en faites rien! N'en faites rien! Acceptez! acceptez! m'a-t-il répondu... Je les ai aussi! » Dans ce cas-là, j'étais couvert! Mais quand même, ils m'avaient tous salement flouzé!... Ah! les ordures indéniables! Mes plans furent tous démarqués, copiés, plagiés, entends-tu! de mille façons bien odieuses! Et absolument maladroites... par tant d'architectes officiels, bouffis, culottés, sans vergogne que j'ai écrit à Flammarion... Au jeu de me dédommager on me devait au moins la Cravate!... Au jeu des honneurs, je veux dire!... Tu me comprends, Ferdinand? Il était bien de mon avis, mais il m'a plutôt conseillé de me tenir encore peinard, de ne pas déclencher d'autres scandales... que ça lui ferait lui-même du tort... De patienter encore un peu... que le moment n'était pas très mûr... En somme j'étais son disciple... je ne devais pas l'oublier... Ah! je ne ressens nulle amertume, crois-moi bien! Certes! les détails m'attristent encore! Mais c'est bien tout! Absolument!... Une leçon mélancolique... Rien de plus... J'y repense de temps à autre... »

Je savais quand ça le reprenait ce cafard des architectures, c'était surtout à la campagne... Et au moment des ascensions... quand il allait passer la jambe pour escalader la nacelle... Il lui revenait un coup de souvenirs... C'était peut-être aussi en même temps un petit peu la frousse qui le faisait causer... Il regardait au loin, le paysage... Comme ça dans la grande banlieue, surtout devant les lotissements, les cabanes, les gourbis en planches! Il s'attendrissait... Il lui passait une émotion... Les bicoques, les plus biscornues, les loucheuses, les fissurées, les bancales, tout ça qui crougnotte dans les fanges, qui carambouille dans la

387

gadoue, au bord des cultures... après la route... « Tu vois
bien tout ça, Ferdinand, qu'il me les désignait alors, tu
vois bien toute cette infection? » Il décrivait d'un geste
énorme... Il embrassait l'horizon... Toute la moche cohue
des guitounes, l'église et les cages à poules, le lavoir et
les écoles... Toutes les cahutes déglinguées, les croulantes,
les grises, les mauves, les réséda... Toutes les croquignoles
du platras...

— Ça va hein? C'est bien abject?... Eh bien, j'y suis
pour beaucoup! C'est moi! C'est moi le responsable!
Tu peux le dire, c'est à moi tout ça, Ferdinand! Tu m'entends bien? C'est à moi!...

— Ah! que je faisais comme ébaubi. Je savais que c'était
sa séance... Il enjambait par-dessus bord... Il sautait dans
le carré d'osier... Si le vent soufflait quand même pas trop...
il gardait son panama... Il préférait encore beaucoup...
mais il se le nouait sous le menton avec un large ruban...
C'est moi qui mettais sa casquette... « Lâchez tout »!
Ça débloquait au millimètre... d'abord extrêmement
doucement... et puis un petit peu plus vite... Il fallait bien
qu'il se dégrouille pour passer par-dessus les toits... Il
lâchait jamais son sable... Il fallait pourtant qu'il monte...
On gonflait jamais à bloc... Ça coûtait treize francs la
bonbonne...

Quelque temps après l'avatar du « Chalet par soi »,
le fol émiettement par la foule, Courtial des Pereires s'était
brusquement décidé à reviser toute sa tactique... « Les fonds
d'abord! » voilà comment il parlait!... Telle était sa nouvelle maxime. « Plus d'aléas! Que du solide! »... Il avait
conçu un programme entièrement d'après ces données...
Et des fondamentales réformes!... Toutes absolument
judicieuses, pertinentes...

Il s'agissait d'améliorer, de prime abord, envers et contre
tous obstacles la condition des inventeurs... Ah! il partait

388

de ce principe que dans le monde de la trouvaille les idées ne manqueraient jamais! Qu'il y en a même toujours de trop! Mais que le capital par contre il est horriblement fuyard! pusillanime! et fort farouche!... Que tous les malheurs de l'espèce et les siens en particulier proviennent toujours du manque de fonds... de la méfiance du disponible... du crédit terriblement rare!... Mais tout ça pouvait s'arranger!... Il suffisait d'intervenir, de remédier à cet état par quelque heureuse initiative... D'où la fondation immédiate aux Galeries Montpensier même, derrière le bureau tunisien, entre la cuisine et le couloir, d'un « Coin du Commanditaire »... Une petite enclave très spéciale, meublée extrêmement simplette : une table, une armoire, un casier, deux chaises, et pour dominer les débats, « de Lesseps », fort joli buste sur l'étagère supérieure, entre les dossiers, toujours des dossiers...

En vertu des nouveaux statuts, n'importe quel inventeur, moyennant cinquante et deux francs (totalité versée d'avance), avait droit dans notre journal à trois insertions successives de tous ses projets, absolument « ad libitum » même les plus inouïes fariboles, les plus vertigineux fantasmes, les plus saugrenues impostures... Tout ça fournissait quand même deux belles colonnes du « Génitron », plus dix minutes d'entretien particulier, technique et consultatif avec le Directeur Courtial... Enfin, pour rendre la musique un peu plus flatteuse encore, un diplôme oléographique de « membre dépositaire au Centre des Recherches *Eureka* pour le financement, l'étude, l'équilibre, la mise en valeur immédiate des découvertes les plus utiles au progrès de toutes les Sciences et de l'Industrie!... »

Pour faire tomber les cinquante points c'était jamais si commode!... Y avait toujours du tirage... Même en donnant la chansonnette... En se dépensant du baratin... Ils renâclaient presque toujours au moment de douiller, même les plus absolus fadas, il leur passait une inquiétude... Même comme ça dans leur délire, ils sentaient malgré tout la vape... Que c'était un petit flouze qu'ils reverraient jamais... « Constitution du dossier »... ça s'intitulait notre astuce...

Courtial se chargeait dès lors, c'était ainsi entendu, de toutes les démarches essentielles, les petites comme les grandes approches, entrevues... recherches d'arguments... réunions... discussions prémonitoires, défense des mobiles, tout ce qu'il fallait en somme pour attirer, amadouer, convaincre, enthousiasmer, tranquilliser un Consortium... Tout ceci, bien entendu, en temps opportun!... Là-dessus on ne rigolait pas!... Point de hâte!... Point de cafouillages!... De brutalité!... Nous la craignions... La brusquerie fait tout rater! C'est la précipitation qui culbute tous les pronostics!... Les plus fructueuses entreprises sont celles qui mûrissent très lentement!... Nous étions extrêmement ennemis, implacablement hostiles à tout bousillage précoce... à toute hystérie!... « Tout commanditaire est un vrai oiseau pour s'enfuir, mais une tortue sur la douille. »

L'inventeur, afin qu'il entrave le moins possible les pourparlers, toujours si tellement délicats, devait déblayer tout le terrain... rentrer immédiatement chez lui... fumer sa pipe en attendant... ne plus s'occuper du manège... Il serait dûment averti, convoqué, instruit du détail, dès que son histoire prendrait tournure... Cependant c'était fort rare, qu'il reste comme ça peinard au gîte!... A peine une semaine d'écoulée, il revenait déjà à la charge... pour demander des nouvelles... Nous apporter d'autres maquettes... Les compléments des projets... Des épures supplémentaires... Des pièces détachées... Il revenait encore et quand même, on avait beau râler très fort, il se ramenait de plus en plus... lancinant, inquiet, navré... Un coup il se foutait à beugler dès qu'il se rendait un peu compte... Il faisait une crise plus ou moins grave... Et puis on le revoyait plus... Y en avait qu'étaient pas si cons... mais c'était un tout petit nombre... qui parlaient d'aller au pétard, par les voies légales, porter la plainte au commissaire, si on rendait pas leur pognon... Courtial, il les connaissait tous. Il se débinait à leur approche. Il les voyait arriver de loin, de l'autre côté des arcades... C'était pas croyable comme il avait l'œil perçant pour le repérage d'énergumènes... C'était rare qu'il se fasse poisser... Il se tirait dans l'arrière-boutique agiter un brin les haltères,

mais encore plutôt à fond de cave... Là il était encore plus
sûr... Il refusait tout entretien... Le dabe qui revoulait sa
mise il écumait pour des pommes...

— Tiens-le! Ferdinand! Tiens-le bien! qu'il me recommandait cette salope. Tiens-le! Pendant que je réfléchis!...
Je le connais de trop ce prolixe! Ce bouseux de la gueule!
chaque fois qu'il vient m'interviewer j'en suis pour deux
heures au moins!... Il m'a fait perdre déjà dix fois tout le
fil de mes déductions! C'est une honte! C'est un scandale! Tue-le ce fléau! Tue-le! je t'en prie, Ferdinand!
Le laisse plus courir par le monde!... Brûle! Assomme!
Éparpille ses cendres! Je m'en fous résolument! Mais de
grâce à aucun prix, tu m'entends, ne me l'amène! Dis que
je suis à Singapour! à Colombo! aux Hespérides! Que je
refais des berges élastiques à l'Isthme de Suez et Panama.
C'est une idée!... N'importe quoi! Tout est bon pour pas
que je le revoye!... Grâce, Ferdinand! Grâce!...

C'était moi donc, raide comme balle, qui prenais l'averse
en entier... J'avais un système, je veux bien... J'étais comme
le « Chalet par soi », je l'abordais en souplesse... J'offrais
aucune résistance... Je pliais dans le sens de la furie...
J'allais encore même plus loin... Je le surprenais le dingo
par la virulence de ma haine envers le dégueulasse Pereires...
Je le baisais à tous les coups en cinq sec... au jeu des injures atroces!... Là j'étais parfaitement suprême!... Je le
vilipendais! stigmatisais! couvrais d'ordures! de sanies!
Cette abjecte crapule! cette merde prodigieuse! vingt fois
pire! cent fois! mille fois encore pire qu'il avait jamais
pensé seul!...

Je lui faisais de ce Courtial, pour sa réjouissance intime,
à pleine gueule vocifération, une bourriche d'étrons plas-
tiques, fusibles, formidablement écœurants... C'était pas
croyable d'immondice!... Ça dépassait tout! Je m'en donnais à plein tuyau! J'allais trépigner sur la trappe juste
au-dessus de la cave, en chœur avec le maboul... je les
surpassais tous de beaucoup question virulence par l'intensité de ma révolte, la sincérité, l'enthousiasme destruc-
teur! mon tétanisme implacable... la Transe... l'Hyperbole...
le gigotage anathémique... C'était vraiment pas concevable

à quel prodigieux paroxysme je parvenais à me hausser dans la colère absolue... Je tenais tout ça de mon papa... et des rigolades parcourues... Pour l'embrasement, je craignais personne!... Les pires insensés délirants interprétatifs dingos, ils existaient pas quand je voulais un peu m'y mettre, m'en donner la peine... j'avais beau être jeune... Ils s'en allaient de là, tous vaincus... absolument ahuris par l'intensité de ma haine... mon incoercible virulence, l'éternité de vengeance que je recelais dans mes flancs... Ils m'abandonnaient dans les larmes le soin d'écraser bien cette fiente, tout ce Courtial abhorré... ce bourbier de vices... de le couvrir en foutrissures imprévisibles, bien plus glaireux que le bas des chiots! Un amas d'inouïe purulence! d'en faire une tarte, la plus fétide qui puisse jamais s'imaginer... de le redécouper en boulettes... de le raplatir en lamelles, d'en plâtrer tout le fond des latrines, entre la tinette et la fosse... De le coincer là, une fois pour toutes... qu'on chierait dessus à l'infini!...

Dès qu'il était barré le copain, qu'il était assez éloigné... Courtial se ramenait vers la trappe... Il soulevait un peu son battant... Il risquait d'abord un œil... Il remontait à la surface...

— Ferdinand! Tu viens de me sauver la vie... Ah! Oui! La vie!... C'est un fait! J'ai tout entendu! Ah! C'est exactement tout ce que je redoutais! Ce gorille m'aurait disloqué! Là sur place! Tu t'es rendu compte!... Il se ravisait alors un peu. Une inquiétude lui passait d'après ce que j'avais hurlé... La bonne séance avec le mec...

« Mais je n'ai pas au moins, Ferdinand! dis-moi-le tout de suite, baissé tant que ça dans ton estime! Tu me le dirais? Tu ne me cacherais rien, n'est-ce pas? Je m'expliquerai si tu veux? Vas-y!... Ces comédies, je veux le croire, n'affectent en rien ton sentiment? Ce serait trop odieux! Tu me gardes toute ton affection? Tu peux, tu le sais, entièrement compter sur moi! Je n'ai qu'une parole! Tu me comprends! Tu commences à me comprendre, n'est-ce pas? Dis-moi un peu si tu commences?

— Oui! Oui! C'est exact!... Je crois... Je crois que je suis bien en train...

— Alors, écoute-moi encore mon cher Ferdinand!...
Pendant l'incartade de ce fou... je songeais à cent mille
choses... pendant qu'il nous écœurait... tonitruait ses
délires... Je me disais mon pauvre Courtial! Toutes ces
rumeurs! ces cafouillages, ces fracas infâmes, ces calembredaines mutilent atrocement ton destin... Sans rien
ajouter à ta cause! Quand je dis la cause! Comprends-moi!
Il est pas question d'argent! C'est le frêle trésor que j'in-
voque! La grande richesse immatérielle! C'est la grande
Résolution! L'acquis du thème infini! Celui qui doit nous
emporter... Comprends-moi plus vite, Ferdinand! Plus vite!
Le temps passe! Une minute! Une heure! A mon âge?
mais c'est déjà l'Éternité! Tu verras! C'est tout comme
Ferdinand! C'est tout comme! — Ses yeux se mouillaient...
— Écoute encore Ferdinand! J'espère qu'un jour tu me
comprendras tout à fait... Oui!... Tu m'apprécieras vraiment! Quand je ne serai plus là pour me défendre!...
C'est toi Ferdinand! qui posséderas la vérité!... C'est
toi qui réfuteras l'injure!... C'est toi! J'y compte Ferdinand! Je compte sur toi!... Si on vient alors te dire... de
bien des endroits divers : « Courtial n'était qu'un salopiaud,
la pire des charognes! Un faussaire! Y avait pas deux
ordures comme lui... » Que répondras-tu Ferdinand?...
Seulement ceci... Tu m'entends? « Courtial n'a commis
qu'une erreur! Mais elle était fondamentale! Il avait pensé
que le monde attendait l'esprit pour changer... Le monde
a changé... C'est un fait! Mais l'esprit lui n'est pas venu!... »
C'est tout ce que tu diras! Absolument tout! Jamais autre
chose! Tu n'ajouteras rien!... L'ordre des grandeurs Ferdinand! L'ordre des grandeurs! On peut faire entrer peut-
être le tout petit dans l'immense... Mais alors comment
réduire l'énorme à l'infime? Ah! Tous les malheurs n'ont
point d'autre source! Ferdinand! Point d'autre source!
Tous nos malheurs!...

Quand il avait comme ce tantôt-là éprouvé une extraordinaire pétoche, il se sentait pris à mon égard d'une
très touchante sollicitude. Il voulait plus du tout que je
boude...

— Vas-y, Ferdinand! Va te promener! qu'il me disait

alors... Va donc jusqu'au Louvre! Ça te fera beaucoup de bien! Va-t'en donc jusqu'aux Boulevards! Tu aimes ça toi Max Linder! Notre turne est encore empestée par les senteurs de ce mammouth! Allons-nous-en! Filons vite! Ferme-moi la cambuse! Suspends l'écriteau! Viens me rejoindre aux « Trois Mousquetons »! Je paye les gobelets! Prends l'argent dans le tiroir de gauche... Je sortirai pas en même temps que toi!... Je vais me tirer par le couloir... Repasse donc par les « Émeutes »... Tu verras un peu le Naguère!... Demande-lui s'il a du nouveau?... T'as bien placé sur « Shéhérazade »? et les « reports » sur « Violoncelle »? Hein? Toujours n'est-ce pas pour toi seul? Tu ne sais même pas où je me trouve!... Tu m'entends?

Il me faisait de plus en plus souvent le coup de la Grande Résolution... Il se débinait au sous-sol, soi-disant pour méditer, comme ça pendant des heures entières... Il emmenait un gros bouquin et sa grosse bougie... Il devait avoir des ardoises chez tous les « boucs » du quartier, non seulement aux « Grandes Émeutes », au môme Naguère, mais encore aux « Mousquetons » et même à la Brasserie Vigogne rue des Blancs-Manteaux... Là, c'était un vrai coupe-gorge... Il interdisait qu'on le dérange... Moi, j'étais pas toujours content... Ça me forçait sa fantaisie, d'aller répondre en personne à tous les cinglés du casuel... les abonnés mal embouchés, les petits curieux, les grands maniaques... Ils me déferlaient par bordées... Je les prenais tous sur les endosses... les récrimineurs en tous sens... la bande immonde des rumineux... les illuminés de la bricole... Il arrêtait pas d'en jaillir... d'entrer et sortir... Pour la sonnette c'était la crise... Elle grêlait continuellement... Moi ça m'empêchait toutes ces distractions d'aller réparer mon « Zélé »... Il embarrassait toute la cave Courtial avec ses conneries... C'était pourtant mon vrai boulot!... C'est moi qu'étais responsable et répréhensible au cas qu'il se casserait la hure... Il s'en fallait toujours d'un fil!... C'était donc cul son procédé... J'ai fait la remarque à la fin, à ce propos-là parmi tant d'autres, que ça pouvait plus continuer... que je marchais plus!... que je m'en tamponnais désormais... qu'on courait à la catastrophe!... C'était pur et simple... Mais il m'écoutait à peine! Ça lui faisait ni chaud ni froid... Il disparaissait de plus en plus. Quand il était au sous-sol il voulait plus que personne lui cause!... Même sa calebombe elle le gênait... Il arrivait à l'éteindre pour mieux réfléchir.

J'ai fini, comme ça par lui dire... il m'avait tellement agacé, que je me contenais plus... qu'il devrait aller dans l'égout! Qu'il serait encore bien plus tranquille pour chercher sa résolution!... du coup alors, il m'incendie!...

— Ferdinand! qu'il m'interpelle! Comment? C'est toi qui me parles ainsi! A moi? Toi, Ferdinand? Arrête! Juste Ciel et de grâce! Pitié! Appelle-moi ce que tu voudras! Menteur! Boa! Vampire! Engelure! Si les mots que je prononce ne sont point la stricte expression de l'ineffable vérité! Tu as bien voulu, n'est-ce pas, Ferdinand? supprimer ton père? Déjà? Ouais! C'est un fait! Ce n'est pas un leurre? Quelque fantasmagorie? C'est la réalité même! extraordinairement déplorable!... Un exploit dont plusieurs siècles ne sauraient effacer la honte! Certes! Ouais! Mais absolument exact! Tu ne vas pas nier à présent? Je n'invente rien! Et alors? Maintenant! Que veux-tu? dis-moi? Me supprimer à mon tour? Mais c'est évident! Voilà! C'est simple! Profiter!... Attendre!... Saisir le moment favorable!... Détente... Confiance... Et m'occire!... M'abolir!... M'annihiler!... Voilà ton programme!... Où avais-je l'esprit? Ah! Décidément Ferdinand! Ta nature! Ton destin sont plus sombres que le sombre Érèbe!... O tu es funèbre Ferdinand! sans en avoir l'air! Tes eaux sont troubles! Que de monstres Ferdinand! dans les replis de ton âme! Ils se dérobent et sinuent! Je ne les connais pas tous!... Ils passent! Ils emportent tout!... La mort!... Oui! A moi! Auquel tu dois dix mille fois plus que la vie! Plus que le pain! Plus que l'air! Que le soleil même! La Pensée! Ah! C'est le but que tu poursuis, rep-

tile? N'est-ce pas! Inlassable! Tu rampais!... Divers...
Ondoyant! Imprévu toujours!... Violences... Tendresse...
Passion... Force... Je t'ai entendu l'autre jour!... Tout
t'est possible, Ferdinand. Tout! l'enveloppe seule est humaine! Mais je vois le monstre! Enfin! Tu sais où tu vas?
M'avait-on prévenu? Ah ça oui! Les avis ne m'ont point
manqué... Cautèle!... Sollicitude!... et puis soudain sans
une syllabe douteuse... toutes les frénésies assassines!
Frénésies!... La ruée des instincts! Ah! Ah! Mais c'est la
marque mon ami! Le sceau absolu! La foudre du crimi-
nel... Le congénital! Le pervers inné!... Mais c'est toi!
Je l'ai là! Soit! mon ami!... Soit! Devant toi, tu n'as pas
un lâche! Le foutriquet peut-être que tu comptais terro-
riser? Ah mais non! Mais non! Je fais face à tout mon
Destin! Je l'ai voulu! J'irai jusqu'au bout! Achève-moi
donc si tu le peux!... Vas-y! Je t'attends! De pied ferme!
Ose! Tu me vois bien? Je te défie, Ferdinand! Tu m'excites
dirai-je! Tu m'entends! Tu m'exaspères! Je ne suis pas
dupe! Entièrement conscient! Regarde l'Homme dans
le blanc des yeux! J'avais évalué tous mes risques!... Le
jour de ton accueil ici! Que ce soit ma suprême audace!
Allons vas-y! Frappe! Je fais face au crime! Fais vite!...
      Je l'ai laissé encore baver... je regardais ailleurs... les
arbres... Au loin dans le jardin... les pelouses... les nourrices... la volée des piafs qui sautillent à travers les bancs!
le jet d'eau qui caracole!... dans les bouffées de brise... Ça
valait mieux que de lui répondre!... Que me retourner
même pour le voir... Il savait pas si bien dire... C'était
juste au poil que j'y branle tout le presse-papiers dans la
gueule... le gros mastoc, l'Hippocrate... il me grattait le
dedans de la main... Il pesait au moins trois kilos... J'avais
du mal... Je me contenais... J'avais du mérite... Il continuait encore la tante!...
      — Les jeunes gens au jour d'aujourd'hui ont le goût du
meurtre! Tout ça Ferdinand! moi je peux te dire, ça finit
Boulevard Arago! Avec la cagoule mon ami! Avec la
cagoule! Malheur de moi! Juste Ciel! J'aurais été responsable!...
      J'en connaissais moi aussi des mots... Je me sentais

monter la moutarde... Y en avait la coupe!... « Maître! Maître! allez donc chier! que je lui faisais au moment même. Allez chier tout de suite! Allez chier très loin! Moi, je ne vous tue pas! Moi, je vous déculotte! Moi, je vais vous tatouer les fesses! Moi! comme trente-six bottes de pivoines... que je vais vous bâcler le trou du cul! Et avec de l'odeur en plus! Ah! Voilà ce qui va vous advenir! Que vous déconniez seulement qu'une petite traviole de plus! »

J'allais l'agrafer pour de bon... Il était vivace le bougre... Il carrait dans l'arrière-boutique... Il voyait bien que c'était sérieux! que j'avais fini de supporter... Il restait dans son bobino... Il tripotait ses barres fixes... Il me foutait la paix un moment... Il avait été assez loin... Un peu plus tard, il repassait... Il traversait la boutique... Il prenait par le couloir à gauche, il filait en ville... Il remontait pas à son bureau... Enfin je pouvais bosser tranquille.

C'était pas une petite pause de recoudre, rembourtir, rafistoler la moche enveloppe, reglinguer ensemble des pièces qui ne tenaient plus... C'était un tracas infini... Surtout que pour mieux regarder de près je m'éclairais à l'acétylène... Comme ça dans la cave c'était extrêmement imprudent... auprès des substances adhésives... qui sont toujours pourries de benzine... Ça dégoulinait de partout... Je me voyais déjà torche vivante!... L'enveloppe du « Zélé » c'était une périlleuse affaire, en maints endroits une vraie passoire... D'autres déchirures! D'autres raccrocs! Toujours encore des plus terribles à chaque sortie, à chaque descente! A la traînée d'atterrissages à travers labours!... Au revers de toutes les gouttières... Dans l'enfilade des mansardes, surtout les jours de vent du Nord!... Il en avait laissé partout des grands lambeaux, des petits débris, dans les forêts, après les branches, entre les clochers! Les remparts... Il emmenait des cheminées en tôle! des toits! des tuiles au kilo! des girouettes à chaque sortie! Mais les éventrages les plus traîtres, les plus affreuses déchirures, c'était les fois qu'il s'empalait sur un poteau télégraphique!... Là souvent il se fendait en deux... Faut être juste pour des Pereires il courait des fameux risques avec

397

Mort à crédit, t. II.   5

ses sorties aériennes. La montée toujours c'était extrêmement fantaisiste... ça tenait toujours du miracle, à cause du gonflage minimum... Pour les raisons d'économie!... Mais ce qui devenait effroyable c'était les descentes avec tout son bastringue foireux... Heureusement y avait l'habitude! C'est pas le métier qui lui manquait. Il chiffrait déjà, lui tout seul, au moment où je l'ai connu, 1 422 ascensions! Sans compter celles en « captif »... Ça lui faisait un joli total! Il avait toutes les médailles, tous les diplômes, les brevets... Il connaissait tous les trucs, mais c'était ses atterrissages qui m'éblouissaient constamment... Je dois dire que c'était merveilleux comme il retombait sur ses pompes! Dès que le bout du « rope » raclait la terre... que le fourbi ralentissait il se ramassait tout en boule au fond du panier... quand l'osier touchait la mouscaille... que tout le bordel allait rebondir... il sentait son moment exact... Il giclait comme un guignol... Il se déroulait en bobine... un vrai jockey pour la chute... boudiné dans sa couverture, il se faisait rarement une atteinte... Il s'arrachait pas un bouton... Il perdait pas une seconde... Il partait dare-dare en avant... Il bagottait dans les sillons... Il se retournait plus... Il piquait derrière le « Zélé »... tout en sonnant dans son petit bugle qu'il emportait en bandoulière...Il faisait le raffut lui tout seul... la vache! Le cross durait très longtemps avant que tout le fourbi s'affaisse... Je le vois encore dans les sprints... C'était un spectacle de grande classe, en redingote, panama... Mes sutures autoplastiques faut dire les choses assez franchement... elles tenaient en l'air plus ou moins... mais il les aurait pas faites, par lui-même... Il était pas assez patient, il aurait tout bouzillé encore davantage... C'était un art, à la fin, cette routine des reprises! Malgré des ruses infinies, ma grande ingéniosité, je désespérais fort souvent sur cette garce enveloppe... Elle en voulait vraiment plus... Depuis seize ans, qu'on la sortait en toutes circonstances, à toutes les sauces, les tornades, elle tenait plus que par les surjets, des rafistolages étranges... Chaque gonflement c'était un drame!... A la descente, à la traînée, c'était encore pire... Quand il manquait toute une bande, j'allais faire

398

un prélèvement dans la vieille peau de « l'Archimède »...
Il était celui-là plus que des pièces, des gros lambeaux
dans un placard, en vrac, au sous-sol... C'était le ballon
de ses débuts, un « captif » entièrement « carmin », une
baudruche d'énorme envergure. Il avait fait vingt ans les
foires!... J'y mettais bien de la minutie pour recoller tout,
bout à bout, des scrupules intenses... Ça donnait des
curieux effets... Quand il s'élevait au « Lâchez tout » le
« Zélé » au-dessus des foules, je reconnaissais mes pièces
en l'air... Je les voyais godailler, froncer... Ça me faisait
pas rire.

Mais en plus y avait les démarches, les préliminaires...
Ce condé des ascensions c'était pas un nibé tout cuit!...
Il faudrait pas croire... Ça se préparait, ça se boutiquait,
ça se discutait des mois et des mois d'avance... Il fallait
qu'on corresponde par tracts, par photographies. Semions
la France de prospectus!... Repiquer tous les notables!...
se faire salement agonir par les Comités festoyeurs, toujours énormément radins... En plus donc des inventeurs
nous recevions pour le « Zélé » un courrier du tonnerre de
Dieu!...

J'avais appris avec Courtial à rédiger genre officiel. Je
me débrouillais pas trop mal... Je ne faisais plus beaucoup
de fautes... Nous avions un papier « ad hoc » pour la
conduite des pourparlers avec un en-tête de bon goût « Sec-
tion Parisienne des Amis du Ballon Libre »...

On baratinait les mairies dès la fin de l'hiver! Les pro-
grammes pour la saison s'élaboraient au printemps!...
Nous devions, nous autres, en principe, avoir déjà tous nos
dimanches entièrement retenus un peu avant la Toussaint...
On harcelait par téléphone tous les présidents de Comités.
C'était encore moi dans ce coup-là, qui me tapais la poste.
J'y allais aux heures d'affluence... J'essayais de trisser
sans douiller! Je me faisais recueillir à la porte...

On avait lancé nos appels pour toutes les foires, les réunions, les kermesses, dans la France entière! Y avait pas
de petits endroits! Tout était mangeable et possible! Mais
de préférence, bien sûr, on essayait malgré tout de pas
s'éloigner de Seine-et-Oise... Seine-et-Marne au plus!

C'était les transports du bastringue qui nous foutaient tout de suite à cul, des sacs, des bonbonnes, de la came, de tout notre fourniment bizarre. Pour que le jeu vaille la chandelle, il fallait qu'on soye rentrés le soir au Palais-Royal. Sinon c'était du débours! Courtial, il présentait un devis vraiment étudié au plus juste! Tout à fait modeste et correct : deux cent vingt francs... Gaz pour le gonflage en plus, pigeons au « Lâcher » deux francs pièce!... On stipulait pas la hauteur... Notre rival le plus connu et peut-être encore le plus direct, c'était le capitaine Guy des Roziers, il demandait lui, bien davantage! Sur son ballon « L'Intrépide » il faisait des tours périlleux!... Il montait avec son cheval, il restait en selle tout là-haut! à quatre cents mètres garantis!... Il coûtait cinq cent vingt-cinq francs, retour payé par la Commune. Mais ceux qui nous damaient le pion encore plus souvent que l'écuyer, c'étaient l'Italien et sa fille « Calogoni et Petita »... Ceux-là, on les retrouvait partout! Ils plaisaient énormément, surtout dans les garnisons! Ils étaient extrêmement coûteux, ils faisaient au ciel mille cabrioles... Ils lançaient en plus des bouquets, des petits parachutes, des cocardes, à partir de six cent vingt mètres! Ils demandaient huit cent trente-cinq francs et un contrat pour deux saisons!... Ils accaparaient réellement...

Lui Courtial, son genre, son renom c'était pas du tout à l'esbroufe! Pas la performance dramatique! Non! C'était tout à fait le contraire! La manière nettement scientifique, la fructueuse démonstration, l'envol expliqué, la jolie causerie préalable, et pour terminer la séance le gracieux « lâcher » des pigeons... Il les prévenait lui-même toujours, en petit laïus préliminaire : « Messieurs, Mesdames, Mesdemoiselles... Si je monte encore à mon âge, c'est pas par vaine forfanterie! Ça vous pouvez croire! Par désir d'épater les foules!... Regardez un peu ma poitrine! Vous y verrez épanouies toutes les médailles les plus connues, les plus cotées, les plus enviées de la valeur et du courage! Si je monte, Mesdames, Messieurs, Mesdemoiselles, c'est pour l'instruction des Familles! Voilà le but de toute ma vie! Tout pour l'éducation des masses! Nous ne nous adressons ici à aucune passion malsaine! non plus qu'aux instincts sadiques! aux perversités émotives!... Je m'adresse à l'intelligence! A l'intelligence seulement! »

Il me répétait pour que je sache : « Ferdinand, souviens-toi toujours que nos ascensions doivent conserver à tout prix leur cachet! L'estampille même du « Génitron »... Elles ne doivent jamais dégénérer en pitreries! en mascarades! en fariboles aériennes! en impulsions d'hurluberlus! Non! Non! et non! Il nous faut rester dans la note, dans l'esprit même de la Physique! Certes, nous devons divertir! ne pas l'oublier! Nous sommes payés pour cela! C'est justice! Mais mieux encore, si possible, susciter chez tous ces rustres l'envie d'autres notions précises, de connaissances véritables! Nous élever certes. Il le faut. Mais élever aussi ces brutes, celles que tu vois, qui nous entourent, la gueule ouverte! Ah! c'est compliqué, Ferdinand!... »

Jamais, c'est un fait, il n'aurait quitté le sol, sans avoir avant toute chose dans une causerie familière expliqué tous les détails, les principes aérostatiques. Pour mieux dominer l'assistance, il se juchait en équilibre sur le bord de la nacelle, extraordinairement décoré, redingote, panama, manchettes, un bras passé dans les cordages... Il démontrait, à la ronde, le jeu des soupapes et des valves, du guiderope, des baromètres, les lois du lest, des pesanteurs. Puis entraîné par son sujet, il abordait d'autres domaines, traitant, devisant, à bâtons rompus toujours, de la météorologie, du mirage, des vents, du cyclone... Il abordait les planètes, le jeu des étoiles... Tout arrivait à lui sourire : l'anneau... les Gémeaux... Saturne... Jupiter... Arcturus et ses contours... La Lune... Belgerophore et ses reliefs... Il mesurait tout au jugé... Sur Mars, il pouvait s'étendre... Il la connaissait très bien... C'était sa planète favorite! Il racontait tous les canaux, leurs profils et leurs trajets! leur flore! comme s'il y avait pris des bains! Il tutoyait bien les astres! Il remportait le gros succès!

Pendant qu'il bavait, ainsi juché, à la cantonade, captivant la foule, moi je faisais un peu la quête... C'était mon petit supplément. Je profitais de la circonstance, des palpitations, des émois... Je piquais à travers les rangées.

Je proposais du « Génitron » à douze pour Jeux sous!
des invendus, des petits manuels dédicacés... des médailles
commémoratives avec le ballon minuscule, et puis pour
ceux que je biglais, qui me paraissaient les plus vicelards...
dans le tassement qui menaient un pelotage... j'avais un
petit choix d'images drôles, amusantes, gratines... et des
transparentes qui remuaient... C'est rare que je liquide pas
tout... L'un dans l'autre, avec un peu de veine, j'arrivais
à me faire vingt-cinq points! C'était une somme pour
l'époque! Dès que j'avais tout rétamé, que j'avais fait
ma récolte, je filais un petit signe au maître... Il renversait
sa vapeur... Il bloquait sa parlerie... Il redescendait dans
son panier... Il rajustait son panama... il amarrait toutes
ses tringles, il dénouait la dernière écoute, et il décalait
tout doucement. J'avais plus que le suprême filin... C'est
moi qui donnais : « Lâchez tout »... Il me renvoyait un
coup de son bugle... Guiderope à la traîne... Le « Zélé »
prenait l'espace!... Jamais je l'ai vu s'envoler droit... Il
était flasque dès le début. On le gonflait, pour bien des
raisons, qu'avec une extrême réserve... Il barrait donc en
traviole... Il chaloupait au-dessus des toits. Ça faisait
avec ses raccrocs un gros arlequin en couleurs... Il bati-
folait dans les airs en attendant un vrai coup de brise... il
pouvait bouffir qu'en plein vent... Tel un vieux jupon sur
la corde, il était calamiteux... Même les plus bouseux cam-
pagnols ils s'apercevaient bien de la chose... Tout le monde
se marrait de le voir partir tituber dans les toits... Moi je
rigolais beaucoup moins!... Je le prévoyais l'horrible
accroc, le décisif! Le funeste! La carambouille terminale...
Je lui faisais mille signes d'en bas... qu'il laisse choir tout
de suite le sable!... Il était jamais très pressé... il avait
peur de monter trop... C'était pas tellement à craindre!...
Question qu'il s'éloigne c'était guère possible, vu l'état
des toiles!... Mais le bec dont je me gourrais, c'était qu'il
rechute en plein village... Ça c'était toujours à deux doigts
et la perte avec... qu'il vienne frôler dans l'école... qu'il
emmène le coq de l'église... qu'il s'enfourche dans une
gouttière!... Qu'il s'arrête en pleine mairie!... qu'il s'écroule
dans le petit bois. Ça suffisait amplement s'il arrivait à

gagner ses cinquantes ou soixante mètres... je calculais au petit bonheur... c'était le maximum... Son rêve à Courtial, dans l'état de son attirail, c'était de ne jamais dépasser le premier étage des maisons... Ça pouvait s'admettre facilement... Après ça devenait de la folie... D'abord on aurait jamais pu la gonfler à bloc sa besace... Avec une, deux bonbonnes en plus, ça se serait fendu à coup sûr et du haut en bas... Il s'écarquillait en grenade de la soupape à la valve!... Après qu'il avait franchi la dernière chaumière, dépassé les derniers enclos, alors il faisait le vide du sable. Il se décidait, il culbutait tout son restant... Quand il avait plus de lest du tout... ça lui faisait faire un petit bond... Une saccade d'une dizaine de mètres... C'était l'instant des pigeons... Il ouvrait vivement leur panier... Les bestioles filaient comme des flèches... Alors, c'était aussi le moment que je démerde pour mon compte... C'était son signe de la descente!... Je peux dire que je trissais vinaigre... Il fallait faire du tragique pour ameuter les croquants!... qu'ils radinent tous après le ballon... qu'ils nous aident vite à tout replier... l'énorme camelote en valdraque... à tout rembarquer à la gare... à pousser la charge sur le palan... C'était pas fini! Le mieux qu'on avait découvert pour qu'ils se barrent pas tous à la fois... qu'ils se manient encore pour nous autres, qu'ils accourent à la suite en foule, c'était de leur jouer la catastrophe... Ça prenait presque à coup sûr... Autrement nous étions roustis... pour qu'ils s'y colletinent au boulot, il aurait fallu qu'on les douille... Du coup, on s'y retrouvait plus!... C'était à prendre ou à laisser...

Je poussais des gueulements farouches! Je me désossais comme un putois! Je me précipitais à toutes pompes à travers des fondrières dans la direction de la chute... J'entendais son bugle... « Au feu!... Au feu!... que je hurlais. Regardez! Regardez! les flammes!... Il va foutre le feu partout! Il y en a par-dessus les arbres!... » Alors, la horde s'ébranlait... Ils radinaient à la charge... Ils fonçaient à ma poursuite! Dès que Courtial m'apercevait avec la meute des manants, il tirait sur toutes les soupapes... Il éventrait toute la boutique du haut jusqu'en bas!... Le truc s'effon-

403

drait dans les loques... Il s'affalait dans la mouscaille, perclus, flapi! foirante la baudruche!... Courtial giclait du panier... Il rebondissait sur ses panards... Il soufflait encore un coup de bugle pour le ralliement... Et il recommençait un discours! Les péquenouzes ils étaient hantés par la frousse que le truc prenne feu, qu'il aille incendier les meules... Ils s'écrasaient sur le bazar pour empêcher qu'il bouffonne... Ils m'empilaient tout ça en tas... Mais ça faisait une très moche épave!... tellement qu'il s'était arraché après toutes les branches... Il avait perdu tant d'étoffe, des lambeaux tragiques... Il ramenait des buissons entiers... entre sa baudruche et le filet... Les sauveteurs ravis, comblés, trépignants dans les émotions, arrimaient Courtial en héros sur leurs robustes épaules... Ils l'emportaient en triomphe... Ils partaient le fêter au « débit »... et jusqu'à plus soif! Moi, il me restait toute la corvée, le plus sale dégueulasse afur... Extirper des fondrières tout notre bastringue avant la nuit... de la glèbe et des sillons... Récupérer tous nos agrès, les ancres, les poulies, les chaînes, toute la quincaille en vadrouille... Le guiderope, ses deux kilomètres... le loch, les taquets, semés au hasard, dans les avoines et les pâtures, le baromètre, et la « pression anéroïde »... une petite boîte en maroquin... les nickels qui sont si coûteux... Un vrai pic-nic moi que je dis!... Apaiser par la gaudriole, les promesses et mille calembours, les pires croquants répulsifs... Leur faire en plus bagotter à coups de facéties graveleuses, en termes absolument gratuits, toute cette engeance épuisante, ces sept cents kilos de falbalas... L'enveloppe déchiquetée en liquette, les restants de l'affreux catafalque! Balancer toute cette carambouille dans le tout dernier fourgon, juste au moment que le train démarre! Merde! Il faut bien expliquer! C'était pas un petit tour de force! Quand je rejoignais enfin Courtial par l'enfilade des couloirs, le train déjà bien en route, je le retrouvais dans les troisièmes, mon numéro! Absolument tranquillisé, prolixe, crâneur, explicatif, fournissant à l'auditoire toute une brillante démonstration... Les conclusions de l'aventure!... Tout galanterie envers la brune vis-à-vis... soucieux des oreilles enfantines... réprimant la verte allusion... mais badin, piquant tout de même... éméché d'ailleurs, jouant de la médaille et du torse... Il picolait encore la vache! La bonne humeur! la régalade! le coup de rouquin général! Tous gobelet en main... Il se tapait la cloche en tartines... Plus besoin de s'en faire... Il demandait pas de mes nouvelles!... Je l'avais sec... J'aime autant le dire!... Je la lui coupais la gaudriole!

— Ah! C'est toi, Ferdinand? C'est toi?...

— Oui, mon cher Jules Verne!...

— Assois-toi là, mon petit! Raconte-moi vite!... Mon secrétaire... Mon secrétaire!...

Il me présentait...

— Alors dis-moi donc, ça va là-bas au fourgon?... Tu as tout arrangé?... Tu es content?...

Je faisais fort nettement la gueule, j'étais pas content... Je mouffetais rien...

— Ça ne va pas alors?... Y a quelque chose?...

— C'est la dernière fois!... que je disais comme ça, extrêmement résolu... tout à fait sec et concis...

— Comment? Pourquoi la dernière fois? Tu plaisantes? A cause de...?

— Elle est plus du tout réparable... Et je ne plaisante pas du tout!...

Il tombait un vrai silence... C'était fini les effets et la mortadelle. On entendait bien les roues... tous les craquements... la lanterne qui branlait là-haut dans son verre... Il essayait de voir ce que je pensais dans la petite lumière... Si je rigolais pas un peu. Mais je tiquais pas d'un œil!... Je restais extrêmement sérieux... Je tenais à mes conclusions...

— Tu crois alors, Ferdinand? Tu n'exagères pas?...

— Du moment que je vous le dis!... Je le sais bien quand même...

J'étais devenu expert en trous... Je souffrais plus la contradiction... Il se renfrognait dans son coin... C'était fini la conférence!... On se reparlait plus...

Tous les autres, sur leurs banquettes, ils se demandaient ce qui arrivait... Ba da dam! Ba da dam! comme ça d'un cahot sur l'autre. Et puis la goutte d'huile qui tombe d'en

haut du lampion... Toutes les têtes qui hochent... qui s'af-
faissent.

S'il existe un truc au monde, dont on ne doit jamais
s'occuper qu'avec une extrême méfiance, c'est bien du
mouvement perpétuel !... On est sûr d'y laisser des plumes...
Les inventeurs, dans leur ensemble, ça peut se répartir par
marotte... Y en a des espèces entières qui sont presque
inoffensives... Les passionnés des « Effluves », les
« telluriques » par exemple, les « centripètes »... C'est des
garçons fort maniables, ils vous déjeuneraient dans la main...
dans le creux... Les petits trouvailleurs ménagers c'est pas
une race très dure non plus... Et puis tous les « râpe-
gruyère »... Les « marmites sino-finlandaises », les cuillers
à « double manche »... enfin tout ce qui sert en cuisine...
C'est des types qui aiment bien la tambouille... C'est des
bons vivants... Les perfectionneurs du « métro »?... Ah!
il faut déjà faire gafe! Mais les tout à fait sinoques, les
véritables déchaînés, les travailleurs au vitriol, viennent
presque eux tous du « Perpétuel »... Ceux-là, ils sont résolus
à n'importe quoi, pour vous prouver la découverte!...
Ils vous retourneraient la peau du bide, si vous émettiez
un petit doute... c'est pas des gens pour taquiner...
J'ai connu comme ça, chez Courtial, un garçon de
bains-douches, qu'était fanatique... Il parlait que de son
« pendule » et jamais encore qu'à voix basse... avec le
meurtre dans les yeux... On avait aussi la visite d'un
substitut de procureur en province... Il venait exprès du
Sud-Ouest pour nous apporter son cylindre... un tube
énorme en ébonite, qu'avait une soupape centrifuge, et
un démarreur électrique... Dans la rue c'était facile à le
repérer, même de très loin, il marchait jamais que de biais,
comme un véritable crabe, le long des boutiques... Il
neutralisait ainsi les attirances de Mercure et puis les
effluves du Soleil, les « ioniques » qui traversent les

nuages... Il quittait jamais non plus son énorme foulard autour des épaules, ni jour, ni nuit, en amiante tressé fil et soie... Ça c'était son détecteur d'ondes... S'il entrait dans l' « interférence »... Immédiatement, il frissonnait... des bulles lui sortaient des narines...

Courtial il les connaissait tous et depuis une paye!... Il savait à quoi s'en tenir... Il en tutoyait un grand nombre. On s'en dépêtrait pas trop mal... Mais un jour l'idée lui est venue de monter avec eux le « Concours »!... C'était vraiment alors folie! Tout de suite j'ai poussé le cri d'alarme!... Je l'ai hurlé immédiatement... Tout! mais pas ça!... Aucun moyen de le retenir!... Il avait très besoin de pognon et puis de liquide immédiat... C'était tout à fait réel qu'on éprouvait un mal affreux à finir nos mois... qu'on devait déjà au moins six numéros du « Génitron », à Taponier, l'imprimeur... On avait donc bien des excuses... Les ascensions, d'autre part, ne rendaient plus comme avant... Déjà les aéroplanes nous faisaient un tort terrible... Déjà en 1910, les péquenots ils s'agitaient... Ils voulaient voir des avions... Nous pourtant, on correspondait éperdument... pour ainsi dire sans relâche... On se défendait pied à pied... On relançait tous les bouseux... Et les archevêques... Et les Préfectures... Et les dames des Postes... et les pharmaciens... les Expositions horticoles... Rien qu'au printemps 1909, nous avons fait imprimer plus de dix mille circulaires... On se défendait donc à outrance... Mais aussi, faut dire que Courtial il rejouait aux courses. Il était retourné aux « Émeutes »... Il avait dû régler Naguère... Enfin toujours, ils se recausaient... je les avais bien vus... Il avait gagné comme ça, mon dabe, en une seule séance, à Enghien, d'un coup six cents francs sur « Carotte » et puis encore sur « Célimène » deux cent cinquante à Chantilly... Ça l'avait grisé... Il allait risquer davantage...

Le lendemain matin, il m'arrive comme ça tout chaud dans la boutique... Il m'attaque d'autor...

— Ah! dis donc Ferdinand! La veine! La voilà! C'est la veine!... Voici!... Tu m'entends, dix ans, dix années!... que je trinque presque sans arrêt!... Ça suffit!... J'ai la main!... Je la laisse plus tomber!... Regarde!... Il me montre le « Croquignol » un nouveau canard des courses qu'il avait déjà tout biffé... en bleu, rouge, vert, jaune! Je lui réponds moi aussitôt...

— Attention, Monsieur des Pereires! Nous sommes déjà le 24 du mois... Nous avons quatorze francs en caisse!... Taponier est bien gentil... assez patient, il faut le dire, mais enfin quand même, il veut plus livrer notre cancan!... J'aime autant vous prévenir tout de suite! Ça fait trois mois qu'il m'engueule chaque fois que j'arrive rue Rambuteau... C'est plus moi qu'irai le relancer! même avec la voiture à bras!

— Fous-moi la paix Ferdinand! Fous-moi la paix... Tu m'obsèdes! Tu me déprimes avec tes ragots... Tes sordidités... Je sens! Je sens! Demain, nous serons sortis d'affaire!... Je ne peux plus perdre une minute dans les ergotages! Retourne dire à ce Taponier... De ma part tu m'entends bien! De ma part cette fois... Ce salaud-là, quand j'y repense! Il est gras à ma santé!... Ça fait vingt ans que je le nourris! Il s'est constitué une fortune! Gonflé! Plusieurs! Colossales! avec mon journal!... Je veux faire encore quelque chose pour ce saligaud! Dis-lui! Tu m'entends! Dis-lui! Qu'il peut miser toute son usine, toute sa bricole, son attirail! son ménage! la dot de sa fille! sa nouvelle automobile! tout! son assurance! sa police! qu'il ne laisse rien à la traîne! la bicyclette de son fils! Tout! retiens bien! Tout! sur « Bragamance » gagnant... je dis gagnant »! pas « placé »! dans la « troisième »! Maisons, jeudi!... Voilà! C'est comme ça mon enfant!... Je le vois le poteau! et 1 800 francs pour cent sous! Tu m'entends exactement 1 887... En fouille!... Retiens bien! Avec ce qui me reste sur l'autre « report »... ça nous fera pour tous les deux ! 53 498 francs! Voilà! net!... Bragamance!... Maisons!... Bragamance!... Maisons!...

Il a continué à causer... Il entendait pas mes réponses... Il est reparti par le couloir... C'était devenu un somnambule...

Le lendemain, je l'ai attendu tout l'après-midi... qu'il arrive... qu'il vienne un peu avec les cinquante-trois sacs... Il était passé cinq heures... Le voilà enfin qui s'amène...

Je le vois qui traverse le jardin... Il regarde personne dans la boutique... Il vient vers moi directement... Il m'attrape par les épaules... Il me serre dans ses bras... Il bluffe plus... Il sanglote... « Ferdinand! Ferdinand! Je suis un infect misérable! Un abominable gredin... Tu peux parler d'infamie!... J'ai tout perdu Ferdinand ! Tout notre mois, le mien! le tien! mes dettes! les tiennes! le gaz! tout!... Je dois encore la mise à Naguère!... Au relieur, je lui dois dix-huit cents francs... A la concierge du théâtre, j'ai emprunté encore trente balles... Je dois encore en plus cent francs au garde-barrière de Montretout!... Je vais le rencontrer ce soir!... Tu vois dans quelle tourbe je m'enfonce!... Ah! Ferdinand! Tu as raison! Je croule dans ma fange!... »

Il s'effondrait plus encore... Il se martyrisait... Il faisait... refaisait son total... Combien qu'il devait au fond?... Y en avait toujours davantage... Il s'en trouvait tellement des dettes, que je crois qu'il en inventait... Il a cherché un crayon... Il allait tout recommencer... Je l'ai empêché résolument... Je lui ai fait alors comme ça :

— Voyons! Voyons monsieur Courtial! vous pouvez pas rester tranquille? A quoi que ça ressemble?... Si il revient des clients! de quoi alors on aura l'air? Il faut vous reposer plutôt... !

— Ferdinand! comme tu as raison!... Tu parles plus sagement que ton maître! Ce vieillard putride! Un vent de folie Ferdinand! Un vent de folie!...

Il se tenait la bouille à deux mains...

— C'est incroyable! C'est incroyable!... Après un moment de prostration, il est allé ouvrir la trappe... Il a disparu tout seul... Je la connaissais sa corrida!... C'était toujours le même nibé!... Quand il refaisait une sale connerie... après l'étalage des salades, c'était le coup de la méditation... Mais pour la bectance mon ami! Fallait quand même que je trouve du bulle!... On me faisait du « crédo » nulle part!... ni le boulanger... ni la fruitière... Il comptait bien là-dessus, la vache, que je m'étais fait une petite planque... Il s'était bien gourré quand même que je devais prendre mes précautions... Que moi j'étais pas dans la lune!... C'est

moi, qui tournais prévoyant... C'était moi le fin comptable!..
Avec la raclure des tiroirs, moi, j'ai tenu encore tout un
mois... Et je nous ai fait bouffer pas mal... Et pas de la
cropinette au sel!... de la vraie barbaque première!...
de la frite à discrétion... et la confiture « pur sucre »...
Voilà comme j'étais.

Il voulait pas taper sa femme... Elle savait rien à Montretout.

L'oncle Édouard qui revenait de Province, qu'on avait
pas vu depuis longtemps, il est passé un samedi soir...
Il est venu me donner des nouvelles de mes parents, de la
maison... Ça continuait leur malchance!... Mon père,
malgré tous ses efforts, il avait pas pu partir de la « Coccinelle »... C'était pourtant son seul espoir... A la « Conni-
vence-Incendie » même en tapant bien la machine ils en
avaient pas voulu... Ils le trouvaient déjà trop vieux pour
un emploi subalterne... et puis d'allure bien trop timide
pour un emploi près du public... Donc il avait fallu qu'il
y renonce... qu'il se cramponne à son burlingue... qu'il
fasse bonne figure à Lempreinte... C'était un coup abominable... Il en dormait plus du tout.

Le baron Méfaize, le chef du « Contentieux-vie » il avait
eu vent de ces démarches... Il l'avait depuis toujours en
exécration, mon père, il le tourmentait sans arrêt... Il lui
faisait remonter tout exprès les cinq étages sur la cour
pour lui répéter une fois de plus combien il le trouvait
imbécile... qu'il se trompait dans toutes les adresses...
C'était d'ailleurs tout à fait faux...

L'oncle Édouard, tout en me causant... il se demandait...
il pensait peut-être... que ça ferait plaisir à mes vieux de
me revoir un petit moment... Qu'on se raccommode avec
mon père... Qu'il avait eu assez de malheur... qu'il avait
bien assez souffert... Ça partait d'un bon naturel... Seulement rien qu'à la pensée, il me remontait déjà du fiel...

J'avais tous les glaires dans la gueule... J'étais plus bon pour les essais !...

— Ça va ! Ça va ! Ça va mon oncle !... J'ai la pitié ! J'ai tout ça... Seulement si je revenais au Passage... moi je peux bien te l'avouer tout de suite... J'y tiendrais pas dix minutes !... Je fouterais le feu à toute la crèche !...

Pour les essais y avait plus mèche !...

— Bon ! Bon ! C'est bien qu'il a dit. Je vois ce que tu penses !...

Il m'a pas fait d'autres allusions... Il a dû tout leur répéter... Enfin nous en causâmes plus... de ce retour à la famille.

Avec Courtial, c'est entendu... c'était un fait bien indéniable... c'était à longueur de journée une sacrée pagaye... et une entourloupe continuelle... Il me faisait des tours effroyables... et faux comme trente-six cochons. Seulement le soir j'étais tranquille... Une fois qu'il était trissé je faisais ce que je voulais... Je tirais mes plans à ma guise !... Jusqu'à dix heures du matin où il revenait de Montretout... c'était moi quand même le patron... Ça c'est joliment appréciable ! Une fois nourris mes pigeons j'étais absolument libre... Je me grattais toujours un petit plâtre sur les reventes au public... Les « Génitrons » de « retour » c'était un micmac... une partie c'était pour mezig... il m'en restait dans les ongles... et sur les ascensions aussi... Ça n'a jamais dépassé la somme de quatre à cinq thunes... mais pour moi, en argent de poche, c'était du Pérou !...

Il aurait bien voulu savoir, le vieux crocodile, où je l'afurais mon petit pèze !... mon aubert mignon !... Il pouvait toujours courir ! J'avais la prudence absolue... J'avais bien été à l'école... Il quittait jamais ma fouille ce petit volage, et même une planque bien épinglée dans l'intérieur de mon plastron... La confiance ne régnait pas... Moi, je les connaissais ses cachettes... il en avait trois... Y en avait une dans le plancher... une autre derrière le compteur... (une brique en bascule) et enfin une autre dans la tête même d'Hippocrate ! Je lui en ai calotté partout... Il comptait jamais... Il lui venait des doutes à la fin... Mais il avait pas à râler... Il me foutait pas un rond de salaire... Encore c'est moi qui nourrissais !... Soi-disant avec la masse, et pas trop mal... et copieusement... Il sentait qu'y avait rien à dire...

Le soir je me faisais pas de cuistance, j'allais seul à « l'Automatic » au coin de la rue Rivoli... J'avalais debout, un petit morceau... j'ai toujours préféré ça... c'était très vite liquidé... Après je partais en vadrouille... Je faisais le tour par la rue Montmartre... Les Postes... la rue Étienne-Marcel... Je m'arrêtais à la statue, Place des Victoires, pour fumer une cigarette... C'était un carrefour majestueux... Il me plaisait bien... Là, très tranquille pour réfléchir... Jamais j'ai été si content qu'à cette époque au « Génitron »... Je faisais pas des projets d'avenir... Mais je trouvais le présent pas trop tarte... J'étais rentré sur les neuf heures...

J'avais encore bien du boulot... Toujours des pièces au « Zélé »... Des colis qu'on avait en retard... et des babilles pour la Province... Et puis comme ça, vers les onze heures, je ressortais sous les arcades... C'était le moment curieux... C'était plein de branleuses notre pourtour... tout des traînardes à vingt ronds... Et même encore moins... Une tous les trois ou quatre piliers avec un ou deux clients... Elles me connaissaient bien à force... Souvent elles étaient joviales... Je les faisais monter dans le burlingue au moment des rafles... Elles se planquaient dans les dossiers, elles avalaient la poussière... Elles attendaient qu'ils soyent loin... On s'est fait des drôles de suçages dans le « Coin du Commanditaire »... Moi, j'avais droit à toute la fesse... entièrement à l'œil parce que je biglais bien les approches, de mon entresol, au moment de la crise... quand je voyais pointer les rouquins... Elles se carraient toutes par la petite porte... J'étais le « serre » de la tribu! ni vu!... ni connu... C'est un peu avant minuit qu'on escomptait la bourrique... J'en avais assez souvent une douzaine des mômes dans le capharnaüm du premier... On éteignait la calebombe... Fallait pas mouffeter du tout... On entendait leurs « 43 » passer, repasser sur les dalles... Y avait de la terreur... On aurait dit comme des rats qu'elles se ratatinaient dans leur coin... Après c'était la détente... Le plus beau c'était les histoires... Elles savaient tout sur les Galeries... tout ce qui se trame et qui se trafique... sous les arches... dans les soupentes... dans les arrière-magasins... J'ai tout appris sur le commerce... tous ceux qui se faisaient enculer... toutes les fausses couches... tous les cocus du périmètre... Comme ça, entre onze heures et minuit... J'ai tout appris sur des Pereires, comme qu'il allait cet immonde se faire foutre la flagellation aux « Vases Étrusques » au 216, l'allée d'en face... presque à la sortie du « Français » et qu'il les aimait sévères... et qu'on l'entendait rugir derrière le rideau de velours... et ça lui coûtait chaque fois vingt-cinq points... comptants!... bien sûr!... Et que des semaines c'était pas rare qu'il prenne trois fouettées coup sur coup!...

Ça me faisait rugir, moi aussi, d'entendre des salades pareilles!... Ça m'étonnait plus beaucoup qu'on aye jamais un fifre d'avance... qu'avec la « volée » plus les « gayes » qu'on manque toujours de pognon!... Y avait pas de miracle!...

Celle qui racontait le mieux, c'était la Violette, une déjà vioque, une fille du Nord, toujours en cheveux, triple chignon en escalade et les longues épingles « papillon », une rouquine, elle devait bien avoir quarante piges... Toujours avec une jupe noire courte, moulante, un minuscule tablier rose, et de hautes bottines blanches à lacets et talons « bobines »... Moi, elle m'avait à la bonne... On prenait tous des hoquets rien qu'à l'écouter... tellement qu'elle mimait parfaitement... Elle en avait toujours des neuves... Elle voulait aussi que je l'encule... Elle m'appelait son « transbordeur » à la façon que je la bourrais... Elle parlait toujours de son Rouen! elle y avait passé douze années dans la même maison, presque sans sortir... Quand on descendait à la cave, je lui allumais la bougie... Elle me recousait mes boutons... c'est un travail que j'abhorrais!... Je m'en faisais sauter beaucoup... à cause des efforts du trafic en poussant la voiture à bras... Je pouvais recoudre n'importe quoi... mais pas un bouton... jamais!... Je pouvais pas les supporter... Elle voulait me payer des chaussettes... elle voulait que je devienne coquet... Y avait longtemps que j'en mettais plus... des Pereires non plus,

413

Mort à crédit, t. II.   6

faut être juste... En quittant le Palais-Royal, elle remontait sur la Villette... tout le long ruban à pompes... C'était les clients de cinq heures... Là, elle gagnait encore pas mal... Elle voulait plus être enfermée... De temps en temps, malgré tout, elle passait un mois à l'Hospice... Elle m'envoyait une carte postale... Elle se rappliquait en vitesse! Je connaissais ses coups aux carreaux... Je l'ai eue en bonne amitié pendant près de deux ans... jusqu'à ce qu'on parte des Galeries... Sur la fin elle était jalouse, elle avait des bouffées de chaleur... Elle devenait mauvais caractère.

A la saison des légumes on s'en foutait plein le lampion... Je les présentais en « jardinière » avec des lardons variés... Il en ramenait des salades! des haricots à plein panier! de Montretout!... De la carotte, du navet, des bottes et des bottes entières et même des petits pois...

Courtial il était porté sur les plats en « sauce ». Moi j'avais appris tout ça dans son manuel de cuisine... Je connaissais toutes les ragougnasses, toutes les manières de faire « revenir ». C'est un genre extrêmement commode... Ça peut être resservi longtemps. Nous possédions un fort réchaud à gaz lampant « Sulfridor », un peu explosif, dans l'arrière-boutique-gymnase... L'hiver, je mettais le pot-au-feu... C'est moi qui achetais la barbaque, la margarine et le frometon... Pour la question des bibines on en ramenait chacun son tour.

La Violette, sur les minuit, elle aimait bien casser la croûte... Elle aimait le veau froid sur du pain... Seulement tout ça coûte assez cher... En plus des autres folles dépenses!

J'ai eu beau me gendarmer... faire entrevoir les pires désastres... il a fallu qu'on y tâte à son « Concours du Perpétuel ». C'était un expédient rapide... Ça devait nous rapporter tout de suite. La foire était sur le pont!... Vingt-cinq francs, c'était le droit d'entrée pour faire partie des épreuves... Doté d'un prix de douze mille balles, première récompense décernée par le « grand Jury des plus hautes sommités mondiales » et puis un autre prix subalterne, accessit-consolation... quatre mille trois cent cinquante francs, ça faisait pas un concours radin !...

Tout de suite, y a eu des amateurs !... Un flux !... Un raz !.. Une invasion !... Des épures !... Des libelles !... et de fort copieux mémoires !... Des dissertations imagées... On a bouffé de mieux en mieux ! Mais c'était pas dans l'insouciance ! Ah ! certainement non !... J'étais extrêmement persuadé qu'on la regretterait l'initiative...! Qu'on allait se faire emmouscailler dans tous les sens à la fois... et et pas pour de rire !... Qu'on les expierait largement les fafiots qu'on allait tâter !... Les deux... les trois... les peut-être cinq mille... d'imaginations pittoresques !... Que certainement ça nous retomberait en putaines vengeances sur la gaufre... Et que ça tarderait plus bézef.

On en a eu pour tous les goûts, toutes les tendances, toutes les marottes des maquettes pour ce perpétuel !... En « pompes », en volants dynamiques, en tubulures cosmi-terrestres, en balanciers pour les induits... en pendules calorimétriques, en coulisses réfrigérantes, en réflecteurs d'ondes hertziennes !... Y avait qu'à taper dans la masse, on était servi à coup sûr... Au bout d'une quinzaine de jours les énergumènes souscripteurs ont commencé à radiner ! en personne ! eux-mêmes !... Ils voulaient connaître les nouvelles... Il vivaient plus depuis notre « Concours ». Ils ont assailli la cambuse... Ils se bigornaient devant notre porte... Courtial s'est montré sur le seuil, il leur a fait un long discours... Il les a reportés à un mois... Il leur a expliqué comme ça que l'un de nos commanditaires s'était cassé l'humérus en se promenant sur la côte d'Azur... mais qu'il serait bientôt réparé... et qu'il s'empresserait de venir apporter lui-même son flouze... C'était une affaire entendue... une petite anicroche seulement... C'était pas mauvais comme bobard... Ils sont repartis... mais hargneux... Ils ont dégagé la vitrine... Ils crachaient leur fiel partout... même quelques-uns des grumeaux solides... des genres de têtards... C'était vraiment une vilaine race de maniaques tout à fait dangereux que

Courtial avait déclenchée.. Il s'en rendait bien un peu compte... Mais il voulait pas en convenir... Au lieu de confesser son erreur, c'est à moi qu'il cherchait noise...

Après le déjeuner, comme ça, en attendant que je passe le jus dans le torchon, il se pressurait le bout du blaze, il se faisait suinter des petites gouttes de graisse, ça sortait comme des asticots, après ça, il se les écrasait entre les deux ongles... infiniment sales et pointus... Il tenait quelque chose comme tarin... le vrai petit chou-fleur... plissé... rissolé... véreux... En plus, il grossissait encore... Je lui faisais remarquer.

On attendait buvant notre jus qu'ils se ramènent en trombe les maniaques, les fébricitants de la goupille... qu'ils recommencent à nous agonir... menacer... piquer l'épilepsie... emboutir la porte... se faire rebondir dans le décor... C'était moi alors Courtial qu'il entreprenait... qu'il essayait d'humilier... Ça le soulageait qu'on aurait dit... Il me saisissait au dépourvu... « Un jour quand même Ferdinand, il faudra que je t'explique quelques trajectoires majeures... quelques ellipses essentielles... Tu ignores tout des grands Gémeaux!... et même de l'Ours! la plus simple!... Je m'en suis aperçu ce matin, quand tu parlais avec ce morpion... C'était pitoyable! atterrant!... Suppose un peu, qu'un jour ou l'autre un de nos collaborateurs en vienne au cours d'un entretien, à te pousser quelques colles, par exemple sur le « Zodiac »?... ses caractères?... le Sagittaire?... Que trouveras-tu à répondre? Rien! ou à peu près! Absolument rien vaudrait mieux... Nous serions discrédités Ferdinand! Et sous le signe de Flammarion!... Oui! C'est un bouquet! C'est le comble de la dérision! Ton ignorance? Le ciel? Un trou!... Un trou pour toi Ferdinand! Un de plus! Voilà! Voilà le ciel pour Ferdinand! » Il se saisissait alors la tête entre les deux poignes... Il se la balançait de droite à gauche, toujours dans l'emprise... comme si la révélation, comme si une telle aberrance lui devenait d'un coup là devant moi, douloureuse au maximum... qu'il pourrait plus la supporter...! Il poussait de tels soupirs, que j'y aurais écrasé la tronche.

« Mais d'abord au plus urgent! qu'il me faisait alors,

brutal... Passe-moi donc, tiens, une vingtaine de ces dossiers! Au hasard. Pique! Je veux les parcourir de suite... Demain matin, je mettrai les notes! Il faut commencer sacrebleu! Qu'on ne me dérange plus surtout! Mets un écriteau sur la porte! « Réunion préliminaire du Comité de la Récompense »... Je suis au premier tu m'entends?... Toi, il fait beau... va faire un tour chez Taponard!... Demande-lui où il en est de notre supplément?... Passe d'abord par les « Émeutes ». Mais n'entre pas! Ne te fais pas repérer! Regarde seulement dans la petite salle si tu vois Naguère?... S'il est déjà parti, alors demande au garçon, mais pour absolument toi-même! Tu m'entends? Pas pour moi du tout!... Combien « Sibérie » elle a fait dimanche dans la « quatrième » des Drags? Passe pas par-devant pour rentrer! Glisse-toi par la rue Dalayrac!... Et qu'on ne me dérange plus surtout! Je n'y suis pas pour un million! Je veux travailler dans le silence, le calme absolu!... » Il montait en haut se calfeutrer dans le bureau tunisien. Comme il avait trop bouffé j'étais tranquille qu'il roupillerait... Moi, j'avais encore des « adresses » pour les comités... toujours les babilles à finir... Je quittais aussi la boutique, j'allais m'installer sous les arbres en face... Je me planquais bien derrière le kiosque. Ça ne me disait rien l'imprimeur... Je savais d'avance ce qu'il me répondrait... J'avais des choses plus urgentes. J'avais les deux mille étiquettes et toutes les bandes à coller... pour le prochain munéro... si l'imprimeur le gardait pas!... C'était pas du tout garanti!... Depuis la quinzaine précédente, il était rentré du pognon avec les mandats du « concours »... Mais nous devions bien davantage! Trois quittances au proprio!... et puis le gaz depuis deux mois... et puis surtout les Messageries...

Pendant que j'étais là en planque, je voyais arriver de très loin le cortège des concurrents... Ils s'élançaient vers la boutique... Ils gigotaient devant la vitrine... Ils secouaient la lourde avec rage!... J'avais emporté le bec-de-cane... Ils auraient tout déglingué... Ils se rencardaient les uns les autres!... Ils échangeaient leurs fureurs... Ils stationnaient encore longtemps... Ils bourdonnaient devant la porte... A quatre, cinq cents mètres de distance, j'entendais le ron-

chonnement... Je pipais pas!... Je me montrais pas... Ils
seraient tous radinés en trombes!... Ils m'auraient écartelé!..
Jusqu'au soir sept heures encore, il en surgissait des nouveaux... L'autre hideux là-haut, dans son souk, il devait
roupiller toujours... A moins qu'il se soye tiré déjà... entendant la meute... par la fine porte de la rue...

Enfin! Y avait pas d'urgence... Je pouvais un peu réfléchir... Ça faisait déjà des années que j'avais quitté les Berlope... et le petit André... Il devait avoir plutôt grandi,
ce gniard dégueulasse!... Il devait bagotter ailleurs maintenant... pour des autres darons... Peut-être même plus dans
les rubans... On était venus assez souvent par là ensemble
tous les deux... Là précisément auprès du bassin, sur le
banc à gauche... attendre le canon de midi... C'était loin
déjà ce temps-là qu'on était arpètes ensemble... Merde!
Ce que ça vieillit vite un môme! J'ai regardé par-ci, par-là,
si je le revoyais pas par hasard le petit André... Y a un
placier qui m'avait dit qu'il était plus chez les Berlope...
Qu'il travaillait dans le Sentier... Qu'il était placé comme
« jeune homme »... Quelquefois, il m'a semblé le reconnaître
sous les arcades... et puis non!... C'était pas lui!... Peut-être
qu'il était plus tondu?... Je veux dire la couenne comme en
ce temps-là... Peut-être qu'il l'avait plus sa tante!... Il
devait sûrement être quelque part en train de courir après
sa croûte!... sa réjouissance... Peut-être que je le reverrais
plus jamais... qu'il était parti tout entier... qu'il était entré
corps et âme dans les histoires qu'on raconte... Ah! c'est
bien terrible quand même... on a beau être jeune quand on
s'aperçoit pour le premier coup... comme on perd des gens
sur la route... des potes qu'on reverra plus... plus jamais...
qu'ils ont disparu comme des songes... que c'est terminé...
évanoui... qu'on s'en ira soi-même se perdre aussi... un
jour très loin encore... mais forcément... dans tout l'atroce
torrent des choses, des gens... des jours... des formes qui
passent... qui s'arrêtent jamais... Tous les connards, les
pilons, tous les curieux, toute la frimande qui déambule
sous les arcades, avec leurs lorgnons, leurs riflards et les
petits clebs à la corde... Tout ça, on les reverra plus...
Ils passent déjà... Ils sont en rêve avec des autres... ils sont

418

en cheville... ils vont finir... C'est triste vraiment... C'est infâme!... les innocents qui défilent le long des vitrines... Il me montait une envie farouche... j'en tremblais moi de panique d'aller sauter dessus finalement... de me mettre là devant... qu'ils restent pile... Que je les accroche au costard... une idée de con... qu'ils s'arrêtent... qu'ils bougent plus du tout!... Là, qu'ils se fixent!... une bonne fois pour toutes!... Qu'on les voye plus s'en aller.

Peut-être deux, trois jours plus tard, on a demandé Courtial au commissariat... Un flic est venu tout exprès... Ça arrivait assez souvent... C'était un peu ennuyeux... Mais ça s'arrangeait toujours... Je le brossais avec grand soin pour la circonstance... Il retournait un peu ses manchettes... Il partait se justifier... Il restait longtemps dehors... Il revenait toujours ravi... Il les avait confondus... Il connaissait tous les textes... tous les moindres alibis, toutes les goupilles de la poursuite... Seulement pour cette rigolade-ci... y avait du sérieux tirage!... C'était pas du tout dans la fouille!... Nos affreux gniards du « Perpétuel » ils emmerdaient les commissaires... celui de la rue des Francs-Bourgeois, il recevait des douze plaintes par jour!... et celui de la rue de Choiseul il était lui à bout de patience... absolument excédé!... Il menaçait de faire une descente... Depuis janvier, c'était plus le même... l'ancien qu'était si arrangeant il avait permuté pour Lyon... Le nouveau c'était un fumier. Il avait prévenu le Courtial que si nous recommencions des manigances de « Concours », il lui foutrait un de ces mandats qui ne serait pas dans une musette!... Il voulait se faire remarquer par le zèle et la vigilance... Il arrivait d'un bled au diable!... Il était plein de sang!... Ah! c'est pas lui qui déchait pour notre imprimeur, le terme et la casse! Il pensait qu'à nous ahurir!... On n'avait même plus le téléphone. On nous l'avait supprimé, il fallait que je saute à la poste... Il était coupé depuis trois mois... Les inventeurs qui réclamaient, ils venaient forcément en personne... Nos lettres on les lisait plus... On en recevait beaucoup de trop!... On était devenus trop nerveux avec ces menaces judiciaires... Question d'ouvrir notre courrier, on prélevait seulement les fafiots... Pour le reste on laissait courir... C'était sauve qui peut!... ça se déclenche vite une panique!...

Courtial il avait beau prétendre... Le commissaire du « Choiseul » il y avait coupé l'appétit, c'était un vrai ultimatum!... Il était revenu blafard...

— Jamais! Tu m'entends, Ferdinand! Jamais!... Depuis trente-cinq années que je laboure dans les sciences!... que je me crucifie! c'est le mot... pour instruire... élever des masses... Jamais on m'a traité encore comme ce salaud-là!... Ça dépasse toute indignation! Oui! Ce blanc-bec!... Ce mince paltoquet!... Pour qui me prend-il, ce lascar?... Pour un collignon dévoyé?... Pour un marchand de contre-marques? Quel arsouille! Quelle impudeur! Une « descente »! Comme au bobinard! Une « descente », il n'a plus que ça dans la gueule! Mais qu'il y vienne donc, ce crétin! Que trouvera-t-il? Ah! on voit bien qu'il est nouveau! Qu'il est puceau dans la région! Un provincial! Je te le dis! Un terreux, sans aucun doute! Il fait du zèle, ce pitoyable! L'imagination! Il se tient plus! l'imagination! Ah! ça lui coûtera plus cher qu'à moi... Ah! oui! Nom de Dieu!... Celui de la rue d'Aboukir! Il a voulu y venir aussi! Il l'a voulue sa descente! Il est venu! Il a regardé! Ils ont retourné toute la cambuse! Ces cales dégueulasses dégoûtants... Ils ont tout foutu en l'air et ils sont repartis... *Veni! Vidi! Vici!* Une bande de sales cons miteux! C'était il y a deux ans passés. Ah! je m'en souviens! Et que trouva-t-il ce Vidocq à l'oseille... De la paperasse et du plâtre... Il était couvert de gravats, mon ami! Piteux cloporte! Pitoyable!... Ils avaient creusé partout! Ils avaient pas compris un mot... l'infime cafard!... Ah! Les enfoirés!... Malheureux béotiens crotteux!... Anes légaux... Anes du purin, moi que je dis!...

Il me montrait en l'air, jusqu'au cintre, les piles et les piles... les entassements prodigieux... Les véritables glacis, les promontoires menaçants! Branleurs!... Ça serait bien rare en effet si l'épouvante le prenait pas le commissaire de « Choiseul » devant ces montagnes!... ces avalanches en suspens...

— Une descente! Une descente! Écoute-moi comme ça cause! Pauvre petit! Pauvre gamin! Pauvre larve!...

Il avait beau installer, ces menaces le troublaient quand même... Il était bien déconfit!... Il y est retourné le lendemain exprès pour le revoir ce jeunot... Pour essayer de le convaincre qu'il s'était gouré sur son compte... Et de fond en comble! Absolument!... Qu'on l'avait noirci à plaisir!... C'était une question d'amour-propre... Ça le rongeait à l'intérieur l'engueulade de ce greluchon... Il touchait même plus aux haltères... Il restait troublé... Il marmonnait sur sa chaise... Il me causait plus que de cette descente... Il négligeait même pour une fois mon instruction scientifique!... Il voulait plus recevoir personne! Il disait que c'était plus la peine! J'accrochais en permanence le petit écriteau « Réunion du Comité ».

C'est à peu près à ce moment-là, quand on parlait de « perquisitions », qu'il a encore recommencé à me faire des remarques sur son avenir... Sur son surmenage... Qu'il en souffrait de plus en plus...

« Ah! qu'il me disait Ferdinand! comme il cherchait des dossiers pour les porter au petit « Quart »... Tu vois ce qu'il me faudrait!... Encore une journée de perdue! Salie! gâchée! pervertie absolument! anéantie en cafouillages!... En crétines angoisses!... C'est que je puisse me recueillir!... Véritablement... Enfin! que je puisse m'abstraire!... tu comprends?... La vie extérieure me ligote!... Elle me grignote! Me dissémine!... M'éparpille!... Mes grands desseins demeurent imprécis, Ferdinand! J'hésite!... Voilà! Imprécis! J'hésite... C'est atroce! Tu ne me comprends pas? Calamité sans pareille! On dirait une ascension, Ferdinand!... Je m'élève!... Je parcours un bout d'infini! Je vais franchir!... Je traverse déjà quelques nuages... Je vais voir enfin... Encore des nuages!... La foudre m'étonne!... Toujours des nuages... Je m'effraye!... Je ne vois rien!... Non, Ferdinand!... Je ne vois rien! J'ai beau prétendre... Je suis dis-

421

trait, Ferdinand!... Je suis distrait! » Il trifouillait dans son bouc... Il se rebiffait la moustache!... Il avait la main toute vibrante... On n'ouvrait plus à personne! Même aux maniaques du « Perpétuel »... A force de venir buter, ils ont abandonné l'espoir!... Ils nous foutaient un peu la paix... On n'a pas eu de perquisition... Ils ont pas entamé de poursuites... Mais il y avait eu la chaude alerte...

Il se méfiait de tout à présent Courtial des Pereires, de son bureau tunisien! De son ombre propre! C'était encore trop exposé son entresol personnel, trop facilement accessible!... Ils pouvaient venir à l'improviste lui sauter sur le paletot... Il voulait plus rien risquer!... A la seule vue d'un client, sa figure passait à la cire!... Il en chancelait presque! Il était vraiment affecté par le dernier trafalgar!... Il préférait de beaucoup sa cave... Il y restait de plus en plus!... Là il était un peu tranquille!... Il méditait à son aise!... Il s'y planquait des semaines entières... Moi je faisais le courant du journal... C'était une chose de routine! Je prélevais des pages dans ses manuels... Je découpais avec soin... Je rafraîchissais des endroits... Je refaisais un peu les titres... Avec les ciseaux, la gomme et la colle, je me débrouillais bien. Je laissais en blanc beaucoup d'espace pour donner des « lettres d'abonnés »... Les reproductions c'est-à-dire... Je faisais sauter les engueulades... Je conservais que les enthousiasmes... Je dressais une liste des souscripteurs... J'atigeais bien la cabane... Quatre queues au bout des zéros!... J'insérais des photographies. Celle de Courtial en uniforme, en poitrine avec les médailles... une autre, du grand Flammarion, cueillant des roses dans son jardin... Ça faisait contraste, ça faisait plaisant... Si des inventeurs s'aboulaient... qui revenaient encore s'informer, me dérangeaient dans ma tâche... j'avais trouvé une autre excuse...

« Il est avec le Ministre! que je répondais raide comme balle. On est venu le chercher hier soir... C'est sûrement pour une expertise... » Ils y croyaient pas tout à fait... mais ils restaient quand même rêveurs. Le temps que je me tire dans le gymnase... « Je vais voir s'il est pas rentré!... »

Ils me revoyaient plus.

Un malheur arrive jamais seul!... Nous eûmes de nouveaux déboires avec le « Zélé » toujours de plus en plus fendu, ravaudé, perclus de raccrocs... tellement perméable et foireux qu'il s'effondrait dans ses cordes!...

L'automne arrivait, ça commençait à souffler! Il flanchait dans la rafale, il s'affaissait, le malheureux, au départ même, au lieu de s'élancer dans les airs... Il nous ruinait en hydrogène, en gaz méthanique... A force de pomper tout de même, il prenait un petit élan... Avec deux ou trois soubresauts il franchissait assez bien les premiers arbustes... s'il arrachait une balustrade, il fonçait alors dans le verger... Il repartait encore une secousse... Il ricochait contre l'église... Il emportait la girouette... Il refoulait vers la campagne... Les bourrasques le ramenaient en vache... en plein dans les peupliers... Des Pereires attendait plus... Il lâchait tous les pigeons... Il envoyait un grand coup de bugle... Il me déchirait toute la sphère... Le peu de gaz s'évaporait... J'ai dû comme ça le ramasser en situation périlleuse aux quatre coins de la Seine-et-Oise, dans la Champagne et même dans l'Yonne! Il a raclé avec son cul toutes les betteraves du Nord-Est. La belle nacelle en rotin, elle avait plus de forme à force... Sur le plateau d'Orgemont, il est resté deux bonnes heures entièrement enfoui, coincé dans le milieu de la mare, un purin énorme! Mouvant, floconnant, prodigieux!... Tous les croquants des abords ils se poêlaient à se casser les côtes... Quand on a replié le « Zélé », il sentait si fortement les matières et le jus de la fosse, et Courtial d'ailleurs aussi, entièrement capitonné, fangeux, enrobé, soudé dans la pâte à merde! qu'on a jamais voulu de nous dans le compartiment... On a voyagé dans le fourgon avec l'ustensile, les agrès, la came.

En rentrant au Palais-Royal, c'était pas fini!... Notre aérostat joli, il empestait encore si fort, comme ça même au tréfonds de la cave, qu'il a fallu que nous brûlions et pendant presque tout l'été au moins dix casseroles de benjoin, de santal et d'eucalyptus... des rames de papier d'Arménie!... On nous aurait expulsés! Y avait déjà des pétitions...

Tout ça encore c'était remédiable... Ça faisait partie des aléas, des avatars du métier... Mais le pire, le coup fatal il nous fut certainement porté par la concurrence des avions... On peut pas dire le contraire... Ils nous soulevaient tous nos clients... Même nos plus fidèles comités... ceux qu'avaient entièrement confiance, qui nous prenaient presque à coup sûr... Péronne, Brives-la-Vilaine, par exemple! Carentan-sur-Loing... Mézeux... Des assemblées de tout repos, entièrement dévouées à Courtial... qui le connaissaient depuis trente-cinq ans... Des endroits où depuis toujours on ne jurait que par lui... Tout ce monde-là se trouvait soudain des bizarres prétextes pour nous remettre à plus tard!... des subterfuges! des foirures! C'était la fonte! La débandade!... C'est surtout à partir de mai et de juin-juillet 1911 que les choses se gâtèrent vraiment... Le dénommé Candemare Julien, pour ne citer que celui-ci, avec sa seule « Libellule » il nous pauma plus de vingt clients!...

Nous avions pourtant consenti à des rabais à peine croyables... Nous allions de plus en plus loin... Nous emportions notre hydrogène... la pompe... le condensimètre... Nous sommes allés à Nuits-sur-Somme pour cent vingt-cinq francs! gaz compris! Et transport en sus!... C'était plus tenable à vrai dire! Les bourgs les plus suppureux... Les sous-préfectures les plus rances ne juraient plus que par cellule et biplan!... Wilbur Wright et les « métinges »!...

Courtial avait bien compris que c'était la lutte à mort... Il a voulu réagir... Il a tenté l'impossible. Il a publié coup sur coup, en pas l'espace de deux mois, quatre manuels et douze articles dans les colonnes de son cancan, pour démontrer « mordicus » que les avions voleraient jamais!... Que c'était un faux progrès!... un engouement contre nature!... une perversion de la technique!... Que tout ça finirait bientôt dans une capilotade atroce! Que lui, Courtial des Pereires, qu'avait trente-deux ans d'expérience, ne répondait plus de rien! Sa photographie dans l'article!...

Mais il était déjà en retard sur le courant des lecteurs!...
Absolument dépassé! Submergé par la vogue croissante!
En réponse à ses diatribes, à ses philippiques virulentes
il ne reçut que des injures, des bordées farouches et des
menaces comminatoires... Le public des inventeurs ne
suivait plus des Pereires!... C'était l'exacte vérité... Il s'est
entêté quand même... Il voulait pas en démordre!... Il
a même repris l'offensive!... C'est ainsi qu'il a fondé la
société « La Plume au Vent » à l'instant même le plus
critique!... « Pour la défense du sphérique, du beaucoup
plus léger que l'air! » Exhibitions! Démonstrations! Conférences! Fêtes! Réjouissances! Siège social au « Génitron ».
Il est pas venu dix adhérents! Ça sentait la terrible poisse!
Je suis retourné aux rafistolages... Dans « l'Archimède »,
le vieux captif, j'avais déjà tellement tapé que je ne trouvais
plus un bout de convenable!... C'était plus que des morceaux pourris!... Et le « Zélé » valait guère mieux... Il était
réduit à la corde! On lui voyait la trame partout... Je
suis payé pour le savoir!

Ce fut un dimanche à Pontoise notre dernière sortie
sphérique. On s'était risqué quand même... Ils avaient dit
ni oui ni non!... On l'avait extrêmement dopé le malheureux
déconfit, ramassé les franges dans les coins, retourné des-
sus-dessous... On l'avait un peu étayé avec des plaques
en cellophane... du caoutchouc, du fusible et des étoupes
de calfats! Mais malgré tout, devant la Mairie, ce fut sa
condamnation, la crise terminale! On a eu beau lui pomper
presque en entier un gazomètre... Il perdait plus qu'il ne
prenait... C'était un coup d'endosmose, Pereires a tout de
suite expliqué... Et puis comme on insistait, il s'est complètement pourfendu... dans un bruit d'horrible colique!...
L'odeur infecte se répand!... Les gens se sauvent devant
les gaz... Ce fut une panique! une angoisse!... En plus,
voilà l'énorme enveloppe qui redégringole sur les gendarmes!... Ça les étouffe, ils restent coincés dans les volants...
Ils gigotaient dessous les plis!... Ils ont bien failli suffo-
quer!... Ils étaient faits comme des rats... Au bout de trois
heures d'efforts, on a dégagé le plus jeune!... les autres
ils étaient évanouis... On était plus populaires! On s'est

fait injurier terrible!... Glavioter par les gamins!...

Quand même, on a replié le bastringue... on a trouvé des charitables... Heureusement que le jardin de la fête c'était tout près de la grande écluse!... On a parlé à une péniche... Ils ont bien voulu qu'on se case... Ils descendaient sur Paris... On a viré toute notre camelote au fin fond de la cale...

Le voyage s'est bien passé... On a mis à peu près trois jours... Un beau soir, on est parvenus au « Port à l'Anglais »... C'était la fin des ascensions!... On s'était pas mal amusé à bord du chaland... C'était des bonnes gens bien aimables... des Flamands du Nord... On a bu tout le temps du café... tellement qu'on pouvait plus dormir... Ils jouaient bien de leur accordéon... Je vois encore le linge qui séchait sur toute la longueur du capot... Toutes les couleurs les plus vivaces... des framboise, des safran, des verts, des orange. Y en avait pour tous les goûts... J'ai appris à leurs petits gniards à faire des bateaux en papier... Ils en avaient jamais vu.

Aussitôt que notre patronne, Madame des Pereires, a connu la fatale nouvelle, sans perdre une minute, elle a rappliqué au Bureau... Je l'avais encore jamais vue... depuis onze mois que j'étais là... Il fallait une vraie catastrophe pour qu'elle se décide à se déranger... Elle se trouvait bien à Montretout...

Comme ça, au premier coup d'œil, avec sa très curieuse allure, je croyais que c'était une « inventrice », qu'elle venait nous parler d'un « système »... Elle arrive dans tous ses états... En ouvrant la porte, extrêmement nerveuse, il faut dire, et indignée au possible, elle trouvait à peine ses mots, son chapeau lui vadrouillait sur la tronche entièrement de travers. Elle portait une voilette épaisse... Je lui voyais pas la figure. Je retiens surtout dans mon souvenir, la jupe en velours noir à pesants godets et le corsage mauve, façon « boléro » avec grands motifs brodés... et semis de perles même couleur... Et parapluie soie changeante... J'ai bien retenu tout ce tableau.

Après quelques parlementages, j'ai fini par la faire asseoir dans le grand fauteuil des clients... Je lui recommande de patienter, que le maître ne va pas tarder à venir... Mais, tout de suite, c'est elle qui m'empoigne!...

« Ah! mais c'est donc vous, Ferdinand?... C'est bien vous, je ne me trompe pas? Ah! mais vous connaissez les drames?... Alors n'est-ce pas que c'est un désastre?... Mon polichinelle!... Il est arrivé à ses fins!... Il ne veut plus rien faire n'est-ce pas?... » Elle gardait les poings fermés comme ça sur les cuisses! Elle était campée dans le fauteuil! Elle m'interpellait avec une de ces brusqueries!...

« Il ne veut plus rien foutre?... Il en a assez de travailler?... Il trouve que nous pouvons bien vivre!... Avec quoi? Avec des rentes? Ah! le va-nu-pieds! Ah! Le jean-foutre, le salopiaud! la crapule maudite! Où est-il encore à cette heure-ci? »

Elle cherchait dans l'arrière-boutique!...

— Il est pas là, Madame!... Il est parti voir le Ministre!...

— Ah! le Ministre! Comment vous dites? Le Ministre! — Elle se fout à rigoler! — Ah! mon petit! Ah! Pas à moi celle-là!... Pas à moi!... Je le connais mieux que vous, moi, le sagouin! Ministre! Ah! non! Aux maisons closes! Oui, peut-être! Au cabanon, vous voulez dire! au Dépôt! Oui! Ça sûrement! n'importe où! A Vincennes! A Saint-Cloud! peut-être!... mais pour le Ministre! Ah! non!

Elle me fout son parapluie sous le nez...

« Vous êtes complice! Ferdinand! Tenez! complice! voilà! vous m'entendez? Vous finirez tous en prison!... Voilà où tous vos trucs vous mènent!... Toutes vos roueries! vos salopages!... vos dégueulasses manigances!... »

Elle retombait dans son fauteuil, les coudes sur les genoux, elle se retenait plus... aux virulentes apostrophes succédait la prostration... elle bredouillait dans les sanglots!... Elle remplissait sa voilette! Elle me racontait toute l'affaire!...

« Allez, je suis bien au courant!... Jamais je voulais

427

venir! Je savais bien que ça me ferait du mal!... Je sais bien qu'il est incorrigible!... Ça fait trente ans que je le supporte!... »

Là-bas, elle était tranquille... à Montretout, pour se soigner. Elle était fragile... Elle aimait plus à se déplacer, à sortir de son pavillon... Autrefois... Autrefois! Elle avait beaucoup bourlingué avec des Pereires... dans les premiers temps de son mariage. Maintenant, elle aimait plus le changement... Elle aimait plus que son intérieur... Surtout à cause de ses épaules et de ses reins extrêmement sensibles... Si elle se trouvait prise dehors par la pluie ou par un coup de froid, elle en avait pour des mois ensuite à souffrir... Des rhumatismes impitoyables, et puis une bronchite très tenace, un véritable catarrhe... Comme ça tout l'hiver dernier et encore l'année d'avant... Parlant des affaires, elle m'a expliqué en détail que leur pavillon était pas fini d'être payé... Quatorze ans d'économies... Elle me prenait par la raison et aussi par la douceur...

— Mon petit Ferdinand! Mon petit! Ayez pitié d'une vieille bonne femme!... Moi, je pourrais être votre grand-mère, ne l'oubliez pas! Dites-moi, s'il vous plaît! Dites-moi, je vous en prie! S'il est vraiment perdu le « Zélé »? Avec Courtial je me méfie, je ne sais jamais... Tout ce qu'il me raconte, je peux pas y croire... Comment s'y fier?... Il est toujours tellement menteur!... Il est devenu tellement fainéant... Mais vous, Ferdinand! Vous voyez bien dans quel état!... Vous comprenez mon chagrin!... Vous n'allez pas maintenant me berner avec des sornettes! Vous savez, je suis une vieille aïeule!... J'ai bien l'expérience de la vie!... Je peux bien tout comprendre!... Je voudrais seulement qu'on m'explique...

Il a fallu que je lui répète... Que je lui jure sur ma propre tête qu'il était foutu, déglingué, pourri le « Zélé »... dehors comme dedans! Qu'il avait plus un fil convenable dans toute son enveloppe!... Sa carcasse ni son panier... Que c'était plus qu'un sale débris... Un infect tesson... absolument irréparable!...

A mesure que je racontais tout, elle se faisait encore plus de chagrin! Mais alors elle avait confiance, elle voyait bien

que je trompais pas... Elle a repiqué aux confidences!...
Elle m'a tout donné les détails... Comment ça se passait les
choses, dans le début de leur mariage... Quand elle était
encore sage-femme, diplômée de première classe!... Comment
elle aidait le Courtial à préparer ses ascensions... Qu'elle
avait abandonné à cause de lui et du ballon toute sa carrière personnelle! Pour pas le quitter une seconde!...
Ils avaient fait en sphérique leur voyage de noces!... D'une
foire à une autre!... Elle montait alors avec son époux...
Ils avaient été comme ça jusqu'à Bergame en Italie!... à
Ferrare même... à Trentino près du Vésuve. A mesure
qu'elle s'épanchait, je voyais bien que, pour cette femme-là,
dans son esprit, sa conviction, le « Zélé » devait durer
toujours!... Et les foires de même!... Ça devait jamais s'interrompre!... Y avait pour ça, une bonne raison, une absolument impérieuse... C'était le solde de leur cambuse! « La
Gavotte » à Montretout... Ils devaient encore dessus leur
tôle pour six mois de traites et un reliquat... Courtial rapportait plus d'argent... Ils avaient même déjà un retard de
deux mois et demi avec cinq délais du foncier... Elle s'en
étranglait la voix rien que de raconter cette honte... Ça
me faisait songer par le fait, que notre terme à nous était
bien en retard aussi pour notre magasin!... Et le gaz alors?...
Et le téléphone!... Il en était même plus question!... L'imprimeur livrerait peut-être encore cette fois-ci... Il savait
bien ce qu'il goupillait, le Taponier cette belle engeance! Il
mettrait saisie sur la boîte... Il se la taperait pour des clous!..
C'était dans la fouille!... C'était encore lui le plus vicelard!...
On était dans des jolis draps!... Je ressentais toute la mouscaille, toute l'avalanche des machetagouines qui me rafluaient
sur les talons... C'était mochement compromis l'avenir et
nos jolis rêves!... Y avait plus beaucoup d'illusions!... La
vieille poupée elle en râlait dans sa voilette!... Elle avait
tellement soupiré qu'elle s'est mise un peu à son aise!...
Elle a enlevé son chapeau!... J'ai pu la reconnaître d'après
le portrait et la description de des Pereires... J'ai eu la
surprise quand même... Il m'avait prévenu de la moustache,
qu'elle voulait pas se faire épiler... Et c'était pas une petite
ombre!... Ça s'était mis à lui pousser à la suite d'une opéra-

tion!... On lui avait tout enlevé dans une seule séance!...
Les deux ovaires et la matrice!... On avait cru dans les débuts
que ça serait qu'une appendicite... mais en ouvrant le
péritoine, ils avaient trouvé un fibrome énorme... Opérée
par Péan lui-même...

Avant d'être ainsi mutilée, c'était une fort jolie femme,
Irène des Pereires, attrayante, avenante et charmeuse et
tout!... Seulement depuis cette intervention et surtout depuis
quatre ou cinq années, tous les caractères virils avaient pris
complètement le dessus!... Des vraies bacchantes qui lui
sortaient et même une espèce de barbe!... Tout ça c'était
noyé de larmes! Ça coulait abondamment tout pendant
qu'elle me causait!... Dans son maquillage, ça dégoulinait
en couleurs! Elle s'était poudrée... plâtrée... fardée tant et
plus! Elle se faisait des cils d'odalisque, elle se ravalait pour
venir en ville!... Le volumineux papeau, avec son massif
d'hortensias, elle le remettait... il rebasculait... dans la
tourmente, il tenait plus à rien! Il virait à la renverse!...
Elle le retapait d'un coup d'aplomb... Elle renfilait les
longues épingles... renouait sa voilette encore. Un moment,
je la vois qui fouille dans le fond de ses jupons... Elle sort
une grosse pipe en bruyère... Ça aussi, il m'avait prévenu...

« Ça gêne pas ici, que je fume? » qu'elle me demande...

« Non, Madame, mais non, seulement il faut faire attention aux cendres! à cause des papiers par terre! Ça prendrait feu facilement! Hi! Hi! » Il faut bien rigoler un peu...

— Vous fumez pas, vous, Ferdinand?

— Non! Moi, vous savez, j'y tiens pas. Je fais pas assez
attention! J'ai peur de finir en torche! Hi! Hi!...

Elle se met à tirer des bouffées... Elle crache par terre!
par-ci, par-là!... Elle était un peu calmée!... Elle remet
encore sa voilette! Elle relevait seulement un petit coin avec
le petit doigt! Quand elle a eu terminé complètement sa
pipe... Elle a sorti encore sa blague... Je croyais qu'elle
allait s'en bourrer une autre!...

« Dites donc, Ferdinand! qu'elle m'arrête... Une idée
qui la traverse, elle se redresse d'un coup... Vous êtes sûr
au moins qu'il est pas caché là-haut!... »

J'osais pas trop affirmer... C'était délicat!... Je voulais éviter la bataille...

« Ah! elle attend pas! Elle bondit!... Ferdinand! Vous me trompez! Vous êtes aussi menteur que l'autre!... »

Elle veut plus que je lui explique... Elle m'écarte de son passage... Elle saute dans le petit escalier, dans le tire-bouchon... La voilà qui grimpe en furie... L'autre il était pas prévenu... Elle lui tombe en plein sur le paletot...! J'é-coute... j'entends... Tout de suite, c'est un vrai challenge!... Elle lui en casse pour sa thune! D'abord, il y a eu les paires de beignes! et puis des vociférations...

« Regardez-moi ce satyre!... Ce sale voyou!... Cette raclure!... Voilà à quoi il passe son temps!... Je me doutais bien de sa sale musique! J'ai bien fait de venir!... » Elle avait dû juste le tauper comme il rangeait nos cartes pos-tales... les transparentes... dans l'album... celles que je vendais moi, le dimanche!... C'était souvent sa distraction après le déjeuner...

Il était pas au bout de ses peines! Elle écoutait pas ses réponses! « Pornographe! Fausse membrane! Pétroleux! Lavette! Égout! »... Voilà comment qu'elle le traitait!...

Je suis monté, j'ai risqué un œil par-dessus la rampe!... A bout de mots elle s'est ruée sur lui... Il était retourné sur le sofa... Comme elle était lourde et brutale!

« Demande pardon! Demande pardon, choléra! Demande pardon à ta victime! » Il se rebiffait quand même un peu... Elle l'attaquait par son plastron, mais c'était si dur comme matière, qu'elle se coupait là-dedant les deux paumes... Elle saignait... elle serrait quand même...

« T'aimes pas ça? n'est-ce-pas? T'aimes pas ça? qu'elle lui criait dans la bigorne... Ah! T'aimes ça! infernale baudruche! Dis, fumier! T'aimes ça, dis, me voir en colère! » Elle était complètement sur lui! Elle lui rebondissait sur le bide! « Ouah! Ouah! Ouah! qu'il suffoquait! Tu m'étouffes grande garce! Tu me crèves! Tu m'étrangles!... » Et puis alors elle l'a relâché, elle saignait trop abondamment... elle est redescendue à toutes pompes... Elle a sauté au robinet... « Ferdinand! Ferdinand! pensez donc un peu, depuis huit jours, vous m'entendez! Depuis huit jours que je l'at-

tends! Depuis huit jours, il n'est pas rentré une seule fois!...
Il me ronge! Je me dessèche!... Il s'en fout!... Il m'a écrit
juste une carte : « Le ballon est détérioré! Vies sauves! »
voilà! C'est tout!... Je lui demande ce qu'il va faire? Insiste
pas qu'il me répond!... Fiasco complet!... Depuis ce moment
plus un geste! Monsieur ne revient plus du tout! Où est-il?
Que fait-il!... Le crédit « Benoiton » me relance pour les
échéances!... Mystère total!... Dix fois par jour, ils reviennent sonner... Le boulanger est à mes trousses!... Le gaz a
fermé le compteur!... Demain, il vont m'enlever l'eau!...
Monsieur est en bombe!... Moi je me rouille les sangs!...
Ce sale raté!... Ce sale vicieux!... Ce dévoyé!... Cette infernale, ignoble engeance! Ce sapajou!... Mais j'aimerais
mieux, tenez, Ferdinand! vivre avec un singe véritable!...
Je le comprendais lui à la fin!... Il me comprendrait! Je
saurais comme ça où j'en suis! Tandis qu'avec ce détraqué
depuis trente-cinq ans bientôt, je ne sais même pas ce qu'il
va faire d'une minute à l'autre, dès que j'aurai le dos tourné!
Ivrogne! Menteur! Coureur! Voleur! Il a tout!... Et vous
pouvez pas savoir comme je déteste ce salaud-là!... Où est-il?
C'est la question que je me pose cinquante fois par jour...
Pendant que je tourne, que je m'échine là-bas toute seule!
que je me tue pour l'entretenir! pour faire face aux échéances... épargner sur toutes les bougies... Monsieur, lui, disperse! Il sème! Il arrose n'importe quelle pelouse!... et puis
toutes ses sales grognasses! avec mon pognon! avec ce que
j'ai pu sauver! en me refusant tout! Où ça s'en va-t-il?
En dégradations absolues! Je le sais bien quand même! Il a
beau se cacher!... A Vincennes!... Au Pari-Mutuel!... A
Enghien, rue Blondel!... sur le Barbès n'importe quoi
d'ailleurs... Il est pas bien difficile pourvu qu'il se déprave!
N'importe quel bouge ça lui va!... Tout lui est bon! Monsieur se vautre! Il dilapide!... Pendant ce temps-là... moi, je
me crève!... pour faire l'économie d'un sou! Pour une
heure de femme de ménage!... C'est moi qui fais tout!
malgré l'état où vous me voyez!... Je me décarcasse! Je
lave par terre! Entièrement! malgré mes bouffées de chaleur! et même quand j'ai mes rhumatismes!... Je tiens plus
sur mes pieds, c'est bien simple!... Je me tue! Et puis alors?

C'est pas tout! Quand on nous aura saisis?... Où ça irons-nous coucher? Peux-tu me le dire? Va-nu-pieds! Dis, sale andouille! Apache! Bandit! Elle l'interpellait d'en bas!... Dans un asile tiens bien sûr! Tu connais encore les adresses? Tu dois t'en souvenir mon lascar!... Il y allait avant de se marier!... Et sous les ponts! Ferdinand!... C'est là que j'au-rais bien dû le laisser... Parfaitement! Empoisonneur de ma vie! Avec sa vermine! Sa gale! Il méritait pas davantage!... Il le connaîtrait son plaisir! Ah! Je t'y ramènerai à Saint-Louis! Monsieur veut suivre ses passions! C'est un déchaîné, Ferdinand! Et la pire espèce de sale voyou! On peut le retenir par nulle part! Ni dignité! Ni raison! Ni amour-propre! Ni gentillesse!... Rien!... L'homme qui m'a bafouée, bernée, infecté toute mon existence!... Ah! il est propre! Il est mimi! Ah! oui alors, je peux le dire! J'ai été cent mille fois bien trop bonne!... J'ai été poire, Ferdinand! que c'est une vraie rigolade! Ça a l'air d'une farce exprès!... A présent, vous m'entendez, il a cinquante-cinq ans et mèche! Cinquante-six exactement! au mois d'avril! Et qu'est-ce qu'il fait ce vieux saltimbanque?... Il nous ruine!... Il nous fout franchement sur la paille!... Et vas-y donc! Monsieur ni résiste plus! Il cède complètement à ses vices!... Monsieur se laisse emporter!... Il roule au ruisseau! Et c'est moi encore qui le repêche! Que je me débrouille! que je m'es-quinte!... Monsieur s'en fout absolument!... Monsieur refuse de se restreindre!... C'est moi qui le sors du pétrin!.. C'est moi qui vais payer ses dettes! C'est moi, n'est-ce pas, Arlequin?... Son ballon, il l'abandonne! Il a même plus deux sous de courage!... Voulez-vous savoir ce qu'il fait à la gare du Nord? au lieu de rentrer directement?... Vous, vous le savez peut-être aussi? Où y s'en va perdre toutes ses forces? Dans les cabinets, Ferdinand! Oui! Tout le monde l'a vu! Tout le monde t'a reconnu, mon bonhomme!... On l'a vu comme il se masturbait... On l'a surpris dans la salle! et dans les couloirs des Pas Perdus!... C'est là qu'il s'exhibe! Ses organes!... Son sale attirail!... A toutes les petites filles! Oui, parfaitement! aux petits enfants! Ah! mais y a des plaintes! Je parle pas en l'air! Oui, mon saligaud!... Et y a longtemps qu'ils le surveillent!... En plein dans la gare,

Ferdinand! En plein parmi des gens qui nous connaissent tous!... On est venu me répéter ça!... Qu'est-ce qui me l'a dit? Tu vas pas nier. Par exemple! Tu vas pas dire que c'est un autre!... Il a du toupet, ce cochon-là!... Mais c'est le commissaire lui-même, mon ami!... Il est venu exprès hier au soir... pour raconter ta pourriture!... Il avait tout ton signalement et même ta photo!... Tu vois si t'es bien connu!... Ah! c'est pas d'hier! Il t'avait pris tous tes papiers! Hein, que c'est pas vrai?... Tu le savais quand même!... C'est bien pour ça! dis fumier, que t'es pas revenu?... Tu savais bien ce qui t'attendait?... D'ailleurs, il t'avait bien prévenu!... Des enfants maintenant qu'il lui faut! Des bébés!... c'est absolument effroyable!... Le jeu! la boisson! le mensonge!... Prodigue! Malhonnête! Les femmes! Tous les vices! Des mineures! Tous les travers de sale voyou!... Tout ça, je le savais bien sûr! J'en ai pourtant assez souffert!... J'ai bien payé pour connaître! Mais à présent, des petites filles!... C'est même pas imaginable!... » Elle le regardait, le fixait de loin... Il restait sur les marches!... dans l'escalier tire-bouchon... Il était mieux derrière les barres... Il ne se rapprochait plus... Il me faisait des signes d'entente qu'il fallait pas l'énerver... que je reste absolument peinard... Que ça passerait... que je moufte plus!... En effet, tout de même, elle s'est calmée peu à peu...

Elle s'est renfoncée dans le fauteuil... Elle s'éventait tout doucement avec un journal grand ouvert... Elle soufflait... mouchait... On a pu avec Courtial placer alors quelques mots!... et puis un petit discours pour essayer de lui faire comprendre le pourquoi, le comment, de la débâcle... On parlait pas des gamines... on parlait seulement du ballon!... Ça changeait toujours un peu... On a insisté pour l'enveloppe... que vraiment y avait plus mèche... Il essayait des compliments...

« Pour mon Irène là! Ferdinand! Ce qu'il faut bien vous rendre compte, c'est qu'elle est impressionnable!... C'est une épouse admirable!... une nature d'élite! Je lui dois tout, Ferdinand! Tout! C'est bien simple! Je peux le crier sur les toits!... Je ne songe pas une seule minute à méconnaître toute l'affection qu'elle me porte! La grandeur de son dévouement! L'immensité de ses sacrifices! Non!... Seulement, elle est emportée! Violente au possible!... C'est le revers de son bon cœur! Impulsive même! Point méchante! Certes non! La bonté même!... Une soupe au lait! n'est-ce pas, mon Irène adorée?... » Il s'avançait pour l'embrasser!...

« Laisse-moi! Laisse-moi, salopiaud!... »

Il ne lui tenait pas rancune... Il voulait seulement qu'elle comprenne. Mais elle s'obstinait dans la rogne!... Il avait beau lui répéter qu'on avait tenté l'impossible!... rajouté dix mille pièces déjà... recousu... souqué les doublures, en toutes les couleurs, toutes les tailles, que le « Zélé » on avait beau faire et prétendre... il partait en accordéon... que les mites bouffaient l'entournure... Et les rats rognaient les soupapes... que ça tenait plus du tout en l'air! Ni debout! ni raplati! Qu'il serait piteux même en passoire! même en lavette! en éponge! en torche-cul!... Qu'il était plus bon à rien!... Elle gardait quand même des doutes!... On avait beau détailler... lui faire grâce d'aucune détresse! s'évertuer! jurer! prétendre! même exagérer si possible!... Elle hochait quand même incrédule!... Elle nous croyait pas tous les deux!... On lui a montré nos lettres, où c'était écrit nos déboires... celles qui revenaient d'un peu partout!... Que même gratuitement, et pour la simple collecte, on nous éliminait encore... et pas gentiment... on voulait même plus nous regarder... Les plus lourds que l'air prenaient tout! Les villes d'eaux!... les ports!... les kermesses!... C'était la vérité stricte!... les sphériques on n'en voulait plus... même pour les « Pardons » en Bretagne!... Y en a un du Finistère, qui nous récrit tout crûment, comme nous insistions pour venir :

« *Monsieur, avec votre ustensile, vous appartenez aux Musées et nous n'en possédons point à Kraloch-sur-Isle! Je me demande vraiment pourquoi on vous laisse encore sortir! Le conservateur manque à tous ses devoirs! Notre jeunesse par ici ne viole pas les tombes! Elle veut s'amuser! Essayez de me comprendre une bonne fois pour toutes!... A bon entendeur!...*

JOËL BALAVAIS,
Persifleur local et breton.

435

Elle a trifouillé d'autres dossiers, mais ça lui disait pas grand-chose... Elle s'est radoucie quand même... Elle a bien voulu qu'on sorte... On l'a emmenée dans le jardin... On l'a installée sur un banc entre nous deux... Cette fois-ci elle reparlait tout à fait sagement... Mais toujours dans sa conviction que le « Zélé » malgré tout était parfaitement réparable... qu'il pouvait encore nous servir... pour deux ou trois fêtes en Province... que ça suffirait largement pour amadouer l'architecte... qu'ils obtiendraient un autre délai... que le pavillon serait sauvé... que c'était une question de courage !... que rien en somme n'était perdu !... Elle quittait pas son opinion... Elle pouvait pas comprendre autre chose... On lui a rebourré sa pipe... Courtial à côté il chiquait. C'est en chiquant presque toujours qu'il finissait ses cigares...

Les gens, les passants, ils regardaient du côté de notre groupe... plutôt intrigués... surtout par la grosse mignonne... Elle avait l'air de m'écouter encore plutôt mieux que son mari... J'ai poursuivi mon boniment, la démonstration tragique... J'essayais de lui faire concevoir sur quels genres d'obstacles on butait... et comment nous nous épuisions en tristes efforts de plus en plus inutiles... Elle me reluquait indécise... Elle croyait que je lui bourrais le mou... Elle s'est remise à chialer...

— Mais vous avez plus d'énergie ! Je le vois très bien ! ni l'un ni l'autre ! Alors c'est moi ! Oui, c'est moi seule qui ferai le travail !... C'est moi qui remonterai en ballon ! On verra bien si je m'envole pas ! Si je monterai pas aux 1 200 mètres ! Puisqu'ils demandent des extravagances ! à 1 500 mètres ! à 2 000 ! A n'importe quoi !... Ce qu'ils demanderont ! moi je leur ferai !...

— Tu déconnes, ma grande poulette, qu'il l'a stoppée des Pereires... Tu déconnes effroyablement !... A douze mètres t'y monteras pas avec une enveloppe comme la nôtre !... Et d'une ! Tu retomberas dans l'abreuvoir !... Et ça serait pas une solution ! Ils voudraient pas de toi malgré tout ! Même le capitaine avec son « Ami des Nuages », son cheval ! Tout le bazar et son train ! Et le Rastoni et sa fille ! Son trapèze et ses bouquets... Ils dérouillent plus ni l'un ni l'autre!... On les refuse aussi!... C'est du même! C'est pas nous, Irène! C'est l'époque!... C'est la débâcle qu'est générale... C'est pas seulement pour le « Zélé »...

Il avait beau dire, sacrer les mille noms de Dieu... elle se tenait pas pour battue... Elle se rebiffait même de plus belle...

— C'est vous! qui vous laissez abattre! La mode de leurs aéroplanes? ça sera plus rien l'année prochaine!... Vous vous cherchez des faux-fuyants parce que vous faites tous dans vos frocs!... C'est ça qu'il vaudrait mieux dire! Au lieu de me chercher des pouilles! Si vous aviez du courage... dites-le donc tout de suite... au lieu de me faire des balivernes... vous seriez déjà au boulot!... C'est tout des sottises vos histoires! Et le pavillon alors? qui c'est qui va nous le payer? Avec quoi? Et déjà trois mois de retard! Avec deux délais en plus!... C'est pas avec ton sale cancan!... Il est sûrement couvert de dettes!... Et des sommations jusque-là! J'en suis bien certaine... Tu crois que je connais pas ces choses? Alors tu abandonnes tout? C'est bien décidé, n'est-ce pas? Ma gueule de cochon?... T'en as déjà fait ton deuil! Une maison complète... entière! Dix-huit ans d'économies!... Achetée pierre par pierre... Centimètre par centimètre!... C'est bien le cas de le dire! Un terrain qui prend tous les jours... Tu laisses tout ça aux hypothèques!... Tu plaques!... Tu t'en fous!... C'est là que tu l'as ta débandade... Elle lui montrait comme ça sa tête... C'est pas dans le ballon c'est là!... Moi je le dis!... Et alors? Finir sous les ponts? Libre à toi!... Libre à toi! Sale dépravé, dégueulasse! T'as même plus honte de ton existence!... Tu vas y retourner, sale vadrouille, avec les cloches de ton genre!... C'est bien de là que je l'ai tiré... Ah! oui! pourtant!... Mais moi, Ferdinand, vous savez, j'avais une famille!... Il m'a fauché toute ma vie!... Il m'a ruiné ma carrière!... Il m'a séparée des miens!... Le vampire! La frappe!... Et ma santé?... Il m'aura comme ça tout bouffé! complètement anéantie!... Pour finir dans le déshonneur!... Et allez donc!... Ah! C'est bien commode les hommes! C'est un prodige... Vraiment ça serait pas croyable! Dix-huit années d'économies! de privations continuelles!... de calamités!... Tous les sacrifices de ma part...

Des Pereires de l'entendre maudire comme ça... avec une semblable violence, il en perdait tout son culot!... Il était plus mariole du tout!... Il en a pleuré aussi! Il a fondu en larmes... Il s'est jeté franchement dans ses bras!... Il implorait son pardon!... Il lui en fit sauter sa pipe!... Ils s'étreignirent fiévreusement... Comme ça, devant tout le monde!... Et ça durait... Mais, même encore dans l'étreinte, elle continuait à rouscailler... Toujours les mêmes mots...

— Je veux le réparer, Courtial! Je veux le réparer! Je sens que moi je pourrai bien! Je sais qu'il peut encore tenir! J'en suis sûre!... J'en ferais le pari!... Regarde un peu notre « Archimède »... Il a bien tenu lui quarante ans!... Pense donc, il tiendrait encore!...

— Mais c'était seulement qu'un « captif »... Voyons, ma chouchoute... C'est pas du tout la même usure!...

— Je monterai, moi!... Je te dis!... Je monterai! Si vous autres vous voulez plus!...

Elle en tenait gros sur la pomme... Elle cherchait la combinaison... A toute force elle aurait voulu qu'on se démerde encore.

— Je demande pas mieux, moi, que de t'aider! Tu le sais bien quand même, Courtial!...

— Mais oui! Je le sais bien, mon amour!... C'est pas la question!...

— Je demande pas mieux... Tu sais que je suis pas fainéante!... Je veux même refaire des accouchements si ça pouvait nous servir!... Mais je m'y remettrais... Si je pouvais! Ah! J'attendrais pas!... Même à Montretout! Bon Dieu!... Même pour aider à Colombes, celle qu'a pris mon cabinet!... Mais je referais n'importe quoi!... Pour qu'ils viennent pas nous expulser!... Tu vois comme je suis!... D'ailleurs j'ai demandé à droite et à gauche... Mais j'ai plus beaucoup la main... Et puis y a aussi ma figure!... Ça ferait quand même drôle!... J'ai beaucoup changé... qu'ils m'ont dit... Faudrait que je m'arrange un peu... Enfin je ne sais pas!... Que je me rase!... Je veux pas m'épiler!...

Elle nous a relevé sa voilette... C'était une impression quand même! comme ça en plein jour... avec la poudre en croûtes! Le rouge aux pommettes et son violet aux paupières!... Et puis des épaisses bacchantes, même un peu des favoris!... Et les sourcils plus drus encore que ceux à Courtial!... Fournis, sans blague, comme pour un ogre! Évidemment qu'elle leur ferait peur à ses « expectantes » avec une binette si velue!... Il faudrait qu'elle s'arrange beaucoup, qu'elle se modifie toute la figure... Ça faisait réfléchir!...

On est restés encore longtemps, comme ça, côte à côte dans le jardin, à se raconter des histoires, des choses consolantes... La nuit tombait tout doucement... D'un coup, elle a repleuré si fort que c'était vraiment le maximum!... C'était la détresse complète!...

— Ferdinand! qu'elle me suppliait... au moins vous n'allez pas partir? Regardez! où nous en sommes!... Je vous connais pas depuis longtemps! Mais je suis déjà certaine qu'au fond... vous êtes raisonnable, vous, mon petit! Hein? Et puis d'abord ça s'arrangera!... On m'ôtera pas la conviction!... C'est en somme qu'une très mauvaise passe!... J'en ai vu bien d'autres, allez! Ça peut pas terminer comme ça!... On n'a qu'à s'y remettre tous ensemble!... Un bon coup!... D'abord il faut que je me rende compte!... Je veux essayer par moi-même!...

Elle se relève encore une fois... Elle retourne vers la boutique... Elle s'allume les deux chandelles... On la laisse faire... se débrouiller... Elle ouvre la trappe... Elle se met à descendre... Elle y est restée un bon moment toute seule dans la cave!... à tripoter toute la camelote... à déplier les enveloppes... à tirailler les détritus!... à se rendre compte comme c'était pourri! absolument foireux! en loques!... J'étais tout seul au magasin quand elle est remontée finalement... Elle pouvait plus vraiment rien dire... Elle en était comme étranglée de véritable chagrin... Comme ça dans le fauteuil comme paralysée, complètement avachie... finie... pompée... Son galure à la traîne dessous... Ça l'avait bien sonnée la vioque de constater de visu... Je croyais qu'elle fermerait sa gueule... qu'elle avait plus rien à dire... et puis elle a repiqué une transe... Elle s'y est remise encore quand même!... Au bout peut-être d'un quart d'heure!... Mais c'était des lamentations... Tout doucement qu'elle me causait ... comme si c'était dans un songe!...

— C'est fini! Ferdinand!... Je vois... Oui... C'est vrai...
Vous aviez pas tort!... C'est fini!... Vous êtes bien gentil,
Ferdinand, de pas nous abandonner à présent... Nous deux
vieux... Hein?... Vous allez pas nous quitter?... Pas si vite
quand même?... Hein? Ferdinand? Pas si vite... au moins
pendant quelques jours... Quelques semaines... Vous voulez,
hein?... Pas? Dites, Ferdinand?...

— Mais oui Madame!... Mais oui bien sûr!...

Courtial, le lendemain matin, comme ça vers onze heures, quand il est revenu de Montretout il était encore bien
gêné!...

— Alors, Ferdinand? Rien de nouveau?...

— Oh! Non! que je réponds... Rien d'extraordinaire...
— Et c'est moi en retour qui le questionne... — Alors?
Ça s'est arrangé?...

— Arrangé quoi?... — Il fait l'idiot... — Ah! Vous
voulez dire pour hier? — Il enchaîne, il passe à l'esbroufe...
— Ah! Écoutez-moi, Ferdinand! Vous avez pas pris quand
même des pareils ragots pour argent liquide? Non?... C'est
ma femme, c'est entendu!... Je la vénère par-dessus tout...
et jamais entre nous deux y a eu ça de véritable dispute!...
Bon!... Mais il faut dire quand même ce qui est... Elle a
tous les travers terribles d'une nature aussi généreuse!...
Elle est absolue! Despotique! Vous me saisissez, Ferdinand?... Emportée!... C'est un volcan!... Une dynamite!...
Dès qu'il nous arrive un coup dur, elle réagit en bourrasque!... Moi-même, parfois, elle m'épouvante!... La voilà
partie!... Et je me monte!... Et je me tarabuste!... Et je bafouille!... Et j'en perds la tête!... Et je te déconne à pleins
tubes!... Quand on est une fois au courant, ça va!... On se
frappe plus!... C'est aussi vite oublié qu'un orage aux courses!... Mais je te le répète, Ferdinand! En trente-deux années
de ménage... beaucoup d'émotions certainement! Mais pas
une véritable tempête!... Tous les couples ont leurs dis-

putes... Je veux bien qu'en ce moment même nous traversons une vilaine passe!... Ça c'est bien certain... Mais enfin on en a vu d'autres... et franchi des plus redoutables!... C'est pas encore le déluge!... De là nous voir complètement raides!... Destitués! Expulsés!... Vendus!... Séquestrés!... C'est de la sale imagination... Je proteste!... La pauvre chouchoute! Ça serait moi évidemment le dernier à lui en vouloir!... Tout ça bien sûr peut s'expliquer!... C'est dans son pavillon là-bas qu'elle se forge ainsi des chimères!... toute la journée entière toute seule!... à réfléchir!... Ça la travaille... ça la possède à la fin!... Elle se monte!... Elle se monte!... Elle se rend même plus compte!... Elle voit, elle entend des choses qui n'existent pas!... Elle est d'ailleurs assez sujette depuis son opération... aux fantaisies!... aux impulsions!... Je dirai plus même... Quelquefois, elle extravague un peu!... Ah! oui! à plusieurs reprises, ça m'a étonné... Des vraies hallucinations!... Absolument qu'elle est sincère... C'est comme pour cette plainte... Ah! Là! Là!... T'as reconnu tout de suite, bien sûr?... Tu as compris immédiatement?... C'était même très drôle!... C'était comique!... Mais elle me l'avait déjà fait!... C'est pour ça que j'ai pas ressauté!... Je l'ai laissé finir!... J'avais pas l'air, hein, surpris?... T'as remarqué? J'ai eu l'air de la trouver normale... C'est ça qu'il faut! Pas l'effrayer! Pas l'effrayer!...

— Oui! Oui! J'ai compris tout de suite...

— Ah! ben ça, je me disais aussi... Ferdinand il a pas coupé... il est pas crédule à ce point!... Il a dû comprendre... Non pas qu'elle boive, la pauvre amour!... Non! jamais ça!... C'est une femme absolument sobre!... Sauf pour le tabac... Plutôt même assez puritaine, je dirai dans un sens!... Mais c'est toujours l'opération qui me l'a complètement bouleversée!... Ah! C'était une tout autre femme!... Ah! Si tu l'avais vue avant!... Autrefois!... — Il filait encore regarder dessous les piles de paperasses. — Je voudrais pouvoir te la retrouver sa photo de jeunesse! Son agrandissement de Turin!... Je suis tombé dessus y a pas huit jours... Tu pourrais pas la reconnaître!... Une révolution!... Autrefois, là, je peux t'assurer avant qu'on l'opère... C'était une véritable merveille!... Un port!... Un teint de

441

roses... La beauté soi-même!... Et quel charme, mon ami!...
Et la voix!... Un soprano dramatique!... Tout ça « rasibus »!
du jour au lendemain!... Au bistouri! C'est pas croyable!...
Je peux bien le dire, sans vanité, méconnaissable! C'était
même parfois gênant... surtout en voyage! Surtout en
Espagne et en Italie!... où ils sont si cavaleurs... Je me souviens bien, j'étais moi-même, à cette époque, assez ombra-
geux, susceptible... Je prenais la mouche pour des riens...
J'ai été en cent occasions à deux doigts d'un duel!...

Il lui repassait des réflexions... Je respectais son silence...
et puis il se remettait en branle...

— Alors, dis donc, Ferdinand! C'est pas tout ça!...
Parlons à présent des choses sérieuses!... Si tu allais voir
l'imprimeur?... Et puis écoute et sache comprendre!... J'ai
retrouvé à la villa... dans le « secrétaire », quelque chose
qui peut nous servir!... Si ma femme revenait... qu'elle
demande... Tu n'as rien vu!... tu ne sais rien du tout!...
Ça n'est qu'une « reconnaissance » pour une breloque et
un bracelet... Mais tout ça en or massif!... Absolument sûr!...
Contrôlé! dix-huit carats!... Voilà les cachets du « Crédit »...
On peut faire l'essai!... Tu vas passer chez Sorcelleux, rue
Grange-Batelière... Tu lui demanderas ce qu'il en donne?
Que c'est pour moi... Un service!... Tu sais bien où c'est?...
au quatrième, escalier A... Tu te feras pas voir par la concierge!... Pour combien qu'il me la rachète?... Ça nous
ferait quand même une avance!... S'il te dit non... tu repas-
seras par chez Rotembourg!... rue de la Huchette... Tu
lui montreras pas le papier!... Tu lui demanderas s'il est
preneur? Simplement comme ça... Et moi alors après j'irai...
Celui-là, c'est pire la crapule!...

Le commissaire des « Bons-Enfants » avec ses allures de
s'en foutre, c'était tout de même une petite vache. C'est
bien au fond à cause de lui qu'ils ont entamé les poursuites.
Et que le parquet s'en est mêlé... Pas pendant bien longtemps

bien sûr... Mais assez suffisamment pour bien nous faire
chier quand même... On a eu des bourres plein la tôle...
Une perquisition pour la forme... Qu'est-ce qu'ils pouvaient
nous saisir?... Ils sont repartis tout râleux... Ils avaient pas
leur bon motif pour l'inculpation... L'escroquerie était pas
bien nette... Ils ont essayé de nous bluffer. ..Mais on avait
nos alibis... On se disculpait très facilement. Courtial il a
sorti des textes qu'étaient tous entièrement pour nous...
A partir de ce moment ils l'ont convoqué aux « Orfèvres »
presque tous les jours... Le Juge il se marrait cinq minutes
rien qu'à écouter ses salades... ses protestations... Tout
d'abord il lui a dit :

— Avant de présenter votre défense, retournez donc les
mandats... Restituez donc vos souscripteurs!... C'est l'abus
de confiance votre histoire, une véritable flibusterie carac-
téristique!

Il ressautait alors, le vieux dabe, en entendant des mots
pareils... Il se défendait à tout rompre, pied à pied, désespé-
rément...

— Rendre quoi? Le destin m'accable! On m'exaspère à
plaisir! On me harcèle! On me crible! On me ruine! On
me piétine! On m'afflige de cent mille façons! Et maintenant? Que veut-il encore? Quelles prétentions? M'extorquer
ma dernière gamelle!... A Dache!... Que des rançons ima-
ginaires! C'est une gageure! Mais c'est un guêpier, ma
parole! Un cloaque! Je n'y tiens plus!... La perfidie de
tous ces gens? Mais un ange en tournerait canaille!... Et
je ne suis point si sublime! Je me défends, mais je m'écœure!
Je le crie!... Lui ai-je tout dit à ce pantin! à ce sagouin! Ce
fourbe! Ce foutriquet de basoche!... Toute une existence,
Monsieur, vouée au service de la Science! de la vérité! par
l'esprit! par le courage personnel!... 1 287 ascensions!...
Une carrière toute de périls! Des luttes sans merci!... Contre
les trois éléments... Maintenant les coteries mielleuses? Ah!
Ah! L'ignorance! La sottise bavarde!... Oui!... Pour la lumière! Pour l'enseignement des familles! Et finir là!...
Pouah! Traqué par les hyènes en bandes!... contraint aux
pires arguties!... Flammarion viendra témoigner. Il viendra! « Taisez-vous donc des Pereires!... qu'il m'arrête

alors ce vaurien, sans aucune trace de politesse, ce petit salopiaud morveux!... Taisez-vous! J'en ai assez de vous écouter... Nous sommes loin de notre sujet!... Votre concours du « Perpétuel »... j'en ai toutes les preuves sous la main... n'est qu'une vaste crapulerie... Encore si c'était votre première!... mais ce n'est que la plus flagrante!... la plus récente!... la plus effrontée de toutes!... Une parfaite imposture, ma foi!... Un attrape-gogos cynique! Vous n'y couperez pas à l'article 222! Monsieur des Pereires!... Vos conditions ne tiennent pas debout!... Vous feriez bien mieux d'avouer... Relisez donc votre prospectus... Regardez donc toutes vos notices!... Un culot phénoménal!... Rien qui puisse passer pour honnête dans un tel concours!... Rien de justifiable!... Aucun contrôle n'est praticable! Ah! Vous savez vous dérober!... Du tape-à-l'œil... Des poudres aux yeux!... Vous avez d'avance soigneusement élaboré toutes vos clauses qui rendent l'expérience impossible!... C'est du joli!... C'est de l'escroquerie bel et bien... La pure et simple frauduleuse!... Du vol amplement qualifié!... Vous n'êtes qu'un larron, des Pereires! du grand Idéal Scientifique! Vous ne vivez que grâce aux pièges que vous tendez à l'enthousiasme! Aux admirables chercheurs!... Vous braconnez ignoblement dans les fourrés de la Recherche!... Vous êtes un chacal, des Pereires! Une bête honteuse! Il vous faut l'ombre la plus dense! Les taillis inextricables! Toute lumière vous met en déroute! Je la ferai, moi, des Pereires, sur vos œuvres basses! Attention, dangereux spécimen! Fangeux! putride survivant de la faune des estragules! J'envoie tous les jours aux Rungis des portées entières de crapules infiniment plus excusables!... »

« Mais le « Mouvement perpétuel », c'est un idéal bien humain... que j'ai rétorqué à cette brute!... Déjà Michel-Ange! Aristote! et Léonard de Vinci!... Le Pic de la Mirandole!... »

« Alors, c'est vous qui le jugerez? qu'il m'a réfuté tac au tac... Vous vous sentez éternel?... Il faut l'être, vous entendez bien, pour juger ça valablement le résultat de votre concours!... Là! ah! je vous y prends, cette fois... N'est-ce pas? Éternité!... Vous vous dites donc éternel?...

Tout simplement!... C'est entendu!... L'évidence même vous accable!... Vous aviez bien l'intention en instituant votre concours de ne jamais en venir à bout!... Ah! c'est bien ça!... Je vous y prends!... de piller tous ces malheureux? Allons, signez-moi ça là-bas! » Il me tendait son porteplume!... Ah! la vache! C'était le comble des culots! J'avais même pas fait Ouf! ni Youp!... Il me présentait son papelard!... Non, tu vois pas ça d'ici?... Ah! j'en étais comme deux ronds de tarte!... J'ai refusé bien sûr tout net... Ça alors, c'était bien un piège!... Une vraiment infecte embuscade! Je me suis pas gêné pour lui dire... Il en revenait pas!... Je suis ressorti la tête haute!...

— Ça sera pour demain, des Pereires!... qu'il m'a lancé dans le couloir! Vous ne perdez rien pour attendre!...

« Vous sentez-vous éternel? » Non, mais alors quel aplomb! Quelle effronterie fantastique!... Ces sauvages-là parce qu'ils ont avec eux la force, le petit bout de poil et la grande gueule, ils se croient complètement astucieux... Ça vrai! Je peux alors bien le dire!... C'était une réflexion inouïe!... Absolument inédite! Tonnerre de cul et de catacombes! C'était un bouquet! Mais pour me démonter, mon fils, il en faudrait bien davantage! Quand même un petit peu! que des traquenards saugrenus! Ah ben ouizalors!... Toute cette impertinence ignoble ne peut que me fortifier! Voilà comme je pense! Et qu'il advienne ce que pourra! Qu'on m'enlève le boire! le manger! le gîte! le couvert! qu'on m'incarcère! qu'on me torture de toutes façons! Je m'en colle de long en large! J'ai ma conscience... et ça me suffit!... Rien sans elle!... Rien contre elle!... Voilà, Ferdinand! C'est l'Étoile Polaire!...

Je la connaissais moi la formule!... Papa il m'avait rassasié... On a pas idée de ce qu'à l'époque elle travaillait dur la conscience!... Mais c'était pas une solution... Au Parquet ils se tâtaient vraiment s'ils allaient pas le mettre sous verrous... Cependant le truc de l'éternité c'était quand même assez mariole... Ça pouvait bien s'interpréter... On a profité des sursis!... On a lavé du matériel... des vieilles bricoles de la cave... Et même des débris du ballon... Elle est revenue, la rombière, tout spécialement de Montretout... Elle

445

voulait reprendre tout en main, tout diriger à sa guise, surtout la vente de nos bricoles... Tout ce qui nous restait du ballon... On a fait un voyage à « dos » et un autre avec la poussette... On a fourgué surtout au « Temple »... à même le Carreau... On a eu beaucoup d'amateurs... Ils appréciaient bien les petits résidus mécaniques... Et puis pour les « Puces » le samedi on faisait des lots entiers de bouquins... on soldait tout à la « grosse »... et avec des bribes du « Zélé »... Les ustensiles... un baromètre et les cordages... De tout ce bastringue, en bien des séances, on a fini par tirer presque quatre cents points... C'était quand même agréable !... Ça nous a permis d'amadouer un peu l'imprimeur avec un sérieux acompte... Et pour leur « Crédit Benoiton » la moitié d'une traite sur la case !

Mais nos pauvres pigeons voyageurs, à partir de ce moment-là, ils avaient plus bien raison d'être... On les nourrissait pas beaucoup depuis déjà plusieurs mois... parfois seulement tous les deux jours... et ça revenait quand même très cher !... Les graines, c'est toujours fort coûteux, même achetées en gros... Si on les avait revendus... sûrement qu'ils auraient rappliqué comme je les connaissais... Jamais ils se seraient accoutumés à des autres patrons... C'était des braves petites bêtes loyales et fidèles... Absolument familiales... Ils m'attendaient dans la soupente... Dès qu'ils m'entendaient remuer l'échelle... Ils roucoulaient double !... Courtial il nous parlait déjà de se les taper à la « cocotte »... Mais je ne voulais pas les donner à n'importe qui... Tant qu'à faire de les occire, j'aimais mieux m'en charger moi-même !... J'ai réfléchi à un moyen... J'ai pensé comme si c'était moi... Moi j'aimerais pas au couteau... Non !... J'aimerais pas à être étranglé... non... ! J'aimerais pas à être écartelé... détripé... fendu en quatre !... Ça me faisait quand même un peu de peine !... Je les connaissais extrêmement bien... Mais y avait plus à démordre... Il fallait se résoudre à quelque chose... J'avais plus de graines depuis quatre jours... Je suis donc monté un tantôt comme ça vers quatre heures. Ils croyaient que je ramenais de la croûte... Ils avaient parfaitement confiance... Ils gargouillaient à toute musique... Je leur fais : « Allez ! radinez-vous, les glouglous! C'est la foire qui continue. Pour la balade, en voiture!... » Ils connaissaient ça fort bien... J'ouvre tout grand leur beau panier, le rotin des ascensions... Ils se précipitent tous ensemble... Je ferme bien la tringle... Je passe encore des cordes dans les anses... Je ligote en large, en travers... Ainsi c'était prêt... Je laisse le truc d'abord dans le couloir... Je redescends un peu... Je dis rien à Courtial... J'attends qu'il s'en aille prendre son dur... J'attends encore après le dîner... La Violette me tape au carreau... Je lui réponds: « Reviens donc plus tard... gironde... Je pars en course dans un moment!... » Elle reste... elle rouscaille...

— Je veux te dire quelque chose, Ferdinand! qu'elle insiste comme ça...

— Barre! que je lui fais...

Alors je monte chercher mes bestioles... Je les redescends de la soupente. Je me mets le panier sur la tête... et je m'en vais en équilibre... Je sors par la rue Montpensier... Je traverse tout le Carrousel... Arrivé au quai Voltaire, je repère bien l'endroit... Je vois personne du tout... Sur la berge, en bas des marches... j'attrape un pavé, un gros... Je l'amarre à mon truc... Je regarde bien encore autour... J'agrafe tout le fourbi à deux poignes et je le balance en plein jus... Le plus loin que je peux... Ça a pas beaucoup fait de bruit... J'ai fait ça automatique...

Le lendemain matin, Courtial, je lui ai cassé net le morceau... J'ai pas attendu... J'ai pas pris trente-six tournures... Il a rien eu à répondre... Elle non plus d'ailleurs, la chérie, qu'était aussi dans le magasin... Ils ont bien vu à mon air que c'était pas du tout le moment de venir me faire chier la bite.

On nous aurait laissés tranquilles qu'on s'en serait tirés presque sûr!... On aurait même sauvé la mise et sans le secours de personne!... Notre « Génitron » périodique, on

pouvait pas dire le contraire il se défendait parfaitement...
C'était un journal très suivi... Beaucoup de gens se souvien-
nent encore comme il était intéressant!... Vivant!... d'une
ligne à l'autre! Du commencement jusqu'à la fin! Toujours
parfaitement informé de toutes les choses de la trouvaille
et des soucis des inventeurs!

De ce côté-là, pas de charibote... Personne l'a jamais
remplacé... Mais, ce qui nous foutait tout par terre, c'était
l'autre polichinelle avec sa furie des courses... J'étais absolument sûr qu'il devait rejouer encore... Il avait beau me
dire le contraire... Je voyais les mandats arriver... « trois
thunes » des abonnés nouveaux! et yop si là!... Si je prenais
pas la précaution de les planquer à l'instant même ils étaient
fondus sur place! C'était fait dans un éclair! Un vrai pres-
tidigitateur!... Comme ça des ponctions continuelles, pas
une tôle peut résister! Que ça serait la Banque du Pérou!...
Il devait bien le claquer quelque part, notre petit pognon?...
Il allait plus aux « Émeutes »... Il avait donc changé son
« bouc »? Je me disais : Je saurai bien lequel!... Et puis
alors, juste au moment, voilà les poursuites qui recommencent!... Elles rebondissent... On le rappelle à la Préfecture!...
La petite charogne des « Bons-Enfants », il laissait pas
tomber son os! Il est revenu à l'attaque! Il nous avait dans
les pinces!... Il voulait nous faire crever!... Il a retrouvé
des autres victimes... du fameux concours! Il est allé fouiller
exprès dans les « garnos » des Gobelins... Il les excitait sur
notre pomme! Il les remettait en colère! Il les faisait repor-
ter des replaintes!... C'était plus une existence!... Il fallait
bien qu'on avise!... Qu'on se décarcasse d'une façon!... A
force de ruminer des choses... voilà ce que nous découvrî-
mes : fallait diviser pour résoudre!... C'était l'essentiel!...
Tous les emmerdeurs en deux classes!... D'un grand côté...
tous ceux qui ramenaient pour la forme!... Les mélancoliques, les malchanceux de l'existence!... Ces fiotes-là, c'était
bien simple, on leur rendrait rien du tout!... Et puis alors
d'autre part ceux qui fumaient énormément, ceux qui sortaient pas du pétard... Ceux-là c'était du péril!... Ceux-là
il fallait les atteindre, les atténuer de toute urgence!... discuter avec eux le « bout de gras »... Pas tout leur rendre,

évidemment!... C'était impossible!... C'était hors de cause!..
Mais quand même leur filer une « fleur »... par exemple
une thune ou deux... Comme ça ils perdraient pas tout!
Ils arriveraient peut-être à comprendre le cas majeur du
Destin?... Question alors d'entamer ces jolies démarches,
Courtial il a tout de suite pâli... Il s'est dégonflé subito...
Il pouvait pas y aller lui-même?... C'était pas concevable!...
Ça faisait tout à fait foireux qu'il aille traîner les paillassons...
Et l'autorité alors?... Ça lui perdait sa contenance vis-à-vis
des inventeurs... Il fallait que ça soye plutôt moi qu'irais
porter la bonne parole!... Moi j'avais aucun prestige, rien
à perdre comme amour-propre... Mais quel condé peu
baisant! Je m'en gourais nettement d'avance! J'aurais
bien flanché à mon tour, mais alors c'était la culbute!... Si
on laissait dériver, c'était la fin du canard!... et puis après
la panique!... Et puis après c'était la cloche!... C'était
vraiment la tragédie pour que je me tape moi une corvée
aussi cafouilleuse...

Enfin je me suis bien ressoufflé, reblindé d'avance. J'ai
répété tous les trucs... tout ce que je devais raconter... tout
un agencement de bobards... Pourquoi ça n'avait pas collé...
dès les préliminaires épreuves!... à cause d'une très grave
discussion survenue entre les savants sur un point technique
fort controversé... Qu'on referait tout ça l'année prochaine... Enfin une immense musique! Et je fonce dans la bagarre! Bourre, petit!... Je devais d'abord leur rendre leurs
plans, toutes les maquettes, les épures, les affutiaux biscor-
nus!... en même temps que des excuses...

J'abordais les gars par la bande... Je commençais par
leur demander si ils avaient pas reçu ma lettre?... pour leur
annoncer ma visite?... Non?... Ils avaient un petit sursaut...
Ils se voyaient déjà les gagnants!... Si c'était l'heure de la
tambouille, on m'invitait à partager! Si ils étaient en famille,
alors ma jolie mission, ça devenait devant tant de personnes
d'une délicatesse extrême!... Il me fallait des trésors de tact!
Ils avaient fait des rêves d'or!... C'était un moment hideux...
Fallait pourtant que je les dissuade... J'étais venu exprès
pour ça... J'essayais d'y mettre bien des nuances!... Quand
le hoquet les prenait, l'envie de brifer leur passait... Ils se

redressaient hypnotisés, le regard figé par la stupeur!...
Alors je surveillais les couteaux... Y avait du vent dans
les assiettes!... Je m'arc-boutais le dos au mur!... La soupière
en guise de fronde!... Prêt à bloquer l'agresseur!... Je pour-
suivais mon raisonnement. Au premier geste un petit peu
drôle, c'est moi qui déclenchais le bastringue! Je visais mon
fias en pleine bouille!... Mais, dans la plupart des endroits,
cette attitude fort résolue suffisait à me préserver... faisait
réfléchir l'amateur... Ça se terminait pas trop mal... en
congratulations baveuses... et puis grâce à la vinasse, en
chœur de soupirs et de roteries... surtout si je déchais les
deux thunes!... Mais une fois, malgré la prudence et l'habitude que j'avais prise... j'ai quand même durement dé-
rouillé... C'était je me souviens, rue de Charonne, exactement
au 72, dans un hôtel qu'existe toujours... Le mec, c'était
un serrurier, il bricolait dans sa chambre... je suis bien payé
pour le savoir... pas au deuxième, mais au troisième... Pour
moi, ce type-là, son boulot, c'était de rassembler des trousses de « cambrioleurs »... Enfin lui, son invention pour le
concours « Perpétuel », ça consistait en un moulin du
genre dynamo, à prise « faradique variable »... Il accumulait
avec ça les forces de l'orage... Ensuite ça n'arrêtait plus...
d'un équinoxe jusqu'à l'autre...

J'arrive donc, j'avise son tôlier en bas, je lui demande le
nom : « C'est au troisième! »... Je monte... je frappe...
j'étais bien moulu... J'en avais déjà plein mon sac... Je lui
lâche le morceau d'un seul coup! Le mec, il répond même
pas... Je l'avais moi regardé à peine... C'était un véritable
athlète!... J'avais même pas fini de causer... Pas un mot!...
« Baoum!... » Il me charge!... la brute m'emboutit!... Je
prends tout dans le buffet!... Je bascule... Je cascade à la
renverse... un taureau furieux!... Je débouline... Je carambole les trois étages... On me ramasse sur le trottoir...
J'étais plus qu'une cloque... Un amas sanglant... On m'a
ramené dans un sapin! Profitant que j'étais évanoui tous
les potes m'avaient fait les fouilles... J'avais même plus mes
deux thunes!...

A la suite de cette collision, j'ai encore fait plus salement
gafe... J'entrais pas tout de suite dans les crèches... Je parle-

mentais du dehors... Pour les réclamations de Province nous avions un autre système... On leur certifiait toujours que c'était parti par une lettre leur petit fafiot... que ça pouvait plus tarder... que ça s'était trompé d'adresse... de département... de prénom... de n'importe quoi!... parmi les afflux du concours... A la fin, ils en avaient marre de correspondre avec tout le monde... Ils se ruinaient en timbres-poste...

Avec les furieux, c'est franc... c'est une question de corrida... C'est de sauter la balustrade avant qu'ils vous écornent les tripes!... Mais avec les tendres, les effarouchés, les timides, ceux qui pensent tout de suite au suicide... c'est alors qu'on se trouve à la bourre!... La désillusion est trop forte!... ils supportent pas leur chagrin!... ils baissent le nez dans la panade, ils bégayent... Ils comprennent plus... La sueur leur perle, les lorgnons chutent... Ils ont la foire dans le visage... C'est pas supportable à regarder... C'est les cocus de la marotte... Y en a qui veulent en finir... Ils s'assoyent, ils se relèvent... ils s'épongent... Ils en croient plus leurs oreilles que leur fourbi fonctionnait mal... Il faut qu'on leur répète doucement, qu'on leur glisse leurs plans dans la main... Ils s'abandonnent au malheur! Ils veulent plus vivre!... plus respirer!... Ils s'écroulent!...

A force d'en dire comme ça des mots, pour les cataplasmes, je me démerdais de mieux en mieux. Je savais les phrases qui consolent... Les « Profundis » des Espérances!... A l'issue de mes visites on restait quelquefois copains... Je m'organisais des sympathies... Du côté de la plaine Saint-Maur, j'en avais tout un groupement... des vrais passionnés de nos recherches... qu'avaient bien compris mes efforts... De la Porte Villemonble à Vincennes j'en connaissais des quantités! des fins tireurs de plans magiques et pas du tout vindicatifs... Et dans la banlieu Ouest aussi... C'est dans une guitoune « ondulée », juste après la Porte Clignancourt, où y a maintenant des Portugais, que j'ai connu deux « brocos » qu'avaient monté avec des cheveux, des allumettes, sur un « tortil » élastique, trois cordes à violon, un petit système compensateur avec entraînement sur virole qui semblait vraiment fonctionner... C'était la force hygrométrique!... Le tout tenait dans un dé à coudre!... C'est le seul vraiment « Perpétuel » que j'ai vu marcher un petit peu.

C'est rare les femmes que ça invente... Et pourtant j'en ai connu une... Elle était comptable au chemin de fer. Pendant ses heures de loisir elle décomposait l'eau de la Seine avec une épingle de nourrice. Elle promenait un gros attirail, un appareil pneumatique, une bobine Rhumkorff dans un haveneau pour la pêche. Y avait en plus une lampe de poche et un élément picrate. Elle récupérait les essences au fil du courant... Et même les acides... Elle se mettait pour ses expériences à la hauteur du Pont-Marie, juste en amont du « Lavoir »... Ça la cavalait l'hydrolyse !... Elle était pas très mal roulée... Seulement elle avait un tic et puis elle louchait... Je me suis présenté comme ça du journal... Elle a cru d'abord comme les autres qu'elle venait de gagner le gros lot. Elle a insisté pour que je reste... Elle a été me chercher des roses !... J'avais beau dire et beau faire... Elle comprenait rien... Elle voulait me prendre une photo !... Elle avait un appareil qui marchait par les « infra-rouges »... Il fallait qu'elle ferme les fenêtres... J'y suis retourné encore deux fois... Elle me trouvait joliment beau gosse... Elle voulait que je l'épouse de suite. Elle a continué à m'écrire... et des messages recommandés... Mademoiselle Lambrisse, elle s'appelait... Juliette.

Je lui ai pris une fois cent francs... et une fois cinquante... Mais c'était des cas rarissimes !...

Jean Marin Courtial des Pereires il crânouillait plus beaucoup... Il faisait même assez morose... Il prenait peur des phénomènes, des enragés du Concours... Il recevait des lettres anonymes qu'étaient pas à piquer des vers !... Les plus hargneux récalcitrants ils menaçaient de revenir toujours quand même... de le corriger jusqu'au trognon !... de l'étendre une bonne fois pour toutes !... qu'il puisse plus jamais dans l'avenir arranger personne !... C'était des vengeurs... Alors, dessous la redingote, par-dessus le gilet de flanelle, il s'était posé une cotte de mailles en aluminium trempé... Un autre brevet du « Génitron » qui nous était resté pour compte, « extra-légère imperçable ». Mais ça suffisait pas tout de même pour le rassurer complètement... Dès qu'il apercevait au loin le truand qu'avait pas bonne mine... qu'avait pas l'air du tout heureux... qui venait sur nous en grognant, tout de suite il se trissait dans la cave!... Il attendait pas les détails...

— Ouvre-moi la trappe, Ferdinand! Laisse-moi vite passer! C'en est un! Y a pas d'erreur!... Tu diras que je suis parti! Depuis avant-hier! Que je reviens plus!... Au Canada! Que je vais y rester tout l'été! que je chasse là-bas la belette! la zibeline! le grand faucon! Dis-lui que je veux plus le revoir! Pas pour tout l'or du Transvaal! Voilà! Qu'il s'en aille!... Qu'il s'évapore!... Qu'il se disperse!... Mets-lui le feu aux poudres! ce salaud! Qu'il éclate!... Bon Dieu de Nom de Dieu!

Dans la cave, comme ça bien close, il se trouvait un peu plus tranquille. C'était maintenant un espace vide depuis qu'on avait tout fourgué, les restes du sphérique, les bricoles... Il pouvait déambuler tout à travers.. de long en large, tout à son aise!... Il avait une énorme place... Il pouvait refaire sa gymnastique!... Dans une encoignure, au surplus, il s'était aménagé un « blokos » à toute épreuve... pour qu'on l'aperçoive plus du tout... si il arrivait des assaillants... entre des penderies et des caisses... Il restait là des heures entières... Au moins il m'emmerdait plus... Moi j'aimais bien qu'il disparaisse... Ça me suffisait de la grosse mignonne qui ne quittait plus le magasin... C'est elle maintenant qui cramponnait... Elle voulait mener tout à sa guise... le journal et les abonnés....

Dès deux heures de l'après-midi, elle radinait de Montretout... Elle s'installait dans la boutique, harnachée en grande tenue avec le chapeau « hortensisa », la voilette, l'ombrelle et la pipe! Pas d'histoires! Elle attendait les adversaires... Quand ils arrivaient buter dessus, ça leur foutait quand même un choc...

— Asseyez-vous! qu'elle leur disait... Je suis Madame des Pereires!... Je connais toutes vos histoires! On ne m'en raconte pas à moi! Parlez donc! Je vous écoute! Mais soyez

453

bref! Je n'ai pas une seconde à perdre! On m'attend pour un essayage...

C'était sa tactique... Presque tous ils se déconcertaient... Y avait la rude intonation, la voix puissante! éraillée certes, mais caverneuse et pas facile à dominer... Ils réfléchissaient une minute... Ils restaient là devant la mémère... Elle relevait un peu sa voilette... Ils apercevaient les bacchantes, toute la peinture, les châsses d'odalisque... Et puis elle fronçait les sourcils... « Alors, c'est tout?... » qu'elle leur demandait... Ils se retiraient en péteux... souvent à reculons... Ils s'effaçaient gentiment!... « Je reviendrai, Madame... Je reviendrai!... »

Voilà qu'un après-midi elle donnait comme ça son audience... Elle finissait un peu de compote... c'était vers quatre heures... il lui fallait ça pour goûter... c'était son régime... sur le coin de la table... Je peux bien me souvenir du jour exact, c'était un jeudi... Le jour fatal de l'imprimeur... Il faisait extrêmement chaud... L'audience tirait à sa fin... Madame avait déjà viré toute une bande de mirontons, des escogriffes du concours, et toujours à l'estomac... Des quémandeurs, des ergoteurs, des bafouilleux... Entièrement à la rigolade... Quand voilà un curé qui rentre... Ça devait pas nous épater... Nous en connaissions quelques-uns... et des abonnés très fidèles... des correspondants fort aimables...

« Asseyez-vous, Monsieur le Curé... » La grande politesse tout de suite! Il s'approprie le grand fauteuil... Je le regarde attentivement. Je l'avais jamais vu ce gonze-là... Certainement que c'était un nouveau. Comme ça, à première impression, il faisait assez raisonnable... même circonspect, pourrait-on dire... Tout à fait calme... bien élevé... Il trimbalait un parapluie... malgré le franchement beau temps... Il va le déposer dans un coin... Il revient, il toussote... Il était plutôt replet... pas hagard du tout... Nous autres on avait l'habitude des véritables originaux... Presque tous nos abonnés, ils faisaient un peu des tics... des grimaces... Celui-ci il semblait bien peinard... Mais le voilà qui ouvre la bouche... et il commence à raconter... Alors je comprends d'un seul coup... Comment qu'il déconne.!.. Il venait tout

454

droit lui aussi pour nous parler d'un concours... Il lisait notre « Génitron », il l'achetait au numéro... depuis des années... « Je voyage beaucoup! beaucoup!... » Il s'exprimait par grandes saccades... Il fallait tout saisir au vol, des paquets de phrases entortillées... avec des nœuds... des guirlandes et des retours... des brides qui n'en finissaient plus... Enfin on a tout de même compris qu'il aimait pas notre « Perpétuel »!... Il voulait plus qu'on en cause! Ah! ça non! Il se fâchait tout rouge!... Il avait bien autre chose en tête... Et ça le tracassait!... Il fallait qu'on marche avec lui!... C'était à prendre ou à laisser!... Ou bien alors contre lui!... Il nous a bien prévenus tout de suite! Qu'on réfléchisse aux conséquences! Plus de « Perpétuel ». Pas sérieux ça! Une calembredaine!... A aucun prix!... C'était autre chose, lui son dada!... On a fini par le savoir... Comme ça d'écheveaux en aiguille... en dix mille circonlocutions... ce qui lui travaillait le siphon... C'était les Trésors sous-marins! Une noble idée!... Le sauvetage systématique de toutes les épaves!... De tous les galions d' « Armada » perdus sous les océans depuis le début des âges... Tout ce qui brille... tout ce qui parsème... tout ce qui jonche le fond des mers! Voilà! C'était ça, lui, sa marotte! toute son entreprise!... C'est pour ça qu'il venait nous causer!... Il voulait qu'on s'en occupe... qu'on perde pas une seule minute!... qu'on organise un concours! une compétition mondiale... pour le moyen le meilleur! Le plus sûr! Le plus efficace!... de remonter tous les trésors!... Il nous offrait toutes ses ressources, sa propre fortune, il voulait bien tout risquer... Une garantie formidable pour couvrir déjà tous les frais de mise en route... Forcément, Madame et moi, on se tenait un peu sur les gardes... Mais il insistait beaucoup... Lui le système qu'il voyait, le cureton fantasque, c'était une « Cloche à plongeur »!... qui se déroulerait très profonde! par exemple vers 1 800 mètres!... Qui pourrait ramper dans les creux... appréhender les objets... crocheter, dissoudre les ferrures... absorber les coffres-forts par « succion spéciale »... Il voyait tout ça facilement... C'était à nous, par le canard, d'attirer les compétiteurs... De ce côté-là, nous étions fortiches!... Nous ne redoutions vraiment personne! Il frémissait d'impatience qu'on passe aux épreuves!... Il a même pas attendu qu'on émette une seule objection... ou seulement le début d'un petit doute!... Plaff! comme ça en plein sur la table... Il plaque son paquet de fafiots... Y en avait pour six mille francs!... Il a pas eu le temps de les regarder!... Ils étaient déjà dans ma fouille... La mère Courtial, elle en sifflait!... Je veux battre le fer!... J'attends plus...

— Monsieur le Curé, restez-là, je vous en prie! une seconde... Une toute petite! Le temps que je cherche le Directeur... Je vous le ramène à la minute...

Je saute dans la cave... Je hurle après le vieux... Je l'entends qui ronfle! Je pique droit sur sa guitoune... Je le secoue... Il pousse un cri! Il croyait qu'ils venaient l'arrêter... Il chocotait fort dans son jus... Il tremblochait dans ses hardes...

— Allez! que je luis dis... En l'air! C'est pas le moment des pâmoisons!

Au soupirail, dans le filet de jour, je lui montre le flouze... C'est pas le moment de perdre la voix! Merde!... En deux mots je l'affranchis... Il regarde encore mon pognon... Et une fois par transparence... Il vise les biffetons un par un... Il se reconstitue rapidement! Il s'ébroue, il renifle les fafiots... Je le nettoye! Je lui enlève la paille partout... Il se requinque vite les moustagaches... Le voilà paré! Il remonte au jour... Il se présente dans une brillante forme... Déjà il avait son topo tout prêt dans l'esprit... tout baveux... complètement sonore!... Il nous éblouissait d'emblée sur la question des plongeurs! L'historique de tous les systèmes depuis Louis XIII jusqu'à nos jours! Les dates, les endroits, les prénoms de ces précurseurs et martyrs!... Et les sources bibliographiques... et les Recherches aux Arts et Métiers!... C'était proprement féerique... Le cureton il en rotait! Il rebondissait sur son siège de joie et de délectation... C'était très exactement tout ce qu'il avait espéré!... Alors comme ça, bien ravi, en plus de son offre précédente... On lui demandait rien!... Il nous assure de deux cents sacs! rubis sur l'ongle! pour tous les frais du concours! Il voulait pas qu'on lésine sur les études préliminaires!... Sur l'établissement des devis!... Pas de chicane, pas de ratiboise!... Nous avons tout accepté... paraphé... conclu!... Alors tout à fait copains il a sorti de sa soutane une carte sous-marine immense... Pour qu'on se rende compte bien tout de suite de l'endroit de tous les trésors!... Où qu'elles étaient englouties toutes ces richesses phénoménales!... depuis vingt siècles et davantage...

On a bouclé la cambuse... On a étalé le parchemin entre nos deux chaises et la table... C'était une œuvre mirifique cette « Carte aux Trésors »... Ça donnait vraiment du vertige... rien qu'en jetant dessus un coup d'œil... Surtout si l'on considère le moment où il survenait ce drôle de Jésus!... après des temps si difficiles! Il nous bluffait pas le cureton!... C'était bien exact sur sa carte tous les flouzes planqués dans la flotte... C'était pas niable! Et près des côtes... avec les relevés « longitudes »... On pouvait bien se figurer que si on la trouvait la cloche pour descendre rien qu'à 600 mètres, ça deviendrait du vrai nougat! On était tranquille comme Baptiste... Nous possédions à la cuiller tous les trésors de l' « Armada »!... Y avait qu'à se baisser pour les prendre... C'était tout à fait le cas de le dire... Rien qu'à trois milles marins de Lisbonne à travers l'embouchure du Tage... gîtait une planque colossale!... Et là, c'était vraiment commode, une entreprise pour débutants!... Si on se payait un peu d'audace, qu'on force un peu la technique... Alors ça prenait d'autres tournures!... On pouvait prétendre raide comme balle remonter tout à la surface le trésor du « Saar Ozimput » englouti dans le Golfe Persique deux mille ans avant Jésus-Christ... Plusieurs coulées de gemmes uniques! Des parures! Des émeraudes d'une magnificence incroyable!... un petit milliard au bas mot... Le lieu précis de ce naufrage, le curé l'avait sur sa carte pointé très exactement... Cent fois, d'autre part, maints sondages, pratiqués au cours des siècles, avaient relevé la position... Pas d'erreur possible!... Ça n'était plus, tous frais à part, qu'un petit problème de chalumeaux... de « fraises oxhydriques »... Une mise au point... Quand même un petit aléa pour pomper

les trésors du « Saar »... Nous réfléchîmes tout un jour...
Et d'autres minimes « inconnues » dans la législation
persane nous firent un instant tiquer... Et puis nous tenions
d'autres blots, ceux-là entièrement sous la main, sucrés,
parfaitement accessibles... dans des mers les plus clémentes !..
absolument libres de requins ! Il fallait penser aux plongeurs ! Fuyons ! Fuyons les tragédies...

Tous les fonds du globe, en somme, regorgeaient de
coffres inviolés, de galiotes farcies de diamants... Peu de
détroits, peu de criques, de golfes, de rades ou d'embou-
chures qui ne recelassent sur la carte quelque pharamineux butin !... très facilement renflouable à partir de quelques
cents mètres !... Tous les trésors de Golconde ! Galères !
Frégates ! Caravelles ! Bisquines ! pleines à craquer de rubis
et Koh-I-Nors ! de doublons « triples effigies »... Les côtes
spécialement du Mexique paraissaient à ce propos positivement indécentes !... Les conquistadores les avaient
semble-t-il pour notre gouverne littéralement remblayées,
perclues avec leurs lingots et les pierres précieuses... Si
on insistait réellement et à partir de 1 200 mètres... les
diamants devenaient pour rien !... Par exemple au large
des Açores, pour ne citer que ce cas-là... un vapeur du
siècle dernier, le « Black Stranger », un cargo mixte, un
courrier du Transvaal en contenait pour plus d'un milliard... lui tout seul (d'après les plus prudents experts...).
Il gîtait sur un fond de roches à 1 382 mètres et en « porte-
à-faux »!... Déjà crevé par le mitan... Y avait plus qu'à
fouiller les tôles !...

Notre curé en connaissait d'autres, un choix stupéfiant...
Toutes les épaves récupérables... et toutes faciles à vider...
Plusieurs centaines à vrai dire... Il en avait criblé sa carte
de trous pour les prospections... Ça figurait les endroits
des sauvetages les plus urgents... au dixième de millimètre... Ils étaient en noir, vert ou rouge suivant l'importance du trésor... Avec des petites croix...

C'était plus que des questions de technique ! d'astuce !
d'à-propos !... A nous de démontrer nos talents !... Ça n'a
pas traîné, Ventredieu !... Des Pereires, comme ça, dans
la fièvre, pour pas laisser rien refroidir... saisissant sa

plume, une rame, la règle, la gomme, le buvard, il a rédigé devant nous, s'accompagnant à haute voix, une véritable proclamation!... C'était vibrant!... C'était sincère!... Et puis en même temps minutieux et probe!... Voilà comment qu'il travaillait!... Il a situé tout le problème au poil!... en moins de cinq minutes! dans l'inspiration! C'était un boulot de première!... « Faut pas remettre les choses au lendemain!... Il faut que cet article sorte tout de suite... ça fera un numéro spécial!... » Voilà comment il ordonnait... Le curé il était heureux! Il jubilait... Il pouvait plus causer du tout...

Je ne fis qu'un bond rue Rambuteau... J'emmène tout le pèze dans ma poche... Je laisse seulement cinquante francs pour la grosse mignonne... Merde!... Je m'étais donné assez de mal!... je les aurais laissés dans la caisse, sûrement jamais je les aurais revus!... Le vieux il en faisait une gueule!... Il devait des avances à Naguère... Il avait déjà fait sa mise!... Tout ça c'était plus fort que lui... Mais ça devenait bien préférable que je reste moi le trésorier!... Ça risquait infiniment moins!... On dépenserait que peu à peu... et pas du tout sur les « gayes »... Ah! j'en étais sûr!... C'est moi qui réglerais les notes... Taponier d'abord, premier privilège! son « numéro spécial »!... Il vivait plus cet imprimeur... Quand il a regardé mes « espèces », il en croyait pas ses deux châsses!... Il les a bien visées quand même!... et par transparence!... Du liquide! Il était groggy complètement!... Il savait plus quoi me répondre... Je lui ai réglé six cents francs pour les dettes en retard, et puis encore deux cents autres pour le « numéro » et pour le tam-tam du concours!... Là il s'est alors dépêché... Deux jours après on les a reçus les exemplaires... Expédiés, bandés, collés, timbrés, tout!... Je les ai portés à la grande poste en voiture à bras avec Courtial et Madame!...

Le curé, au moment de sortir, on le lui a bien demandé qu'il nous inscrive son adresse, son nom, sa rue, etc... mais il avait nettement refusé!... Il voulait rester anonyme!... Ça nous intriguait... Évidemment qu'il était drôle! Mais beaucoup moins que tant des autres... C'était un homme corpulent, il avait extrêmement bonne mine, et propre et rasé, à peu près le même âge à Courtial... mais complètement chauve... Il explosait en bégayant dans les poussées de l'enthousiasme!... Il tenait plus alors sur son siège tellement qu'il se trémoussait!... On l'avait trouvé bien optimiste... Certainement bizarre... Mais enfin, ce qu'il avait prouvé, c'est qu'il avait bien du pognon!... C'était le vrai commanditaire!... C'était le premier nous qu'on voyait... Il pouvait être un peu étrange...

En revenant tous trois de la Grande Poste, on a passé juste devant le « quart » avec la bagnole, rue des Bons-Enfants... Je fais au vieux : « Arrêtez minute!... Chiche que je l'avertis!... Je vais lui dire que tout va bien! » Une idée de merdeux qui me traverse d'aller crâner avec le flouze... d'y dire qu'on était plein de pognon!... Je bondis donc, je pousse leur porte... Ils me reconnaissent les poulets :

— Alors, Zigomar?... qu'il me demande celui du pupitre... Quoi tu viens foutre?... Tu veux faire un tour au local?...

— Non, que je lui dis... Non, Monsieur!... C'est pas pour moi la cabane! Je venais simplement en passant vous montrer un petit numéraire... Et je lui sors mes quatre fafiots... Je les agite devant ses yeux... Voilà que je fais... Et pas volé!... Je viens vous prévenir tout simplement que c'est encore pour un concours... « La Cloche à plongeur! »...

— Plongeur! Plongeur!... qu'il me répond... Tu vas voir moi, si je vais te plonger!... Mais tu te fous de ma gueule, ma parole!... Sale petite craquette morveuse!...

J'ai redescendu encore plus vite... Je voulais pas aller au pétard... On s'est marré dans la rue!... On a piqué un petit galop avec la bagnole... On a fait vinaigre jusqu'à la rue du Beaujolais!...

Forcément un concours pareil pour récupérer les trésors... ça devait nous attirer les foules... Notre part d'organisateurs était fixée à seize pour cent sur tout ce qui remonterait en surface!... Ça n'avait rien d'exagéré! Quand même sur l' « Armada » seule, ça nous faisait, en calculant juste, sans forcer du tout les chiffres, à peu près dans les trois millions... C'était raisonnable!...

Je dois dire que la grosse mignonne elle voyait pas les choses dans le sac... Elle reniflait un peu la soupière... Elle gardait ses appréhensions... Tout de même, elle osait pas ramener... En somme, c'était du miracle!... Elle se laissait pas envahir... Elle regardait seulement les « espèces »...

Le vieux alors lui Courtial, il s'en donnait à cœur joie!... Il y mettait toute la sauce... Il voyait déjà tous les diams rendus en vrac sur la grève, les émeraudes à la poignée... Les paillettes en monticules, les lingots... Tout le trésor des Incas, pompé des galères... « Nous sommes les Pilleurs des Abîmes! » qu'il gueulait à travers la crèche... Il sautillait... Il gambadait sur les papelards... Et puis il se fixait tout d'un coup, il se tapait sur le cassis. « Mais minute! ma cocotte poulette! Tout ça n'est pas réparti!... » Il recommençait à l'encre rouge et sur quatre colonnes!... C'était pour la division qu'il devenait sévère!... Terriblement scrupuleux!... qu'il prévoyait les pires accrocs... C'était fini la rigolade! Il prenait toutes ses précautions. Il rédigeait un protocole!

— Ah! je te vois venir, toi, ma grosse choute, tu ne les connais donc pas encore!... Tu ne sais pas de quoi ils sont capables?... Moi, qui les pratique tous les jours, je sais ce qui nous pend au blaze... Et moi j'en ai vu des « Mécènes »... et des inventeurs, alors donc?... Moi je les mène depuis quarante ans!... Maintenant, je suis pris entre deux feux!... Ah! C'est le cas de le dire!... Ah! Je ne veux pas être consumé! ratatiné! déconfit!... Au moment où tout se déclenche!... A l'instant exact! Ah ça! vraiment non! Ah! Pas du tout! Nom de Dieu!... Tonnerre de Brest!... La plume à la main, Ferdinand! Vite! Et dans l'autre la balance! Et sur les genoux une carabine! Oui! Voilà du Courtial!... Au poil!... Justice! Respect! Présence!... Je les ai vu créer, moi, tous mes inventeurs microboles!

461

Tel que je vous cause tous les deux... Des merveilles et des merveilles! des véritables stupéfactions! Et tout au long de ma longue carrière! Autant comme autant je peux bien le dire! et pour la peau presque toujours!... Pour le Gruyère! Pour la Gloire! Pour pire que rien!... Le génie il pourrit sur place!... Voici l'exacte vérité!... Il ne se vend pas! Il se ramasse! Il est « Gratis pro Deo ». C'est moins cher que les allumettes... Mais si vous arrivez gentil! Que vous avez la bouche en cœur! Que vous venez faire un cadeau, une gracieuseté inédite! Ah! mais oui! Vous avez cru ma mie Rontaine à la belle musique! Vous venez encourager le chercheur!... panser les plaies du martyr... Vous arrivez tout innocent avec une petite sardine... Le martyr fait un bond de vingt mètres! c'est l'Affront!... Tout change! Tout est bouleversé! Tout s'écroule! Un éclair! Et c'est l'enfer qui s'entrouvre!... L'illuminé tourne au chacal! Vampire! Sangsue! C'est la curée!... Le carnage! Une carambouillade atroce! Pour mieux vous tirer les espèces on vous étripe à l'instant même!... Vous crucifie! Vous vaporise! Plus de quartier! Plus d'âme qui tienne! C'est l'or, mon ami! C'est l'or! Attention!... Tout beau! tout beau, mon copain! Aller farfouiller les abîmes? Mais pour cent points mal répartis, je les connais les zèbres! Ils feraient sauter la mappemonde!... Ah! oui! tel quel! j'exagère pas! Je suis placé pour me rendre compte!... A nos papiers! A nos papiers! Ferdinand! Attention à la détente! Des manuscrits irréprochables! légalisés! paraphés! déposés avant midi chez Maître Van Crock, rue des Blancs-Manteaux! Étude excellente! en triple exemplaires... Notre part d'abord! Et stipulée en majuscules! Aucune contestation possible! Oléographique! Point d'arguments dubitatifs! De ratiocinages perfides! Ah! ça, jamais! Ah! Cureton de la Providence! tu auras bientôt de quoi te plonger! Ah! Il ne peut même pas se rendre compte, le pauvre innocent!... Des cloches!... Mais je donne pas seulement un mois avant qu'on m'en apporte ici au moins trois ou quatre par jour! Que dis-je!... Une douzaine! Et remplissant nos conditions!... 600 mètres?... 1 200?... 1 800?... Je suis extrêmement tranquille! Je ne veux

rien dire... Je ne veux pas me prononcer... à lure-lure!...
Je veux rester tout impartial!... Veux pas avoir l'air circon-
venu!... J'attendrai le jour des épreuves, soit!... Mais
j'ai déjà donné quand même, si j'ai bonne mémoire,
plusieurs articles très potassés sur la même question...
Ah! voyons! je pourrais retrouver les dates exactes...
Nous n'étions pas encore mariés!... C'était vers 84 ou 86...
Juste avant le Congrès d'Amsterdam... L'Exposition des
submersibles... Je pourrai peut-être remettre la main
dessus... Ils sont sûrement dans la boutique... J'avais bien
expliqué tout ça... C'était dans le « Supplément »... Tiens!
Ça me revient!... du « Monde à l'Envers »... Je la vois
cette cloche!... Je la vois d'ici!... Renforcée bien entendu...
à boulons triples... et doubles parois à crédences!... Ferro-
magnétique au sommet!... Ça va tout seul jusque-là!...
Coussins taraudés au « millième » sur le pourtour des
ballasts... Voilà!... Les rivets en « irido-bronze »... Prodigieux à l'usure marine!... Pas un seul piqueté aux acides
après des années dans la flotte!... Trempés au chlorido-
sodium!... Une surcharge galvano-plastique à pivelet centrifuge!... Une simple affaire de calcul!... Les données sont
enfantines! Éclairage radio-diffusible avec projecteur
Valadon!... Un peu d'avance et du culot!... Ah! là! là!...
Y a pas de quoi se casser les méninges! Pour la tenaille,
une grande circulaire « préhensive »... Ça c'est peut-être
plus délicat!... Moi je la passerais, moi, cette engeance
par la face externe!... Mettons sur du « 23-25 »... C'est un
calibre excellent... Les clapets en « rétro-bascule » pour
encore plus de sécurité!... La chaîne d'envoi ça va tout
seul!... Une « Rotterdam et Durtex » à trois centimètres
au maillon... Et si ils veulent toujours plus fort... pour
être tout à fait peinards... Le maximum garanti! Qu'ils
prennent un « filin-capiton » tressé cuivre et corde et
franchement du « 28-34 »! Tu vois ça d'ici?... Les « Ras-
trata » sont impeccables! Je n'ai pas « d'actions »! Capot
renforcé « pneumatique »... brevet « Lestragone »... Et
la question des hublots?... Ah! Il était repris par le doute...
Si j'étais eux, je me méfierais des bourrelets des Arse-
naux... les fameux « Tromblon-Parmesan ». Ça n'a pas été

mirifique sur les sous-marins! Balle-Peau! Balle-Peau!...
On n'a pas tout raconté! Au Ministère, c'est entendu, on
le soutient « mordicus »... mais, moi, je garde ma conviction!... Je l'avais prédit d'ailleurs... Aux pressions
moyennes ils se défendent encore... Jusqu'à dix kilos carrés
on peut voir venir... Mais à partir de « vingt-dixièmes »?...
C'est du papier de soie mon ami!... Les poissons passent
au travers... On m'ôtera pas ma certitude... Enfin, je
suis certain qu'ils y pensent... Je ne peux pas les influ-
encer!... Je ne citerai même pas mon article! Ah! non
alors!... Ah! et puis si! Je le citerai tiens!... Intégralement... Après tout c'est bien mon devoir... N'est-ce pas,
chère Irène? C'est ton avis? Et le tien aussi, Ferdinand?
Que je dois me prononcer? C'est un moment grave après
tout...! C'est maintenant l'instant ou jamais!... Je suis là!
C'est moi qui préside! Je dois leur faire mes réflexions!
Et pas dans dix ans! Aujourd'hui! Elles ont bien leur
petite valeur!... Et puis, tiens, suffit les phrases!... C'est
très joli de conseiller, de jouer les Gérontes, les Académies,
les Grosses Têtes!... Mais ça n'est pas suffisant!... Non!...
J'ai toujours payé de ma personne!... Ici!... Là-bas!...
Ailleurs!... Partout! Irène m'est témoin!... Jamais éludé
un péril! Jamais!... En quel honneur?... Dans leur fourbi?
Mais j'y descendrai moi-même!... Peut-être pas la première
fois... Mais sûrement alors à la seconde!... On pourra
pas m'empêcher!... C'est exactement mon rôle!... Ça
m'appartient! C'est entendu!... C'est indispensable, je
dirai... Ça sera moi, mon regard, mon autorité, leur seul
véritable contrôle! Aucune erreur à ce sujet!

— Ah! qu'elle sursaute alors la vioque, comme si on
venait de lui mordre les fesses... Ah! ça non alors... Ah!
certainement pas!... J'irai plutôt couper la corde! Telle
que tu me vois! Alors ça vraiment c'est complet! Jamais
tu m'entends! Jamais je te laisserai descendre! T'as pas
fait assez l'imbécile? Jamais dans leur truc! T'es pas un
poisson quand même?... Laisse-les donc plonger ces mabouls! C'est leur affaire!... C'est pas la tienne!... Mais pas
du tout!...

— Mabouls! Mabouls! T'as plus un petit sou de logi-

464

que! Un liard de suite dans l'esprit!... M'as-tu assez canulé
pour que je remonte dans les airs? Oui ou merde? T'en
voulais-t-y pas du sphérique? Une rage infernale! t'en
étais folle simplement! « Zélé! Zélé! » Tu pouvais pas dire
autre chose... Et je suis pas un oiseau!...

— Oiseau! Oiseau! Tu m'insultes! Tu me cherches encore
une querelle!... Ça va! Je vois bien ce que tu veux, salop!...
Tu veux, je le sais! Tu veux te tirer! Tu veux repartir en
vadrouille!...

— Où ça! Dans le fond des mers?...

— Fond des mers!... Fond des mers!... Mon œil!...

— Ah! Laisse-moi! Laisse-moi, Irène! Comment veux-
tu que je réfléchisse? Tu t'acharnes à tout barbouiller!
Avec tes impulsions idiotes!... Toutes tes frénésies insolites!... Laisse-moi réfléchir posément!... L'heure, il me
semble, est assez grave!... Ferdinand, toi! Garde la boutique! Et ne me parlez plus surtout!

Il redonnait maintenant des ordres... Il reprenait du ton...
de la couleur... voire de l'insolence... Il sifflait son air de
charme, le « Sole Mio » des grands jours...

— Oui! C'est encore mieux que je sorte! Je vais respirer!...
Il te reste bien cent francs, dis, petit?... Je vais passer payer
le téléphone!... Ça me promènera!... Il est temps qu'ils
nous le remettent... Tu trouves pas?... On en a besoin!...

Il est demeuré comme ça sur le pas de la porte... Il était
pas décidé... Il regardait sous les Galeries... Il a filé vers la
gauche plutôt donc vers les « Émeutes »... S'il était parti
sur la droite, c'était plutôt pour les « Vases » et son marti-
net... Dès que dans l'existence ça va un tout petit peu
mieux, on ne pense plus qu'aux saloperies.

On peut pas dire le contraire, ce fut une véritable orgie,
question de la vente au numéro... C'était la ruée continuelle!
Ils prenaient la turne en trombe... Encore après neuf heures
du soir, il radinait des abonnés pour réclamer leur sup-

plément... Toute la journée c'était la foire!... Le magasin, il fléchissait sous le poids des curieux... le pas de la porte était usé par leurs piétinements!... C'était des Pereires qui haranguait!... Comme ça tout debout sur le comptoir... Il distribuait à pleines mains... Moi j'étais toujours en route... Je tarabustais l'imprimeur... Je faisais sans cesse la navette!... avec le « crochet ». La bagnole c'était trop long dans le faubourg Montmartre... Je ramenais au fur et à mesure tous les numéros brochés...

La grosse mignonne elle faisait les bandes... pour les départs de Province... C'était important aussi!... On en parlait un peu partout du Concours de la « Cloche profonde »... C'était devenu un événement!...

L'oncle Édouard, bien sûr, avait entendu des échos! Il est passé aux Galeries... Il est rentré par la petite porte... Il était joliment heureux que notre « canard » reprenne des plumes!... Il avait pas été tranquille... Il me voyait encore à la bourre... en train de chercher un autre nibé!... Et puis voilà juste qu'on remontait dans les pleines faveurs!... On avait un vent magnifique! C'était incroyable comme succès!...

L'espoir du trésor, c'est magique! Y a rien qui puisse se comparer!... Le soir encore après mes courses, quand je revenais de l'automatique, je recommençais des paquets... et jusqu'à des onze heures du soir... La Violette elle m'a bien prévenu...

— Tu te forces! T'es con! T'en auras pas la reconnaissance!... Si tu te crèves... qui donc qui va te rambiner?... C'est pas ton dabe à coup sûr!... Paye-moi donc une menthe, mon petit pote!... Je vais te chanter la « Fille à Mostaganem »...

Tu vas voir comme tu vas m'aimer!... Dans ce cas-là elle relevait sa jupe par-devant et par-derrière... Comme elle portait pas de pantalons, ça faisait vraiment la danse du ventre... Elle se donnait comme ça en plein vent... au beau milieu de la Galerie... Les autres grognasses elles rappliquaient... et puis avec presque toujours trois ou quatre clients chacune... Des pilons, des paumes-quéquettes, des voyeurs fauchés... « Vas-y, Mélise! Pisse pas de travers! » Elle se la saccadait bien la fente...

Elle se faisait tremblocher la moule!... Les autres, ils tapaient dans leurs mains, c'était une vraie frénésie, la danse
tunisienne... Toujours ça ramenait plein de curieux. Après
ça je lui payais sa menthe... On finissait tous aux « Émeutes »...

Son coin à la Violette, c'était plutôt vers la balance, derrière le plus gros des piliers, dans la Galerie d'Orléans...
Elle prenait pas deux minutes pour tirer un jus... Si elle
piquait un vrai cave, elle l'embarquait au « Pélican » à
deux pas... en face du Louvre... C'était quarante sous la
chambre... Elle aimait bien son pernod sec... On lui faisait rechanter sa chanson :

> L'Orient Féerique est venu...
> S'asseoir sous ma ten-en-te...
> Il avair le cul tout nu...
> Un œil dans le bas-ven-en-tre...

Ça faisait pas bouillir ma marmite... Souvent elle collait... lancée dans les commérages... Quand je voulais la
faire trisser. j'avais qu'un moyen.

— Rentre!... que je lui faisais... Rentre, la môme! Tu
vas m'aider pour les ficelles.

— Attends que j'en suce encore un autre!... Attends-moi
mon petit rossignol... Il faut bien que je fasse ma soirée...

Je pouvais jamais compter dessus!... Elle cherchait tout
de suite une esquive... Elle se dégonflait immédiatement...
A part le recousage des boutons qu'était sa manie, j'ai
jamais pu rien en tirer pour des vrais boulots... Elle défail-
lait à l'instant même... C'était un moyen magique.

A peine une semaine plus tard, les solutions, les projets
ont commencé à raffluer... à la belle cadence d'une centaine
par jour. « Ad libitum », c'était marqué dans les conditions...
Ils s'étaient pas embarrassés par les contingences... Ils

s'étaient permis presque tout!... Dans l'ensemble, au premier coup d'œil, c'était extrêmement fadé comme textes et comme précisions... Ils s'étaient bien mis en branle nos admirables chercheurs.

C'était plutôt extravagant comme propositions balistiques! mais y avait du bon dans le détail!... On en sortirait quelque chose... D'une façon fort générale, quand ils se servaient de petits papiers, de format exigu bistrot, c'était presque à coup certain pour nous vanter les épures de quelque engin phénoménal, une cloche plus grande que l'Opéra... et sur les plans démesurés, dix-huit formats « octavo », il s'agissait presque à coup sûr de petites sondes de vingt centimètres.

Dans cette sarabande de marottes, y avait à boire et à manger! Tous les systèmes, les fantaisies, les subterfuges, pour aller chercher nos trésors... Certains caissons proposés prenaient la forme d'un éléphant!... D'autres plutôt le genre hippopotame... Une majorité, on pouvait bien s'y attendre, avait pris la forme des poissons... Certains autres des aspects humains... des vraies personnes et des figures... L'une même notait l'inventeur, c'était sa propriétaire, ressemblante très fidèlement, avec des yeux qui brillaient à partir de huit cents mètres... en rotations concentriques... pour attirer toute la faune... le tréfonds des mers...

A chaque courrier, sur la table, ça ne cessait pas de rejaillir! éblouir, caracoler, les solutions mirifiques!... On attendait plus que notre cureton. Il avait promis de revenir le dernier jeudi du mois!... C'était fixé, entendu... On était là solide au poste... Il devait ramener dix mille francs... C'était l'avance sur notre part!... Ça devait nous permettre tout de suite de liquider quelques drapeaux, les plus urgents dans le quartier, de faire revenir notre téléphone! De faire passer des belles photos dans un numéro tout « spécial »!... Entier consacré à la Cloche!... Déjà, on parlait beaucoup de nous dans les organes de grande presse pour le sauvetage des sous-marins, pas seulement pour pêcher les fabuleux flouzes engloutis... C'était juste l'année qui suivit la catastrophe du « Farfadet »... L'émotion était encore vive... Nous avions sûrement l'occasion d'une reconnaissance nationale!...

Cependant toutes ces perspectives ne grisaient guère la grosse mignonne!... Elle faisait même plutôt une sale gueule! Elle voulait le revoir le curé avant de marcher davantage... Elle l'attendait donc ce jeudi avec impatience... Elle me demandait dix fois par heure, si quelquefois je l'apercevais pas?... au bout des Galeries?... Et le patron?... Où qu'il pouvait encore être...? Il tirait sûrement sa bordée?... Il était pas dans la cave?... Non?... Il était barré depuis le matin... On venait nous le réclamer de partout!... Ça devenait assez inquiétant... Je dis à la vieille : « Attendez-moi! Je cours jusqu'aux « Émeutes »... A peine sur le pas de la porte... Je l'aperçois Monsieur qui flanoche, qui traverse tout doucement le jardin... Il guigne les nourrices... Il s'en fait pas une petite miette... Il sifflote la vache! Il a des bouteilles plein les bras... Je bondis... Je saute... Je l'aborde...

— Eh bien! Ferdinand! Eh bien! T'as l'air joliment nerveux... Ça brûle chez nous?... Quelque chose qui ne va pas?... Il est arrivé?

— Non! que je lui fais... Il est pas là...!

— Alors il va venir bientôt!... qu'il me répond bien tranquille... Voilà du Banyuls toujours... et un Amer!... de l'Anisette! et des biscuits!... Je sais pas ce qu'il aime ce cureton!... Un curé qu'est-ce que ça picole?... De tout, je l'espère!... Il voulait qu'on fête la chose... Je crois sincèrement, Ferdinand! que nous avançons désormais sur une Royale Route... Ah! oui! ça s'annonce... Ça se dessine!... Ah! Je regardais les plans ce matin!... Encore un de ces arrivages! Un torrent d'idées, mon colon!... Une fois passée l'avalanche... moi! Je vais alors faire un de ces tris!... De tout ce qui peut prendre une tournure... De tout ce qui doit être oublié... C'est pas lui qui peut faire ça... Moi je veux qu'il me laisse carte blanche! Pas d'empirisme!... Des connaissances! Ça va se discuter dès tantôt!... Et puis, tu comprends, c'est pas tout! Et le répondant? Je peux pas m'engager à lure-lure! Ah! non! Ça serait trop commode! C'est plus de mon âge! Ah! mais non!... Un compte en banque! D'abord! Avant tout!... Et deux cents billets sur la table! Signatures conjointes!

Lui et moi ! Je convoque les constructeurs !... On s'engage !... On peut causer !... On sait ce qu'on dit !... Nous ne sommes plus tout de même des puceaux ! Un petit doute cependant l'effleure...

— Tu crois que tout ça va lui plaire ?...

— Ah !... que je fais... Je suis bien tranquille... J'en étais absolument sûr.

Ainsi, tout en bavardant, nous nous rapprochons du journal... On attend encore un peu... Toujours aucun curé en vue ! Ça devenait quand même assez tarte !... Madame des Pereires, fort nerveuse, essayait de remettre un peu d'ordre... Que ça ait pas l'air trop étable... Déjà que c'était normalement une terrible pétaudière, alors depuis cette cohue, y avait plus un sifflet d'espace !... Un fumier énorme !... Un cochon retrouvait pas ses petits... Une litière en pleine éruption... absolument écœurante... du plancher jusqu'au deuxième... papelards fendus, bouquins crevassés, manuels pourris, manuscrits, mémoires, tout ça rendu en serpentins... nuées de confetti voltigeurs... Tous les encartages dépiautés, en vrac, en mélasse... Ils avaient même, ces voyous, embarqué toutes nos belles statues !... Décapité le Flammarion ! Sur l'Hippocrate plaqué en buvard des belles bacchantes toutes violettes... On a extirpé du tumulte avec un mal invraisemblable, trois chaises, la table et le grand fauteuil. On a chassé les clients... On a dégagé un espace pour recevoir le saint homme...

A cinq heures et demie tapant, en retard de seulement trente minutes... le voilà là-bas, qui s'annonce... Je l'aperçois, moi, qui traverse par la Galerie d'Orléans... Il était porteur d'une serviette, une noire extrêmement bourrée... Il entre... On le salue. Il pose son fardeau sur la table... Tout va bien ! Il s'éponge... Il avait dû marcher très vite... Il cherchait son souffle... La conversation débute... C'est Courtial qui mène le train... La vieille, elle, monte à l'Alcazar... elle en redescend quelques dossiers, les plus remarquables !... Y en a déjà un vrai petit choix ! Elle pose le tout près de la serviette. Il sourit agréablement... Il a l'air assez satisfait... Il feuillette comme ça d'un doigt vague... Il

pique au hasard... Il semble pas très résolu... Nous atten-
dons, nous ne bougeons pas... qu'il veuille bien faire ses
réflexions... Nous respirons très prudemment... Il trifouille
encore quelques pages... et puis il plisse toute sa figure!...
C'est un tic!... Encore un autre! Une saccade vraiment
hideuse! Mais c'est la crise!... Comme une vraie transe
qui le saisit... Il rejette alors toute cette paperasse... Il
balance tout dans la vitrine... Et puis il s'attrape la tétère...
Il se la tripote à deux mains. Il se la malaxe, il se la trifouille... Il se pince, il se pétrit tout le menton... et les joues,
le gras, les plis, le nez aussi, les oreilles... C'est une satanée
convulsion!... Il se rabote les châsses, il se relaboure le
cuir chevelu... Et puis brutalement il s'incline... D'un coup
il se baisse, le voilà par terre... Il replonge toute la tête dans
les papiers... Il renifle toute la masse... Il grogne, il souffle
extrêmement fort... Il en étreint une grande brassée et puis...
Wouaff!... Il lance tout en l'air!... Il envoie tout dans le
plafond... Ça pleut les papelards, les dossiers, les plans, les
brochures... On en a partout... On se voit plus... Une fois...
deux fois... il recommence! Toujours poussant des hurle-
ments! des joyeux!... Il est jubileur! il gigote... il fouille
encore... Les gens s'attroupent devant notre porte... Il
retourne toute sa serviette... Il en tire des autres journaux,
rien que des coupures, des brasses entières... Il éparpille
aussi tout ça... Parmi, je vois bien... y a du biffeton!... J'ai
repéré dans la paperasse!... Je les vois qui s'envolent... Je
vais piquer les ramasser... Je sais comment faire... Mais
voilà deux costauds qui chargent... A coups d'épaules ils
branlent la porte... Ils écartent... Ils bousculent la foule.
Ils passent. Ils sautent sur le curé. Ils le ceinturent, ils l'écra-
bouillent, ils le renversent, le bloquent à terre... Ah! il
étrangle la pauvre vache! Il va râler sous la table...
« Police! » qu'ils nous font à nous... Ils l'extirpent par les
nougats... Ils s'assoient sur le malheureux...

— Vous le connaissez depuis longtemps? qu'ils nous
demandent alors...

C'est des Inspecteurs... Le plus hargneux, il nous sort
sa carte... On répond vite qu'on y est pour rien!... Absolument! Le cureton, il gigote toujours... Il se débat la pauvre

tranche... Il trouve moyen de se remettre à genoux... Il pleurniche... Il nous implore... « Pardon !... Pardon !... qu'il nous demande... C'était pour mes petits pauvres... Pour mes aveugles... Pour mes petits sourds et muets... » Il supplie qu'on le laisse quêter.

« Ta gueule ! On te demande rien !... Il est enragé ce sale con-là... T'as pas fini de nous faire l'arsouille !... » Celui qu'a montré sa carte, il lui fout alors un coup de boule tellement sonore et placé, que le cureton il en fait un couac !... Il s'écroule ! Il parle plus !... Ils lui passent tout de suite les menottes... Ils attendent encore un moment... Ils respirent... Ils le requinquent debout à coups de pompes. C'est pas terminé. Il faut encore que Courtial il leur signe une « constatation » et puis encore un autre faf... « dorso-verso »... L'un des bourriques, le moins sévère, il nous explique un petit peu la nature du dabe foliche... C'était vraiment un curé... et même un chanoine honoraire !... Monsieur le Chanoine Fleury !... Voilà comment qu'il s'appelait... C'était pas son premier paillon... ni sa première déconfiture... Il avait déjà fait « bon » tous les membres de sa famille... pour des mille et des milliers de francs... Ses cousins... ses tantes... les petites sœurs de Saint-Vincent-de-Paul... Il avait piqué tout le monde... Les marguilliers du Diocèse... le bedeau et même la chaisière... Il lui devait au moins deux mille francs... Tout ça, pour des entourloupes qu'avaient ni sens, ni principes... Maintenant, il tapait dans la caisse, celle des Sacrements... On l'avait surpris par deux fois... en train de carambouiller le coffret. Tout le « Denier de Jeanne d'Arc » on l'avait retrouvé dans sa chambre forcé au ciseau... Il travaillait du trésor... On s'était aperçu trop tard... Maintenant on allait l'enfermer... C'était son Évêque à Libourne qui réclamait l'internement...

Y avait la foule, sous nos arcades... Ils se régalaient, ils perdaient rien de la belle séance... Et les commentaires allaient fort... Ça ruminait énormément... Ils apercevaient les fafiots qu'étaient répandus dans la case... Mais moi aussi j'avais bien biglé... J'avais eu la présence d'esprit... J'en avais déjà sauvé quatre et une pièce de cinquante francs... Ils poussaient des Ah ! Aha ! Oh ! Oho ! Ils m'avaient

bien vu travailler les pougnassons devant la vitrine!...
Notre curé, les bourres ils l'ont propulsé dans le gymnase...
Il faisait encore des résistances... Il fallait qu'ils repassent
par-derrière pour l'embarquer dans un fiacre... Il se cramponnait de toutes ses forces... Il voulait pas partir du tout...

« Mes pauvres! mes pauvres pauvres!... » qu'il arrêtait
pas de mugir. Le sapin est arrivé quand même, après bien du
mal...

Ils l'ont halé dans l'intérieur... Il a fallu qu'ils l'arriment,
qu'ils le souquent sur la banquette avec de la corde... Il
tenait pas quand même en place... Il nous envoyait des bai-
sers... C'est honteux ce qu'ils le torturaient!... Le fiacre
pouvait plus démarrer, les gens ils se mettaient devant le
cheval... Ils voulaient regarder dans le caisson... Ils voulaient qu'on ressorte le chanoine... Enfin grâce à des autres
flics... ils ont dégagé la voiture... Tous les pilonneurs alors
ils ont reflué devant la boutique... Ils comprenaient rien!
Ils arrêtaient plus de nous conspuer...

La grande mignonne, tant d'injures, ça lui fit monter la
moutarde... Elle a voulu que ça cesse de suite... Elle a fait
ni une ni deux... Elle a bondi sur la lourde... Elle ouvre,
elle sort, elle se présente, elle les affronte...

— Eh bien? qu'elle leur dit... Qu'est-ce que vous avez?...
Bande de paumés! Bande de saindoux! Vous êtes que des
sales morveux! Allez-vous-en vous gratter! Malfrins! Cres-
sons! De quoi que vous êtes pas contents?... Vous le connaissiez pas, vous, ce bigleux?... C'était culotté d'attitude...
Mais ça n'a pas pris quand même... Ils l'ont encore plus
agonie!... Ils ont redoublé en beuglements. Ils glaviotaient
plein notre vitre. Ils balançaient des graviers... C'était du
massacre bientôt... Il a fallu qu'on se carre en trombe... et
par-derrière... à toutes tatanes!...

Après un pareil Trafalgar on ne savait plus quelle contenance prendre... Comment maintenant les dissuader, les

473

énergumènes? C'était devenu très rapidement la « Cloche au Trésor Fond des Mers » une corrida aussi farouche qu'avec le « Mouvement Perpétuel »... Ça bardait du matin au soir... Et souvent encore dans la nuit ils arrivaient à me réveiller avec leurs vociférations. Un défilé d'hurluberlus exorbités jusqu'aux sourcils, qui se dépoitraillaient devant la porte, gonflés, soufflés de certitudes, de solutions implacables... C'était pas marrant à regarder... Il en surgissait toujours d'autres!... Ils bouchaient la circulation... Une sarabande de possédés!...

Ils étaient si entassés, tellement grouillants dans la boutique, embistrouillés dans les chaises, raccrochés sur les monticules, emmitouflés dans les paperasses, qu'on pouvait plus rien entrer prendre... Ils voulaient seulement rester là, nous convaincre encore une minute, avec les détails inédits...

Si encore, au moins, on leur avait dû quelque chose! Qu'ils aient tous versé une avance, une ristourne, une inscription, on aurait compris peut-être qu'ils ne soient pas heureux, contents, qu'ils partent en pétard, qu'ils s'insurgent!... Mais c'était pas notre cas du tout!... Par extraordinaire exception! On leur devait vraiment rien! C'était ça le plus fort! Ils auraient pu nous en tenir compte!... Que nous n'agissions point par lucre! Que c'était en somme une affaire de Sport et d'Honneur!... Pure et simple! Qu'on était absolument quittes... Ah! mais alors pas du tout!... C'était exactement le contraire! Ils faisaient la révolution pour le plaisir d'être emmerdants!... Ils nous en voulaient mille fois plus! Ils se montraient mille fois plus charognes! râleurs! écumeux! que jamais auparavant qu'on les saignait jusqu'à l'os!... C'étaient des véritables démons!... Chacun gueulait comme à la Bourse pour la défense de son bastringue!... Et puis tous ensemble!... Ça faisait un vacarme effroyable...

Personne pouvait plus attendre!... Chacun fallait qu'on lui construise à la minute! pas une seconde! son abracadabrant système!... Que ça fume!... Et que ça fonctionne!... Ils avaient une hâte immonde de descendre tous au fond de la mer!... Pour chacun son trésor à lui...! Ils voulaient tous être les premiers! Que c'était dans nos « conditions! »

Ils brandissaient notre papelard!... On leur a bien hurlé pourtant qu'on en avait salement marre de leurs entourloupes de dégueulasses... de supporter leur cohue!... que tout ça c'était du bourre mou!... Mon Courtial est grimpé exprès, dans l'escalier tire-bouchon pour leur dire toute la vérité... Il l'a hurlée à tue-tête au-dessus de la foule... Il avait mis son chapeau de forme tellement c'était solennel... Un aveu complet, j'étais là... Un miracle comme on verra plus!... Il leur a bien spécifié qu'on n'avait plus de commanditaire! Que c'était fini... enterré... Pas plus de millions que de beurre au cul!... Il leur a spécifié encore que les bourres l'avaient enfermé... Celui qu'on pensait, le curé... Qu'il en ressortirait jamais! Qu'il avait la camisole, que tout le business était à l'eau!... « A l'eau! A l'eau!... » Ils trépignaient d'enthousiasme en entendant ces paroles... Ils reprenaient tous en chœur : « Dans l'eau! Courtial! Dans l'eau! A l'eau!... » Ils revenaient toujours plus nombreux, rapporter des nouveaux projets... Ils se fendaient grassement la gueule si on voulait parlementer... Ça prenait absolument plus... Leur conviction était bien faite... Ils savaient tous qu'il faut souffrir quand on a la foi! La foi qui soulève les montagnes, qui renverse les mers... Ils en avaient une terrible... Ils craignaient personne pour la foi! Ils étaient d'ailleurs convaincus qu'on voulait nous, garder tout le plâtre pour pas partager avec eux!... Ils restaient donc devant la porte... Ils surveillaient les issues... Ils s'installaient le long des grilles... Ils s'allongeaient commodément... Ils étaient plus du tout pressés... Ils avaient la conviction... Ils y croyaient dur comme fer!... C'était plus la peine qu'on insiste... Ils nous auraient crevés sur place à la plus petite tentative de dénégation... Ils devenaient de plus en plus cruels... Les plus canailles, les plus retors, ils faisaient le tour par la coulisse... Ils arrivaient par le gymnase... Ils nous faisaient signe de les rejoindre... Dans un coin comme ça chuchotant, ils proposaient des arrangements, des augmentations de la ristourne... quarante pour cent au lieu de dix pour notre propre blaze sur le premier butin sorti... Qu'on s'occupe d'eux immédiatement, avant tous les autres... Ils nous estimaient fort cupides!... Ils

475

voulaient déjà nous corrompre... Ils nous faisaient miroiter des « fleurs »!

Courtial il voulait plus rien regarder, ni causer, ni même les entendre!... Il voulait même plus sortir... Il avait peur qu'on le repère... Le mieux c'était encore sa cave.

— Toi, qu'il me disait... Sors d'ici!... Ils vont finir par te sonner! Va t'asseoir là-bas sous les arbres... de l'autre côté du bassin... C'est mieux qu'ils nous voyent pas ensemble... Il faut qu'ils s'épuisent!... Laisse-les tous gueuler tant qu'ils peuvent!... C'est une corrida de huit, dix jours!...

Il se trompait dans l'estimation, ça a duré bien davantage...

Heureusement qu'on avait sauvé quand même un petit fond de pécule... Ce que j'avais piqué au chanoine... Presque à peu près deux mille francs... On s'était dit qu'avec ce bulle, une fois la tourmente conjurée, on lèverait le camp par une belle nuit... On transborderait notre matériel et on irait se faire voir ailleurs!... Dans un autre quartier!... L'endroit était plus possible... On monterait un autre « Génitron » sur des données toutes nouvelles... avec des autres inventeurs... On parlerait plus du tout de la « Cloche »... C'était en somme assez faisable, c'était une question de deux, trois semaines à supporter les avanies...

Entre-temps, la grosse mignonne, j'ai eu toutes les peines du monde à lui faire comprendre qu'il valait mieux qu'elle reste chez elle dans son pavillon de Montretout... Qu'elle attende donc la fin de l'orage!... Elle voulait pas m'écouter, elle croyait pas au péril!... Moi, je le connaissais notre public... Elle les excitait beaucoup avec ses manières, sa pipe, sa voilette... C'était des bobards continuels... En plus, elle leur tenait tête... ça pouvait très mal terminer... Elle risquait net de se faire étendre... Il passe parmi les inventeurs des bouffées terribles, des impulsions qu'ils se connaissent plus... Ils étripent tout sur leur passage! Certes, elle aurait pas cané... elle se serait défendue comme une lionne, mais pourquoi encore d'autres drames?... On avait rien à gagner!... Ça sauverait pas leur pavillon!... Elle avait fini par admettre, après bien des flots de salive et des soupirs à cœur fendre...

Ce jour-là, elle était pas venue... Courtial roupillait dans la cave... On avait déjeuné ensemble, aux « Escargots », chez Raoul, assez bien ma foi, au coin du Faubourg Poissonnière. Il s'était refusé rien... J'ai pas moisi dans la boutique... Je suis ressorti presque aussitôt... pour m'installer à bonne distance comme d'habitude sur le banc d'en face, en retrait sur la rotonde... De là, je surveillais les abords... Je pouvais même intervenir si les choses vraiment tournaient mal... Mais c'était un jour tranquille... Rien de particulier... Toujours les mêmes groupes parlocheurs, bavocheurs, qui fermentaient dans les pourtours... depuis le début de l'autre semaine ça durait comme ça... Vraiment rien d'extravagant!... J'aurais eu tort de me cailler... ça mijotait sans pétard... Et même un peu après quatre heures un certain calme s'est établi!... Ils se sont assis en queue leu leu... Ils parlaient plutôt en murmures... Ils devaient être très fatigués... Une vraie ribambelle tout le long des autres devantures... Ça sentait la lassitude... Ça pouvait plus durer longtemps... Je songeais déjà aux perspectives... qu'il allait falloir nous trisser... Emmancher des autres goupilles!... Piquer, paumer encore des « caves »! Et puis encore des autres business!... On avait bien notre pécule... Mais combien qu'il pouvait durer? Peuh! Peuh! Peuh! C'est pas grand-chose à faire fondre deux billets de mille francs!... Si on voulait remonter le journal!... et puis douiller leur pavillon!... C'était pas possible, à vrai dire, de faire les deux à la fois!... Enfin, j'étais dans mes songeries... très absorbé profondément... quand du plus loin... dans l'impasse du Beaujolais, j'aperçois un grand fias tout seul qui faisait un boucan du tonnerre!... qui gesticule de tous ses membres!... Il se ramène, il bondit, il caracole jusque devant notre porte... Il attrape le bec-de-cane... Il secoue la lourde comme un pommier... Il gueule après des Pereires!... Il est absolument furieux, hors de lui-même,

477

ce garçon !... Avant de se barrer il s'escrime un bon moment !... Personne ne répond... Il barbouille toute la devanture avec un pinceau et de la couleur verte... Ça doit être des saloperies !... Il se débine... toujours en grande ébullition... Enfin, on avait vu pire !... C'était pas tragique !... Je redoutais bien davantage...

Il se passe encore une heure ou deux... Le soleil commence à tomber... Voilà les six heures qui sonnent... C'était le moment désagréable, celui dont je me méfiais le plus... L'heure dégueulasse par excellence pour les raffuts, les bagarres... surtout avec notre clientèle... C'est l'instant foireux où tous les magasins relâchent leurs petits maniaques, leurs employés trop ingénieux... Tous les folichons sont en bombe !... Le grand éparpillage des fabriques, des manutentions... Ils se précipitent, ils sont nu-tête, ils cavalent derrière l'omnibus !... les artisans tracassés par les effluves du Progrès !... Ils profitent des derniers instants !... De la fin du jour... Ils se dératent, ils se décarcassent ! C'est des sobres, des gens qui boivent l'eau... Ils courent comme des zèbres. C'est le grand moment des bigornes !... Ça m'en foutait mal au ventre, rien que de les sentir rappliquer !... Ils nous tombaient sur la cerise toujours en guise d'apéritif !...

Je réfléchissais encore un peu... Je pensais aussi à la soupe... Que j'allais réveiller Courtial... qu'il m'avait demandé cinquante francs. Mais là soudain je sursaute !... Il me parvient une grande clameur ! Par la Galerie d'Orléans... ça s'amplifie, ça se rapproche !... C'est beaucoup plus qu'une rumeur... Ça gronde ! C'est l'orage !... C'est un tonnerre sous le vitrail !... Je m'élance ! Je saute jusqu'à la rue Gomboust, d'où paraissait venir le plus de boucan... Je tombe là sur une horde, des possédés tout hagards, des brutes mugissantes écumeuses... Ils doivent être au moins deux mille dans le long couloir à beugler !... Et il en jaillit toujours d'autres, des rues adjacentes... Ils sont comprimés, pressurés autour d'une prolonge, une sorte de camion très trapu... Juste au moment où j'arrive, ils sont en train d'écarteler la double grille du jardin... Ils arrachent tout d'un seul élan... C'est formidable, cette plate carriole comme bélier... Ils culbutent les deux arcades... Des pierres, de taille comme des fétus!... Ça s'écroule, ça débouline! ça éclate en miettes à droite et à gauche... C'est terrifiant absolument... Ils dévalent dans un tonnerre!... attelés à l'infernal bastringue... La terre tremble à quinze cents mètres!... Ils rebondissent dans les caniveaux... Faut se rendre compte de la frénésie!... Comme ça gambille, et ça sursaute tout autour de leur catafalque! tous entraînés dans la charge!... J'en crois pas mes yeux!... Ils sont effrénés!... Ils sont au moins cent cinquante rien qu'à barder dans les traits!... à cavaler sous les voûtes avec l'énorme charge au cul!...

Les autres possédés ils s'acharnent, ils s'emberlifiquent, ils se démembrent pour s'agripper mieux au timon... sur la carène... dans les essieux!... Je me rapproche de leur sarabande... Ah! Je les discerne, nos inventeurs!... Ils y sont à peu près tous!... Je les reconnais presque un par un!... Voilà De la Gruze, le garçon de café... il a encore ses chaussons!... Et Carvalet le tailleur... il a du mal à courir! Il perd sa culotte!... Voici Bidigle et Juchère, les deux qui inventent ensemble... qui passent toutes les nuits aux Halles... qui portent des paniers... Je vois Bizonde! Je vois Gratien, celui de la bouteille invisible! Je vois Cavendou... Je vois Lanémone et ses deux paires de lunettes!... qu'a trouvé le chauffage au mercure!... Je les aperçois, tous les charognes!... Ils hurlent au massacre! Au meurtre! Ils sont vraiment des fous furieux!... Je grimpe alors après la grille! Je domine l'émeute!... Je le vois alors bien, sur le siège, le grand frisé qui les excite, leur meneur en chef!... Je vois tout le fourbi monumental!... C'est une carapace en fonte... cette fantastique saloperie!... C'est la cloche à Verdunat! La blindée totale!... Pas d'erreur!... Je l'ai vue cent fois en maquette! le fameux projet!... Je peux bien la reconnaître! Avec les hublots lumineux! faisceaux divergents!... C'est un comble! Le voilà lui-même, dépoitraillé, Verdunat!... Il surplombe son appareil! Il est grimpé sur le sommet! Il vocifère! Il rassemble les autres paumés! Il exhorte! Il va les relancer à la charge!...

Je sais bien, il nous avait prévenus, absolument catégorique qu'il la ferait construire quand même, malgré nos avis! à ses propres frais!... Avec toutes ses économies!...

On voulait pas le prendre au sérieux... C'était pas le premier qui bluffait!... C'étaient des teinturiers à Montrouge de père en fils, les Verdunat!... Il a entraîné la famille!... Ils sont là, tous descendus!... Ils gambadent autour de la cloche!... Ils se lâchent pas... la main dans la main... C'est la farandole... maman, grand-père et petits loupiots... Ils nous apportent leur ustensile... Il nous l'avait bien promis... Et moi, qui refusais de le croire!... Ils poussent le monstre depuis Montrouge! Tout le brelan des dingos! C'est la sauvage coalition!... Je rafistole tout mon courage... Je peux déjà prévoir le pire!... Ils me reconnaissent... Ils me vitupèrent! C'est la furie générale!... Ils en ont contre toutes mes tripes!... Ils me glaviotent tous d'en bas... Ils me vomissent! Je dis :

— Pardon! Écoutez-moi! Minute!... — Un silence... — Vous ne comprenez pas très bien!

— Descends par ici! petit fumier!... Qu'on t'encule une bonne fois pour toutes!... Empalé de mes burnes! Girouette! Marcassin! Raclure! Où qu'il est ton vieux zigomar?... Qu'on lui retourne un peu les boyaux!...

Voilà comment qu'ils m'écoutaient!... C'était pas la peine que j'insiste... Heureusement j'ai pu rebondir!... Je me suis planqué derrière le kiosque... J'ai crié « Au secours! » alors et de toutes mes forces!... Mais il était déjà trop tard... On m'entendait plus dans le jardin tellement ça bardait... tonnait... fulgurait... Et juste devant notre porte c'était le carnage maximum! Je les avais comme émoustillés avec mes paroles! enfuriés encore davantage!... Ils étaient au paroxysme!... Ils détellent donc toutes les bricoles!... Ils sortent du timon... Ils braquent l'infernal engin juste par le travers de l'allée... bout sur la devanture!... Les clameurs redoublent... Les possédés de toutes les Galeries, des pourtours foncent sur la cloche au ralliement... La meute entière s'arc-boute! « A la une! A la deusse! Et yop! et youp! Hisse! » La masse s'ébranle!... Ils la propulsent d'un seul battant!... toute la catapulte dans la vitre... Tout vole en éclats!... La boiserie cède! crève! s'éparpille! Tout a sauté!... Une avalanche de vitrerie!... Le monstre pénètre, force, vacille, écrabouille! Le « Génitron » tout entier s'effondre dans un torrent de gravats!... Notre escalier tire-bouchon, le coin du commanditaire, tout l'entresol tunisien... J'ai le temps de les voir s'écrouler dans une cataracte de paperasses et puis dans l'explosion de poussière!... Un nuage alors gigantesque rebondit, blanchit, remplit d'un coup tous les jardins, les quatre galeries... Ils étouffent la horde!... Ils sont enveloppés dans les plâtres... Ils crachent! Ils toussent! Ils suffoquent! Ils poussent quand même sur leur déluge... la ferraille... les glaces... les plafonds suivent dans la cascade!... La cloche sursaute! le plancher brise, crevasse, s'entrouvre... Elle balance l'effroyable machine, elle danse au bord du précipice!... Elle incline... Elle bascule au fond... Merde!... C'est la capilotade!... Un tonnerre qui roule jusqu'au ciel!... des cris si stridents... si atroces... figent subito toute la meute!... Tous les jardins sont voilés par la dense poussière... Les agents radinent enfin... Ils cherchent à tâtons le lieu du désastre... Ils se mettent en barrage autour des décombres... Des autres bourres rappliquent au pas de course!... Les émeutiers se disjoignent... s'éparpillent!... devant leur charge... Ils vont repiquer un autre galop dans les pourtours du restaurant... L'émotion les fait grelotter...

Les flics dégagent les curieux aux abords de la catastrophe!... Les mutins, moi je les connais tous!... Je pourrais à présent les donner! Ça serait bien facile... Je sais, moi, qui qu'est le plus perfide! le plus vicelard dans la bande! le plus ardent... le plus fumier! J'en connais, moi, qui feraient dix berges! Oui! Mais je suis pas gras pour les vengeances! Ça rendrait seulement les choses encore un petit peu plus tartes!... et puis voilà tout... Je veux parer au plus nécessaire!... Je me lance dans la cohue... Je me rapproche des groupes... Je me fais reconnaître par les bourres... « Vous avez vu le patron? Courtial des Pereires? » que je demande à tous les échos!...

Personne l'avait vu! Moi je l'avais quitté à midi!... Un coup je repère le commissaire... C'était celui des Bons-Enfants... Le même exact petit pourri qui nous avait tant tracassés!... Je m'approche... Je lui signale la disparition... Il m'écoute... Il est sceptique... « Vous croyez?... » qu'il me fait... Il est incrédule... « Mais j'en suis certain! »... Alors il descend avec moi par les côtés de la crevasse... On va fouiller tous les deux... Je crie!... J'appelle!... « Courtial! Courtial!... Debout! debout! ». Nous hurlons ensemble avec les agents... Une fois! deux fois! dix fois!... Je repasse au bord de tous les trous!... Je me penche encore sur les abîmes!... « Il est sûrement au bordel! » qu'il me remarque l'autre, le triste aspic!... On allait abandonner... quand subitement j'entends une voix!

« Ferdinand! Ferdinand! T'as pas une échelle?... »

C'est lui, c'est lui! Y a pas d'erreur! Il émerge d'un profond glacis... Il se dépêtre à grands efforts!... Il a la gueule en farine... On lui lance une forte corde... Il s'agrippe... On le hisse! Il est sorti du cratère!... Il est indemne!... Il nous rassure!... Il a seulement été coincé, surpris, enserré, absolument fermé à bloc entre la cloche et la muraille!... Mais son galure, il le retrouve plus!... Ça l'agace d'abord... Il tempête... Sa redingote a souffert!... Il insiste pas... Il refuse n'importe quel secours... Il refuse d'aller au potard... C'est lui maintenant qui toise les cognes... « J'irai déposer, Messieurs », qu'il leur dit comme ça... Sans demander son reste, il enjambe la balustrade et les poutrelles et les décombres... Nous voilà dehors... « Place!... Place!... » Il écarte la foule!... Sa redingote n'a plus de basques... Il est complètement défroqué... Il est poudreux, il fait pierrot, il perd sa bourre en cavalant... Il se dépêche encore davantage... Il m'entraîne vers la sortie du côté du Louvre... Il me cramponne par la manche. Il a une sacrée tremblote... Il crâne plus du tout...

— Allez! Allez! Vinaigre, Ferdinand! Regarde un peu toi par-derrière! Personne n'a suivi?... T'es sûr? Bagotte, mon fiston!... Jamais on reviendra par ici! Jamais dans cette turne... C'est un piège infâme! Ça je peux t'assurer! La cabale est évidente!... J'écrirai au Propriétaire!

Comme ça une fois notre bureau réduit en petites miettes j'avais plus d'endroit pour coucher... Alors on a décidé, d'un commun accord, que je rentrerais à Montretout!... On est repassé par les « Émeutes »!... Il pouvait pas prendre le « dur » avec sa redingote en bribes!... Le patron, par gentillesse, lui a prêté un vieux costard. On a discuté un peu avec deux énergumènes... Il avait des trous, Courtial, plein son pantalon... Il a fallu qu'on le recouse... Tout le monde avait vu les bagarres, entendu les cris, l'énorme barouf... tout le monde était passionné!... Même le Naguère, il prenait part... il voulait faire quelque chose, organiser une collecte... J'ai dit qu'on avait pas besoin!... Ça m'aurait fait mal d'accepter!... Que nous avions encore des sous! Il s'était assez beurré à la santé de notre vieux fias!... Il pouvait se montrer généreux!... Du coup il a réglé les verres, encore une tournée et puis même une autre.

Il faisait plutôt déjà chaud... C'était au mois de juin, à la fin... Avec toute cette terrible poussière on a fini en discutant, comme ça la gorge bien croustillante, par vider au moins dix, douze litres!... On est repartis en zigzag... Il était tout à fait tard!... Encore bien émus!... A la gare du Nord, on a eu le dernier train de justesse!...

A Montretout, fort heureusement, il faisait une nuit pleine d'étoiles!... et même un petit clair de lune! On pouvait presque voir le chemin... Cependant, pour pas se foutre dedans, parmi les sentiers de Montretout, surtout à partir des hauteurs, il fallait faire joliment gafe!... Il était pas encore question ni de réverbères ni de pancartes!... C'était à l'estime, au tact, à l'instinct qu'on se dirigeait... Qu'on se repérait dans les bicoques... Ça pouvait très mal terminer... Y avait toujours au moins comme ça, à la suite de bévues tragiques, presque quatre ou cinq meurtres par an!... Des égarés... des présomptueux, qui se trompaient dans les pavillons!... qui s'aventuraient dans les grilles!... qui sonnaient juste où fallait pas!... Ils se faisaient les pauvres insolites étendre raides d'un grand coup de salve... Au revolver d'ordonnance... à la carabine Lebel... et puis achever en moins de deux par la meute du lotissement... Un ramassis impitoyable des pires carnassiers fous féroces, recrutés rien qu'en clebs bâtards... horriblement agressifs, spécialement dressés dans ce but... Ils se ruaient à l'étri-

483

pade... Il restait rien du malheureux... Faut dire aussi, pour s'expliquer, que c'était juste au moment des exploits de la bande à Bonnot, qu'ils terrorisaient depuis six mois la région Nord-Ouest, et qu'ils tenaient encore le large!...

Tout le monde était dans les transes! La méfiance était absolue... On connaissait ni père ni mère, une fois la lourde refermée... Malheur au perdu!...

Le possédant économe, l'épargnant méticuleux, tapi derrière ses persiennes passait sa nuit aux aguets, ne roupillant que d'un œil, les mains crispées sur son arme!...

Le cambrioleur futé, le vagabond torve, aussitôt l'indice... pouvaient s'estimer branchus, occis, trucidés!... Il aurait fallu un miracle pour qu'ils remportent leurs roupignolles!... Une vigilance impeccable!... Une ombre entièrement meurtrière...

Courtial était pas tranquille là, sous la « marquise » de la gare!... Il se représentait le retour... le chemin... les embuscades variées... Il réfléchissait un petit peu!... « En avant! »... Dès les premiers pas sur la route, il s'est mis à siffler très fort... une sorte de tyrolienne!... C'était l'air du ralliement... Ça devait nous faire reconnaître à travers les passes périlleuses!... Nous nous engagions dans la nuit... La route devint extrêmement molle, défoncée! fondante!... On discernait assez vaguement des masses dans les ombres... des autres contours de bicoques... Nous fûmes aboyés, hurlés, vociférés, au passage de chaque barricade... La meute se donnait à pleine rage... Nous marchions le plus vite possible, mais il s'est mis à pleuvoir! Une immense mélasse! Le chemin montait tout de travers...

— Nous allons... qu'il m'avertit... à la pointe même de Montretout! C'est l'endroit le plus élevé... Tu vas voir comme on domine!

Leur maison, la « Gavotte », c'est le sommet de la région. Il me l'avait expliqué souvent, ça couronnait tout le paysage!... Il voyait tout Paris de sa chambre... Il commence à s'essouffler!... Pourtant c'est pas une boue épaisse! Si c'était l'hiver alors?... Enfin, plus loin, après le détour, je discerne des signes, la lumière qui bouge... qui s'agite... « C'est ma femme, qu'il s'écrie alors!... Tu vois qu'elle me parle en code : C...H...A...M... Une fois en bas! Deux fois en haut! »... Enfin y avait plus d'erreur!... On grimpait quand même toujours... On se dépêchait de plus en plus!... Vannés, soufflotants... Nous arrivons dans son enclos... Notre rombière avec sa lanterne, elle dégringole de son perron... elle se précipite sur le dabe... C'est elle qui va au pétard... elle me laisse pas placer un seul mot... Déjà depuis avant huit heures qu'elle faisait des signes à chaque train!... Elle est parfaitement outrée... Et puis en plus moi qu'étais là? C'était pas prévu!... Qu'est-ce que je venais faire?... Elle nous pose des questions pressantes... Elle s'aperçoit tout d'un coup qu'il a changé sa roupane!... On est bien trop fatigués pour se lancer dans les nuances!... Merde alors!... On rentre dans la crèche... On s'assoit dans la première pièce... On lui casse là net tout le morceau! Elle se gourait bien, évidemment avec ce retard... d'une tuile d'une certaine importance... Mais alors, comme complète foirade, elle pouvait pas tomber sur pire!... Vlac! comme ça, en plein dans la gueule!... Elle en restait comme vingt ronds de mou... elle tremblochait de toute la face et même des bacchantes... Elle pouvait plus sortir un son!... Enfin c'est revenu par des pleurs...

— Alors, c'est fini, Courtial?... C'est fini, dis-moi?... Elle s'est effondrée sur sa chaise... Je croyais qu'elle allait passer... On était là tous les deux... On s'apprêtait à l'étendre tout du long par terre!... Je me levais pour ouvrir la fenêtre... Mais elle se repique en frénésie!... Elle rejaillit de son siège... Elle vibre de toute la carcasse!... Elle se requinque... C'était passager la détresse! La revoilà debout! Elle vacille un peu sur ses bases... Elle se replante de force... Elle fout une grande claque sur la table... Sur la toile cirée...

— Bon sang! C'est trop fort à la fin! qu'elle gueule d'un grand coup comme ça...

— Trop fort! Trop fort! Tu l'as dit!... Il se monte aussi en colère. Elle le trouve tout cabré devant elle... Elle trouve tout de suite à qui causer... Il glousse comme un coq...

— Ah! C'est trop fort!... Ah! C'est trop fort?... Moi,

mon amie, je regrette rien!... Non! Non!... Parfaitement!...
Absolument rien du tout!...

— Ah! Tu regrettes rien, sacré salopard?... Ah! T'es
bien content, n'est-ce pas?... Et le pavillon alors? T'as
pensé aux traites? C'est samedi qu'ils reviennent, mon
garçon!... C'est samedi, pas un jour de plus!... Tu les as,
toi, les douze cents francs?... Tu les as sur toi?... Ils sont
promis, ça tu le sais bien!... Ils sont déjà escomptés!...
A midi ils reviennent! Tu les as sur toi?... Pas à une heure!
A midi!

— Merde! Merde! et contre-merde! à la fin!... Je m'en
fous de ton pavillon!... Tu peux en faire des cropinettes!...
Les événements me libèrent... Me comprends-tu?... Dis
ma buse?... Ni amertume! Ni rancune! Ni dettes! Ni pro-
têts!... Je m'en fous! Tu m'entends bien? Je chie sur le
tout! Oui!...

— Chie! Chie! Dettes! Dettes! Mais est-ce que t'as
le pognon sur toi, dis, mon grand cave?... Ferdinand,
il a six cents points en tout et pour tout! Je le sais bien
quand même!... Vous les avez, Ferdinand?... Vous les
avez pas perdus? Mais c'est mille deux cents francs qu'ils
viendront chercher, c'est pas six!... Tu le sais pas encore?...

— Pfoui! Pfoui! Jamais un pas en arrière!... La gangrène! Tu viens défendre la gangrène?... Amputation!...
Me comprends-tu, mortadelle? Amputation haute! Tu
as donc bu tout le vin blanc? Je le sens d'ici! Haute! L'ail!
oui! Sauver quoi? Tiens tu pues de la gueule! Le moignon
pourri! Les larves? Les mouches? Le bubon! Jamais la
viande pustulente! Jamais une démarche! Une seule! Tu
m'écoutes?... Jamais poissarde! moi vivant!... La défaite!
La palinodie! La cautèle! Ah! non! l'orteil! Que je roule
aussi la saucisse à ceux qui me poignardent?... Moi?
Jamais!... Ferdinand! tu m'entends bien?... Profite de tout
ce que tu vois! Regarde! Essaye de comprendre la grandeur, Ferdinand! Tu n'en verras pas beaucoup!

— Mais, ma parole! C'est toi qu'as bu!... Mais vous
avez bu tous les deux!... Ils m'arrivent saouls, ces fumiers!...
Ils m'engueulent encore!

— La grandeur! Le détachement, crétine! Mon départ!

Tu sais ça?... Tu ne sais rien!... Au loin! Plus loin!... que
je te dis!... Mépris des provocations, les pires! Les plus
écœurantes! Que peut germer d'indicible dans ces outres
immondes? Hein? Ces effroyables galeux?... La mesure
de mon essence? C'est noblesse, Boudin!... Tu m'entends?
Toi qui pues l'acide aliacique?... Tu vois ça? dis échalote?
Noblesse! Tu m'écoutes? Pour ta « Gavotte »? merde!
merde! merde!... Noblesse! Lumière! Inouïe sagesse!...
Ah! O! Délirants lansquenets!... Faquins de tous les pil-
lages!... O Marignan! O ma déroute, petit Ferdinand du
malheur!... Je n'en crois plus ici ni mes yeux! ni ma propre
voix!... Je suis féerique! Je suis comblé! Retour des choses!...
Moi hier encore au zénith! Perclus de faveurs! Moi qu'on
adule! Moi qu'on plagie! Moi qu'on harcèle! Qu'on fête
alentour divinement! Que dis-je? Qu'on prie des quatre
coins du monde! Tu l'as vu? Tu l'as lu!... Et puis aujourd'
hui?... Patatrac! Broum!!!... Plus rien! La foudre est
tombée!... Rien!... L'atome, c'est moi!... Mais l'atome
Ferdinand, c'est tout!... L'exil Ferdinand!... L'exil? — Sa
voix sombrait dans la tristesse... — Oui! C'est cela! Je
me découvre! Le destin m'ouvre les portes! L'exil? Soit!
A nous deux!... Depuis trop longtemps, je l'implore! C'est
fait!... Le coup m'atteint! Transcendant! Hosanna! Irré-
vocable! Toute la félonie se débusque!... Enfin!... Elle
me le devait!... Depuis tant d'années qu'elle me traque!
me mine! m'épuise!... Compensation!... Elle se montre!
Je la découvre! Moi je la viole absolument! Oui! Forcée,
bouillonnante... En pleine place publique!... Quelle vision,
Ferdinand!... Quel spectacle! Je suis comblé mon Irène!...
Écumante! sanglante! hurleuse! tu m'entends?... Nous
l'avons vue ce tantôt même assaillir notre fier journal!
Se ruer à l'assaut de l'esprit! Ferdinand ici m'est témoin!
Blessé! Meurtri, certes! Mutilé!... Je me contracte! Je me
rassemble! Je m'arrache à ce cauchemar! Ah! l'abominable combat! Mais la poche a bien crevé! le fiel a giclé
partout! J'en ai pris, moi, plein les yeux! Mais l'esprit
n'a point souffert. O la fière, la pure récompense! Oh!
Point de compromis surtout! Vous m'entendez tous! Que
j'aille à présent cajoler mes bourreaux?... Le fer! Le fer!

Le feu plutôt!... Tout! Mais pas ça! Ah! Pouah!... Les
dieux se concertent! Soit!... Ils me font l'honneur du
plus amer des présents! Le don! La haine! La haine des
vautours!... L'exil?... Le refuserais-je? Moi? Ce serait
mal m'estimer!... Ils m'éprouvent? Bien!... Il en ricanait
d'avance!... Ils m'éprouvent?... Flatté!... J'en rugirais
d'orgueil!... Trop cruel?... Hum! Hum! Nous verrons!...
C'est une affaire de Dieux à hommes!... Tu veux savoir,
Ferdinand, comment je me débrouille? A ton aise, mon
ami! A ton aise!... Tu ne vas pas t'embêter! Tiens Ferdinand! Toi qui bagottes, tu connais bien le Panthéon?...
Dis, pauvre confus?... Tu n'as rien remarqué? Tu l'as
jamais vu le « Penseur »? Il est sur son socle... Il est là...
Que fait-il? Hein, Ferdinand? Il pense mon ami! Oui!
Ça seulement! Il pense! Eh bien! Ferdinand! Il est seul!...
Voilà! Moi aussi je suis seul!... Il est nu! Moi aussi je suis
nu!... Que feriez-vous pour moi? pauvres petits?... Il nous
prenait en pitié! tous les deux la grosse mignonne!... Rien!
Toi encore!... pauvre gamin éberlué par les endocrines!
navré de croissance! Invertébré pour tout dire! Pauvre
gastéropode que le moindre songe annihile... Quant à
ma pauvre farfadette, que me donnerait-elle? d'utile?
d'inutile? Un attendrissant écho de nos années mortes...
Preuves! Épreuves défuntes! Hivers décatis! Horreurs!...
   — Comment tu m'appelles?... Répète-le un peu!...
Dis vite que je t'entende!... Les derniers mots avaient
pas plu... Tu me mets en boîte? dis, ordure?
   Elle aimait pas les allusions... Elle le menaçait de la
potiche, elle voulait des autres détails... pour ce qu'il
venait de prétendre!...
   — L'écoutez pas, Ferdinand! L'écoutez pas!... C'est
encore que des autres mensonges! Il a jamais que ça dans
la bouche!... Qu'est-ce que t'as fait dans la cuisine?...
Dis-le-moi là donc tout de suite!... Avec ma guimauve?...
Tu ne sais pas?... Il m'a volé ça aussi!... Et sur ma toilette?
Le bicarbonate? Tu ne sais pas non plus?... T'en as fait
aussi un lavement?... Me dis pas le contraire! Et l'eau de
Vals? Où c'est que tu l'as mise?... Il respecte rien! Je
l'avais ramenée tout exprès pour la prendre dimanche!...

— Laisse-moi, voyons!... Laisse-moi un peu me recueillir!... Tu m'assailles. Tu m'exaspères! Tu me harcèles!...
Comme tu es obtuse, ma mignonne!... ma bonne... ma
douce! ma chérubine!...

Elle s'arrache alors son galure, elle se renifle la morve
un bon coup, elle tâte le dossier de la grosse chaise, une
grosse mastoc, une massive...

— Réponds-moi donc! qu'elle le somme!... Où que tu
l'as mise ma guimauve?...

Il peut rien répondre... elle commence à soulever l'objet... elle agrippe les deux montants... Il a bien vu le geste...
Il plonge vers la table à ouvrage... Il l'agrafe par-dessous
la caisse... Ils ont ce qui faut tous les deux!... Ça va être
une explication!... Je me planque dans l'angle de la cheminée... Il parlemente...

— Ma grande chouchoute! Je t'en prie! Je t'en supplie,
mon cher trésor! Écoute-moi! Seulement un mot avant
que tu t'emportes davantage!... Écoute-moi! Ne casse
rien!... J'ai tout vendu! Mon Dieu! Tout vendu!

— Vendu? Vendu?... Tout vendu quoi?...

— Mais tout! Oui! tout! Depuis ce matin même! Je me
tue à te dire! Tout au « Crédit Lémenthal! »... à Monsieur
Rambon! Tu le connais bien? Au Contentieux! Y avait
plus autre chose à faire! C'est fini! Tout liquidé! Soldé!
Lavé! Voilà! Tu me comprends? T'as compris maintenant,
ma langouste? Ça coupe la chique hein? Ça te calme
pas? Demain que je te dis!... Demain matin qu'ils viendront!...

— Demain? Demain? Demain matin?... Elle faisait
l'écho... C'était dans un rêve encore!...

— Oui, demain! J'ai fait le nécessaire! T'as plus qu'à
signer la créance!

— Ah! vache! de saligaud de vache! Ah! Il m'étripe,
le voyou! Jamais j'aurais cru possible!... Et moi, empotée!...

Elle laisse alors retomber la chaise, elle s'affale dessus,
elle reste là bras ballants parfaitement sonnée... Elle renifle
et c'est tout!... Elle est pas vraiment la plus forte... Il est
parvenu à ses fins!... Elle le regarde à travers la table, de
l'autre côté de la cambuse, son gniard atroce, comme on

regarde la pieuvre dégueulasse, l'exorbitant monstre, à travers la vitre d'aquarium... L'énorme cauchemar d'un autre monde!... Elle pouvait pas en croire ses yeux... Vraiment elle y pouvait plus rien. C'était plus la peine d'essayer!... Elle renonçait, complètement battue!... Elle se laissait aller au chagrin... Elle sanglotait si violemment contre son buffet, elle cognait si fort de la tête... que la vaisselle se débinait, cascadant par terre... Lui, s'arrêtait pas pour si peu!... Il exploitait son avantage... Il renforçait sa position...

— Alors, Ferdinand! Hein? Tu vois? tu conçois peut-être?... T'arrives à te représenter l'intrépidité passionnelle?... Tu saisis? Ah! ma décision vient de loin... et sagement, nom de Dieu, mûrie... Des exemples? Des Émules? Nous en avons, Madame, combien? Mais des bottes! Et des plus illustres! Marc-Aurèle? Parfaitement! Que fait-il, lui, ce dabe? En des conjonctures fort semblables? Harassé! honni! traqué? Succombant presque sous le fatras des complots... les plus abjects... Les perfidies... les pires assassines!... Que faisait-il dans ces cas-là?... Il se retirait, Ferdinand!... Il abandonnait aux chacals les marches du Forum! Oui! C'est à la solitude! à l'exil! qu'il allait demander son baume! La nouvelle vaillance!... Oui!... Il s'interrogeait lui seul!... Nul autre!... Il ne recherchait point les suffrages des chiens enragés!... Non! Pffou!... Ah! l'effarante palinodie!... Et le pur Vergniaud? L'ineffable? A l'heure du carnage, quand les vautours se rassemblent sur le charnier? Que l'odeur en monte toute fadasse?... Que fait-il, lui, le pur des purs?... Le cerveau même de la sagesse?... En ces minutes saccagées où tout mensonge vaut une vie?... Va-t-il se reprendre en paroles? Renier? Mâcher l'immondice?... Non! Il gravit seul son calvaire!... Seul il domine!... Il se détache!... Il prélude seul au grand silence!... Il se tait! Voilà Ferdinand! Je me tais aussi, Nom de Dieu!...

Des Pereires, qui n'était pas tellement grand, il se redressait dans la piaule pour mieux m'exhorter... Mais il était coincé quand même entre le poêle et le gros buffet... Il avait pas beaucoup de place... Il nous regarde là tous les deux... Il nous regarde encore... Une idée lui germe!...

— Vous voulez pas, qu'il dit... sortir?... Faire un petit tour?... Je veux rester seul!... Rien qu'une minute!... Je veux arranger quelque chose!... De grâce! de grâce! une seconde!...

C'était salement saugrenu comme proposition, à l'heure qu'on était surtout! La daronne ainsi sur le seuil, toute ratatinée dans son châle, elle faisait vilain!

— Tu nous fous dehors alors?... Mais t'es devenu complètement bringue!

— Laissez-moi au moins dix minutes!... Je vous en demande pas davantage! C'est indispensable! Impérieux! Irrémissible! C'est un petit service!... Laissez-moi une seconde tranquille! Une seconde vraiment tout seul!... Vous voulez pas? C'est pas compliqué... Allez vous promener dans le jardin! Il fait bien meilleur que dedans!... Allez! Allez! Je vous ferai signe! Vous comprenez pas?...

Il insistait absolument. Il avait plus sa grande cave comme au « Génitron » pour réfléchir à sa guise!... Il avait que les trois petites pièces pour déambuler... Entêtés, butés, raisonneurs, je voyais qu'ils allaient se prendre aux tifs!... si je les emmenais pas, la daronne... C'était elle la plus râleuse... Je l'entraîne donc vers le couloir...

— On reviendra dans cinq minutes!... que je lui fais comme ça... Laissez-moi faire!... Laissez-le tranquille... Il est emmerdant... Vous, d'abord, il faut que je vous cause...

Elle a voulu reprendre sa lanterne... C'était pas un moment commode pour entreprendre des promenades!... Il faisait tout de même un peu frais! Je peux dire qu'elle était en rage... Elle en avait gros sur la pomme... Elle arrêtait plus de glapir.

— Il m'a fait ça, le pourceau! le satyre! la finie canaille! A moi, Ferdinand!... A moi!...

Elle s'agitait le long de la barrière... Elle trébuchait un petit peu en avant avec son lampion... Elle marmonnait toutes les injures... On est passés devant des châssis... Là, elle a voulu qu'on s'arrête... Tout en chialant, reniflant, il a fallu qu'elle me montre... qu'elle soulève les grands palans... que je voye bien les pousses... les petits brins... la fine nature du terreau...

« Tout ça, Ferdinand! Tout ça! vous m'entendez? C'est moi qui les ai plantés... Moi toute seule!... Ça, c'est pas lui! Ah! non! bien sûr! »... Il fallait que je regarde encore... Et les petits navets... Et les petites limaces!... La soucoupe pour le potiron... Elle soulevait tous les couvercles... tous les cadres... Et y en avait des chicorées!... On a fait le tour de chaque rectangle... A la fin, elle en pouvait plus... Elle me racontait, au fur et à mesure, combien elle avait du mal pendant les sécheresses! C'est elle qui pompait aussi, qui portait les brocs... de là-bas... du robinet... au bout des allées... Son chagrin lui coupait la chique... Elle s'est assise, elle s'est relevée... Il a fallu que j'aille me rendre compte du grand tonneau pour l'eau des pluies... qu'il était pas suffisant...

— Ah! C'est vrai!... qu'elle ressaute après ça... Vous connaissez pas son système!... Ah! C'est pourtant bien coquet! Sa belle invention?... Vous connaissez donc pas du tout?... Ça, pourtant, c'est une engeance! Ah! Il a jamais fait mieux! Et je me suis pourtant opposée! Ça vous pouvez croire! Ah! là! là! Ce que j'y ai pas dit! Comment que je me suis gendarmée!... Rien à faire! Absolument! Buté comme trente-six mille mules! Il m'a foutu sur la gueule! Mais, moi, je l'ai pas caressé! Ça vous pouvez croire! Et pour arriver à quoi? A ce qu'il me démolisse tout le bon côté de la palissade!... Et encore dix-huit rangs de carottes! Simplement dix-huit!... Vingt-quatre artichauts!... Pour trafiquer quoi? Un hangar!... Et faut voir dans quel état!... Un cochon retrouverait pas ses œufs!... Une vraie poubelle que je vous dis! Une fosse vidangère! Voilà ce qu'il m'a fait dans mon coin!...

On est partis de ce côté-là, elle me guidait avec sa lumière...

C'était une petite cahute en réalité... Comme renfermée sous la terre... presque complètement enfouie... juste le toit qui émergeait... Dedans j'ai biglé sous les bâches... tout des détritus!... rien que des instruments déglingués... Tout ça en complète valdraque... et puis une grosse dynamo,

complètement farcie, rouillée... un réservoir à l'envers... un
volant tordu... et puis un moteur d'un cylindre... C'était ça
l'invention de Courtial... J'étais un petit peu au courant...
Le « Générateur des Ondes »!... Ça devait faire pousser
les plantes... C'était une idée... Dans les séries du
« Génitron » nous possédions à ce propos un entier numéro
spécial sur « L'avenir de l'Agriculture par le Radiotellu-
risme»...Et puis encore trois manuels et toute une ribambelle
d'articles (avec quatre-vingts figures)... pour la manière de
s'en servir... Il avait au surplus donné deux conférences au
Perreux, une à Juvisy pour convaincre les petits produc-
teurs... Mais ça les avait pas secoués... Et pourtant, selon
des Pereires, à l'aide du « polarimètre », c'était qu'un jeu
de diriger sur les racines de tel légume ou de telle plante ces
faisceaux d'Induits Telluriques, hormis cela ridiculement
éparpillés, dispersés, complètement perdus pour tout le
monde!... « Je vous apporte, qu'il leur disait, mon arro-
sage sub-racinal, infiniment plus utile encore que n'importe
quelle flotte! L'averse électrique! La Providence du haricot! » Toujours d'après ses données, avec un peu d'appa-
reillage, c'était plus qu'une rigolade de faire gonfler un
salsifis au gabarit d'un gros navet... Toutes les gammes fé-
condes du magnétisme infraterrestre, à la disposition parfaite!... Croissance de tous les légumes selon les besoins de
chacun! En saison! Hors saison!... C'était beau quand
même!...

Tracassé, malheureusement, par tant de soucis journa-
liers, les anicroches continuelles, tous les pépins du « Génitron », il avait pas pu bien finir la mise au point du système...
Surtout ses condensateurs... Ils marchaient pas synchro-
niques... c'était une question de surveillance... Il pouvait
guère les faire tourner que deux ou trois heures le dimanche.
Comme ondes c'était insuffisant... Mais, pendant les jours
de la semaine, il avait d'autres chats à fouetter! Il avait
assez du cancan et des différents concours!... Elle y croyait
pas du tout, Madame des Pereires, à ce bastringue tellurique... « Je lui ai répété bien des fois... mais, que je serine,
que je chante, que je flûte! n'est-ce pas, c'est pareil au
même?... « Il marchera jamais ton bazar! C'est pas Dieu

493

Mort à crédit, t. II.   11

possible! Ça va être encore une sottise!... Tu vas défoncer la maison avec tes tranchées! C'est tout ce qu'on aura comme légumes! Les courants d'électricité? puisque c'est ça que tu veux avoir!... Ils restent pas dans la terre! Ils vont en l'air petit idiot!... C'est bien connu! A preuve les orages! Y a qu'à regarder sur les routes!... Ils dépenseraient pas tant d'argent pour mettre leurs fils téléphoniques! Et alors les paratonnerres? L'État est pas fou quand même! Si ils pouvaient s'épargner, eh bien! ils feraient pas tant de travaux!... » J'aurais dit n'importe quoi pour qu'il me défonce pas le potager!... « Tu déconnes! Tu déconnes! » Il me répond jamais que des injures aussitôt qu'il voit que j'ai raison!... Il s'obstine!... qu'il s'en ferait plutôt éclater!... Ah! je le connais moi le bonhomme!... Prétentieux? Orgueilleux? Lui? Un paon mais c'est rien!... Écoutant jamais que les bêtises!... Ah! c'est un joli cadeau! depuis vingt-huit ans que je l'endure! Ah! Je suis servie!... Toute la bile que je peux y mettre... et quand même ça sert de rien!... Il va nous vendre!... Il nous solde! Positivement!... Il vendrait sa chemise! Il vendrait la vôtre, Ferdinand! Il vend tout!... Quand la folie le prend de changer!... c'est plus un homme, c'est un vrai tambour de sottises! C'est les foires qui l'ont perdu! Plus il vieillit, plus il se dérange! Plus il se fêle!.. Moi je m'en aperçois! Je suis pas dupe! C'est un Infernal! Ferdinand!... C'est pas une maladie son cas! C'est une catastrophe! Mais moi je peux plus le suivre!... Plus du tout!... Je lui ai dit dans les débuts quand il a parlé de son système... « Tu t'occupes toujours de choses, Courtial! qui te regardent pas!... L'agriculture t'y connais rien!... Pas plus que sur les ascenseurs ou les fabriques de pianos!... Mais il veut toujours tout savoir! C'est son vice à lui, ça d'abord... Tout connaître! Foutre son nez dans toutes les fentes! C'est le « touche-à-tout » véritable! Sa perte, c'est la prétention!... Un jour, il revient, c'est la chimie!... Le lendemain, c'est les machines à coudre!... Après-demain, ce sera la betterave! Toujours quelque chose de plus neuf!... Bien sûr qu'il arrive à rien!... Son genre à lui, c'est les ballons! Moi je n'en ai jamais démordu! J'ai jamais arrêté de lui dire : « Courtial! ton sphérique! Courtial! ton sphérique! C'est la seule chose que tu saches faire! Ailleurs tu prendras que des gadins! C'est pas la peine que tu insistes! Ton blot, c'est les ascensions! Y a que ça qui pourra nous sortir! Si tu t'acharnes dans les autres trucs, tu te casseras la gueule! Nous finirons à Melun! On fera des fleurs en papier! » Je lui ai mille fois dit, prédit, ressassé! Mais va te faire coller, vieille tartine! Le ballon? Il voulait même plus que j'en cause tellement qu'il est enfoiré quand il a sa tête de cochon! On peut pas me dire le contraire! C'est moi qui supporte! Monsieur était « écrivain »... Je comprenais rien aux choses! Il est « savant », il est « apôtre »! Il est je sais quoi! Un vrai « Jean-Foutre » en personne!... Un vrai pillard! Polichinelle! Sale raclure!... Sauteur!... Un clochard, moi je vous le dis! Sans conscience ni maille! Une vraie cloche pleine de morbaques, voilà ce qu'il mérite! Et puis il l'aura! Voilà la vraie fin pour tout ça! Oui! Voilà comment qu'il est devenu!... Il foire partout! Il sait plus même où mettre la tête!... Il croit que je m'en rends pas compte!... Il a beau baver des heures! Moi, je m'étourdis pas! Je sais quand même à quoi m'en tenir!... Mais ça va pas se passer tout seul!... Ah! mais non! Faudrait pas qu'il se goure! Ah! minute! minute! Ah! mais je suis pas bonne!... »

Elle revenait à son idée fixe!... Elle a reparlé du « Zélé »... Des premiers temps de son mariage... Des sorties avec le sphérique... Déjà il était pas facile à gonfler à bloc... Ils avaient jamais assez de gaz... C'était une enveloppe fragile et pas très imperméable... Enfin quand même ils étaient jeunes et c'était la belle époque... Elle faisait les ascensions le dimanche avec des Pereires... Dans la semaine, elle était sage-femme... Elle posait aussi des ventouses, des scarifiées... les petits soins... Elle avait bien connu Pinard qu'avait accouché la Tzarine... A en parler elle s'excitait... c'était un accoucheur mondial... Moi je trouvais qu'il faisait frisquet entre les carrés potagers... C'était déjà tout bleuâtre le ciel et les alentours... Je grelottais en piétinant, en battant la semelle... On remontait la petite allée pour la centième fois!... On la redescendait encore... Elle me reparlait des hypothèques!... C'était de la meulière leur guitoune... Ça devait encore coûter pas mal!... Si je croyais que c'était exact qu'il avait vraiment tout soldé?... Moi je pouvais pas tout connaître... Il était secret et sournois! Moi je le connaissais même pas ce Monsieur Rambon!... Je l'avais jamais vu... Et le Crédit Lémenthal? Je savais pas non plus!... En somme je savais rien du tout!...

Comme ça, en regardant au loin, on commençait à deviner la forme des autres boîtes... Et puis après le grand terrain vague... les hautes cheminées... la fabrique d'Arcueil... celle qui sentait fort la cannelle par-dessus la vigne et l'étang. On voyait maintenant les villas tout alentour... et tous les calibres!... Les coloris peu à peu... comme une vraie bagarre... qu'elles s'attaqueraient dans les champs, en fantasia, toutes les mochetées!... Les rocailleuses, les raplaties, les arrogantes, les bancroches... Elles carambolent les mal finies!... les pâles! les minces! les fondantes... Celles qui vacillent après la charpente!... C'est un massacre en jaune, en brique, en mi-pisseux... Y en a pas une qui tient en l'air!... C'est tout du joujou dans la merde!...

Dans l'enclos, juste à côté, y avait un vrai petit monument, une église en réduction, en bois découpé, une espèce de Notre-Dame, une fantaisie d'ébéniste!... Dedans, il élevait des lapins...

Elle causait, jactait encore, elle m'expliquait tout, la daronne!... A la fin, elle l'avait sec... elle trouvait plus le fil de rien... elle en a eu marre... Ça faisait au moins deux bonnes heures complètes qu'on était dehors dans la bise!...

— Ça suffit! Il se fout de notre fiole... Il nous fait quand même assez chier avec ses grimaces!... Je vais le sortir aussi, moi, tiens... Je vais l'assaisonner ce sale voyou!... Venez par ici, Ferdinand! Par la porte de la cuisine! Il abuse ce sale pantin... Quand j'aurai une pleurésie!... Elle grimpe dare-dare jusqu'au perron... Au moment qu'elle ouvre la porte, le voilà juste le des Pereires, il débouche... il surgit de l'ombre... Il venait justement nous chercher... Il était drôlement attifé... Il s'était entièrement revêtu avec le grand tapis de table!... Il se l'était passé en pèlerine avec un trou pour la tête et refermé avec des « nourrices » et puis une grosse corde en ceinture... Il descend comme ça les cinq marches, il me saisit le bras au passage... Il a l'air absorbé à fond... tout pos-

sédé par quelque chose... Il m'entraîne au bout du jardin,
là-bas sur le dernier carré de châssis... Il se baisse, il arrache un radis, il me le montre, il me le met sous le pif...

— Tu vois?... qu'il me fait... Regarde-le bien!... Tu le
vois?... Tu vois sa grosseur?... Et ce poireau? Tu le vois aussi?
Et puis encore, dis, cet autre?...

Un drôle de légume d'ailleurs que je reconnais pas...

— Le vois-tu?...

— Oui! Oui! que je réponds.

— Viens alors par ici! Vite! Vite! Il me traîne vers
l'autre bout du jardin... Il s'incline, il se met à genoux, il
rampe, il passe le bras tout entier à travers la palissade... Il
souffle... Il trifouille chez le mec à côté... Il arrache encore
un radis... Il me le ramène... Il me le présente... Il veut que je
compare... Il triomphe!... Celui-là de chez le voisin, il est
vraiment tout petit... absolument minuscule... Il existe à
peine... Et pâle! il me les met tous les deux sous le nez... le
sien et le rabougri...

— Compare, Ferdinand! Compare!... Compare! Je ne
t'influence pas! Conclus par toi-même!... Je ne sais pas ce
qu'elle a pu te dire Madame des Pereires! mais regarde un
peu!... Examine! Soupèse!... Ne te laisse en rien troubler!...
Le gros : Le mien!... Avec tellurie! Regarde! Le sien! Sans
tellurie! Infime! Compare! Voilà! Je n'ajoute rien! Pourquoi te brouiller... Conclusions seulement!... Conclusions!...
Ce qu'on peut faire!... Ce qu'on doit faire!... « Avec »!... Et
moi je ne possède ici, notons-le très précisément, dans ce
champ extrêmement hostile par sa contexture, qu'un simple
auxiliaire tellurique!... Auxiliaire! Je te le répète!... Pas
le grand modèle « Tourbillon »!... Ajoutons bien entendu...
Conditions très essentielles! Toutes les racines doivent être
portantes! Ah! oui! portantes! Et sur terrain « ferro-cal-
cique!... » et si possible magnésie... Sans ça rien à faire!...
Juge donc par toi-même... Tu me comprends? Non?... Tu
ne comprends pas? Tu es comme elle!... Tu ne comprends
rien!... Mais oui! Mais oui! exactement! Des aveugles! Et
le gros radis cependant! Tu le vois tout de même? Là dans
ta paume? Et le petit, tu le vois bien aussi? Le chétif! l'infime!... Cet avorton de radis?... C'est pourtant bien simple

497

un radis?... Non, c'est pas simple? Tiens, tu me désarmes!... Et un radis très gros, Ferdinand?... Suppose un énorme radis!... Tiens, gros comme ta tête!... Suppose que je le gonfle ainsi, à coup de bouffées telluriques, moi! ce tout petit ridicule!... Alors? Hein? Comme un vrai ballon!... Ah? et que j'en fasse comme ça cent mille!... des radis! Toujours des radis! De plus en plus volumineux... Chaque année à volonté!...Cinq cent mille!... D'énormes radis! des poires!... Des vrais potirons de radis!... Ah! comme ils en auraient jamais vu!... Mais je supprime d'un seul coup tous les petits radis! J'épure le marché! Je truste! J'accapare! Finie! Impossible! Toute cette broutille végétale! Ces brimborions! Ce sale fretin potager. Terminées les bottes minuscules! Ces expéditions mineures!... Les conservations par miracle!... Gaspillages! mon ami! Désuétudes!... Coulages!... Honteux!... Je veux des radis immenses! Voilà la formule! L'avenir appartient au radis! Le mien!... Et qui m'empêchera?... La vente? Le monde entier!... Est-il nutritif mon radis! Phénoménal!... De la farine de radis cinquante pour cent plus riche que l'autre...«le pain radineux» pour la troupe!... Bien supérieur à tous les froments d'Australie!... J'ai les analyses!... Alors tu y penses? Ça s'éclaire? Ça ne te dit rien? A elle non plus!... Mais moi!... Si je m'adonne au radis... pour prendre le radis comme exemple! J'aurais pu choisir le navet!... Mais prenons le radis!... La surprise sera plus vive! Ah! Alors! Je m'en occupe!... A fond désormais!... A fond! tu m'entends... Tu vois d'ici?...

Il m'agrippe toujours, il m'entraîne vers la perspective... vers le côté Sud... De là, c'est exact... on aperçoit tout Paris!... C'est comme une bête immense la ville, c'est écrasé dans l'horizon... C'est noir, c'est gris... ça change... ça fume... ça fait un bruit triste, ça gronde tout doucement... ça fait comme une carapace... des crans, des trous, des épines qui raccrochent le ciel... Il s'en fout, des Pereires, il cause... Il interpelle le décor... Il se redresse contre la balustrade... Il fait la voix grave... Ça porte là-bas... ça s'amplifie au-dessus des carrières d'éboulements...

« Regarde, Ferdinand! Regarde!... » Je m'écarquille encore un coup... Je fais un effort suprême... Je suis vraiment bien fatigué... Je voudrais pas qu'il remette tout ça...

— Plus loin, Ferdinand! Plus loin!... La vois-tu à présent la ville? Au bout! Tu vois Paris? La capitale?...

— Oui! Oui!... Oui!... C'est bien exact!...

— Ils mangent, n'est-ce pas?...

— Oui, monsieur Courtial!...

— Tous les jours, n'est-ce pas?...

— Oui! Oui!... Oui!...

— Eh bien!... Écoute-moi encore!...

Silence... Il brasse l'air magnifiquement... Il se déploie... Il débride un peu sa houppelande... Il a des gestes pas ordinaires... Il va relancer des défis?... Il ricane d'avance... Il est sardonique... Il repousse... éloigne... une vision... un fantôme... Il se tapote le ciboulot... Ah! là oui! Bon Dieu! Par exemple! Il s'était trompé! Ah! mégarde! Et depuis longtemps! Ah! Erreur n'est pas compte!... Il m'interroge... Il m'interpelle!...

— Dis donc, ils mangent, Ferdinand!... Ils mangent! Oui voilà! Ils mangent!... Et moi, pauvre fou! Où étais-je?... O futile vaillance! Je suis puni! Touché!... Je saigne! C'est bien fait! Oublier? Moi?... Ah! Ah! Ah! Je vais les prendre pour ce qu'ils sont!... Où ils sont! Dans leur ventre, Ferdinand! Pas dans leur tête! Dans leur ventre! Des clients pour leurs ventres! Je m'adresse au ventre, Ferdinand!...

Il s'adresse à la ville aussi... Tout entière! Là-bas qui gronde dans la brume...

— Siffle! Siffle, ma garce! Râle! et Rugis! Grogne! je t'entends!... Des goinfres!... Des gouffres!... Ça va changer, Ferdinand!... Des goinfres! je te dis!...

Il se rassure. C'est la confiance! Il me sourit!... Il se sourit...

— Ah! C'est bien fini! Ça je te jure!... Ah ça! tu peux me croire! Tu peux servir de témoin! Tu peux le dire à la patronne! Ah! La pauvre choute! Ah! C'est terminé nos misères! Ah! J'ai compris! C'est entendu! L'esprit souffre!.. On le bafoue! On me pourchasse! On me glaviote! En plein Paris! Bien! Bon! Soit! Qu'ils aillent tous se faire pustuler!... Que la lèpre les dissèque! Qu'ils fricassent en cent mille cuves remplies de morves et cancrelats! J'irai les

499

touiller moi-même! Qu'ils macèrent! Qu'ils tourbillonnent sous les gangrènes! C'est pain bénit pour ces purulents! S'ils veulent m'avoir, je n'y suis plus!... Assez par l'esprit! Funérailles!... Aux tripes, Ferdinand!... Aux ferments coliques! Ouah! A la bouse! Oh! patauger! Pouh! Mais c'est la noce! Défi? Me voici! De quelles semences je me chauffe? Courtial! Lauréat du Prix Popincourt! Nicham et tous autres! mille sept cent vingt-deux ascensions!... De radis! Par les radis! Oui! Je te montrerai! Toi aussi tu me verras! O Zénith! O mon Irène! O ma terrible jalouse!... Pas une heure à perdre!... Il examinait un peu.

— Dans ces graviers d'alluvions... Ce terreau sableux? Jamais! Ici! Pouah! Mes preuves sont faites! Petite culture! Ça suffit!... Pas de temps à perdre! Il repiquait en ricanements à la simple supposition!... C'était trop drôle!...

« Oh! là! là! Otez-moi tout ça!... » Il balayait la pauvre cambuse...

— A la campagne! Ah! là! Oui! A la campagne? Ah! Là j'en suis! L'espace? La forêt?... Présent!... Des élevages?... Mamelles! Foin! Volailles! Soit!... Et tu peux me croire, du radis!... Regarde-moi bien!... Et alors avec toutes les ondes!... Toutes tu m'entends!... Des vraies ondes!... Tu verras tout ça, Ferdinand! Tout! Toute la sauce!... des orgies d'ondes!...

La daronne elle tenait plus debout sur ses pattes. Elle s'était arc-boutée contre la palissade... Elle ronflait un peu... Je l'ai secouée pour qu'elle rentre aussi...

« Je vais vous faire un peu de café!... Je crois qu'il en reste!... » Voilà ce qu'elle a dit... mais on a eu beau chercher... il avait tout bu la vache!... Et puis tout bouffé les restants... Y avait plus rien dans le placard... Pas une miette de pain! Un camembert presque entier! Et pendant qu'on crevait nous autres!... Même le fond des haricots, il l'avait fini!... Merde! Là du coup je l'avais mauvaise!...

On a gueulé pour qu'il rentre... « Je vais au télégraphe! qu'il répondait de loin... Je vais au télégraphe!... » Il était déjà sur la route... Il était pas fou.

Toute la journée on a pioncé... C'est le lendemain qu'on devait déguerpir!... C'était absolument exact qu'il avait soldé la bicoque! et en plus une partie des meubles... Tout ça dans le même prix... L'entrepreneur qui la rachetait il avait versé par surcroît une petite avance pour qu'on se barre plus vite... Il fallait voir sa pétoche qu'on la lui détruise sa cambuse avant de s'en aller!..

Le jour même, ce midi-là, pendant qu'on bouffait, il faisait les cent pas devant notre grille. On voulait pas le laisser rentrer. On l'avait déjà viré à plusieurs reprises... Il devait nous laisser finir... Merde! Il tenait plus en place, cet affreux! Il était terrible à regarder... Il était tellement excédé qu'il attrapait tout son galure, il croquait les rebords... Il les arrachait... Il repartait en bagotte, les mains crispées derrière son dos... Voûté, sourcilleux. Il allait, venait, comme bête en cage! Et c'est lui pourtant qu'était sur la route! La route est large!... En plus, toutes les cinq minutes, il nous criait un bon coup à travers la porte : « Esquintez surtout pas mes gogs! J'ai vu la cuvette! Elle était intacte! Faites attention à mon évier! Ça coûte deux cents francs pour un neuf!... »

Un moment, il en pouvait plus!... Il entrait quand même dans le jardin. Il faisait trois pas dans l'allée... On descendait tous au pas de charge... On le refoulait encore dehors... Il avait pas le droit! Courtial en était outré de ce culot monstre!...

« Vous ne prendrez possession qu'à six heures du soir! Au crépuscule! cher Monsieur, au crépuscule!... Ce fut nettement spécifié dans nos conditions... » Y avait de quoi perdre toute mesure!...

L'autre il retournait en faction. Il ronchonnait de plus en plus. Au point qu'on a fermé la fenêtre pour pouvoir mieux discuter de nos affaires entre nous... Comment qu'on allait se trisser?... De quel côté? plutôt qu'un autre? Combien il restait comme pognon? Celui à Courtial? et le mien?...

501

Des Pereires, avec son plan d'agriculture, sa mécanique radio-terrestre, ça devait nous coûter des sommes folles! Il jurait que ça serait pas très cher... Enfin, c'était une aventure... Il fallait qu'on le croie sur parole... Il avait déjà un endroit pour cette tentative... A la lisière de Seine-et-Oise... Un petit peu vers le Beauvaisis... Une occasion admirable. D'après lui toujours... une ferme qu'on nous laisserait pour rien... D'ailleurs, c'était presque entendu avec son agence... Le voyou, il nous enveloppait! On était fait dans son business!... Il avait télégraphié... Il nous a sorti une annonce, d'une feuille « l'Écho du Terroir ». Il se régalait de voir notre tronche en écoutant ça... La grosse mignonne et moi-même on faisait pas beau... « Terrain de plusieurs tenants, exposé au Sud. Culture maraîchère préférable mais non imposée... Bâtiments parfait entretien... etc... »

— Du cran! Du cran! Palsambleu! Qu'est-ce que vous vouliez que je découvre? Un chalet au Bois de Boulogne?... à Bagatelle?... Il fallait me prévenir!... C'était pourtant un chopin! A la page des « Propriétés »... Il se régalait des perspectives... Il savait lire entre les lignes... C'était maintenant ou jamais!...

Notre acquéreur du pavillon, à mesure qu'on déjeunait, il augmentait son raffut, crispé sur la grille... Il nous faisait vraiment pitié avec ses yeux hors de la tête... Ils lui retombaient sur les joues. Il avait tellement hurlé qu'il pouvait plus refermer la bouche... Il lui venait maintenant plein de bulles... Il tiendrait pas jusqu'à six heures!... C'était atroce sa convoitise!... « Pitié! Pitié! » qu'il suppliait...

Il a fallu que Courtial précipite un peu le fromage, qu'il fasse un saut au télégraphe pour confirmer son « option ». On a laissé rentrer le client. Il léchait les marches du perron, le malheureux, de reconnaissance!...

Avec Madame des Pereires, on s'est mis nous deux aux bagages... Au rassemblement de toutes les nippes, des casseroles et des matelas... Tout ce qui n'était pas vendu!... Ce qu'on emportait dans l'aventure!... En plus, moi, je devais encore, à la faveur des ténèbres, pousser une

reconnaissance jusqu'aux Arcades Montpensier... Je
devais me rendre compte là-bas, sur place, si vraiment
je pouvais rien sauver?... Si je trouverais pas un moyen de
repêcher notre « Polycopie » la si neuve machine, notre
fierté! si belle, si indispensable... Et le petit fourneau « Mir-
midor »? qui marchait à l'huile?... et peut-être aussi en
même temps trois ou quatre « grosses » de vieilles brochures?... Surtout les cosmogonies qu'étaient sur « Alfa »!
auxquelles il tenait tant Courtial... Ils avaient peut-être
pas eu, les brutes, l'occasion, le temps, de tout détruire?
De tout foutre en bombe?... Peut-être qu'il en restait
un peu sous les détritus?... Et l'altimètre miniature?...
Un cadeau de l'Amérique du Sud!... Courtial en aurait
du chagrin qu'il soye pas sauvé du sinistre!... Enfin! Je
ferais la tentative!... C'était entendu comme ça!... Seulement, ce qu'était beaucoup moins drôle, c'est qu'elle
prétendait venir aussi!... Elle avait pas tellement confiance!
Elle voulait se rendre compte par elle-même!... Question
de récupérer, elle voulait pas me laisser tout seul!... « J'i-
rai avec vous, Ferdinand! J'irai avec vous!... » Elle avait
pas vu tout le désastre de ses propres yeux!... Elle conser-
vait quelques espoirs!... Elle croyait peut-être qu'on la
charriait...

Courtial est revenu de la Poste. On est passés dans
la chambre avec Madame des Pereires pour vider les derniers placards... Lui c'était bien à son tour à se débattre
avec l'autre enflure... qu'arrêtait pas de protester qu'on
violait les conditions!... Il a fallu qu'on se bute presque
pour pouvoir reprendre nos fringues et quelques serviettes
en plus... Ça lui avait redonné du sang d'être rentré en
possession. On l'a refoutu encore dehors, pour lui apprendre
les bonnes manières! Il s'est mis alors, cet affreux, à tirer
tellement sur les barres, qu'il a retourné toute la grille...
Il s'est coincé dedans... Il était pris comme un rat!...
Jamais j'avais vu chez un homme des contorsions aussi
atroces! C'était un acquéreur terrible!... Il s'est même
pas aperçu, tellement il était disloqué, qu'on se débinait
la vieille et moi... On a pris un train omnibus...

En arrivant à Paris, il était déjà fort tard... On s'est

dépêchés... Dans les Galeries du Palais nous n'avons rencontré personne... Toutes les boutiques des voisins elles étaient bouclées... La nôtre c'était plus qu'un trou... une béance énorme... Un gouffre avec des grandes poutres branlantes au travers... La vieille alors elle se rendait compte que c'était une vraie catastrophe!... Qu'il restait rien du « Génitron »! Que c'était pas une rigolade!... Rien plus qu'un sale fatras infect... En se penchant tout au-dessus du trou, on gafait bien les détritus... On arrivait même à reconnaître des grands morceaux de notre Alcazar!... Le Coin du Commanditaire!... en dessous de l'énorme avalanche, du torrent des cartonneries, des ordures!... Et puis aussi y avait la cloche, la monstrueuse! La catapulte! Elle avait sombré tout de traviole... entre la charpente et la cave... Elle bouchait même toute la crevasse!... La mère Courtial en regardant ça elle a voulu tâter quand même, descendre par en dessous... Elle était bien convaincue qu'elle trouverait quelque chose à sauver... Je l'ai bien prévenue ce qu'elle risquait comme ça... en touchant... de faire chavirer tout le décombre!... que le tout lui écrase la gueule!... Elle a insisté... Elle s'est lancée en équilibre sur la solive en suspens... Je lui tenais, moi, la main... d'en haut... Je bandais que d'une de la voir branler au-dessus du gouffre... Elle avait tout ficelé ses jupes, retroussées autour de la taille. Elle a biglé un interstice entre la muraille et la cloche... Elle s'est faufilée toute seule... Elle a disparu dans le noir... Je l'entendais qui farfouillait dans tout le fond de l'abîme... Je l'ai rappelée alors... j'avais trop la trouille... Ça faisait de l'écho comme dans une grotte... Elle me répondait plus... Au bout peut-être d'une demi-heure, elle s'est remontée à l'orifice... C'est elle qui m'appelait à son aide... Je l'ai rattrapée heureusement par les anses de son caraco... Je l'ai hissée de toutes mes forces... Elle a émergé en surface. Elle était tout enlisée dans un bloc d'ordures... C'était plus qu'un paquet énorme... J'ai tout soúqué sur le rebord... C'était extrêmement pénible!... Y avait une dure résistance... Je voyais bien qu'elle tirait quelque chose encore en plus derrière elle... Tout un grand lambeau de ballon!... Tout un empiècement de « l'Archimède... »!¹ Une très grande largeur! Le palan rouge « des déchirures »... Je le connaissais bien ce débris-là... C'est moi-même qui l'avais planqué entre le compteur et le soupirail. Elle avait l'excellente mémoire!... Elle était joliment heureuse...

— Ça nous servira, tu sais! qu'elle me faisait guillerette... Ça, c'est du vrai caoutchouc! du vrai! pas du flan!... T'as pas idée comme c'est solide...

— Mais oui! Mais oui!... Je le savais bien, je l'avais assez dépiauté pour faire des raccords dans la peau du nôtre... En tout cas, ça pesait lourd et c'était volumineux... Même replié au plus menu, ça faisait quand même un vrai paquesson... haut et presque lourd comme un homme... Elle a pas voulu le laisser là... Elle a voulu le prendre à toute force...

— Enfin, pressons-nous... que je lui dis... Elle était costaud, elle se l'est arrimé sur l'échine. Elle bagottait avec ça... Je l'ai raccompagnée dare-dare jusqu'à la rue Radziwill... A ce moment-là, je lui ai dit :

— Allez devant toujours, Madame, mais maintenant vous pressez plus! Allez tout doucement!... Arrêtez-vous tous les coins de rue. Faites bien attention aux voitures! Vous avez tout le temps devant vous! Je vous suis!... Je vous rejoindrai rue Lafayette! Il faut que je passe par les « Émeutes... »! C'est pas la peine qu'ils vous voient... J'ai laissé une clef au garçon!... La clef du grenier!... Je veux remonter encore un coup...

C'était qu'un prétexte pour revenir un peu sur mes pas. Je voulais regarder sous les arcades si je trouverais pas la Violette... Elle se tenait plutôt à présent vers la Galerie Coloniale... plus loin que la Balance... De longue distance, elle me bigle!... Elle me fait : « Yop! Yop!... » Elle radine... Elle m'avait vu avec la vieille... Elle avait pas osé se montrer... Alors, là, on cause franchement et elle me raconte tous les détails... Comment ça s'était passé depuis notre départ... Depuis l'instant de la catastrophe... Quelle salade! Ça n'avait pas cessé de barder une seule brève minute!... Même aux femmes que la police avait posé mille questions!... Des véritables baratins à propos de nos

habitudes!... Si l'on vendait pas de la « came »? Si on se
faisait pas miser?... Si on tenait pas des « paris »? Des
images salopes? Si on recevait des étrangers? Si on avait
des revolvers? Si on recevait des anarchistes?... Les mômes
elles s'étaient affolées... Elles osaient même plus revenir
devant nos décombres!... Elles tapinaient à présent dans
les autres Galeries... Et puis alors une pétoche noire qu'on
leur ôte leur carte!... C'était pour elles les conséquences!...
Tout le monde se plaignait... Tous les commerçants limi-
trophes ils étaient à la caille aussi... Ils se trouvaient montés
contre nous que c'était à peine croyable... Soufflés à bloc,
paraît-il... comme indignation... comme fureur! Une péti-
tion qu'était partie au Préfet de la Seine. Qu'on nettoye
le Palais-Royal!... Que ça soye plus un lieu de débauche!
Qu'ils faisaient déjà pas leurs affaires! Ils voulaient pas
encore en plus être corrompus par nous, fumiers phénomènes!... Violette, elle qui me blairait bien, son désir,
c'était que je reste... Seulement elle était persuadée que,
si on revenait sur les lieux, ça allait faire un foin atroce
et qu'on nous embarquerait d'autor... C'était dans la
fouille! Il fallait plus qu'on insiste!... Démarrer!... qu'on
nous revoye plus!... Il fallait pas jouer du malheur!...
C'était bien aussi mon avis!... Barrer, voilà tout! Mais
moi, qu'est-ce que j'allais faire? Travailler comment?
Ça la souciait un petit peu... Je pouvais pas beaucoup
lui dire!... Je le savais pas très bien moi-même... Ça serait
pour sûr à la campagne... Alors, tout de suite, elle a trouvé,
en entendant ces mots-là, qu'elle pourrait sûrement venir
me voir... surtout si elle retombait malade!... Ça lui
arrivait de temps à autre! A chaque coup, il fallait qu'elle
parte au moins deux à trois semaines, non seulement
pour sa maladie, mais aussi pour ses poumons... Elle
avait craché du sang... A la campagne, elle toussait plus...
C'était absolument souverain... Elle prenait un kilo par
jour... Ainsi fut-il entendu... bien conclu entre nous deux...
Mais c'est moi qui devais lui écrire, le premier, à la poste
restante... Les circonstances m'ont empêché... On a eu
des telles anicroches... que j'ai pas pu tenir ma parole...
Je remettais toujours ma lettre à la semaine suivante...

C'est seulement des années plus tard que je suis repassé par le Palais... C'était alors pendant la guerre... Je l'ai pas retrouvée avec les autres... J'ai bien demandé à toutes les femmes... Son nom même, Violette... leur disait plus rien... Personne se souvenait... Toutes, elles étaient des nouvelles...

C'est donc en courant qu'on s'est quittés cette nuit-là. C'est bien le cas de le dire... Il fallait que je me décarcasse!... Je voulais faire un saut encore jusqu'au Passage Bérésina, pour avertir un peu mes dabes que je me barrais en Province avec les Pereires... qu'ils se mettent pas à faire les chnoques... à me faire pister par les bourriques...

Ma mère, quand je suis arrivé, elle était encore en bas, dans son magasin, à rafistoler ses camelotes, elle revenait de porter son choix, du côté des Ternes... Mon père il est descendu... Il nous entendait causer... Je l'avais pas revu depuis deux ans. Le gaz que ça vous fait déjà des têtes absolument livides, alors lui, du coup comme pâleur, c'était effroyable!... A cause peut-être de la surprise, il s'est mis à bégayer tellement qu'il a fallu qu'il se taise... Il pouvait plus dire un seul mot!... Il comprenait pas non plus... ce que je m'évertuais à expliquer. Que je m'en allais à la campagne... C'est pas qu'il faisait de la résistance... Non!... Ils voulaient bien n'importe quoi! Pourvu que je retombe pas « fleur »... à leur charge encore un coup!... Que je me débrouille ici! ailleurs! n'importe comment! Ils s'en foutaient!... dans l'Ile-de-France ou au Congo... Ça les gênait pas du tout!

Il faisait perdu, mon papa, dans ses vieux vêtements! Ses falzars surtout y tenaient plus à rien!... Il avait tellement maigri, ratatiné de toute la tronche, que la coiffe de sa grande casquette, elle lui voguait sur le cassis... elle se barrait à travers les yeux... Il me regardait par en dessous... Il saisissait pas le sens des phrases... J'avais beau lui répéter que je croyais avoir un avenir dans l'agriculture... « Ah! Ah! » qu'il me répondait... Il était même pas surpris!...

— J'ai eu, dis donc... dis-moi, Clémence?... bien mal à la tête... Cet après-midi... Et pourtant c'est drôle... il a pas fait chaud?...

507

Ça le laissait encore tout rêveur... Il pensait qu'à ses malaises... Il pouvait plus s'intéresser que je reste ou que je m'en aille!... par-là ou par-ci! Il se morfondait suffisamment... surtout depuis son grave échec à la « Connivence Incendie »... Il pouvait plus s'interrompre de ruminations... C'était un coup effroyable... Au Bureau à la « Coccinelle », il continuait à souffrir... Ça n'arrêtait plus du tout les meurtrissures d'amour-propre!... Autant comme autant! Il subissait des telles misères que pendant certaines semaines il se rasait même plus du tout... Il était trop ébranlé... Il refusait de changer de chemise...

Au moment où j'arrivais, ils avaient pas encore becqueté... Elle m'a expliqué les temps difficiles, les aléas du magasin... Elle mettait le couvert. Elle boitait un peu différent, peut-être plutôt un peu moins... Elle souffrait quand même beaucoup, mais surtout maintenant de sa jambe gauche. Elle arrêtait plus de renifler, de faire des bruits avec sa bouche... dès le moment qu'elle s'asseyait pour bercer un peu sa douleur... Il rentrait, lui, juste de ses courses, de faire quelques livraisons... Il était très affaibli. Il transpirait de plus en plus... Il s'est aussi installé... Il parlait plus, il rotait plus... Il mangeait seulement avec une extrême lenteur... C'était des poireaux... De temps à autre, par sursaut, il revenait un peu à la vie... Deux fois seulement, à vrai dire, pendant que j'étais là... Ça lui venait en rónchonnements... des insultes dans le fond de son assiette, toutes rauques... toutes sourdes... : « Nom de Dieu! Nom de Dieu de merde!... » Il recommençait à groumer... Il se soulevait... Il quittait la table, il partait comme ça vacillant!... jusque devant la petite cloison qui séparait de la cuisine... celle qu'était mince comme une pelure!... Il tapait dessus deux, trois coups... Il en pouvait plus... Il se ramassait à reculons... Il se tassait sur son escabeau... les yeux plongeant vers le dallage... bas sous lui... les bras ballants... Ma mère lui remettait sa casquette en douceur... tout à fait droite... Elle me faisait des signes pour pas que je le regarde... Elle avait maintenant l'habitude. D'ailleurs, ça pouvait plus le gêner... Il se rendait même plus bien compte... Il était bien trop renfermé dans ses malheurs de bureau... Ça lui accaparait la bouille... Depuis deux, trois mois, il ne dormait plus qu'une heure de nuit... Il en avait la tête ficelée par toute l'inquiétude... comme un seul paquet... le reste le concernait plus... Même les choses de leur commerce, il s'en foutait à présent... Il voulait plus qu'on lui en cause... Ma mère ça l'arrangeait bien... Je savais plus vraiment quoi dire... Je me tenais comme un panaris, j'osais plus bouger! J'ai essayé un peu quand même de raconter mes propres histoires... Les petites aventures... Pas toute la réalité!... des choses seulement pour les distraire, des petites balivernes innocentes pour faire passer l'embarras!... Alors, ils m'ont fait une gueule! Rien qu'à m'entendre badiner!... Ça donnait juste l'effet contraire!... Ah! merde! Moi j'en avais tringle!... Je fumais alors moi aussi!... Moi aussi merde à la fin!... J'avais bien toute la caille au cul! Moi aussi, j'étais bien sonné! autant comme autant!... Je venais pas leur quémander! Ni flouze! ni pitance!... Je leur demandais rien du tout!... Seulement je voulais pas m'enfoirer avec des soupirs à la con!... Parce que je pleurais pas dans les tasses!... que je broutais pas dans leurs chagrins... Je venais pas pour être consolé!... Ni pour jérémiader en somme... Je venais simplement dire « au revoir »... Merde! Un point, c'est tout!... Ils auraient pu être contents...

A un moment, j'ai dit comme ça, en manière de plaisanterie :

— Je vous enverrai de la campagne des graines de volubilis!... Ça poussera bien au troisième!... ça grimpera sur le vitrage!...

Je disais ce que je trouvais un petit peu...

— Ah! On voit bien que c'est pas toi qui te démènes! qui t'échines ici! Qui te décarcasses en dix-huit! pour faire face aux obligations! Ah! c'est joli l'insouciance...

Ah! merde! y en avait que pour eux des détresses, des marasmes, des épreuves horribles. Les miens ils existaient pas en comparaison! C'était que seulement par ma faute, si je me mettais dans la pétouille!... toujours d'après eux, les vaches... C'était une putaine astuce! Merde et contre-merde! Le culot! La grande vergogne! Tandis qu'eux,

ils étaient victimes!... Innocents! toujours Martyrs! Il
fallait pas comparer!... Il fallait pas que je me trompe avec
ma fameuse jeunesse!... Et que je me fourvoye à perpète!...
C'est moi qui devais écouter! C'est moi qui devais prendre
la graine!... Toujours... Gomme! Et Ratagomme! C'était
entendu!... Rien qu'à m'observer, comme ça, à table,
devant les fayots (après c'était du gruyère), tout le passé
revenait devant maman... Elle avait du mal à retenir ses
larmes, sa voix chevrotait... Et puis elle aimait mieux se
taire!... C'était du vrai sacrifice... J'aurais bien demandé
pardon, pour toutes mes fautes, mes caprices, mes indi-
cibles dévergondages, mes forfaits calamiteux!... Si y avait
eu que ça pour la remettre!... Si c'était seulement la cause
qu'elle se refoutait à gémir!... Si c'était seulement la raison
qui lui fendait le cœur!... Je lui aurais bien demandé pardon!
Et puis je me serais barré tout de suite!... J'aurais bien,
pour en finir, avoué que j'avais une veine inouïe! Une
chance pas croyable! que j'étais un gâté terrible!... Que
je passais mon temps à me marrer!... Bon! J'aurais dit
n'importe quoi pour qu'on en termine... Je regardais déjà
la porte... Mais elle me faisait signe de rester... C'est lui
qu'est monté dans sa chambre... Il se sentait pas bien du
tout... Il se raccrochait après la rampe... Il a mis au moins
cinq minutes pour arriver jusqu'au troisième... Et puis
une fois comme ça seuls, elle a repiqué de plus belle aux
condoléances... Elle m'a donné tous les détails... Comment
qu'elle s'y prenait maintenant pour joindre les deux bouts!...
Son nouveau condé... Qu'elle sortait tous les matins, pour
une maison de passementeries... qu'elle s'était fait depuis
trois mois, presque deux cents francs de commission...
L'après-midi, elle se soignait; elle restait au magasin avec
sa jambe sur une chaise... Elle voulait plus voir le Capron...
Il parlait que d'immobilité!... Il fallait pourtant qu'elle
remue!... C'était sa seule raison d'être... Elle aimait mieux
se traiter toute seule avec la méthode Raspail... Elle avait
acheté son livre... Elle connaissait toutes les tisanes... tous
les mélanges... les infusions... Et puis une huile de réséda
pour se masser la jambe le soir... Il lui venait quand même
des furoncles, mais ils étaient supportables comme douleur

et comme gonflement. Ils crevaient presque tout de suite.
Elle pouvait marcher avec... C'était le principal!... Elle
m'a fait voir toute sa jambe... La chair était toute plissée
comme enroulée sur un bâton, à partir du genou... et jaune..
avec des grosses croûtes et puis des places où ça suintait...
« C'est plus rien aussitôt que ça rend!... Tout de suite ça
soulage, ça va mieux... mais c'est avant que c'est terrible,
tant que c'est encore tout violet! que ça reste fermé!...
Heureusement que j'ai mon cataplasme!... Sans ça, je sais
pas ce que je pourrais faire!... Ça m'aide, tu n'as pas une
idée!... Autrement je serais une infirme! »... Et puis elle
m'a reparlé d'Auguste... de la façon qu'il se minait lui...
qu'il commandait plus ses nerfs... de toutes ses terreurs
nocturnes... Sa peur de la révocation... c'était la plus terrible
de toutes... ça le réveillait en panique... Il se redressait
d'un bond sur le lit... « Au secours! Au secours! » qu'il
hurlait... et la dernière fois si intense, que tous les gens
du Passage avaient sursauté... Ils avaient bien cru un
moment que c'était encore une bataille!... Que j'étais
revenu l'étrangler! Ils rappliquaient tous au galop! Papa
une fois dans ses transes il se connaissait plus... C'était
la croix et la bannière pour qu'il se renfonce dans son
plume... Ils avaient dû lui appliquer pendant plusieurs
heures ensuite des serviettes glacées sur la tête... Depuis
le temps qu'elles duraient ces crises... toujours un peu
plus épuisantes... C'était un tourment infernal!... Il sortait
plus du cauchemar... Il savait plus ce qu'il racontait...
Il reconnaissait plus les personnes... Il se trompait entre
les voisins... Il avait très peur des voitures... Souvent le
matin alors comme ça quand il avait pas fermé l'œil c'est
elle qui le reconduisait jusqu'à la porte des Assurances...
au 34 de la rue de Trévise... Mais là c'était pas terminé...
Il fallait encore qu'elle entre pour demander au concierge
si il avait pas du nouveau? Si il avait rien appris?... à propos
de mon père... Si il était pas révoqué?... Il distinguait plus
du tout le vrai de l'imaginatif... Sans elle absolument
certain!... jamais qu'il y serait retourné!... Mais alors il
serait devenu dingue... parfaitement louf de désespoir.
Ça faisait pas l'ombre d'un petit doute... C'était un ter-

rible équilibre pour qu'il sombre pas complètement... C'est elle qui faisait toute la voltige... Y avait pas un moment à perdre pour lui remonter sa pendule... Et puis pour la croûte au surplus ça venait pas tout seul!... il fallait encore qu'elle taille... pour ses passementeries... à travers Paris... piquer du client dare-dare... Elle trouvait encore moyen d'ouvrir quand même notre boutique... quelques heures l'après-midi... Que ça végète au Passage, mais que ça chavire pas complètement!... Et la nuit était à refaire! Pour qu'il lui vienne pas plus d'angoisses, que ses terreurs augmentent pas... elle disposait sur une table, dans le milieu de la chambre, une petite lampe en veilleuse. Et puis encore au surplus, pour qu'il puisse peut-être s'endormir un petit peu plus vite elle lui bouchait les deux oreilles avec des petits tampons d'ouate imbibés dans la vaseline... Il sursautait au moindre bruit... Dès qu'on bagottait dans le Passage... Et ça commençait de très bonne heure avec le laitier... Ça résonnait énormément à cause du vitrage... Comme ça avec des tampons c'était quand même un petit peu mieux... Il le disait lui-même...

Ma mère elle éprouvait bien sûr, on peut bien facilement se rendre compte, tout un surcroît de fatigue énorme d'être obligée de le soutenir constamment mon père jour et nuit... Sans cesse sur la brèche... A lui remonter son moral... à le défendre contre les obsessions! Eh bien! elle se plaignait pas trop! Si j'avais pas fait, moi, ma vache! que j'aie pris l'air de me repentir!... De me rendre bien compte de tous mes vices... de ma charogne ingratitude... ça lui aurait versé du baume... Ça c'était visible!... Elle se serait comme tranquillisée... Elle se serait dit : «Tiens! mon fifi, il te reste quand même quelques petites chances... Tout espoir n'est pas perdu!... Son cœur est pas tout en pierre! Il est pas si dénaturé, absolument irrémédiable!... Il pourra peut-être s'en sortir... » C'était une lueur dans sa détresse... Une consolation adorable... Mais j'étais pas bon du tout... J'aurais eu bel et beau faire, ça me serait pas sorti du trognon... J'aurais jamais pu... Sûr que j'avais du chagrin... Sûr que je la trouvais bien malheureuse! C'était au fait bien véritable! Mais j'avais pas du chagrin pour aller le baver devant personne! Et surtout pas devant elle!... Et puis quand même alors... tout de même... Quand j'étais petit dans leur tôle... que je comprenais rien à rien... Qui c'est qui prenait sur la gueule? C'était pas alors elle seulement!.. Moi aussi!... Moi toujours!... Et qu'elle m'en remettait largement... J'ai dégusté moi la pâtée!... la jeunesse! La merde!... Toujours qu'elle s'était bien dévouée, sacrifiée faut dire... Bon! Ça va!... Ça me faisait infect de repenser à tout ça, là, si fortement... Et merde! C'était de sa faute aussi! J'y repensais jamais moi tout seul!... Ça me faisais encore plus sinistre... que tout le reste des infections... C'était pas du tout la peine que j'essaye de lui dire quelque chose!... Elle me regardait toute navrée, comme si je venais moi de la battre! Il fallait mieux que je me trisse!... On allait encore s'agonir... Je la laissais pourtant bien se répandre... J'ouvrais pas la bouche... Elle pouvait y aller, c'était libre!... Elle s'en est payée une bonne tranche... Elle m'en a filé des conseils!... Toutes les excellentes paroles, je les ai encore entendues!... Tout ce qu'était indispensable pour me relever ma morale!... Pour que je cède plus à mes instincts! pour imiter, bien profiter des bons exemples!... Elle voyait que je me retenais, que je voulais pas lui répondre... Alors elle a changé de méthode... Elle a eu peur de m'agacer, elle m'a fait ça aux gâteries... Elle a été dans le buffet, me chercher un flacon de sirop... C'était pour moi, pour emporter à la campagne... puisque j'y allais... Et puis encore une autre bouteille d'un élixir fortifiant... Il a fallu qu'elle insiste sur ma terrible habitude de manger beaucoup trop vite!... que je me détruirais l'estomac... Et puis enfin, elle m'a demandé si j'avais pas besoin d'argent... pour mon voyage ou autre chose? « Non! Non! que j'ai répondu... Nous avons tout ce qu'il nous faut!... » Je lui ai même montré le capital... Je l'avais tout en billets de cent francs... Alors?... Pour conclure, j'ai promis d'écrire, de les tenir bien au courant... de la façon que ça tournerait notre exploitation... Elle comprenait rien dans des mots pareils... C'était un monde inconnu... Elle faisait confiance à mon patron!... J'étais tout près de l'escalier, je me levais, je reficelais mon balluchon...

— Peut-être, qu'il vaut mieux malgré tout qu'on le réveille pas maintenant ton père?... Hein?... Qu'est-ce que tu penses?... Il dort peut-être... Tu ne crois pas?... Tu as vu... comme ça le retourne la moindre émotion?... De te voir t'en aller, j'ai une peur encore que ça le bouleverse!... Tu crois pas que c'est plus prudent?... Vois-tu qu'il me refasse un accès! Comme il m'a fait y a trois semaines!... Je pourrais plus jamais le rendormir!... Je sais pas ce que je ferais pour éviter!... C'était bien aussi mon avis... Je trouvais ça des plus raisonnables... de me tirer tout à fait en douce... de profiter du courant d'air... On s'est chuchoté des « au-revoir »... Elle me rencardait encore un peu à propos de mon linge... J'ai pas écouté la suite... J'ai filoché dans le Passage... et puis dans la rue au pas de course... Je poulopais sec... J'avais du retard! même beaucoup!... Il était juste minuit au cadran doré du « Lyonnais »... Courtial et sa grande mignonne ils m'attendaient depuis deux bonnes heures devant l'église Saint-Vincent-de-Paul... avec leur voiture à bras!... J'ai grimpé toute la rue d'Hauteville en quatrième pompe!... De très loin je les ai aperçus sous un bec de gaz... C'était un vrai déménagement... C'est lui qu'avait tout transbordé! Il avait sué pour un coup!... Il avait dû vider la crèche envers et quand même!... Il avait dû buter le daron (à la rigolade!)... La carriole elle s'enfonçait, tellement qu'elle était pesante et remplie de bricoles!... La dynamo et le moteur dessous les matelas et les fringues!... Les doubles rideaux, la cuisine entière!... Il avait sauvé le maximum!... On pouvait bien le féliciter! Il avait remis une redingote, une autre, que je connaissais pas... Je me demande où qu'il l'avait trouvée?... Une gris perle!... J'ai fait la remarque!... C'était de sa jeunesse! Il avait relevé les basques avec des épingles. La vieille avait plus son chapeau, « l'hortensia aux cerises »! Il était planté à présent tout au sommet de la bagnole... C'était pour pas l'abîmer!... Elle s'était mis à la place un très joli châle andalou entièrement brodé, couleurs éclatantes... Ça faisait bien sous leur réverbère... Elle m'a expliqué tout de suite, que pour faire des longs voyages c'était vraiment le plus pratique... que ça préservait bien les cheveux.

Alors, enfin rassemblés, après encore des discussions à propos d'un vieil horaire, on a démarré tout doucement... Moi, j'étais heureux, je peux bien le dire!... Elle est raide la rue Lafayette!... surtout à partir de l'église et jusqu'au coin de la pharmacie!... Il fallait pas qu'on s'endorme... C'était lui-même des Pereires qui s'est attelé dans la bricole... Nous deux avec la daronne on poussait derrière... « Et vas-y petit!... Et je te connais bien!... Et que je te pousse! Et tant que ça donne... » Seulement on était trop en retard!... On a raté notre train quand même!... Et c'était de ma faute!... C'était plus du « minuit quarante!... » C'était maintenant le « deux heures douze!... » Le « premier » du jour!... Pour celui-là par exemple, nous avions de l'avance!... cinquante minutes presque!... On a eu tout le temps pour démonter notre chignole... Elle était pliable, réversible... et transbahuter tout le bazar!... une fois de plus!... dans le fourgon de la queue. Et puis encore bien du temps de reste pour nous jeter comme jus deux crèmes, un mazagran, un « déjeuner » coup sur coup! Au beau « Terminus!... » Nous étions tous les trois terribles sur la question du moka... Portés comme personne!... Et c'est moi qui tenais la caisse.

C'est à Persant-la-Rivière, qu'on a débarqué... En tant que village ça se présentait gentiment, entre deux collines et des bois... Un château avec des tourelles pour couronner le décor... Le barrage, en bas des maisons, faisait son fracas majestueux... C'était en somme bien coquet... On aurait pu choisir plus mal, même pour des vacances!... Je l'ai fait remarquer à la vieille chouette... Mais elle était pas disposée... On avait un putain de boulot pour démarrer le matériel, sortir notre moteur du fourgon... Il a fallu qu'on demande des aides...

Le chef de gare, il inspectait notre attirail. Il a cru qu'on était « forains... » qu'on arrivait pour la fête!... donner des soirées de cinéma!... Il nous jugeait sur la démise... Pour la fête, il faudrait qu'on repasse!... Elle était finie depuis quinze jours!... Des Pereires a pas voulu qu'il demeure comme ça dans l'erreur... Il l'a éclairé tout de suite ce petit nougat!... Mis parfaitement au courant de tous nos projets... Il voulait parler au notaire! Et séance tenante!... Il s'agissait pas de rigolade! mais de « Résolution Agricole!...» Rapidement un brelan de terreux est venu fouiner dans notre bazar... Ils s'amalgamaient autour de la bâche... Ils se faisaient mille réflexions sur nos ustensiles. On pouvait plus pousser tout ça nous trois seulement, sur la route!... C'était bien trop lourd!... On l'avait vu rue Lafayette!... C'était bien trop loin aussi notre bled agricole... Il nous fallait au moins un cheval!... Ils ont opposé les croquants tout de suite pas mal d'inertie!... Enfin on a pu partir!...

Notre grosse mignonne, une fois installée sur le siège, elle s'est rallumé une bonne pipe!... Dans l'assistance, ils se pariaient qu'elle était aussi un homme habillé en femme!...

Pour arriver à notre domaine à Blême-le-Petit, y avait encore onze kilomètres! et avec des rampes nombreuses!... Ils nous ont prévenus à Persant... Des Pereires s'était déjà soigneusement documenté par-ci, par-là, dans les groupes... Il avait pas été long à signer tous ses papiers... Il avait houspillé le notaire... Il prospectait à présent la verte campagne du haut de la voiture... On a emmené un paysan... La carte étalée sur les genoux Courtial pendant tout le trajet a pas arrêté de causer... Il commentait chaque relief, chaque ondulation du terrain... Il recherchait les moindres ruisseaux... de loin, la main en visière... Il les retrouvait pas toujours... Il nous fit une vraie conférence qui dura au moins deux bonnes heures, cahin-caha, sur les possibilités, les retards du développement, les essors et les faiblesses agronomiques d'une région dont « l'infrastructure métallo-géodésienne » ne lui revenait pas complètement... Ah! ça!... Il l'a dit tout de suite! à plusieurs reprises!... Il se lancerait pas sans analyses!... Il faisait un temps magnifique.

Les choses à Blême-le-Petit n'étaient pas absolument comme avait annoncé le notaire. On a mis deux jours entiers avant de s'en apercevoir...

La ferme était bien délabrée... Ça c'était prévu dans les textes! Le vieux qui la tenait en dernier il venait de mourir deux mois plus tôt et personne dans toute la famille n'avait voulu le remplacer... Personne ne voulait du terrain, ni du gourbi, ni même du hameau, semblait-il... On est entré dans d'autres masures un peu plus loin... On a frappé à toutes les portes... On a pénétré dans les granges... Y avait plus un signe de vie... Près de l'abreuvoir, à la fin, on a découvert quand même, dans le fond d'une espèce de soupente, deux vieux croquants si âgés qu'ils pouvaient plus quitter leur piaule... Ils étaient devenus presque aveugles... et sourds alors tout à fait... Ils se pissaient tout le temps l'un sur l'autre... Ça semblait leur seule distraction... On a essayé de leur causer... Ils savaient pas quoi nous répondre... Ils nous faisaient des signes qu'on s'en aille... qu'on les laisse tout à fait tranquilles... Ils avaient perdu l'habitude qu'on leur rende visite... On leur faisait peur.

J'ai pas estimé moi, ça, d'un très bon présage!... Cette manière de hameau vide... Ces portes toujours entrebâillées... Ces deux vieux qui nous en voulaient... Ces hiboux partout...

Au contraire, lui des Pereires, il trouvait tout ça parfait!... Il se sentait tout ragaillardi par le bon air de la campagne... Il a voulu tout d'abord se vêtir convenablement... Ayant perdu son panama, il a bien fallu qu'il emprunte un chapeau à la grande chérie... Une paille souple, immense, avec une bride mentonnière... Il conserva sa redingote, la très belle grise... plus chemise souple et lavallière et puis enfin des sabots!... (qu'il a jamais bien supportés)... Des longues marches à travers les champs, il revenait toujours pied nus... Et pour faire vraiment « laboureur il quittait pas sa « pelle-bêche »... Il la portait allègrement sur son épaule droite. Nous allions ainsi, chaque tantôt, prospecter les terrains en friche, chercher un emplacement convenable pour l'ensemencement des radis.

Madame des Pereires s'occupait de son côté... C'est elle qui s'appuyait les courses, qui tenait la chaumière... enfin et surtout c'est elle qui s'envoyait le marché de Persant deux fois par semaine. Elle préparait notre tambouille... Elle rafistolait le matériel que ça devienne logeable un peu... Sans elle, on aurait plus bouffé tellement c'était un tintouin la cuisine dans l'âtre !... rien que pour se faire cuire une omelette tout ce qu'il fallait rallumer ! comme tisons ! comme braises !... Ça vous coupait l'appétit !...

Nous deux, des Pereires on se levait pas de très bonne heure, il faut reconnaître !... Ça la faisait déjà râler !... Elle voulait toujours qu'on dégrouille ! Qu'on fasse quelque chose de bien utile !... Mais une fois qu'on était sortis... on avait plus envie de revenir... Elle entrait dans des autres colères... Elle se demandait la pauvre daronne ce qu'on foutait si longtemps dehors ?... Des Pereires ça lui faisait plaisir nos grandes excursions... Il découvrait tous les jours des nouveaux aspects du pays... et grâce à la carte ça devenait instructif en diable... Re-tantôt, comme ça au coin d'un bois... ou au revers d'un talus... on se planquait confortablement... dès qu'il faisait un peu de chaleur... On emportait des canettes... Pereires, il pouvait méditer... Je le dérangeais pas beaucoup... J'arrivais à somnoler... Il se parlait tout seul... Sa « pelle-bêche » en terre, enfoncée tout à côté de nous... Le temps passait gentiment... C'était un changement réel... la tranquillité... la paix des bocages !... Mais le pèze il foutait bien le camp... C'est elle maintenant qui s'inquiétait. Elle refaisait les comptes tous les soirs.

Question de costume, je me suis vite mis à la page... Peu à peu la terre ça vous prend... On oublie les contingences... Je m'étais finalement arrangé un solide petit ensemble avec des culottes cyclistes et un pardessus demi-saison dont j'avais coupé à moitié les basques, le reste pris dans mon grimpant, bouffant... un peu chaud, mais commode... Ça me faisait reconnaître de très loin... Le tout rehaussé de ficelles... de sustentations ingénieuses. La grande mignonne elle s'est rendue à notre avis, elle a porté des pantalons, aussi, comme un homme... elle avait plus une jupe à se mettre. Elle trouvait ça bien plus pratique... Elle se rendait ainsi au marché. Les mômes de l'école, ils l'attendaient à l'entrée du bourg. Ils la provoquaient, ils la bombardaient de fiente, de culs de bouteilles et de gros cailloux... Ça finissait en bagarre!... Elle se laissait pas démolir!... Les gendarmes sont intervenus... Ils lui ont demandé ses papiers!... Elle a pris les choses de très haut! « Je suis, Messieurs, une honnête femme! qu'elle a répondu!... Vous pouvez me suivre!... » Ils ont pas voulu.

Il a fait un bien bel été!... C'était à croire réellement qu'on en verrait jamais la fin!... Ça porte à flâner, la chaleur... Avec des Pereires, après son petit pousse-café, nous prenions la clef des champs... et puis tout l'après-midi on s'en allait au petit bonheur à travers guérets et sillons. Si on rencontrait un terreux... « Bonjour! » qu'on lui faisait poliment... On menait une vie bien agréable!... Ça nous rappelait à tous les deux les beaux jours de nos ascensions... Mais jamais il fallait causer de nos déboires stratosphériques devant Madame des Pereires... Ni du « Zélé »!... Ni de « L'Archimède »!... Ou alors, elle fusait en larmes... Elle retenait plus sa douleur... Elle nous traitait comme des pourris... On parlait plutôt de choses et d'autres... Fallait pas revenir sur notre passé!... Fallait faire gafe quant à l'avenir... L'évoquer avec mille prudences... L'avenir aussi c'est délicat... Le nôtre il avait du flottement... Il se dessinait pas beaucoup... Courtial hésitait toujours... Il préférait attendre encore et puis ne se lancer qu'à coup sûr... Entre chaque méditation, au cours de nos après-midi, pendant qu'on vagabondait, il donnait, par-ci, par-là, des petits coups de bêche prospecteurs... Il se baissait pour examiner, soupeser, scruter la terre remuée fraîche... Il la pressurait, il la rendait toute poudreuse... Il se la faisait filtrer dans les doigts comme s'il voulait retenir de l'or... Enfin, il tapait dans ses mains, il soufflait dessus un grand coup très fort... Ça s'envolait!... Il faisait la moue!... « Pstt! Ptstt! Ptstt!... Pas fameux ce terrain-là, Ferdinand! Pas riche! Hm! Hm! Comme j'ai peur pour les radis! Hm! Peut-être pour de l'artichaut?... Et encore?... Et encore! Oh! là! là! C'est bien chargé en magnésium!... » Nous repartions sans conclure.

A table, sa femme nous demandait pour la centième fois si on l'avait notre légume?... Si c'était enfin choisi?... Que ça serait peut-être le moment?... Elle proposait les haricots... pas discrètement, je dois le dire!... Il sursautait d'emblée Courtial en entendant une chose pareille!...

— Des haricots?... Des haricots?... Ici?... Dans ces failles?... Tu entends, Ferdinand?... Des haricots? dans un terrain sans manganèse! Et pourquoi pas des petits pois?... Hein?... des aubergines! pendant que tu y es!... C'est un comble!... Il était outré!... Du vermicelle! Te dis-je!... Des truffes!... Tiens! des truffes!...

Il s'en dandinait longtemps à travers la turne... grognant comme un ours... Ça durait des heures entières, le courroux que lui provoquait toute proposition insolite... Là-dessus il était intraitable! Le choix libre! la sélection scientifique!... Elle partait se coucher toute seule, dans son débarras sans fenêtre, une espèce d'alcôve, qu'elle s'était aménagée contre les traîtres courants d'air... entre la batteuse et le pétrin... On l'entendait sangloter de l'autre côté de la cloison... Il était dur avec elle...

Ça vraiment on peut pas dire qu'elle ait jamais manqué de courage ni de persévérance!... ni d'abnégation... Pas un seul jour! pour rapproprier cette vieille turne elle a réussi des prodiges!... Elle arrêtait pas de trafiquer... Rien marchait plus... tirait plus... ni la pompe, ni le moulin qui devait monter l'eau... L'âtre il s'écroulait dans la soupe... Il a fallu qu'elle mastique toutes les fentes dans les clôtures, qu'elle bouche elle-même tous les trous... toutes les fissures de la cheminée... qu'elle rafistole les volets, qu'elle remette des tuiles, des ardoises... Elle grimpait sur toutes les gouttières... Mais cependant au premier orage il a plu beaucoup dans les piaules envers et quand même... par les trous du toit... On mettait là-dessous des timbales... une pour chaque rigole... De réformes en transformations, elle s'appuyait des vrais boulots, pas que des petites bricoles!... Elle a remplacé comme ça les gonds énormes de la grande porte, la grande « maraîchère »... L'ébénisterie... la serrurerie... rien lui faisait peur... Elle devenait parfaitement adroite... On aurait dit un compagnon... Et puis bien sûr, tout le ménage et la tambouille c'était son business... Elle le disait bien elle-même, aucune entreprise lui faisait peur, hormis la lessive!... De ça, y en avait de moins en moins... Nous avions le trousseau « minimum »... Des chemises à peine... et des chaussures plus du tout...

Pour les lézardes des gros murs, elle s'était gourée un petit peu, elle avait loupé son plâtre!... Des Pereires, il faisait la critique, il aurait voulu qu'on recommence... seulement nous avions d'autres soucis!... C'est bien grâce à elle, en définitive, que cette tanière vermoulue a repris un peu consistance... enfin, plus ou moins. C'était qu'une ruine tout de même... quoi qu'on fasse pour la requinquer elle tournait gadouille...

Elle avait beau être héroïne son opération des ovaires ça la tracassait de plus en plus notre pauvre daronne... Peut-être les trop grands efforts?... Elle transpirait par vraies cascades... Elle en ruisselait dans ses bacchantes... avec les bouffées congestives... Le soir elle était si à cran, tellement

excédée du poireau... qu'au moindre mot un peu de travers...
Taraboum!... C'était l'orage! Une intense furie!... Crispée
en boule elle attendait... elle explosait pour des riens...
Ça finissait plus l'engueulade...

Ce qu'il fallait surtout se méfier, c'était des moindres
allusions aux belles histoires de Montretout!... Elle les
gardait sur l'œsophage... Ça la rongeait comme une tumeur.
Sitôt qu'on en touchait un mot, elle nous traitait horriblement, elle disait que c'était un complot!... Elle nous appelait des suçons, des lopes, des vampires... Il fallait qu'on
la couche de force!...

Le difficile pour des Pereires c'était toujours de se décider
à propos de son fameux légume... Il fallait trouver autre
chose... On doutait maintenant des radis... Quel légume
qu'on entreprendrait?... Lequel qui serait approprié à la
radio-tellurie?... Et qu'on ferait décupler de volume?... Et
puis y avait le choix du terrain!... C'était pas une petite
question!... C'était des minutieuses recherches... Nous
avions déjà donné des petits coups de pelle exploratrice
dans tous les lopins de la région, à quinze kilomètres à la
ronde!... On se lancerait donc pas à lure-lure... On réfléchissait! C'est tout...

A l'opposé de Persant, c'est-à-dire au sud, dans le cours
de nos prospections, nous sommes tombés, un joli jour,
sur un village bien agréable, vraiment accueillant... C'était
Saligons-en-Mesloir!... C'était assez loin à pied... Il fallait
au moins deux bonnes heures de Blême-le-Petit... Jamais
notre rombière aurait l'idée de venir nous relancer dans
cette planque... La terre tout autour de Mesloir, Courtial
l'a découvert tout de suite, était bien plus riche que la nôtre
en teneur « radio-métallique » et par conséquent, d'après
ses estimations, infiniment plus féconde, et rapidement
exploitable... On est revenus l'étudier presque chaque
après-midi!... Le fort de ce terreau-là, c'était son « cadmio-
potassique! » et son calcium particulier!.. Au toucher, à
l'odeur surtout, on s'apercevait... il sentait tout de suite
des Pereires, il paraît qu'en fait de teneur c'était simplement
prodigieux... En y repensant davantage, il arrivait à se
demander si ça ne serait pas même par trop riche pour

catalyser « tellurique! »... Si on atteindrait pas des fois des concentrations si fortes qu'on ferait péter nos légumes?.. Ah! à leur faire éclater la pulpe!... C'était le danger, le seul point critique... Il le pressentait... Il aurait alors fallu renoncer aux petites primeurs, dans ce terrain vraiment trop riche... Choisir quelque chose de rustre et de vulgairement résistant... Le potiron par exemple... Mais alors pour les débouchés?... Un seul potiron par ville?... Un monumental? Le marché n'absorberait pas tout!... C'était le moment de se concerter! C'était des nouveaux problèmes! L'action c'est toujours comme ça.

Dans ce patelin de Saligons les cafetiers faisaient surtout du cidre... Et qui sentait pas l'urine! ce qui est, il faut bien l'avouer, tout à fait rare en pleine campagne! Il montait un peu à la tête, surtout leur mousseux... On s'était mis à bien en boire... pendant nos tournées prospectrices! Ça se passait tout à la « Grosse Boule »... la seule auberge de l'endroit... Nous y retournâmes de plus en plus... c'était central et bien placé juste devant le marché aux bestiaux... La conversation des bouseux ça nous instruisait des usages...

Des Pereires il a fait qu'un bond pour se jeter sur le « Paris-Sport »... Y a longtemps qu'il était sevré... Comme il parlait à tout le monde... il a tout pu leur faire connaître en échange des bons procédés... des petites leçons sur le cheptel... quelques excellentes manières, infiniment ingénieuses pour jouer à Vincennes... même à grande distance... Il se faisait des belles relations... C'était le rendez-vous des éleveurs... Je le laissais causer... Moi la bonniche elle me revenait bien... Elle avait le cul presque carré tellement qu'il était fait en muscles. Ses nichons aussi de même c'était pas croyable comme dureté... Plus on secouait dessus, plus ils se tendaient... Une défense terrible... On y avait jamais mangé le crac... Je lui ai tout montré... ce que je savais... Ce fut un coup magnétique! Elle voulait quitter son débit, venir avec nous à la ferme! Avec la mère des Pereires, ça aurait pas été possible... Surtout qu'à présent la vieille elle sentait un peu la vapeur... Elle trouvait qu'on y allait souvent du côté de ce Mesloir... Elle se gourait d'un petit paillon... Elle nous posait des drôles de colles...

On restait fort embarrassés... La prospection des légumes, elle y croyait de moins en moins... Elle nous cherchait la petite bête... L'été s'avançait sérieusement... ça serait bientôt la grande récolte... Merde!...

A la « Grosse Boule », les paysans ils changeaient brusquement d'allure, ils devenaient extrêmement drôles... Comme ça entre deux bolées ils se dépêchaient de lire « Paris-Courses »... C'est des Pereires qui se démerdait... Il expédiait les petits paris... pas plus d'une thune pour chacun... dans une enveloppe à son vieux pote... jusqu'à cinquante francs maximum!... Il prenait pas davantage!... Mardi, Vendredi, Samedi... et toujours au bar des « Émeutes » en cheville toujours avec Naguère!... On gardait nous, cinq sous par mise!... C'était notre pécule mignon!... A la bonniche, la dure Agathe, je lui ai appris comment faut faire, pour éviter les enfants... Je lui ai montré que par-derrière c'est encore bien plus violent... Du coup, je peux dire qu'elle m'adorait... Elle me proposait de faire tout pour moi... Je l'ai repassée un peu à Courtial, qu'il voye comme elle était dressée! Elle a bien voulu... Elle serait entrée en maison, j'avais vraiment qu'un signe à faire... Pourtant c'est pas par la toilette que je l'ai envoûtée!... On aurait fait peur aux moineaux!... Ni par le flouze!... On lui filait jamais un liard!... C'était le prestige parisien! Voilà.

Mais en rentrant le soir, par exemple, y avait de plus en plus la casse!... Elle était plus marrante l'Irène!... On rappliquait de plus en plus tard!... On avait droit aux forts excès!... Aux séances horribles!... Elle s'en arrachait les tifs au sang! par touffes et par plaques! à force qu'il ne se décidait pas pour choisir son « bon » légume... et son terrain maximum!... Elle s'y était mise la daronne, toute seule aux travaux des champs... Elle retournait la terre pas mal!... Elle savait pas encore faire un sillon absolument droit... mais y avait de l'application... Elle y parviendrait!... Elle débroussait joliment bien!... Et c'est pas l'espace qui manquait pour s'entraîner un peu partout... A Blême-le-Petit, on pouvait y aller carrément... tout le territoire c'était des friches... A droite, au Nord, au Sud, à gauche, y avait pas de voisins et à l'Ouest non plus!... C'était tout désert... desséché... parfaitement aride...

— Tu t'épuises, ma grosse toutoute! qu'il l'interpellait Courtial, comme ça en pleine nuit, quand nous la retrouvions sur le tas encore en train d'en retourner... Tu t'épuises! ça ne sert à rien!... Cette terre est des plus ingrates! J'ai beau me tuer à te le dire!... Les paysans d'ici eux-mêmes, ils ont graduellement renoncé!... Je pense qu'ils se tourneront vers l'élevage!... Encore que l'élevage dans ces plaines!... Avec toutes ces marnes sub-jacentes!... ces failles calcicopotassiques!... Je ne les vois pas frais!... C'est une sévère entreprise!... avec des aléas énormes!... Des pépins abominables!... Je prévois!... Je prévois!... Irriguer un pétrin pareil?... Ah! là! là!...

— Et toi, grande ordure? dis donc? qui c'est qui va t'irriguer?... Dis-le-moi un peu?... que je l'entende?... Allons!... Vas-y! Avance-toi!

Il refusait de parler davantage... Il se précipitait vers la ferme... Moi j'avais encore un boulot. J'avais à classer, en rentrant chaque soir, tous nos prélèvements du jour... Sur des planches à part... tout autour de la cuisine... dans des petits cornets... Ils séchaient à la queue leu leu... tous les échantillons de terrain de vingt kilomètres à la ronde!... Ça faisait un riche matériel pour le jour où on choisirait!... mais sûrement que notre rayon le plus riche, c'était celui de Saligons.

A la « Grosse Boule » comme ça peu à peu, nous étions devenus populaires... Ils l'avaient pris, nos simples ivrognes, le vif goût de courses!... Il fallait même les modérer... Ils risquaient leurs fafiots sans peine... Ils voulaient flamber des trois thunes sur un seul canard!... On refusait net de pareilles mises!... On était plus bons nous autres pour les grandes rancunes... On gardait la paille au cul... avec des extrêmes méfiances... Agathe, la bonne, elle se marrait bien, elle prenait tout le bon temps possible!... Elle tournait putain sur place... C'est les sautes de notre rombière qui nous emmerdaient davantage!... Avec toutes ses quintes, ses ultimatums... on pouvait plus la digérer... Elle nous courait sur la trompe... Des Pereires pourtant à ce petit égard, il avait bien changé de tactique... Il se foutait plus d'elle au labour... Il l'encourageait à bêcher!... Il la stimulait!... Elle a défriché ainsi, lopin par lopin, semaine après semaine, des espaces énormes!... Sûrement qu'elle nous épouvantait... mais si elle venait à s'arrêter, ça devenait bien pire... Elle avait marre qu'on tergiverse, c'est elle qu'a pris la décision pour la pomme de terre! On n'a pas pu l'empêcher... Elle a trouvé que comme légume c'était finalement l'idéal... Elle s'est mise tout de suite à l'œuvre. Elle a plus demandé notre avis. Une fois ses tubercules plantés, une surface immense, elle a raconté à tout le monde, à Persant, à l'aller, au retour, qu'on se lançait dans des expériences à « patates géantes » grâce à des ondes électriques! Ça s'est propagé son ragot, comme une traînée de poudre...

A la « Grosse Boule » l'après-midi, ils nous accablaient de questions... Nous qu'avions été jusqu'alors très bien blairés et peinards à l'autre bout de l'arrondissement, bien accueillis, bien tolérés, attendus même chaque tantôt par tous les terreux d'alentour, on s'est mis à nous faire la gueule... Ça paraissait louche nos cultures... Ils devenaient jaloux à l'instant... « Pâtâtes! Pâtâtes! » qu'ils nous appelaient.

Y avait plus à se défiler! La grosse chérie était devenue, progressivement, une vraie terreur!... Maintenant, qu'elle avait toute seule retourné un petit hectare, elle nous menait la vie des plus dures!... On hésitait pour lui causer... Elle menaçait de nous suivre partout si on repartait en vadrouille, si on se mettait pas au boulot dans les vingt-quatre heures!... C'était plus la pause!... Il a fallu qu'on s'exécute, qu'on extraye de dessous la bâche et le moteur et sa dynamo...

On a dérouillé le gros volant... On l'a élancé un petit peu...
On a bien rabobichonné un beau tableau des « Résistances »... Et puis c'était marre !... Et puis on s'est aperçu qu'on
manquerait de fil de laiton... Il en fallait énormément, des
bobines et des bobines pour faire des quantités de zigzags
entre chaque rangée de patates, sur toute l'étendue de notre
culture... Il suffisait pas de cinq cents mètres !... Il en fallait
des kilomètres ! Autrement ça marcherait jamais... Sans
laiton, pas de radio-tellurisme possible !... Pas de maraîchage
intensif ! Finis les effluves cathodiques... C'était la stricte
condition... Au fond c'était pas si mal... Nous avons bien
cru tout d'abord que ce malheureux laiton il deviendrait
notre fine excuse, le bel alibi, qu'elle serait, notre vieille,
épouvantée par le prix du matériel pour un débours aussi
critique... que ça la ferait réfléchir, qu'elle nous ficherait
un peu la paix... Mais au contraire, pas du tout !... Ça l'a
plutôt refoutue en rogne... Elle nous a menacés si on lan-
ternait davantage... si on faisait traîner les choses, d'aller
toute seule s'établir à Saligons comme sage-femme et
pas plus tard que la semaine prochaine ! Ah ! vraiment y
avait plus d'amour ! Elle nous fabriquait sur le vif !... Mais
même de bonne volonté, il nous restait plus assez de sous
pour des achats aussi coûteux... Mais nom de Dieu ! c'était
la ruine !... Qui ça nous aurait fait crédit ?... C'était pas la
peine de tenter...

D'autre part, c'était pas possible de lui faire comprendre
à la vieille au juste notre situation... Qu'on venait en particulier de flamber précisément notre suprême petite
réserve... le reste du cureton, dans les courses par correspondance... Ah ! Car enfin on l'avait perdu... C'était à
coup sûr une horrible attaque... La fin du système !... Un
cataclysme pas affrontable... Nous étions vraiment ennuyés.
Elle devenait d'une intolérance absolument fanatique
maintenant qu'elle était butée sur la question de pommes
de terre... Ça devenait absolument kif comme pour le
coup des ascensions !... ou pour son chalet de Montretout...
Y avait plus à en démordre !... Quand elle s'était vouée à
un truc, elle se vrillait dedans comme un boulon, fallait arracher toute la pièce !... C'était extrêmement douloureux !...

— Tu me l'as dit, n'est-ce pas?... Tu vas pas te dédire?...
Je t'ai bien entendu?... Tu me l'as répété dix fois... cent
fois!... Que t'allais la faire marcher ta sale engeance électrique? J'avais pas la berlue?... C'est pour ça, n'est-ce
pas, qu'on est venus tous par ici?... J'imagine rien?...
C'est pour ça que t'as vendu la boîte pour un morceau
de pain?... Lavé ton journal?... Que tu nous as tous embarqués de gré, de force, de violence dans cette fondrière!...
dans cette porcherie!... Cette pourriture!... Oui?...

— Oui, ma toute aimée!...

— Alors, c'est bien!... Moi je veux voir! Tu m'entends?...
Je veux voir!... Je veux voir tout!... J'ai tout sacrifié!
Toute mon existence!... Ma santé... Tout mon avenir...
Tout!... Il me reste plus rien... Je veux les voir pousser!...
Tu m'entends?... Pousser!!...

Elle se plantait là en défi, elle lui jetait ça entre quatre
yeux!... A force de faire des travaux durs elle possédait
des biscotos qu'étaient pas pour rire!... Des masses redoutables!... Elle chiquait à travers champs... Elle ne fumait
sa pipe que le soir, et pour aller au marché... Le facteur
Eusèbe, qui ne desservait plus notre endroit depuis des
années, il a fallu qu'il recommence... Il se payait ça deux
fois par jour!... Le bruit s'était répandu, très vite, dans
les autres provinces, que certains agriculteurs faisaient
des merveilles, réalisaient des miracles dans la culture des
pommes de terre par les effluves magnétiques...

Notre vieille clique des inventeurs nous avait reflairés
à la trace!... Ils semblaient tous bien heureux de nous
retrouver tous les trois... sains et saufs... Ils nous rassail-
laient de projets!... Ils ne gardaient pas du tout de rancune!... Le facteur il avait sa claque... Il se coltinait trois
fois par semaine des sacs entiers de manuscrits... Sa besace
était si lourde que son cadre en avait rompu... Il avait
mis une double chaîne... sa bicyclette s'était repliée sur
elle-même... Il en réclamait une autre, une neuve, au
Département...

Des Pereires, dès les premiers jours, il s'était remis à
méditer... Il profitait intensément des loisirs et de la solitude... Il se sentait préparé enfin contre les aléas du sort.

Et n'importe lesquels!... Il était plein de méditations! Absolument résolu! La Résolution!... Il l'affronterait son Destin!... Ni trop confiant... Ni trop défiant... juste averti!...

— Ferdinand! Regarde! et constate!... Les événements se déroulent à peu près comme j'avais prévu!... Seulement avec un peu d'avance!... Une cadence un peu nerveuse!... Et je n'y tenais pas!... Toutefois, tu vas voir... Observe! N'en perds pas une petite miette! Pas un atome lumineux!... Admire comme Courtial, mon enfant, va terrasser, dompter, contraindre, enchaîner, soumettre la rebelle fortune!... Regarde ça! Ébaubis-toi! Renseigne-toi! Tâche d'être impavide et prêt à la seconde! Aussitôt servi je te la passe! Et hop! Étreins! Étrangle! Ce sera ton tour! Bise! Crève la garce! Mes stricts besoins personnels sont ceux d'un ascète! Je serai promptement repu! Gavé! Submergé d'abondance! Saigne-la toi! Vide-lui toute la sauce!... T'as l'âge de toutes les ivresses! Profite! Abuse! Nom de Dieu! Reluis! Fais-en ce que tu veux! J'en aurai moi toujours de trop!... Embrasse-moi!... Tiens! nous sommes veinards!

C'était pas commode de s'étreindre, à cause de mon pardessus qu'étais solidement amarré avec ses ficelles dans l'intérieur de mon falzar!... Ça limitait les mouvements, mais ça me tenait extrêmement chaud... C'était nécessaire! L'hiver était déjà sur nous!... Le corps de logis principal, malgré la cheminée, le calfatage il était pourri de courants d'air... Il gardait tous les vents coulis et pas beaucoup de chaleur... C'était une passoire pour frimas... C'était vraiment une très vieille tôle.

Ce fut une idée splendide qu'il eut alors, des Pereires, après bien des méditations à la « Grosse Boule » et dans les bois... Il voyait encore bien plus grand et bien plus lointain que d'habitude!... Il devinait les besoins du monde...

— Les individus c'est fini!... Ils ne donneront plus jamais rien!... C'est aux familles, Ferdinand! qu'il convient de nous

adresser! Une fois pour toutes, toujours aux familles! Tout
pour et par la famille!...

C'est aux « Pères angoissés de France » qu'il a lancé son
grand appel! A ceux que l'avenir de leurs chers petits
préoccupait par-dessus tout!... A ceux que la vie quoti-
dienne crucifiait lentement au fond des villes perverses,
putrides, insanes!... A ceux qui voulaient tenter l'impossible pour que leur petit chérubin échappe à l'atroce destinée d'un esclavage en boutique... d'une tuberculose de
comptable... Aux mères qui rêvaient pour leur chers mignons d'une saine et large existence absolument en plein
air!... loin des pourritures citadines... d'un avenir pleine-
ment assuré par les fruits d'un sain labeur... dans des conditions champêtres... De grandes joies ensoleillées, paisi-
bles et totales!... Des Pereires solennellement garantissait
tout cela et bien d'autres choses... Il se chargeait avec sa
femme de tout l'entretien complet de tous ces petits veinards, de leur première éducation, de la secondaire aussi,
la « rationaliste »... enfin de l'enseignement supérieur « posi-
tiviste, zootechnique et potager »...

Notre exploitation « Radio-tellurique » se transformait,
séance tenante, par l'apport des souscripteurs en « Familis-
tère Rénové de la Race Nouvelle »... Nous intitulions ainsi
sur nos prospectus notre ferme et ses domaines... Nous
couvrîmes en quelques jours, avec nos « appels », plusieurs
quartiers de Paris... (tous expédiés par Taponier)... les plus
populeux... les plus confinés... encore quelques îlots du côté
d'Achères où ça pue, pour voir... Nous n'éprouvions qu'une
seule crainte, c'est qu'on nous envahisse trop tôt! Nous
redoutions comme la peste les engouements trop frénéti-
ques!... L'expérience!

Question d'abondante nourriture avec notre « radio-
tellurie » le problème n'existait pas!... Il ne subsistait en
somme qu'un seul véritable écueil... La saturation des mar-
chés par nos pommes de terre « ondigènes »!... On y
penserait au moment!... On engraisserait les cochons!...
Autant comme autant!... Nous tiendrions aussi une forte
basse-cour!... Les pionniers boufferaient du poulet!... De
cette alimentation mixte Courtial était très partisan... La

carne c'est bon pour la croissance!... Nous vêtirions, il va de soi, sans aucune difficulté, tous nos petits pupilles avec le lin de notre ferme!... tissé en chœur, en cadence, pendant les longues soirées d'hiver!... Ça sonne... Ça s'annonçait au mieux! Une splendide ruche agricole! Mais sous le signe de l'Intelligence! pas seulement de l'Instinct! Ah! des Pereires tenait beaucoup à cette distinction! Il voulait que ça soye rythmique!... fluent! intuitif!... Des Pereires résumait ainsi la situation. Les enfants de la « Race Nouvelle » tout en s'amusant, s'instruisant de droite à gauche, se fortifiant les poumons, nous fourniraient avec joie une main-d'œuvre toute spontanée!... rapidement instruite et stable, entièrement gratuite!... mettant ainsi sans contrainte leur juvénile application au service de l'agriculture... La « Néo-Pluri-Rayonnante »... Cette grande réforme venait du fond, de la sève même des campagnes! Elle fleurissait en pleine nature! Nous en serions tous embaumés! Courtial s'en reniflait d'avance!... On comptait sur les pupilles, sur leur zèle et leur entrain, tout à fait particulièrement, pour arracher les mauvaises herbes! extirper! défricher encore!... Vrai passe-temps pour des bambins!... Torture infecte pour des adultes!... Des Pereires alors, dispensé par cet industrieux afflux des mesquineries de la basse culture, pourrait s'adonner totalement aux mises au point très délicates, aux infinis tatillonnages de son « groupe polarisateur »!... Il gouvernerait les effluves! Il ne ferait plus autre chose! Il inonderait, accablerait notre sous-sol de tous les torrents telluriques!...

Notre programme se présentait bien... Nous en fîmes parvenir dix mille d'un quartier à l'autre... Sans doute venait-il combler bien des vœux latents?... Mille désirs inexprimés... Toujours est-il que nous reçûmes presque immédiatement des lettres, des réponses à foison... avec truculents commentaires... presque tous extrêmement flatteurs... Ce qui sembla le plus remarquable à la plupart des adhérents, ce fut l'extrême modicité de nos prétentions financières... Nous avions, c'est bien exact, calculé au dernier carat... Il eût été fort difficile de faire plus avantageux... Ainsi pour conduire un pupille, depuis la petite adolescence (sept ans minimum) jusqu'au régiment, lui assurer gîte et couvert, pendant treize années de suite, lui développer le caractère, les poumons, l'esprit, les bras, lui donner le goût de la nature, lui apprendre un si grand métier, le doter enfin et surtout, à la sortie du Phalanstère, d'un splendide et valable diplôme d' « Ingénieur Radiogrométrique », nous ne demandions aux parents en tout et pour tout qu'une somme globale, définitive, de quatre cents francs!... Cette somme, cette rentrée immédiate, devait faire l'achat du laiton, la mise en état du circuit... la propagation souterraine... En précipitant nos cultures l'avenir nous appartenait!... Nous ne demandions pas l'impossible!... Pour commencer... en pommes de terre... quatre wagons par mois.

Aussitôt qu'une entreprise prend un petit peu d'envergure, elle se trouve « ipso facto » en butte à mille menées hostiles, sournoises, subtiles, inlassables... On peut pas dire le contraire!... La fatalité tragique pénètre dans ses fibres mêmes... vulnère doucement la trame, si intimement que, pour échapper au désastre, ne pas finir en carambouille, les plus astucieux capitaines, les conquérants les plus crâneurs ne peuvent et ne doivent compter, en définitive, que sur quelque étrange miracle... Telle est la nature et l'antienne, la conclusion véridique des plus admirables essors... Rien à chiquer dans les cartes!... Le génie humain n'a pas la veine... La catastrophe du Panama?... c'est la leçon universelle!... doit porter à résipiscence les plus énormes culottés!... les faire salement réfléchir sur l'ignominie du sort!... Les troubles prémices de la Poisse! Ouah! Les malfaisances contingentes... Le Destin bouffe les prières comme le crapaud bouffe les mouches... Il saute après! il les écrase! les bouzille! les gobe! Il se régale, se les fait revenir en minuscules petites fientes, en boules ex-votives pour la demoiselle à marier.

Nous autres, à Blême-le-Petit, toutes proportions bien sûr gardées, nous écopâmes largement... dès le début des opérations... D'abord le notaire de Persant... Il est venu à la charge presque chaque tantôt... et de façon fort menaçante... Pour qu'on lui liquide son reliquat!... Il avait lu dans les canards un reportage sensationnel sur nos magnifiques expériences!... Il croyait à des ressources occultes... Il nous estimait tout bourrés!... Il exigeait le solde immédiat pour sa ferme en capilotade, les terrains marneux! Et puis tous nos créanciers du Palais-Royal... ils pétaradaient d'impatience... Taponier aussi!... Lui si gentil pour commencer, il devenait fumier comme personne!... Il lisait aussi les journaux!... Il avait compris cette raclure, qu'on se beurrait dans les Subventions!... Qu'on émargeait rue de Grenelle!...

En plus des nombreux manuscrits pour les « Recherches » à entreprendre nous étions criblés à nouveau de papiers timbrés!... de tous les ressorts!... nous nous trouvions à un poil de plusieurs jolies saisies!... Avant d'avoir vu seulement la couleur d'une première patate! Les gendarmes en ont profité pour venir un peu en excursion comme ça, pour se rendre compte de nos petites dégaines, de nos manières étonnantes... Nos fins prospectus « pour la Race » ils avaient un peu ému les gens du Parquet... L'Inspecteur d'Académie, encore un jaloux forcément, il avait émis certains doutes quant à nos droits d'ouvrir école!... C'était son affaire de douter! Ils se sont montrés qu'à moitié vaches en définitive. Ils ont seulement, c'était fatal, saisi la belle occasion, pour nous avertir, gentiment d'ailleurs, qu'il vaudrait mieux tout compte fait, qu'on s'en tienne au genre « garderie »... « colonie de vacances »... voire sanatorium... Que si on insistait beaucoup sur le côté pédagogique... On se mettrait immanquablement toutes les Autorités à dos!...

Dilemme délicat s'il en fut!... Périr?... Enseigner?... Nous réfléchissions... nous n'étions pas très décidés... Quand un groupe de parents fouineurs nous arrive un tantôt, un dimanche, par la route, à pied, vers les quatre heures pour se faire leur opinion propre... Ils examinèrent avec soin les locaux, toutes les dépendances, l'allure générale du domaine... Jamais nous ne les revîmes!...

Ah! Nous perdions un peu l'espoir! Tant de courants si contraires?... Cette incompréhension infecte!... Cette malveillance incarnée! Ah! C'était trop là, vraiment!... Et puis un beau jour, à la fin quand même, le ciel s'éclaircit!... Nous reçûmes presque coup sur coup dix-huit adhésions enthousiastes!... Des parents très conscients alors, qui maudissaient franchement la ville, son air empesté! Ils nous donnaient franchement raison!... Ils militaient immédiatement, pour notre réforme « Race Nouvelle »... Ils nous envoyaient leurs loupiots avec un acompte du « forfait » pour qu'on les incorpore tout de suite à la phalange agricole!... Cent francs par-ci deux cents par-là... Le reste à venir!... Que des acomptes!... Pas une seule fois la somme entière! Ça serait pour plus tard, qu'ils promettaient... Des bonnes volontés en somme! Des dévouements très réels... mais un peu obscurs... L'économie, la prévoyance... et puis trois quarts de méfiance!...

Enfin les mômes ils étaient là!... quinze en tout... neuf garçons... six filles... Trois manquèrent toujours à l'appel. C'était mieux de faire un petit peu gafe aux conseils du Juge Suppléant... C'était la sagesse!... Par la ruse d'abord! Un peu de prudence nous ferait pas de mal... Plus tard, l'expérience réussie, les choses s'imposeraient d'elles-mêmes!... On viendrait nous supplier!... Là on déploierait notre drapeau... « La Race Nouvelle, fleur des sillons ».

Avec ce qu'ils amenaient comme pèze, les gniards de ce premier renfort, on pouvait pas s'acheter grand-chose! même pas tous les lits nécessaires! même pas les matelas!... On a tous couché dans la paille... à l'égalité!... Filles d'un côté... Garçons d'un autre... On pouvait plus maintenant quand même les renvoyer chez leurs parents!... Le petit flouze tombé dans la masse il a pas duré huit jours... Il était déjà spéculé dans une douzaine de directions... Ça n'a pas traîné! Le notaire à lui tout seul en a revendiqué les trois quarts!... Le reste est parti pour le cuivre... Peut-être à peu près cinq bobines... mais du grand modèle!... montées sur chevalet déroulable.

Notre grosse mignonne, elle avait planté dès le début, en prévision des malheurs, une sorte de patate extra, qui poussait même en plein hiver... Il existait pas plus robuste... Si nous supposions le pire... que les effluves à Courtial ne donnent pas tout ce qu'on attendait... on pourrait récolter quand même... Ça serait bien extraordinaire qu'il les empêche de germer!... Ça se serait jamais vu! On a tous foncé au boulot... On a enroulé des fils partout où il nous disait... Pour un peu, pour être plus sûr, au pied de chaque patate on aurait tortillonné trois, quatre guirlandes de laiton!... Ce fut un travail mémorable!... Surtout comme c'était disposé à plein flanc de coteau... en plein vent du Nord!... Dans la bise la plus coupante nos mômes ils s'amusaient tout de même! Le principal pour eux, c'était qu'ils soyent constamment dehors! pas une minute à l'intérieur! Presque tous, ils venaient de la banlieue... Ils étaient pas obéissants. Surtout un petit maigre, le Dudule, qui voulait toucher toutes les filles... Il fallait qu'on le couche entre nous... Ils ont commencé à tousser. Notre grosse chérie heureusement qu'elle savait un peu de médecine, elle les couvrait de cataplasmes de la tête aux pieds!... Ça leur était bien égal qu'on leur arrache même les peaux! pourvu qu'on les enferme pas!... C'est dehors qu'ils voulaient être!... Toujours et quand même!... Nous bouffions à la grande tambouille!... On s'appuyait des soupes énormes!...

Après trois semaines de labeur, l'immense champ des pommes de terre fut entièrement canevassé en laiton à « sol frisant » avec mille raccords pointilignes... C'était du travail « pine de mouche »... Le courant!... Des Pereires n'avait plus qu'à lancer la sauce à travers les fibres du réseau!... Ah!... Il a déclenché son bastringue... Il leur a foutu aux patates... dès le premier quart d'heure... des séries de secousses terribles... des puissantes décharges, très « intensivement telluriques »... Et puis alors, encore entre, des petites saccades « alternatives »... Il se relevait même au milieu de la nuit, pour leur refoutre des coups de rabiot, pour les stimuler plus à bloc, les exciter au summum. Ça l'inquiétait la grande chérie de le voir sortir comme ça dans le froid... Elle se réveillait en sursaut... Elle lui criait de se couvrir.

Ça marchait comme ça, tant bien que mal, depuis près d'un mois, quand à un moment notre Courtial il s'est cherché des excuses... C'était le très mauvais signe!...

— J'aurais préféré qu'il a dit, essayer quand même avec des poireaux!... Il répétait ça devant sa vieille, et de plus en plus souvent!... Il voulait voir la réaction... « Que dirais-tu des radis?... » Sa femme le regardait de travers, elle relevait un peu son galure... elle aimait pas qu'il insinue... Les jeux étaient faits, Nom de Dieu!... Il fallait plus qu'il se défile!

Nos pionniers eux ils prospéraient, ils profitaient de l'indépendance!... On leur imposait pas de contrainte, ils faisaient en somme tout ce qu'ils voulaient!... même leur discipline... eux-mêmes!... Ils se foutaient des raclées terribles... Le plus petit, c'était le plus méchant, toujours le Dudule avec ses sept ans et demi!... L'aînée du troupeau ça nous faisait presque une jeune fille : la Mésange Rimbot, la blonde aux yeux verts, avec des miches bien ondoyeuses et des nénés tout piqueurs... Madame des Pereires, qu'était pas extrêmement naïve elle, s'en méfiait bien de la donzelle! surtout au moment de ses règles!... Elle lui avait aménagé une sorte de bat-flanc spécial dans un coin de la grange, pour qu'elle soye bien seule à dormir tout le temps qu'elle avait ses ours! Ça l'empêchait pas de trafiquer... y avait des appels de nature avec les morveux. Le râleux facteur l'a surprise un soir, derrière la chapelle, à l'extrémité du hameau qui prenait joliment son pied avec Tatave, Jules et Julien!... Ils étaient tous les quatre, ensemble!...

En abjection, qu'il nous avait ce facteur Eusèbe, à cause toujours du parcours... Il l'avait pas eu son vélo de l'administration... Pour avoir un neuf, il fallait qu'il attende deux ans... Il avait pas droit... Il pouvait plus nous piffer... Il nous réclamait des chaussures, nous qu'en avions pas!... Forcément allant tout doucement il biglait les moindres détails. Le jour qu'il a paumé les mômes en train de s'amuser... il est revenu sur ses pas tout à fait exprès pour nous traiter de dégueulasses!... après qu'il a eu vu tout ça!... Comme si nous étions responsables! C'est toujours ainsi les voyeurs... ça se régale d'abord à plein tube... ça en perd pas un atome et puis quand la fête est finie... alors ça s'indigne!... Il a trouvé à qui causer!... Nous avions bien d'autres soucis et autrement graves!

Dans notre hameau croulant où y avait plus du tout de trafic depuis près de vingt années... depuis l'histoire des pommes de terre ça n'arrêtait plus soudain la circulation... un défilé de curieux, incessant, du matin au soir. Les ragots, les fausses nouvelles, cavalaient tout le département... Ceux de Persant, ceux de Saligons, ils étaient aux premières loges, ils voulaient eux des spécimens, mille indications successives. Ils étaient intransigeants... Ils demandaient si c'était dangereux? Si ça pouvait pas éclater notre système? « pour vibrer la terre »?... Des Pereires au fur et à mesure qu'on avançait dans l'expérience, que le temps passait... Il faisait montre d'une grande discrétion... Y avait des « si » et des « peut-être » qu'étaient vraiment des mots néfastes... des quantités... de plus en plus... C'était inquiétant... Ça lui arrivait pas souvent le truc des « si » et des « peut-être » au Palais-Royal... Une semaine à peu près plus tard il a fallu qu'il arrête la dynamo et le moteur... Il nous a dès lors expliqué que ça devenait assez critique de pousser maintenant davantage les ondes et les fils... Que c'était mieux un petit arrêt... qu'on reprendrait un peu plus tard... après un repos. Des ondes comme les telluriques pouvaient engendrer très bien certains désordres individuels... on ne savait pas... des répercussions absolument imprévisibles... bouleversant la physiologie... Personnellement des Pereires il ressentait la saturation... Il avait déjà des vertiges...

Les cultivateurs, les curieux, en entendant des phrases pareilles ils commençaient à tiquer, ils se retiraient fort inquiets. Du coup, y a encore eu des plaintes! Les gendarmes sont revenus nous voir... mais y avait pas grand-chose à dire sur notre phalanstère... Les enfants ne souffraient de nulle part... aucun n'était tombé malade... On avait perdu seulement nos sept lapins! une épizootie bien brutale! Peut-être qu'ils résistaient pas au climat?... à la nourriture?... Enfin les gendarmes sont repartis... Nos chers pionniers peu après ça, ils en ont eu marre tout à fait de notre ordinaire pour Spartiates... Ils ont rouscaillé tant et plus. Ils étaient insubordonnés... Il fallait bien qu'ils forcissent!... Ils auraient bouffé tout le canton... Ils ont choisi des expédients... C'était leur initiative... Un jour, ils nous ont ramené trois bottes de carottes... et le lendemain une caisse de navets... Des fayots veux-tu en voilà! Tout ça pour la soupe! Ça remontait bien la tambouille!... Enfin une petite douzaine d'œufs et trois livres de beurre et du lard... Nous n'en avions plus il faut le dire!... C'était pas une maraude de luxe! une affaire de vice!... Madame des Pereires elle pouvait presque plus sortir depuis la culture intensive, elle était tout le temps aux « circuits » en train de réparer pour que ça passe... Elle allait plus à Persant qu'une fois par semaine. A table personne n'a tiqué... On s'est régalé copieusement!... C'était le cas de force majeure!... Le lendemain en plus, ils ont ramené une vieille poule!... Toute déplumée... Elle est vite devenue bouillon... Festins pour festins, ça manquait un petit peu de pinard... on n'a pas nettement suggéré... mais enfin cependant malgré tout dans les jours suivants il y a eu de l'aramon sur la table... et quelques crus très divers... Où qu'ils trouvaient tout ça les mômes?... on demandait rien!... pas d'explications... Le feu au bois c'est très joli, mais c'est pas extrêmement commode. C'est compliqué à entretenir, ça consume trop à la fois, il faut tout le temps ranimer... Ils ont découvert des boulets...

Ils trimbalaient ça en brouette à travers les champs... On a eu un foyer superbe... Seulement on jouait les périls! On comptait sur nos pommes de terre pour tout rétablir l'équilibre... L'Honneur et le reste!... Esquiver les pires représailles!...

On allait les voir ces patates, on les surveillait comme des vrais bijoux, on en arrachait une par heure... pour se rendre mieux compte!... Le truc des effluves on l'a remis en marche... Il ronronnait presque jour et nuit!... Ça nous coûtait beaucoup d'essence, on voyait pas beaucoup de progrès... Les patates que ramenaient les mômes, les légumes de « fauche » étaient toujours beaucoup plus beaux!...

Des Pereires, il l'a bien remarqué. Ça le rendait encore plus perplexe... Pour lui c'était notre laiton qui n'avait pas la qualité... Il était pas si conductible qu'on avait cru de prime abord... pas tant qu'il aurait fallu... C'était bien possible.

A la « Grosse Boule » on y est retournés... Qu'une seule fois pour voir... Bien mal nous en prit, Nom de Dieu! Comme on a reçu un sale accueil! Agathe, la bonniche, elle était plus là, elle était partie en bombe avec le tambour de la ville, un père de famille!... Ils s'étaient mis ensemble « au vice »... C'est moi qu'on rendait responsable de cette turpitude! Dans le village et les environs, tout le monde m'accusait... et tous pourtant l'avaient tringlée!... Y avait pas d'erreur! Je l'avais pervertie! qu'ils disaient... Ils voulaient plus nous connaître ni l'un ni l'autre!... Ils refusaient de jouer avec nous... Ils voulaient plus écouter « nos partants » pour Chantilly... A présent c'était le coiffeur en face de la Poste qui ramassait tous les enjeux!... Il avait repris tout notre système, avec les enveloppes et les timbres...

Ils savaient encore bien d'autres choses, les gens de la

« Grosse Boule » à propos de nos putrides instincts!... Ils savaient, en particulier, qu'on se nourrissait sur l'habitant!... Les poulets qu'on retrouvait plus à vingt kilomètres à la ronde... Le beurre de même et les carottes!... C'était nous les romanichels!... Ils nous l'ont pas dit très clairement, parce qu'ils étaient des hypocrites... Mais ils se faisaient des réflexions absolument allusoires à propos de coups de fusil qui seraient pas volés pour tout le monde... pour des ramassis de feignasses qui finiront quand même au bagne!... Ainsi soit-il!... Enfin des remarques désagréables... On est repartis sans se dire « au revoir »... On avait bien deux heures de route pour rentrer chez nous à Blême... On avait tout le temps de repenser à ce frais accueil!...

Ça ne s'arrangeait pas très bien... ça ne ronflait pas nos entreprises... Des Pereires se rendait bien compte... Je croyais qu'il allait m'en causer... mais il a parlé de tout autre chose, chemin faisant... Des étoiles et des astres encore... de leurs distances et satellites... des jolies féeries qui s'enlacent pendant qu'on roupille d'habitude... De ces constellations si denses qu'on dirait des vrais nuages d'étoiles...

On marchait depuis assez longtemps... il commençait à s'essouffler... Il se passionnait toujours bien trop quand il était question du ciel et des trajets cosmogoniques... Ça lui montait à la tête... Il a fallu qu'on ralentisse!... On a grimpé sur un talus... Il cherchait son souffle... On s'est assis là.

— Tu vois Ferdinand je ne peux plus... Je ne peux plus faire deux choses à la fois... Moi qu'en faisais toujours trois ou quatre... Ah! C'est pas drôle Ferdinand!... c'est pas drôle!... Je ne dis pas la vie Ferdinand mais le Temps!... La vie c'est nous, ça n'est rien... Le Temps! c'est tout!... Regarde donc les petites « Orionnes »... Tu vois « Sirius »? près du « Fléau »?... Elles passent... Elles passent... Elles vont bien là-bas les retrouver les grandes lactéennes d'Antiope... Il en pouvait plus... ses bras retombaient sur ses genoux... Tu vois Ferdinand par une soirée comme celle-ci j'aurais pu retrouver Bételgeuse... une nuit de vision quoi! une vraie nuit de cristal!... Peut-être qu'avec le télescope nous pourrions encore... Par exemple c'est le télescope que je suis pas près de retrouver!... Ah! Nom de Dieu! Quel foutu fatras quand j'y pense!... Ah! crois-tu Ferdinand? Ah! crois-tu?... Ah! Dis donc t'as bien mordu ça?...

Il en rigolait au souvenir... J'ai rien répondu... Je voulais pas être responsable de lui redorer la pilule... Quand il reprenait plein optimisme il faisait plus que des conneries... Il a continué à me parler comme ci comme ça...

« Ferdinand! Tu vois, mon brave... Ah! Je voudrais bien être ailleurs! Ailleurs tu sais tout à fait!... Ailleurs! que... ça serait... quoi... » Il refaisait encore des gestes, il décrivait des paraboles... Il promenait les mains dans les voies lactées... haut, très haut dans les atmosphères... Il retrouvait encore une cligneuse... une petite chose à m'expliquer... Il voulait encore... mais il pouvait plus... Ses mots raclaient trop... C'est la poitrine qui le gênait... « Ça me donne de l'asthme moi l'automne! » qu'il a fait la remarque... Il s'est tenu alors tranquille... Il s'est endormi un petit peu... ratatiné comme ça dans l'herbe... A cause du froid je l'ai réveillé... Peut-être une demi-heure plus tard... On est repartis tout doucement.

Jamais on avait vu des mômes prospérer si bien... si vite que les nôtres, devenir si costauds, musculaires, depuis qu'on bâfrait sans limite!... C'était des ratatouilles énormes! des véritables goinfreries! et tous les moujingues au pinard!... Ils acceptaient pas de réprimandes! aucun conseil!... Ils voulaient pas qu'on se caille pour eux!... Ils se débrouillaient parfaitement seuls!...

Notre terreur c'était la Mésange, qu'elle se fasse foutre en cloque un beau jour par un des arsouilles!... Il lui passait des airs rêveurs qui signifiaient les pires périls!... Madame des Pereires y pensait tout le temps... C'est elle qui traçait des croix sur le calendrier pour quand ses ours devaient revenir.

Les pionniers, ils manigançaient, trifouillaient dans les basses-cours et les granges du matin au soir! Ils se relevaient si ils voulaient... Ça dépendait de l'état de la lune... Ils nous racontaient un petit peu... Nous nos travaux d'agriculture ça se passait plutôt dans la matinée... Question de trouver la pitance, ils étaient devenus, nos mignards, merveilleux d'entrain, d'ingéniosité... Ils étaient partout à la fois, dans tous les sillons... Et cependant on les voyait pas!... Ils jouaient aux Peaux-Rouges pour de bon! Ils étaient pétulants d'astuce. Au bout de six mois de reconnaissances et de pistages miraculeux dans tous les terrains variés, ils possédaient jusqu'à la fibre l'orientation à l'estime, le dédale des plus fins détours, les secrets des moindres abris! La position de toutes les mottes!... mieux que les lièvres du terroir!... Ils les pinglaient à la surprise!... C'est tout dire!

Sans eux d'abord c'était bien simple, nous serions crevés misérables!... On était complètement « fleur »! Ils nous en foutaient plein le caisson... ils s'amusaient de nous voir grossir! On leur faisait que des compliments...

Notre grande mignonne rongeait son frein... Elle aurait voulu dire un mot... C'était plus possible! La question d'aliment ça prime. Les mômes barrés on calanchait!... La campagne c'est impitoyable... Jamais un mot de commandement! Toujours toute initiative!... Le père de Raymond, un lampiste du secteur de Levallois, c'est le seul qui soit venu nous voir pendant le premier hiver... Ça lui était plus facile parce qu'il avait des « permis »... Il le reconnaissait plus son Raymond! tellement qu'il le trouvait costaud!... Lui qu'était arrivé chétif, à présent c'était un champion!... On lui a pas tout raconté... Il était magnifique Raymond, il avait pas son pareil pour la « fauche » des œufs... Il les refaisait sous la poule... sans la faire couaquer!... La main de velours... Le père c'était un honnête homme, il voulait nous régler sa dette... Il parlait aussi maintenant qu'il était devenu si mastard, si parfaitement fortifié son môme le Raymond de le ramener à Levallois. Il lui trouvait assez bonne mine!... Nous n'avons pas toléré... Y a eu la résistance farouche!... On lui a fait cadeau de son flouze... il nous devait encore trois cents balles... à la seule exacte condition qu'il laisserait encore son loupiot apprendre à fond l'agriculture!... Il pesait de l'or ce petit gniard-là... On voulait pas du tout le perdre! Et le môme il était bien heureux de rester avec nous... Il demandait pas à changer... Ainsi la vie s'organisait... On nous détestait partout à vingt kilomètres à la ronde, on nous haïssait, à plein bouc, mais quand même dans notre solitude à Blême-le-Petit, c'était extrêmement difficile de nous poirer flagrant délit!...

La grosse mignonne, elle grandissait plus que tous les autres du fruit des larcins! Elle avait donc plus rien à dire!... Son champ, il la nourrissait pas! ni son chapeau! ni sa culotte! Elle poussait des drôles de soupirs quand elle avait sucé sa « fine »... Elle en revenait pas de s'être habituée peu à peu à ces flibusteries innommables!... Elle s'était mise à l'alcool... peut-être de chagrin rentré?... Le petit verre... un autre... peu à peu le pousse-café!... « Que le destin s'accomplisse! qu'elle en soupirait... Puisque tu n'es bon à rien! » Elle s'adressait à Courtial.

Dans notre grenier, dans notre sous-sol, et dans un réduit du hangar nous accumulions la victuaille!... Les mômes ils se faisaient des concours à qui rapporterait davantage dans une seule journée!... Nous pouvions étaler six mois... soutenir plusieurs sièges en règle... on était pourvus!... Épicerie! bibine! margarine! absolument tout!... Mais on était dix-huit à table! dont seize en croissance! Ça cache quelque chose! surtout au « service en campagne! »...

Deux pionnières, onze et douze ans, avaient ramené avec elles, près de quatorze bidons d'essence! pour le moteur du patron. Il en rayonnait de bonheur! Le lendemain, c'était le jour de sa fête, les autres mômes sont revenus de Condoir-Ville, à sept kilomètres de chez nous, avec un grand panier de babas, d'éclairs et gaufrettes! Des « Saint-Honorés » en tous genres et apéritifs assortis! En plus, pour qu'on se marre doublement, ils nous rapportaient les factures avec les timbres acquittés!... C'était

ça le comble des finesses ! Ils avaient tout payé comptant !...
Nos chers débrouillards ! Ils piquaient maintenant du pognon
dans la pleine campagne !... où il traîne pas dans les champs !
C'était merveilleux à vrai dire ! Là encore on n'a pas fait
ouf. Nous n'avions plus d'autorité. Seulement des pareilles
astuces ça laisse quand même des petites traces... Deux
jours plus tard les gendarmes sont venus demander le
grand Gustave et la petite Léone... Ils les embarquaient
à Beauvais... Y avait pas à protester... Ils s'étaient fait
pingler ensemble sur un portefeuille !... C'était un piège
pur et simple !... Et sur le rebord d'une croisée !... Un
véritable guet-apens !... Y avait eu constat d'office !...
Quatre témoins !... C'était pas niable... ni arrangeable six-
quatre-deux !... Le mieux c'était de jouer la surprise, l'éton-
nement... l'horreur ! On a joué tout ça.

Ils ont arrêté notre Lucien, notre petit frisé, quatre jours
plus tard !... Et sur simple dénonciation ! Une affaire de
cage à poules !... La semaine suivante ils sont venus chercher « Philippe-Œil-de-Verre »... Mais y avait pas de preuves
contre lui... Ils ont été forcés de nous le rendre !... Quand
même c'était l'hécatombe ! On sentait bien que les péquenots toujours si longs à se résoudre, ils s'étaient juré
à présent de ruiner toute notre entreprise... Ils nous exé-
craient à bloc !...
Ils menaçaient d'ailleurs de brûler notre tôle entière, avec
nous tous dans l'intérieur !... On avait ce tuyau-là d'Eusèbe...
Roustir comme des rats c'était l'idéal !... Ils voulaient plus
qu'on trafique...
C'est la grosse mignonne qu'a subi le premier choc des
populaces insurgées... Il a fallu qu'elle se trisse du marché
de Persant... Elle voulait faire un peu de négoce, leur refiler
un plein panier d'œufs superbes de « seconde main »... Ça
n'a pas collé du tout ! Ils ont reconnu la provenance... Ils
sont devenus intraitables ! délirants de hargne et vindicte !...

Elle s'est carrée à toutes pompes! Il était moins deux qu'on la baigne... Elle est rentrée au hameau entièrement décomposée!... Elle s'est fait bouillir aussitôt une grande cafetière de son mélange, un genre d'infusion, de la verveine plus de la menthe et un petit tiers de banyuls... Elle prenait goût aux choses fortes... surtout aux vins cuits... quelquefois même au vulnéraire!... Ça la remontait extrêmement vite. C'était un mélange indiqué par diverses sages-femmes de l'époque... le meilleur cordial pour les « gardes »...

On était tous là, autour d'elle, en train de commenter l'agression... on étudiait les conséquences!... Les bouteilles étaient sur la table... Le brigadier rentre!... Il se met de suite à nous agonir... Il nous défend tous qu'on bouge.

— On viendra tous vous chercher à la fin de la semaine prochaine! Ça suffit la Comédie! La mesure est plus que comble! On vous a bien assez prévenus!... Samedi! que vous irez au Canton! votre affaire elle est claire à tous!... Si j'en rencontre encore une seule de vos petites frappes à la traîne... S'ils s'éloignent encore du hameau... Ils seront illico coffrés! Illico! C'est net?... C'est compris?...

Le Procureur, paraît-il, avait déjà entre les mains toutes les charges pour vingt ans de bagne!... Pour Courtial! Madame! et moi-même! Les motifs ne manqueraient pas!... Rapts d'enfants!... Libertinages!... Grivèleries diverses!... Infraction aux jeux... Fausses déclarations contribuables... Plusieurs attentats aux mœurs... Cambriolages!... Escroqueries!... Rapines nocturnes!... Recel de mineurs!... Enfin y avait la cascade... un choix très complet!... Il nous assommait le brigadier!... Seulement Madame des Pereires ébranlée d'abord ça se comprend, elle se sentait déjà beaucoup mieux... Elle a fait ni ouf! ni yop!... elle a rebondi comme un seul homme! Elle a fait front complètement... Elle s'est redressée tout soudain... d'une impulsion si véhémente, si farouchement indignée, tellement gonflée par la colère, que le brigadier en vacilla... sous la charge!... Il en croyait plus ses oreilles!... Il clignait des yeux... Elle le fascinait, c'est le mot... Elle ripostait en des termes qu'étaient plus du tout réfutables! Jamais ce sale plouc il aurait cru... Elle l'accusait à son tour d'avoir fomenté en personne toute la révolte des péquenots!... Toute cette jacquerie abominable! C'était lui, le grand responsable... Ébaubi! Cinglé! fustigé, il en chancelait dans ses bottes... Méprisante et sardonique, elle le traitait de « pauvre malheureux! »... Il se tenait sur la défensive... Il avait plus un mot à dire... Elle est allée remettre son chapeau... Elle se dandinait haute devant l'homme, montée en colère de cobra!... Elle l'a forcé à reculons... Elle l'a foutu à la porte. Il a barré comme un péteux. Il est remonté en bicyclette, il est reparti en zigzag d'un bord à l'autre de la route... Il vadrouillait loin dans la nuit avec son petit lampion rouge... On l'a regardé disparaître... Il pouvait plus s'en aller droit.

Une de nos pionnières, la Camille, pourtant une petite futée, s'est fait poirer trois jours plus tard dans le jardin du Presbytère, à Landrezon, une vilaine brousse de l'autre côté de la forêt. Elle se sauvait juste de la cuisine avec un fromage parmesan, des écrevisses et de la prunelle... deux bouteilles... Elle avait pris ce qu'elle trouvait... Et puis les burettes de la messe... Ça c'était le plus grave! en argent massif!... Ça c'était du flagrant délit!... Ils l'avaient tous courue la môme... Ils l'avaient coincée sur un pont... Elle en reviendrait plus la minette! Elle était bouclée à Versailles!... Le facteur cet affreux aspic il a pas omis de venir immédiatement nous raconter... Il a fait un détour exprès!... Ça devenait extravagant notre situation... notre voltige... Il fallait pas être très mariole pour bien se gourer d'ores et déjà, que tous les mômes du phalanstère ils seraient marrons dans l'aventure... Ils se feraient paumer un par un au ravitaillement... même en décuplant les prudences... même en sortant seulement la nuit...

On s'est serré en nourriture, on a fait de plus en plus gafe... Y avait plus lerche de margarine, ni d'huile, ni de sardines non plus... qu'on aimait énormément... C'est par le thon et les sardines qu'on a recommencé à pâtir...

On pouvait plus faire de pommes frites!... On restait derrière nos persiennes... On surveillait les abords... On se méfiait d'être à la « brune » ajusté par un paysan... Il s'en montrait de temps à autre... Ils passaient avec leurs fusils le long des fenêtres, en vélo... Nous aussi on avait un flingue, un vieux canard chevrotine à deux percuteurs... et puis un pistolet à bourre... L'ancien fermier précédent il avait laissé les deux armes... Elles étaient toujours accrochées après la hotte, après un clou dans la cuistance.

Des Pereires, comme ça certain soir, comme on avait plus rien à faire et qu'on pouvait même plus sortir, il l'a redescendu le vieux flingot... il s'est mis à le nettoyer... à passer de la mèche avec une ficelle dans les deux canons... avec du pétrole... à faire marcher la gâchette... Je l'ai senti venir moi l'état de siège...

Il nous en restait plus que sept... quatre garçons, trois filles... On a écrit à leurs parents si ils voulaient pas nous les reprendre?... que notre expérience agricole nous réservait quelques mécomptes... Que des circonstances imprévues nous obligeaient temporairement à renvoyer quelques pupilles...

Ils ont même pas répondu ces parents fumiers! Absolument sans conscience!... Trop heureux qu'on se démerde avec... Du coup on a demandé aux mômes si ils voulaient qu'on les dépose dans un endroit charitable?... Au Chef-Lieu du canton par exemple?... En entendant ces quelques mots ils se sont rebiffés contre nous et de façon si agressive, si absolument rageuse, que j'ai cru un moment que ça finirait en massacre!... Ils voulaient plus rien admettre... Tout de suite on a mis les pouces... On leur avait donné toujours beaucoup trop d'indépendance et d'initiative à ces gniards salés pour pouvoir maintenant les remettre en cadence!... Haricots! Bigorne!... Ils s'en branlaient d'aller en loques et de brifer au petit hasard... mais à quoi ils

renâclaient horrible c'est quand on venait les emmerder!...
Ils cherchaient même plus à comprendre!... Ils s'en tou-
chaient des contingences!... On avait beau leur expliquer
que c'est pas comme ça dans la vie... qu'on a tous nos
obligations... que les honnêtes gens vous possèdent... tout
au bout du compte... que de piquer à droite, à gauche, ça
finit quand même par se savoir!... que ça se termine un
jour très mal... Ils nous envoyaient rejaillir avec nos salades
miteuses... Ils nous trouvaient fort écœurants... bien affreux
cafards!... Ils refusaient tout ce qu'on prétendait... Ils
refusaient d'entendre... Ça faisait une « Race Nouvelle »
pépère. Dudule le mignard de la troupe, il est sorti chercher des œufs... Raymond osait plus... Il était devenu trop
grand... C'était un « radeau de la Méduse » le petit gniard
Dudule... On faisait des vœux... des prières... tout le temps
qu'il était dehors... pour qu'il revienne indemne et garni...
Il a ramené un pigeon, on l'a bouffé cru tout comme avec
des carottes itou... Il connaissait sa campagne mieux que
les chiens de chasse le Dudule!... A deux mètres on le
repérait plus... Des heures... qu'il restait planqué pour
calotter sa pondeuse... Sans lacet! sans boulette! sans
cordon!... Avec deux petits doigts... Cuic! Cuic!... Il me
montrait la passe... C'était exquis comme finesse... « Tiens,
dix ronds que je te la mouche... et tu l'entends pas! »...
C'était vrai, on entendait rien.

On a eu deux fenêtres de cassées dans la même semaine...
D'autres péquenots en bicyclette qui passaient exprès en
trombe... Ils nous lapidaient de plus en plus... Ils se planquaient, ils revenaient encore... Ça devenait infect comme
rancune... Et on se tenait pourtant peinards!... On ripostait
rien du tout!... Et on aurait certainement dû... c'était de la
provocation!... Un bon coup de tromblon dans les fesses!
Nos pionniers, ils se montraient plus... Ils sortaient seulement avant l'aube, juste à peine une heure ou deux entre

chien et loup... au tout petit matin pour y voir quand même un peu clair... Des clebs ils en avaient mis, les cultivateurs, dans tous les enclos du canton... Déchaînés, féroces, des monstres enragés!...

En plus, nous manquions bien de godasses pour ces terribles périples dans les sentiers en rocaille... C'était la torture!... Les mignards, même bien entraînés ils se coupaient souvent... Au petit jour, leurs fringues, sous la pluie, surtout comme ça début novembre, ça faisait des drôles de cataplasmes!... Ils toussaient de plus en plus fort... Ils avaient beau être solides et flibustiers et petites canailles!... ils étaient pas exempts de bronchite!... Dans les pistes de gros labours ils enfonçaient jusqu'aux fesses!... Au froid sec ils en pouvaient plus... C'était plus possible sans tatanes!... Ils auraient perdu leurs arpions... Au vent d'hiver, notre plateau, il prenait bien les bourrasques... C'était balayé du Nord!... Le soir on se réchauffait bien, mais on étouffait dans la crèche, tellement que la fumée bourrait!... rabattait du fond de la hotte!... C'était au bois tout humide, y avait plus de charbon depuis des semaines... on en pouvait plus... on éteignait tout!... On avait peur que ça reprenne... on jetait de l'eau sur les tisons... Les mômes avaient plus qu'à se coucher...

Assez souvent vers minuit Courtial se relevait encore... Il pouvait pas s'endormir... Avec sa lanterne, la « sourde », il piquait vers le hangar, farfouiller un peu son système... le remettre pour quelques minutes en route... Sa femme tressautait dans sa paille, elle allait se rendre compte avec lui... Je les entendais se provoquer dans le fin fond de la cour...

Elle revenait après ça dare-dare... Elle me réveillait... Elle voulait me montrer les patates... Ah! c'était pas très joli!... Celles qui poussaient dans les ondes... l'allure pustuleuse... répugnante!... Merde! Elle me prenait à témoin!.. Elles grossissaient pas beaucoup... C'était assez évident... J'osais pas trop faire la remarque... trop abonder dans son sens... mais je pouvais pas dire le contraire... Rongées... racornies, immondes bien pourries... et en plus pleines d'asticots!... Voilà les patates à Courtial!... On pourrait même pas les brifer... même dans la soupe pour nous autres... Et que nous étions pas difficiles!... Elle était parfaitement certaine, Madame des Pereires, que la culture était loupée...

— Et c'est ça, lui Ferdinand, qu'il prétend aller revendre aux Halles? Hein? Dis-moi ça!... A qui donc?... C'est un comble! Ah! quelle culotte! Je me demande un peu!... Où qu'il peut percher son connard qui va lui racheter des telles ordures?... Où qu'il est donc cette bille de clown que je lui envoye une corbeille!... Ah! dis donc, je voudrais le voir tout de suite!... Ah! Il est blindé mon zébu! Ah! dis donc alors quand j'y pense!... Pour quoi qu'il doit me prendre?...

C'est vrai qu'elles étaient infectes!... Des patates pourtant fignolées!... Des provenances méticuleuses!... Choyées parfaitement jour et nuit!... Moisies tout à fait... grouillantes de vermine, des larves avec des mille-pattes... et puis une très vilaine odeur! infiniment nauséeuse!... en dépit du froid intense... Ça même c'était pas ordinaire... C'était le phénomène insolite!... C'est l'odeur qui me faisait tiquer... La patate puante... ça se voit très rarement... Un coup de la malchance bien étrange...

— Chutt! Chutt!... que je lui faisais... Vous allez réveiller les gniards!...

Elle retournait au champ d'expérience... Elle emmenait avec elle son falot... et puis sa pelle-bêche... Il faisait du 8°... 10° au-dessous... Elle recherchait les plus véreuses, elle les arrachait une par une... Tant que ça pouvait! jusqu'au petit jour...

Ce fut vraiment impossible de dissimuler très longtemps une telle invasion de vermine... Le champ grouillait, même en surface... La pourriture s'étendait encore... on avait beau émonder, extirper, sarcler, toujours davantage... ça n'y faisait rien du tout... Ça a fini par se savoir dans toute la région... Les péquenots sont revenus fouiner... Ils déterraient nos pommes de terre pour se rendre mieux compte!... Ils ont fait porter au Préfet des échantillons de nos cultures!.. avec un rapport des gendarmes sur nos agissements bizarres!... Et même des bourriches entières qu'ils ont expédiées, absolument farcies de larves, jusqu'à Paris, au Directeur du Muséum!... Ça devenait le grand événement!... D'après les horribles rumeurs, c'est nous qu'étions les fautifs, les originaux créateurs d'une pestilence agricole!... entièrement nouvelle... d'un inouï fléau maraîcher!...

Par l'effet des ondes intensives, par nos « inductions » maléfiques, par l'agencement infernal des mille réseaux en laiton nous avions corrompu la terre!... provoqué le Génie des larves!... en pleine nature innocente!... Nous venions là de faire naître, à Blême-le-Petit, une race tout à fait spéciale d'asticots entièrement vicieux, effroyablement corrosifs, qui s'attaquaient à toutes les semences, à n'importe quelle plante ou racine!... aux arbres même! aux récoltes! aux chaumières! A la structure des sillons! A tous les produits laitiers!... n'épargnaient absolument rien!... Corrompant, suçant, dissolvant... Croûtant même le soc des charrues!... Résorbant, digérant la pierre, le silex, aussi bien que le haricot! Tout sur son passage! En surface, en profondeur!... Le cadavre ou la pomme de terre!... Tout absolument!... Et prospérant, notons-le, au cœur de l'hiver!... Se fortifiant des froids intenses!... Se propageant à foison, par lourdes myriades!... de plus en plus inassouvibles!... à travers monts! plaines! et vallées!... et à la vitesse électrique!... grâce aux effluves de nos machines!... Bientôt tout l'arrondissement ne serait plus autour de Blême qu'un énorme champ tout pourri!... Une tourbe abjecte!... Un vaste cloaque d'asticots!... Un séisme en larves grouilleuses!... Après ça serait le tour de Persant!... et puis celui de Saligons!... C'était ça les perspectives!... On pouvait pas encore prédire où et quand ça finirait!... Si jamais on aurait le moyen de circonscrire la catastrophe!... Il fallait d'abord qu'on attente le résultat des analyses!... Ça pouvait très bien se propager à toutes les racines de la France... Bouffer complètement la campagne!... Qu'il

reste plus rien que des cailloux sur tout le territoire!...
Que nos asticots rendent l'Europe absolument incultivable...
Plus qu'un désert de pourriture!... Alors du coup, c'est
le cas de le dire, on parlerait de notre grand fléau de Blême-
le-Petit... très loin à travers les âges... comme on parle
de ceux de la Bible encore aujourd'hui...

C'était plus du tout une simple rigolade... Courtial en
a fait la remarque au facteur quand il a passé... C'était
bien la moindre des choses qu'il dégueule un peu de venin
l'Eusèbe « sans vélo »... « C'est ma foi Nom de Dieu possible! » qu'il a répondu... Il a rien ajouté. Il devenait
d'ailleurs cette peau de crabe, de plus en plus détestable.
On avait plus une goutte à boire... rien à lui offrir... Il
faisait affreux tout à fait... Quatorze kilomètres sans sucer!..
Du coup, il devait nous jeter des sorts!... Il se tapait la
route de Persant jusques à trois fois par jour! Spécialement
pour notre courrier!... On nous écrivait de partout, c'était
pas notre faute!...

Elle en avait décuplé notre correspondance!... Des gens
qui voulaient tout connaître... qui voulaient venir interviewer!... Et puis de nombreux anonymes qui nous régа-
laient pour leurs timbres!... Des tombereaux d'insultes!...

— Ça va! ça va! l'esprit fermente!... Regarde-moi toutes
ces belles missives! Et cent mille fois plus vermineuses que
tout le sol de la planète!... Et pourtant tu sais y en a! C'est
bourré! c'est plein! La charogne veux-tu que je te dise?
Hein? moi je vais te le dire... c'est tout ce qu'il faut supporter!...

On s'est dit que peut-être quand même, en les faisant
cuire à tout petit feu... en les gratinant nos patates... en
les repassant dans la graisse... en les flattant plus ou moins...
d'une certaine façon astucieuse... on arriverait bien peu
à peu à les rendre malgré tout mangeables... On a essayé
sur elles toutes les ruses de la tambouille... Rien rendait

absolument... Tout allait se prendre en gélatine au fond
de la casserole... Ça tournait au bout d'une heure... peut-
être une heure trente en un énorme gâteau de larves... Et
toujours l'odeur effrayante... Courtial a reniflé très lon-
guement le résultat de nos cuistances...

— C'est de l'hydrate ferreux d'alumine! Retiens bien
ce nom Ferdinand! Retiens bien ce nom!... Tu vois cette
espèce de méconium?... Nos terrains en sont farcis! littéralement!... J'ai même pas besoin d'analyse!... Précipités
par les sulfures!... Ça c'est notre grand inconvénient!...
On peut pas dire le contraire... Regarde la croûte qui
jaunit... Je m'en étais toujours douté!... Ces pommes de
terre!... tiens!... moi je vais te le dire!... Elles feraient un
engrais admirable!... Surtout avec de la potasse... Tu la
vois la potasse aussi?... C'est ça qui nous sauve! La
Potasse! Elle adhère extraordinairement... Elle surcharge
tous les tubercules!... Regarde un peu comme ils scintil-
lent! Discernes-tu bien les paillettes?... L'enrobage de
chaque radicule?... Tous ces infimes petits cristaux?... Tout
ce qui miroite en vert?... en violet?... Les vois-tu?... très
exactement?... Ça Ferdinand mon bon ami ce sont les
Transferts!... Oui!... Les transferts d'Hydrolyse... Ah! mais
oui!... Ni plus!... Ni moins!... Les apports de notre courant...
Oui, mon garçon!... Oui parfaitement!... La signature tellurique!... Ça je peux pas mieux dire... Regarde bien de
tous tes yeux! Écarquille-toi maximum! On peut pas te
prouver davantage!... Aucun besoin d'autres preuves!...
Les preuves?... Les voilà Ferdinand!... Les voilà! et les
meilleures!... Exactement ce que je prédisais!... C'est un
courant que rien n'arrête, ne dissémine! ne réfracte!... Mais
il se montre... ça je l'admets, un peu chargé en alumine!...
Un autre petit inconvénient!... mais passager!... très passager!... Question de température! L'optima pour l'alumine c'est 12 degrés 0,5... Ah! Oh! Retiens bien! Zéro!
cinq!... Pour ce qui nous concerne! Tu me comprends?...

Encore deux semaines ont passé... On rationnait tellement le bout de gras qu'on faisait plus la soupe qu'une seule fois par jour... Il était plus question de sortir... Il pleuvait énormément... La campagne souffrait aussi... raplatissait sous l'Hiver... Les arbres en avaient la tremblote... Ils ramaient les fantômes du vent... Aussitôt vidées nos assiettes on retournait vite dans les tas de paille pour conserver notre chaleur!... On restait vautrés comme ça... des journées entières, tassés les uns dans les autres... sans ouvrir la bouche... sans nous dire un mot... Même le feu de bois ça ne réchauffe plus... quand on la pète à ce point-là... On toussait tous des quintes terribles. Et puis alors on devenait maigres... des jambes comme des flûtes... une faiblesse pas ordinaire... à ne plus bouger, plus mastiquer, plus rien du tout... C'est pas marrant la famine... Le facteur est plus revenu... Il avait dû recevoir des ordres... On se serait pas tellement déprimés si y avait eu encore du beurre ou même un peu de margarine... C'est indispensable en hiver!... Courtial c'est à ce moment-là qu'il a eu des drôles de malaises quand le froid est devenu si intense et qu'on mangeait de moins en moins... Il a eu comme de l'entérite et vraiment très grave... Il souffrait beaucoup du ventre... Il se tortillait dans la paille... Ça venait pas de la nourriture!... Il discutait à cause de ça avec la daronne et puis sur la question de lavements... Si c'était mieux qu'il en prenne? ou qu'il en prenne pas du tout?...

— Mais t'a rien dans le ventre!... qu'elle lui faisait...! Comment veux-tu que ça te gargouille?... La colique ça vient pas tout seul!...

— Eh bien moi je te jure pourtant que je la sens passer! Ah! La saloperie... toute la nuit ça m'a éventré!... C'est des coliques sèches... On dirait qu'on me noue les tripes!... Ah! dis donc!...

— Mais c'est le froid!... voyons pauvre idiot!...

— C'est pas le froid du tout!...

— C'est la faim alors?...

— Mais j'ai pas faim!... Je dégueulerais plutôt!...

— Ah!... Tu sais pas ce que tu veux!...

Il ne répondait plus... Il se renfonçait dans la litière...
Il voulait plus qu'on lui cause...

Pour la question d'agriculture il pouvait vraiment plus
rien faire... Y avait plus de pétrole au hangar, pas seulement
un petit bidon pour mettre son bastringue en route!...

Deux jours ont encore passé... dans l'attente et la prostration... La grande chérie mirontaine tapie dans une encoignure, emmitouflée dans des rideaux, elle y tenait plus, elle
s'en croquait toutes les dents à se les claquer dans la grelotte... Elle est montée au grenier chercher encore quelques
sacs!... Elle s'est coupé comme pour les mômes une espèce
de camisole et une forte jupe écossaise, elle a rempli
tout ça d'étoupe, par-dessus son pantalon!... Ça lui faisait
un air tout « zoulou »! Elle-même elle se trouvait cocasse!...
Le froid ça fait vachement rire!... Comme elle se réchauffait plus bézef, elle s'est élancée en sauteries!... claquant
des sabots, dondaine! autour de la table massive! Les
mômes ils se poêlaient de la regarder!... Ils gambadaient
avec elle un genre farandole!... Ils couraient derrière...
Ils se pendaient après ses basques... Elle a chanté un petit
air :

> *C'est la fille de la meunière*
> *Qui dansait avec les gars!*
> *Elle a perdu sa jarretière*
> *Sa jarretière...*

C'est pas souvent que ça la prenait la mère Courtial ces
humeurs coquines!... Il fallait que l'instant soye étrange...
Elle avait plus rien pour chiquer... Tout le tabac, Courtial
l'avait pris!... Elle s'est remise un peu à râler à propos de
sa pipe... Les mômes arrachaint ses coutures... Ils l'ont
culbutée dans la paille!...

— Merde! Merde! Merde! Barrez-vous tous!... Chas-
sieux! Morveux! Miteux! Pilleux! Suçons! Gourgandins!...
qu'elle les engueulait... Ça les faisait marrer davantage...

— Courtial, m'entends-tu?... Il entendait pas... Il
retournait la tête dans son trou... Il gémissait... Il grognait...
C'était le bide et la plaisanterie...! Les mômes allaient

555

rebondir dessus, les quatre garçons et les trois filles!... Il
nous répondait rien quand même.

Un peu plus tard, on s'est demandé où qu'il était passé
le Dudule?... Il était sorti depuis deux heures... soi-disant
pour ses besoins... Ah! nous fûmes tous des plus inquiets!...
Et il est revenu qu'à la nuit!... Et alors avec un cargo!...
Il avait fait douze kilomètres!... Jusqu'à la gare de Persant...
et rappliqué à toutes pompes! Sur le quai des marchandises,
il avait levé une vraie aubaine... un condé phénoménal!...
Un débarquement d'épicerie!... Il nous rentrait avec
du beurre!... une motte entière!... Deux chapelets de
saucisses complets!... trois paniers d'œufs... des andouilles,
des confitures et du foie gras!... Il ramenait aussi la
brouette... Il avait fauché tout ça devant la consigne pendant que les manœuvres du transport étaient partis à
l'aiguillage... pour se remettre un peu de chaleur... Il y
avait pas mis deux minutes, Dudule, pour tout calotter!
Le pain, seulement qui nous manquait... mais ça n'a pas du
tout gêné pour faire une agape!... Quelque chose d'énorme!..
On a poussé notre feu à bloc! On y a mis presque un arbre
entier!...

Des Pereires, en entendant ça, il s'est réveillé tout à fait...
Il s est relevé pour bouffer... Il a commencé à bâfrer si
vite, qu'il en perdait le souffle. Il s'en tenait la panse à deux
mains... « Ah! Nom de Dieu de Nom de Dieu!... » qu'il
s'exclamait entre-temps... La grosse mignonne elle non plus
se faisait pas prier!... Elle en fut si bien gavée en quelques
minutes, qu'il a fallu qu'elle s'allonge... Elle se roulait à
même le sol... du ventre sur le dos... tout doucement...
« Ah! Bon Dieu! Bon Dieu! Courtial! ça passera jamais!
Ah! Ce que j'avais faim quand même!... » Les mômes ils
s'arrêtaient plus d'aller revomir dans les coins... Après ils
retournaient s'entonner... Le chien à Dudule aussi, il
avait de tels gonflements qu'il en hurlait à la mort!...
« Ah! Mes enfants! Ah! les chers chouchous! Ah! mes
chers mignons! Ah! Bon Dieu de nom de Dieu! Il était
temps que ça finisse! Ah! Y a pas meilleur quand même! »
qu'il répétait des Pereires!... Il était comblé!... « Ah! Il
était temps! Nom de Dieu!... Ah! Y a pas meilleur!... »

Il pouvait plus dire autre chose. Il en revenait pas du miracle.

Il devait être à peu près cinq heures... Il faisait pas encore jour du tout... quand j'ai entendu Courtial qui remuait toute la paille... Il se relevait... Il s'est remis debout... Je juge l'heure qu'il était d'après l'état de la cheminée... du feu qu'était presque éteint... Je me dis : « Ça y est, il la pète!... Il tient plus au froid... Il va aller se faire du café... On en aura tous!... Bueno!... » En fait, il part vers la cuisine... C'était naturel... Je l'entends qui remue les cafetières... J'aurais voulu y aller le rejoindre... m'en jeter une bonne tasse tout de suite... Mais entre mon trou et la porte y avait tous les mômes qui ronflaient... les uns dans les autres... Ils avaient les têtes n'importe où... J'ai eu peur d'en écrabouiller... Je suis donc resté dans mon creux... Après tout je grelottais pas trop... J'étais protégé par le mur... Je prenais moins de zeph que le vieux dabe. J'étais transi voilà tout. J'attendais qu'il retourne avec la cafetière pour le stopper au passage... Mais il en finissait pas. Il traînait là-bas dans le fond... Je l'ai entendu encore longtemps trifouiller les ustensiles... Et puis après je l'ai entendu qui ouvrait la porte sur la route... Je me suis fait la réflexion : « Tiens, il va donc pisser dehors ?... » Je comprenais plus... J'attendais toujours qu'il revienne... Une espèce d'appré-hension m'a passé à ce moment-là... J'ai même failli me relever... Et puis je me suis rendormi... J'étais engourdi.

Et puis j'ai eu un cauchemar... comme ça dans le tréfonds du sommeil je me battais avec la rombière!... C'est elle qui menait la danse... Je me dégageais... Elle reprenait tout... Quel tambour!... quel baratin! Je pouvais plus

557

m'en dépêtrer... Un boucan horrible! des prises de noyés!...
Elle me trifouillait toute la tête avec ses questions...
J'essayais bien de me la défendre, de me recouvrir avec la
paille... mais elle me cramponnait la garce, elle me raccrochait au cassis!... Et je te vocifère!... et je te rugis encore
double!... Elle me tortillait les oreilles avec ses deux
poings... Elle voulait plus me desserrer... « Où qu'il était
son Courtial ?... » Elle en hurlait sur tous les tons!... Elle
revenait juste de la cuistance... elle avait cherché du café...
Il en restait plus une seule goutte!... Alors elle en faisait un
tintouin!... Tous les récipients qu'étaient vides!... Il avait
tout sucé l'arsouille!... toutes les tasses, les trois cafetières
à lui tout seul!... avant de sortir... S'il m'avait rien dit à
moi? Elle voulait savoir à toute force...

— Mais non! Mais non! Pas un mot!...
— De quel côté qu'il est barré?... Est-ce que je l'avais
vu dans la cour?...

— Mais non!... Mais non!... J'avais rien vu!... La
Mésange redressée en sursaut elle s'est mise à cafouiller...
qu'elle avait fait un drôle de rêve!... qu'elle avait vu dans
un songe le patron Courtial grimpé sur un éléphant!...
C'était pas le moment de croire des sottises... On cherchait
plutôt à se souvenir de ce qu'il nous avait dit le soir même...
Il avait bâfré comme trente-six!... ça on s'en souvenait...
Il s'était peut-être trouvé mal?... indisposé?... Le froid
dehors?... Là commencèrent les hypothèses! ... Une conges-
tion?... Sans perdre beaucoup de temps on s'est élancé à sa
recherche avec tous les mômes!... On a fouillé toute la
paille... tous les recoins du logis... les dépendances, les
deux hangars et la cambuse aux expériences... Il était donc
pas dans la turne?... On est sortis à travers champs... dans
les environs immédiats... et puis encore un peu plus loin...
Les uns fouillant vers le coteau toutes les ravines, tous les
bosquets... Les autres comme à la cueillette dans tous les
sens du plateau!... On a lancé le chien à Dudule... Pas plus
de Courtial que de beurre au cul!... On s'est encore rassemblés... On allait refouiller le petit bois buisson par
buisson... Il se baladait souvent par là... Quand juste un des
mômes a remarqué sur le haut panneau de la grande porte,

qu'il y avait quelque chose d'écrit... « Bonne chance!
Bonne chance! » à la craie... en très grosses lettres majuscules... Et c'était bien son écriture...

La vieille tout d'abord elle a rien compris... Elle ronchonnait comme ça : « Bonne chance! Bonne chance! » Elle en
sortait pas...

— Qu'est-ce que ça veut dire?... Mais, Nom de Dieu!
Mais il s'est tiré!... ça l'a renversée d'un seul coup!...
Mais il se fout de ma tronche!... Ah! ma parole!... Ah!
Bonne chance!... Dis donc... Bonne chance? Qu'il me dit
ça! à moi!... Et voilà comment qu'il me cause!... Ah dis
donc! ça c'est du fiel! Ah! alors elle était outrée... absolument effroyable!...

— Mais c'est inique!... Monsieur se barre!... Monsieur
gambille!... Monsieur se trisse en excursion...   Monsieur
va bringuer en ville! L'ordure! Le voyou! Cette calamité!... Bonne chance!... et voilà!... Moi je dois me
contenter pépère!... C'est pour moi alors toute la caille?
Hein?... A moi tout le purin!... Si je patauge... démerde-toi
vieille bourrique!... Casse-toi bien la raie!... Et puis...
Bonne chance!... Alors moi je trouve tout ça plausible?...
Dis-le un peu Ferdinand? C'est ton avis?... Ah! foutre de
culot de galeux!...

Les mômes ils se fendaient bien la gueule de l'entendre
encore brailler!... Je voulais pas remuer l'incendie!... J'ai
laissé un peu refroidir... Mais je me disais à l'intérieur...
« Le petit vieux, il en a eu marre de tout nous autres et de
la culture!... Il est barré le plus loin possible... On le reverra
pas de sitôt!... » J'en avais un pressentiment... Je me souvenais des mots qu'il disait... Et ça me pinçait dur comme
souvenir... Bien sûr qu'il déconnait beaucoup... Mais
quand même sa Résolution, il l'avait peut-être prise à la
fin?... l'ordure... En nous laissant comme ça tous choir?...
jusqu'au cou en pleine mouscaille... C'était bien quand
même sa manière... Il était joliment sournois, rancuneux,
dissimulé... comme trente-six ours... Ça n'était pas une
surprise... Je le savais aussi depuis toujours... « Les détails
n'ont pas d'importance!... Ils obscurcissent toute la vie!...
Ce qu'il faut c'est la résolution!... La Grande!... Ferdi-

nand! La Grande!... Tu m'entends?... » J'entendais!...
C'était toujours du discours!... Mais s'il avait mis les bouts,
une bonne fois pour toutes!... Ça alors c'était charogne!...
Le tour était vraiment infect!... Comment qu'on en
sortirait nous autres de sa pétaudière?... La vieille avait
mille fois raison!... Qu'est-ce qu'on pouvait foutre maintenant nous avec son bazar tellurique?... Absolument
rien!... Qu'on serait accusés par tout le monde de saloper
la terre entière?... Qu'est-ce qu'on aurait à répondre?...
On serait complètement sonnés! Lui encore avec ses manières... il pouvait les étourdir... les intriguer les sauvages!...
Mais nous?... On existait pas.

On en restait comme du flan... On essayait de se rendre
bien compte... La vieille se calmait peu à peu... Les
mômes refouillaient toute la piaule... Ils sont remontés au
grenier. Ils ont retourné toutes les bottes... « Il reviendra?... Il reviendra pas?... » C'était la rengaine.

A Blême, il avait pas sa cave pour se cacher comme au
Palais... Il était peut-être pas très loin?... C'était peut-être
qu'une fantaisie?... Une saute de maniaque?... Où nous
irions avec les mômes si il rappliquait plus du tout?...
La vieille à force de réfléchir elle a repris un petit peu
d'espoir... Elle se disait que c'était pas possible... qu'il
avait quand même un peu de cœur... que c'était qu'une
sale farce idiote... qu'il reviendrait bientôt malgré tout...
On commençait à reprendre confiance... Sans aucune raison
d'ailleurs... Seulement parce qu'il le fallait bien...

La matinée allait finir, il devait être à peu près onze
heures... Le vache facteur réapparaît... C'est moi qui
l'aperçois le premier... Je regardais un peu par la fenêtre...
Il se rapproche... Il rentre pas... Il reste planté là devant la
porte... Il me fait signe à moi de sortir... qu'il veut me causer... que je fasse vite... Je bondis... Il me rejoint sous le
porche, il me chuchote, il est en émoi...

— Dépêche-toi! Cavale voir ton vieux!... Il est là-bas sur la route, après le passage de la Druve... à la remontée de Saligons!... Tu sais la petite passerelle en bois?... C'est là qu'il s'est tué!... Les gens des « Plaquets » ils l'ont entendu... Le fils Arton et la mère Jeanne... Il était juste après six heures... Avec son fusil... le gros... Ils m'ont dit de vous dire... Que tu l'enlèves si tu veux... Moi, j'ai rien vu... t'as compris?... Eux ils savent rien non plus... Ils ont entendu que le pétard... Et puis tiens, voilà deux lettres... Elles sont toutes les deux pour lui... Il a même pas fait un « au revoir »... Il est reparti le long du mur... Il avait pas pris son vélo, il a coupé à travers champs... Je l'ai vu rejoindre la route en haut, celle de Brion, par la forêt.

Je lui ai redit tout bas à l'oreille... pour que les mômes n'entendent pas... Elle a fait qu'un saut vers la porte!... Elle a filé bride abattue... Elle poulopait sur les graviers... J'avais même pas eu le temps de finir... Les gniards il fallait que je les calme... Ils se gouraient d'une catastrophe...

— Vous caillez pas!... Montrez pas vos blazes dehors!... Moi je vais la rattraper la vioque!... Vous, cherchez-le encore Courtial!... Je suis sûr qu'il est encore ici!... Qu'il est planqué quelque part!... Il a pas fondu en guimauve!... Retournez-moi toute la paille!... Botte par botte!... Il roupille au fond! Nous on va trouver les gendarmes... Ils nous ont demandés à Mesloir!... C'est pour ça qu'il est venu le facteur... Ça va être vite fait... Chiez pas dans vos frocs!... Restez là, vous autres, bien peinards!... On sera rentrés pour deux heures... Qu'on vous entende pas du dehors! Ramenez pas vos flûtes!... Fouillez la soupente!... Regardez un peu dans l'écurie!... On a pas cherché dans les coffres!...

Les mômes ils avaient horreur de voir les guignols... Comme ça j'étais bien tranquille! Ils nous fileraient sûrement pas! Ils sentaient bien une friture... mais d'où?... Ils en savaient rien...

— Fermez bien vos lourdes surtout!... que j'ai recommandé... J'ai essayé par la fenêtre d'apercevoir la daronne... Elle était déjà au diable!... Je me suis élancé au galop... J'ai eu un coton terrible pour la rattraper... Elle fonçait à toute pression à travers bois et labours!... Enfin j'ai collé au train! Il fallait que je me désosse! Merde!... rien que pour la suivre!... Je rassemblais quand même des idées... Comme ça... tout en dératant!... Et dans la fièvre du galop... Il me montait une vache suspicion... « Merde! que je me disais d'afur!... T'es encore tout lopaille mon pote! C'est la grosse bite!... C'est l'entourloupe!... le truc du petit pont de la Druve?... Balle-Peau! Une salade!... Encore bien foireuse! et une menterie culottée!... Une attrape sinistre et puis tout! » Ah!... Je m'en gourais fortement!... Un nibé charogne du facteur!... Il en était capable ce glaire!... Et les autres anthropophages?... Et comment qu'ils étaient suspects!... Et voilà tout ce qui me revenait en plein dans la course!... Et notre dabe en ce moment précis?... Pendant qu'on se fendait nous la pêche à cavaler!... pour son cadavre!... où ça qu'il se trouvait?... Il était peut-être qu'à la « Grosse Boule »?... En train de se tailler la manoche! et de se faire pisser l'anisette!... C'était encore nous les victimes!... J'y serais pas surpris d'une seconde!... Question d'être bourrique et ficelle il avait pas besoin de soupçons!... Une pichenette! qu'on était marrons!...

Après une grande traite en plat... à travers les molles cultures c'était une raide escalade à flanc de la colline... Arrivés là, tout là-haut, on découvrait bien par exemple!... pour ainsi dire tout le paysage!... On soufflait pire que des bœufs avec la patronne. On s'est assis une seconde, au revers du remblai pour mieux dominer... Elle avait pas très bonne vue la pauvre baveuse... Mais moi je biglais de façon perçante... On me cachait absolument rien à vingt kilomètres d'oiseau... De là, du sommet, après la descente et la Druve qui coulait en bas... le petit pont et puis le petit crochet de la route... Là j'ai discerné alors en plein... au beau milieu de la chaussée, une espèce de gros paquet... Y avait pas d'erreur!... A peut-être trois kilomètres ça ressortait sur le gravier... Ah! Et puis à l'instant même... Au coup d'œil!... j'ai su qui c'était... A la redingote!... au gris... et puis au jaune rouille du grimpant... On s'est dépêché dare-dare... On a dévalé la côte... « Marchez toujours! marchez toujours! que j'ai dit... Suivez! vous! tout droit!... Moi je pique par là...! par le sentier!... » Ça me coupait énormément... J'étais en bas à la minute... Juste sur le tas... Juste devant... Il était tout racorni le vieux... ratatiné dans son froc... Et puis alors c'était bien lui!... Mais la tête était qu'un massacre!... Il se l'était tout éclatée... Il avait presque plus de crâne... A bout portant quoi!... Il agrippait encore le flingue... Il l'étreignait dans ses bras... Le double canon lui rentrait à travers la bouche, lui traversait tout le cassis... Ça embrochait toute la compote... Toute la barbaque en hachis!... en petit lambeaux, en glaires, en franges... Des gros caillots, des plaques de tifs... Il avait plus de châsses du tout... Ils étaient sautés... Son nez était comme à l'envers... C'est plus qu'un trou sa figure... avec des rebords tout gluants... et puis comme une boule de sang qui bouchait... au milieu... coagulée... un gros pâté... et puis des rigoles qui suintaient jusqu'à l'autre côté de la route... Surtout ça coulait du menton qu'était devenu comme une éponge... Y en avait jusque dans le fossé... ça faisait des flaques prises dans la glace... La vieille elle a bien regardé tout... Elle restait là plantée devant... Elle a pas fait ouf!... Alors je me suis décidé... « On va le porter sur le remblai... » que j'ai dit comme ça... On s'agenouille donc tous les deux... On ébranle un peu d'abord tout le paquet... On essaye de décoller... On fait un peu de force... Je tiraille moi sur la tête... Ça se détachait pas du tout!... On a jamais pu!... C'était adhérent bien de trop... Surtout des oreilles qu'étaient toutes soudées!... C'était pris comme un seul bloc avec les graviers et la glace... Le tronc même et puis les jambes on aurait pu les soulager en tirant dessus assez fort... Mais pas la tête!... Le hachis... ça faisait un pavé compact avec les cailloux de la route... C'était pas possible...

Le corps ratatiné en Z... le canon embrochant la tête... Il fallait d'abord le détendre... et puis ressortir l'arme... Il avait les reins tout braqués... le derrière pris dans les talons... Il s'était convulsé à froid... J'inspecte un peu les alentours... Je vois une ferme en contrebas... C'était peut-être celle du facteur?... Celle dont il m'avait parlé?... Le lieu des « Plaquets »... Je me dis : « Voilà c'est l'endroit même... C'est sûrement ça !... » Je préviens ma grognasse...

— Hé bougez donc plus !... que je lui fais... Je vais chercher du monde !... Je retourne tout de suite !... Ils vont nous aider !... Bougez plus du tout !... C'est sûrement ça la ferme à Jeanne... C'est ceux-là qui l'ont entendu.

J'arrive comme ça, près de la bâtisse... Je cogne d'abord à la porte et puis contre la persienne... Personne n'a l'air de me gafer... Je recommence... Je fais demi-tour par les écuries... Je rentre franchement dans la cour... Je cogne et je recogne ! Je hurle... Ils bougent toujours pas !... Et je sens pourtant qu'y avait du monde !... Leur cheminée fume !... Je secoue violemment la lourde... Je tape, je carillonne les carreaux... Je vais tout déglinguer les volets si ils s'amènent pas... Y a une gueule quand même qui débusque !... C'est son gars à la mère Jeanne !... C'est l'Arton du premier lit... Il risque pas lerche... Il montre juste un peu son blaze... J'explique ce que je voudrais... Un coup de main pour le transport... Ah ! ça la brûle immédiatement d'entendre émettre des mots pareils... c'est elle qui s'oppose... qui s'anime du coup !... Elle veut pas qu'on parle d'y toucher !... Elle l'empêche même de me répondre son petit gars foireux... Elle veut pas du tout qu'il sorte !... Il va rester là, bon sang ! A côté de sa mère !... Si je peux pas l'enlever de la chaussée... J'ai qu'à chercher les gendarmes !... « Ils sont faits pour ça, eux autres !... » Pour rien au monde les Arton de la ferme qu'ils s'en mêleraient... Ils ont rien vu !... Rien entendu !... Ils savent même pas de quoi il s'agit !...

La mère des Pereires là-haut, montée sur le rebord du talus, elle m'observait parlementer !... Elle poussait des clameurs atroces... Elle faisait un raffut dégueulasse... C'était bien dans sa nature... Tout de suite après le premier émoi elle était plus tenable!... Je leur montrai de loin, à ces deux sauvages, la pauvre femme en désespoir!...

— Vous entendez!... Vous entendez pas?... L'horrible douleur?... On peut quand même pas lui laisser son mari comme ça dans la boue!... De quoi que vous craignez?... C'est pas un chien nom de Dieu!... Il a pas la rage!... C'est pas un veau!... Il a pas les aphtes!... Il s'est tué et puis voilà!... C'était un homme sain... Il a pas la morve!... Faudrait au moins qu'on l'abrite un petit moment dans le hangar!... Le temps que les autres ils arrivent!... Avant qu'il passe des voitures... Elles vont lui monter sur le corps! Ils démordaient pas les cacas!... Ils se butaient même de plus en plus à mesure que j'insistais... « Mais non! Mais non!... » qu'ils s'insurgeaient! Certainement qu'ils le prendraient pas!... Jamais chez eux!... Ça jamais absolument... Ils ont même pas voulu m'ouvrir... Ils me disaient de barrer ailleurs... Ils commençaient à bien me faire chier... J'y ai dit alors à cette fausse tripe... :

« Bon! Bon! Ça va! Madame! Je vous ai compris!... Vous en voulez pas? C'est votre dernier mot? Positif? Très bien! Bon! Très bien!... Ça sera pour vos fesses! Et voilà! C'est moi alors qui vais rester! Mais oui! Comme ça!... Je resterai là pendant huit jours! Je resterai pendant un mois! Je resterai là tout le temps qu'il faudra!... Je vais gueuler jusqu'à ce qu'ils arrivent!... Je gueulerai à tout le monde que c'est vous!... Que vous avez tout machiné!... » Ah! du coup ils faisaient mauvais... Ah! quelle pétoche, bordel de Dieu!... Ah! la trouille qui leur a passé!... Et que je continuais mon pétard!... Ah! mais je me serais pas dégonflé!... Je serais tombé en épilepsie rien que pour mieux les posséder!... tellement qu'ils me caillaient ces ordures!... Ils savaient plus comment me reprendre... La vieille, de loin du remblai, elle me criait elle de plus en plus... Elle voulait que je me dépêche... « Ferdinand! Dis donc Ferdinand!... Apporte de l'eau chaude!... Apporte un sac! une serpillière!... » La seule chose qu'ils ont voulu, les deux saligauds... à la fin des fins... à force de baratiner et pour que je lâche un peu leur persienne... ce fut de me passer leur brouette et à

condition absolue que je la ramènerais le jour même...
tout à fait rincée, nettoyée!... récurée à l'eau de Javel!...
Ils ont insisté, spécifié... Ils ont répété vingt fois!... Je suis
donc remonté toute la côte avec l'ustensile... Il a fallu
que je redescende pour redemander une truelle... pour
qu'on décolle quand même l'oreille.... qu'on casse les
grumeaux... On y est parvenu tout doucement... Mais le
sang alors a regiclé... recoulé en grande abondance... Son
gilet de flanelle c'était plus qu'une grosse gélatine, une
bouillie dans sa redingote... tout le gris est devenu tout
rouge... Mais ce qui fut le plus terrible, ce fut pour dégager
le fusil... Le canon comme ça, il tenait si dur dans l'énorme
bouchon de barbaque avec la cervelle... c'était comme
coincé, pris à bloc, à travers la bouche et le crâne!... qu'on
a dû s'y mettre tous les deux... Elle retenait la tête d'un
côté, moi je tirais de l'autre par la crosse... quand la cervelle a lâché ça a rejuté encore plus fort... ça dégoulinait
à travers... ça fumait aussi... c'était encore chaud... y a eu
un flot de sang par le cou... Il s'était empalé raide... Il
était retombé sur ses genoux... Il s'était écroulé comme
ça... le canon dans le fond de la bouche... Il s'était crevé
toute la tête...

Une fois qu'on l'a eu dégagé on l'a retourné sur le dos...
le ventre et la tronche en l'air... mais il se repliait quand
même! Il restait en Z... Heureusement qu'on a pu le caler
entre les montants de la brouette... Le cou, le moignon
de la tête, ça gênait quand même un petit peu... Ça venait
ballotter dans la roue... La vieille a retiré son jupon... et
sa grosse requimpe écossaise pour lui empaqueter mieux
le cassis... Pour que ça lui coule un peu moins... Mais
aussitôt qu'on a roulé... avec les chocs et les cahots... ça
s'est remis à jaillir et toujours encore plus épais!... On
pouvait nous suivre à la trace... J'allais pourtant tout
doucement. J'allais à petits pas... J'arrêtais toutes les
deux minutes... On a bien mis au moins trois heures pour
faire les sept kilomètres!... De très loin j'ai vu les gendarmes... leurs chevaux plutôt... juste devant la ferme...
Ils nous attendaient... Ils étaient quatre et le brigadier...
et puis encore un civil, un grand, que je connaissais pas...

Jamais je l'avais vu celui-là... On avançait au centimètre...
J'étais plus pressé du tout... On est arrivés quand même
à la fin du compte... Ils nous avaient bien vus venir... au
moins depuis la crête du plateau... Ils nous avaient sûrement repérés... avant même qu'on entre dans le bois...

— Allez! Toi l'enflure, laisse ta brouette sous la voûte!
Entrez par ici tous les deux!... Le commissaire va venir
tout à l'heure... Mettez-lui les menottes! et à elle aussi!...
Ils nous ont bouclés dans la grange. Le gendarme est
resté devant la porte.

On a attendu plusieurs heures comme ça là sur la paille...
J'entendais tout le populo qui s'ameutait devant la ferme.
Ça se peuplait le village!... Ils devaient affluer de partout...
Sous la voûte y en avait sûrement... Je les entendais discuter... C'est le commissaire qui ne venait pas... Le brigadier entrait, sortait, il devenait tout à fait rageur... Il
a voulu montrer du zèle en attendant la justice... Il commandait à ses bourriques...

— Repoussez-moi tous les curieux! Et amenez-moi les
prisonniers!.. Il avait posé des questions déjà à tous les
mignards... Il nous a fait revenir devant lui et puis retourner
encore une fois dans le fin fond de la grange... et puis
ressortir pour de bon... Il nous ravageait la salope!... Il
faisait du zèle... Il nous traitait en farouche... Il voulait
nous épouvanter!... sans doute pour qu'on se mette à
table... qu'on lui fasse tout de suite des aveux!... Il avait
le bonjour!... On n'avait pas le droit qu'il disait, de trim-
baler le corps! Que c'était un crime en soi-même!... Qu'on
aurait jamais dû le toucher!... Qu'il était très bien sur la
route!... Qu'il pouvait plus faire le constat!... Ah? Et
qu'un coup de bagne pour vingt-cinq ans ça nous dresse-
rait à tous le cul! Sacredieu pétard! Ah! il nous aimait
pas la tante!... Enfin toutes les plus crasses des salades!
des vraies sales beuglages de sale con!...

La vieille elle mouffetait plus bezef depuis qu'on était rentrés. Elle restait comme ça en larmes, accroupie contre le battant. Elle avait seulement des hoquets et puis deux, trois plaintes toujours... C'est à moi qu'elle demandait...

« Jamais j'aurais cru Ferdinand!... Vraiment là c'est trop!... C'est trop de malheur Ferdinand!... J'en ai plus la force!... Non!... Je peux plus!... Je crois plus!... Je crois pas que c'est vrai Ferdinand!... Dis toi?... C'est bien vrai? Tu crois que c'est véritable, dis toi?... Ah! écoute c'est pas possible!... » Ça, elle était bien sonnée... Elle avait son compte... une berlue loucheuse... Mais aussitôt que l'autre bourrique il est revenu au baratin, qu'il nous a traités en pourris, avec son accent si rouleur... alors ça l'a net provoquée!... Elle avait beau être avachie... Elle a ressauté sous l'affront!... Un terrible effet!... Elle a rebardé comme une fauve!... Elle a rejailli à sa hauteur!

— Pardon! Pardon! qu'elle s'est rebiffée... Je vous entends pas bien... Comment que vous dites?... Elle s'est requinquée sous son blaze... Comment que vous me parlez à présent?... Que c'est moi qui l'ai massacré?... Mais vous avez bu mon garçon!... Ah! vous avez du culot!... Mais vous êtes tous fous alors?... Mais comment?... C'est moi que vous venez accuser?... Pour ce voyou?... Cet abuseur?... de sac et de corde?... Ah! mais je la retiens alors celle-là!... Ah! elle est trop bonne!... Ah! je la ferai copier!... La vermine qu'a fait mon malheur!... Et qui n'en a jamais fait d'autres!... Mais c'est moi!... vous entendez!... Mais c'est moi! très justement qu'il a toujours assassinée!... Ah le vampire? mais c'est lui!... Mais pas seulement qu'une seule fois! pas dix fois!... pas cent fois!... mais mille! dix mille fois!... Mais vous étiez pas encore nés tous autant que vous êtes qu'il m'assassinait tous les jours!... Mais je me suis mise en quatre pour lui!... Oui! arraché toutes les tripes!... J'ai été sans briffer des semaines pour qu'on l'embarque pas aux Rungis!... Toute ma vie vous m'entendez?... Échignée! Bernée!... c'est moi! Oui!... crevée. Oui toute ma vie pour ce fumier-là!... Mais j'y ai tout fait pour qu'il en sorte!... Tout!... Tout le monde le sait bien d'ailleurs!... Vous avez qu'à les poser à eux vos

questions!.. Aux gens qui savent... Qui nous connaissent...
Qui m'ont vue!... Allez donc au Palais-Royal!... allez
donc voir à Montretout!... Je suis connue moi là!... On
le sait là-bas tout ce que j'ai fait... comment je me suis
martyrisée!... Ferdinand il peut bien vous dire!... Il est
jeune mais il se rend bien compte!... J'ai fait des miracles
moi, Monsieur!... pour qu'il retombe pas dans son ruisseau!... Des miracles!... Et au déshonneur!... C'était sa
nature!... Il se vautrerait plus bas qu'une truie si on le
laissait une seule minute!... Il s'écroulait dans toutes les
fosses... Il y pouvait rien!... Oui!... J'ai pas peur de le dire
moi!... une latrine! J'ai rien à cacher!... Tout le monde
d'abord sait tout ça... Plus de honte! sacré bon sang!...
Il avait tous les penchants!... Tous! Tous les pires! Que
vous-mêmes gendarmes vous êtes trop jeunes pour les
comprendre!... Même pour entendre vous êtes trop jeunes!

Elle les dévisageait les bourres!... Elle était en cheveux,
ses tifs lui retombaient dans les châsses, des mèches grises
filoches... Elle transpirait fort... Elle titubait un tout petit
peu, elle se rassoyait.

— A la façon qu'il termine vous trouvez ça bien potable
vous autres?... C'est tout ce que vous venez me dire
maintenant?... Que moi on me traite comme une pou-
fiasse!... La voilà ma récompense!... Si vous saviez toutes
les dettes! Ah! Vous savez pas ça non plus!... Et comment
qu'il s'en foutait alors!... Un drapeau-ci!... Un drapeau-
là!... Va les douiller ma chère rombière! Et toujours
encore des nouvelles!... Crève-toi le ventre... T'es là pour
ça! Un coup d'esbrouffe! Perlimpinpin! Un coup de
nuage! Un boniment! Va comme je te pousse! Limonade!...
C'est tout comme ça qu'il a vécu! Il comprenait que ça!
l'entourloupe! La cloche! Pas un soupçon de sentiment!...
Elle se contractait sur le chagrin, elle gueulait entre les
saccades!...

— C'est moi! c'est moi jusqu'au bout qu'ai conservé
sa maison! Si je l'avais pas défendue, elle serait fourguée
depuis les calendes! Il pouvait pas se retenir!... Il a profité
le sale fléau que je suis tombée juste si malade! Que je
pouvais plus me rendre compte de rien!... Il a tout lavé...

Tout bu!... Tout bazardé séance tenante! Demandez donc
si c'est pas vrai?... Si je suis la menteuse!... Rien! Jamais!
il m'a épargné! Rien! Il pouvait pas!... C'était bien plus
fort que lui!... Il fallait qu'il me martyrise!... Tout pour
ses morues! Tout pour ses vices!... Ses chevaux!... Ses
courses! Ses calembredaines!... Toutes ses saouleries!...
Je sais plus quoi!... La générosité!... A des inconnus qu'il
donnait!... N'importe quoi!... Pourvu que ça file!... Ça lui
tenait pas entre les mains!... Que j'en crève c'était bien
égal!... C'est ça qu'il a toujours voulu! Voici... trente ans
que ça durait!... Trente ans, que j'ai tout supporté!...
c'est pas une seconde trente ans!... Et là c'est moi qu'on
accuse!... Après toutes les pires avanies!... Après que j'ai
tout enduré?... Ah dis donc! Ça passe les bornes!... A
cette énorme pensée-là elle se remettait en transports!
— Comment? Comment? C'est pas Dieu permis! Le voilà
qui se défigure... il se barre!... Il se met en compote! maintenant c'est moi qu'est la coupable? Ah! là! là! Mais c'est
un comble!... Y a de quoi se renverser!... Ah! la charo-
gnerie! Ah! il sera bien dit jusqu'au bout qu'il m'a em-
merdé l'existence ce sale foutu pierrot pourri!... Mais
moi je suis bonne!... Moi je reste!... A toi! A toi! Tiens
dur la rampe vieille bourrique! Il restera rien! pas un croc!
Que des dettes! Que des dettes! Ça il s'en fout! Lui! pourvu
qu'il dilapide!... Tout! qu'il m'a fait perdre!... Ça Ferdinand le sait bien! Il l'a vue la situation!... Il a vu comme
je me suis démenée, bouleversée, retourné les méninges
encore à la dernière seconde!... Pour pas qu'on quitte
Montretout!... Pour pas venir dans ce coin de cochon!
M'enterrer avec ses patates!... Y a rien eu à faire!... Il
était buté au malheur!... Ça Ferdinand le sait bien aussi!...
J'ai tout gâché!... J'ai tout perdu pour ce pantin!... Ce
phénomène de roulure! Ma situation, ma carrière! Un
bon métier, mes amis! Tout!... mes parents!... Personne
a plus voulu nous voir!... Rien que des ramassis d'escarpes!
des bandes de voyous déchaînés! des échappés de Cha-
renton!... Je me suis détruit la santé!... Mon opération
d'abord! Et puis j'ai vieilli de vingt ans pendant les derniers six mois!... Avant lui j'avais jamais rien!... Je savais

pas ce que c'était qu'un rhume!... Je digérais n'importe quoi!... J'avais l'estomac d'autruche!... Mais à force avec des catastrophes!... Il apportait jamais que ça!... Et c'était jamais terminé! A peine on avait fini... Hop! il en fourniquait une autre! Toujours plus extravagante!... Je l'ai perdue ma résistance! C'est bien facile à comprendre! On m'a opérée c'est fatal!... Ils me l'ont bien dit chez Péan... « Recommencez pas cette vie-là, Madame des Pereires!... ça tournerait très mal!... Des ménagements!... des précautions!... Pas trop de soucis!... » Ah! va te faire foutre! C'était pire d'une année à l'autre!... Jamais une minute d'accalmie... que des procès! des sommations!... Du papier vert!... du papier jaune!... Des créanciers devant toutes les portes! Persécutée!... Voilà comment j'ai vécu... Persécutée jour et nuit!... Exactement! Une véritable vie de criminelle!... Pour lui encore! toujours pour lui!... Qui c'est qui pourrait résister?... J'ai pas dormi, depuis vingt ans, une seule nuit complète! Si vous voulez tout savoir! C'est la vérité absolue!... On m'a tout enlevé à moi!... le sommeil, l'appétit, mes économies!... J'ai des bouffées que j'en tiens plus debout!... Je peux plus prendre un omnibus! Je suis écœurée immédiatement!... Aussitôt que je vais un peu vite, même à pied je vois trente-six chandelles!... Et à présent on me dit encore que c'est moi qui assassine!... Ça c'est bien le plus fort que tout! Tenez! Regardez donc vous-même avant de causer des choses pareilles!...

Elle les emmenait sous la voûte les quatre cognes et le brigadier... Elle s'est rapprochée du corps... elle a retroussé le pantalon...

— Vous les voyez là ses chaussettes?... Vous les voyez bien!... Eh bien c'est lui qu'a la seule paire!... Y en a pas deux dans la maison!... Nous on en a pas nous autres!... Jamais! Ni Ferdinand! ni les mômes!... Elle remontait son propre grimpant pour qu'ils se rendent bien compte les cognes!... Je suis pieds nus aussi moi-même!... Allez! vous pouvez bien voir!... On s'est tout le temps privés pour lui!... Pour lui seul... C'est lui qui nous prenait tout!... On y a donné tout ce qu'on avait!... Il a tout eu!...

toujours tout! Deux maisons!... Un journal!... au Palais-royal!... Des moteurs!... Cent mille trucs fourbis encore, des rafistolages infernals!... qui ont coûté je sais combien!... les yeux de la tête!... tout le bazar! Pour satisfaire ses marottes!... Je peux même pas tout raconter... Ah! On l'a jamais contrarié! Ah! C'est pas de ça je vous assure qu'il s'est fait la peau!... Il était gâté!... Il était pourri! Tiens! Pourri! Tu veux des fourbis électriques?... Très bien, mon petit! les voilà!... Tu veux qu'on aille à la campagne?... Très bien!... Nous irons!... Tu veux encore des pommes de terre?... C'est tout à fait entendu!... Y avait pas de cesse!... Pas de quiproquo! pas de salade! Monsieur pouvait jamais attendre!... Tu veux pas des fois la Lune?... C'est parfait mon cœur tu l'auras!... Toujours des nouveaux caprices! Des nouveaux dadas!... A un môme de six mois, Messieurs, on lui résiste davantage!... Il avait tout ce qu'il désirait! Il avait même pas le temps de parler! Ah! ce fut bien ma grande faiblesse!... Ah! que je suis donc punie!... Ah! si j'avais su là-bas! tenez! quand je l'ai trouvé la gueule en miettes... ce qu'on viendrait mainte-nant me raconter!... Ah! si, je l'avais su!... Eh bien moi je peux bien vous le dire! Ah! ce que je l'aurais jamais ramené? Je sais pas ce qu'il en ressentait lui le môme!... Mais moi!... Mais moi tenez! Moi! j'aurais eu bien plutôt fait de le basculer dans le revers! Vous viendriez plus m'emmerder!... C'est là qu'il devrait être!... La sacrée sale pourriture! C'est tout ce qu'il mérite! Je m'en fous moi d'aller en prison!... Ça m'est bien égal!... Je serai pas plus mal là qu'ailleurs!... Mais Nom de Dieu! Ah! Nom de Dieu! Non! quand même! Je veux pas être si cul!...

— Allez! Allez! Venez par ici! Vous raconterez tout ça aux autres! Répondez d'abord aux questions!... Assez discuté!...Vous dites que vous le connaissiez pas vous le fusil qu'il s'est tué avec?... Vous l'avez ramené pourtant?... Et le petit gars, il le connaissait?... Il se l'était foncé dans la tête? Hein? C'est bien comme ça qu'on l'a retrouvé? C'est vous deux qui l'avez sorti?... Comment ça s'est fait d'après vous?...

— Mais moi j'ai jamais dit ça, que je le connaissais pas

le fusil!... Il était là-haut sur la hotte... Tout le monde l'avait toujours vu!... Demandez aux mômes!...

— Allez! Allez! Faites pas des réflexions imbéciles! Donnez-moi tout de suite les prénoms, le lieu de l'origine... le nom de la famille?... La victime d'abord!... La date, le lieu de naissance?... Comment qu'il s'appelait finalement?... Courtial?... Comment?... Et où ça qu'il était né?... Connu? Occupations?...

— Il s'appelait pas Courtial du tout!... qu'elle a répondu brûle-pourpoint!... Il s'appelait pas des Pereires!... Ni Jean! Ni Marin! Il avait inventé ce nom-là!... C'était comme ça comme de tout le reste!... Une invention de plus! Un mensonge!... Que des mensonges qu'il avait!... Toujours! Partout! Encore!... Il s'appelait Léon... Léon Charles Punais!... Voilà son vrai nom véritable!... C'est pas la même chose n'est-ce pas?... Comme moi je m'appelle Honorine Beauregard et pas Irène! Ça c'était encore un autre nom qu'il m'avait trouvé!... Fallait qu'il change tout!... Moi j'ai les preuves de tout ça!... Je les ai moi!... Je dis rien pour tromper. Jamais elles me quittent!... Je l'ai là mon livret de famille!... Je vais le chercher d'abord... Il était né à Ville-d'Avray en 1852... le 24 septembre!... c'était son anniversaire! Je vais vous le chercher de l'autre côté... il est là dans mon réticule... Viens avec moi Ferdinand!...

Le brigadier il transcrivait... « Accompagnez les prisonniers! » qu'il a commandé aux deux griffes... On est repassés devant la brouette... On est revenus encore une fois... un des guignols a demandé... il a gueulé comme ça de la voûte :

— On peut pas le rentrer à présent?...

— Le rentrer quoi?...

— Le corps! brigadier!... Y en a qui sont venus tout autour!

Il a fallu qu'il réfléchisse...

— Alors rentrez-le!... qu'il a fait... Emportez-le dans la cuisine! Ils l'ont donc extrait de la brouette... Ils l'ont soulevé tout doucement... Ils l'ont transporté... Ils l'ont déposé sur les dalles... Mais il restait tout biscornu... Il se détendait toujours pas... Elle s'est mise à genoux la vieille pour le regarder d'encore plus près... Les sanglots lui revenaient très fort... les larmes en ruisseaux... elle m'accrochait avec ses menottes... La détresse la chavirait... On aurait positivement dit qu'elle venait seulement de s'apercevoir qu'il était plus qu'une bouillie...

— Ah! Ah! Regarde Ferdinand!... Regarde!... Elle oubliait le livret de famille, elle voulait plus se relever... elle restait comme ça sur le tas...

« Mais il a plus de tête mon Dieu!... Il a plus de tête Ferdinand! Mon chéri! mon chéri! Ta tête!... Il en a plus!... » Elle suppliait, elle se traînait sous les gendarmes... Elle rampait à travers leurs bottes... Elle se roulait par terre!...

« Un placenta!... C'est un placenta!... Je le sais!... Sa tête!... Sa pauvre tête!... C'est un placenta!... T'as vu Ferdinand?... Tu vois?... Regarde!... Ah! Oh! Oh!... » Les cris d'égorgée qu'elle poussait!...

« Ah! Toute ma vie!... Ah! toute ma vie!... Oh! Oh!... » comme ça toujours plus aigu.

— C'est pas moi, Messieurs, qu'ai fait ça!... C'est pas moi quand même!... Je vous le jure!... Je vous le jure! Toute ma vie pour lui!... Pour qu'il soye heureux un peu!... pour qu'il se plaigne pas!... Il avait bien besoin de moi!... le jour et la nuit... ça je peux bien le dire!... C'est pas un mensonge! Hein Ferdinand? Pas que c'est vrai? Toujours tous les sacrifices!... Il a plus de tête!... Ah! Comme vous m'en voulez tous!... Il a rien gardé!... Bonne chance!... Bonne chance!... qu'il a dit... le pauvre amour!... Bonne chance!... Mon Dieu! vous avez vu?... c'est écrit!... C'est lui ça quand même!... C'est bien écrit avec sa main! C'est pas moi! Le pauvre malheureux! C'est pas moi! Bonne chance! Ça c'est lui! Absolument seul! On la voit bien son écriture! Ah! C'est pas moi!... Ça se voit quand même!... N'est-ce pas que ça se voit bien!?...

De tout son long qu'elle avait plongé sur la terre battue... Elle se cognait dedans de tout son corps... Elle se serrait toute contre Courtial... Elle grelottait en le suppliant... Elle lui parlait encore quand même...

— Courtial! je t'en prie! Courtial... dis-moi! Dis-moi ça bien à moi mon chou!... Pourquoi t'as fait ça?... Pourquoi t'étais si méchant?... Hein? Dis-moi? mon gros! mon trésor!... Elle se retournait vers les cognes...

— C'est lui! C'est lui! C'est un placenta! C'est un placenta!... Elle se remettait dans une transe... elle se bouffait les mèches... on s'entendait plus dans la piaule tellement qu'elle mugissait fort... Tous les curieux à la fenêtre ils se montaient les uns sur les autres... Elle mordait à même ses menottes, elle convulsait, hantée, par terre. Ils l'ont relevée de force les gendarmes, ils l'ont transbordée dans la grange... Elle poussait des cris d'empalée... Elle se cramponnait après la porte... Elle tombait... elle rechargeait dedans... « Je veux le voir!... Je veux le voir!... qu'elle hurlait... Montrez-le-moi!... Ils veulent le prendre!... les assassins!... Au secours! Au secours! Mon petit! Mon petit!... Pas toi Ferdinand! Pas toi!... C'est pas toi mon chou!... Je veux le voir!... Pitié!... Je veux le voir!... » Tout comme ça pendant une heure. Il a fallu qu'ils y retournent, qu'ils y enlèvent ses menottes... Alors elle s'est un peu calmée... Ils m'ont pas enlevé les miennes... J'ai promis pourtant d'être tranquille.

L'après-midi un autre griffeton est arrivé en bicyclette... Il venait tout exprès de Persant... Il a redit au brigadier qu'il fallait nous qu'on touche à rien... Que c'est le Parquet qu'allait venir... que c'était pas le Commissaire... Que c'était les ordres mêmes du Juge d'Instruction... Il nous a commandé aussi qu'on prépare les affaires des mômes, qu'ils partiraient tous le lendemain à la première heure... Qu'on les attendait à Versailles dans un Refuge de l'Assistance « La Préservation Juvénile »... Ça aussi c'était dans les ordres!... Il devait pas en rester un seul après dix heures du matin!... Deux personnes spéciales devaient venir exprès de Beauvais pour nous les emmener... les accompagner à la gare...

On a répété les ordres aux moujingues qu'étaient dans

la cour, fallait bien qu'on les prévienne... que c'était fini notre poloche... que c'était des choses révolues!... Ils saisissaient pas encore net... Ils se demandaient ce qu'ils allaient faire?... Où ça qu'on allait les emmener?... Si c'était pas seulement une blague?... J'ai essayé de leur faire comprendre qu'elle était finie la musique!... que notre rouleau tournait plus!... Ils entravaient pas du tout!... Que le Juge avait ordonné qu'on liquide toute la boutique!... Qu'on renvoye séance tenante toute la « Race Nouvelle » chez elle! Qu'ils allaient saquer en même temps toute notre culture des « effluves »!... qu'ils en voulaient plus de notre bastringue!... Qu'ils étaient tous des vrais féroces!... Impitoyables! Résolus! Que c'était fini n-i ni!... Qu'on allait rechercher leurs dabes!... Qu'il fallait ce coup-là qu'on les retrouve!...

Tout ça c'était du chinois... Ils avaient perdu l'habitude d'être traités en mômes... Ils étaient trop émancipés!... ils se rendaient plus compte des choses de l'obéissance!... C'était pas très compliqué pour réunir leur Saint-Frusquin!... ils avaient en somme que leurs os... et leurs petits frocs dessus!... en fait de garniture... Ils avaient quelques grolles de « fauche » qu'étaient jamais la pointure. Ils en mettaient souvent qu'une... Ils bagottaient plutôt pieds nus!... Eh bien ils ont trouvé quand même moyen d'embarquer tout un bric-à-brac... des myriades de clous, des crochets, trébuchets, frondes, des cordelettes, des pièges à glu... des jeux de râpes entiers, des cisailles et tous les ressorts à boudins et encore des lames de rasoirs emmanchées sur des longs bâtons... deux pinces complètes « Monseigneur »... Y avait que le Dudule qu'avait rien... Il travaillait avec ses doigts... Ils croyaient les gniards qu'où on les emmenait tout ça pourrait encore resservir... Ils se rendaient pas compte!... J'avais pourtant bien insisté... Ils prenaient rien au tragique... Ils avaient pourtant bien vu le vieux avec sa gueule en débris! Et la vieille ils l'entendaient bien à travers la porte... comment qu'elle râlait... Mais ça les effrayait plus...

— Moi, tiens! qu'il me faisait Dudule, je te jure qu'on sera revenu jeudi!...

« Tu les connais pas mon fiote! que j'y répliquais... Surtout faites pas vos petits durs!... Ils vous boucleraient pour la vie!... Ils ont des cabanes terribles!... Gafez-vous! rentrez vos marioles!... Fermez bien vos trappes à tous... » Même la Mésange elle crânouillait : « Ferdinand! Penses-tu! Balle-Peau! C'est pour qu'on voye pas l'enterrement qu'ils nous font trisser!... Tout ça c'est du mou!... On reviendra sûrement pour dimanche!... Quand ça sera fini!... » Moi je voulais bien... Toute la petite fourgue ils l'ont paquetée... Y a eu encore discussion à propos de partage... Ils voulaient tous de « l'élastique »... du gros épais... Ils étaient des as pour les piafs!... Ils ont emmené du laiton, presque deux rouleaux... Et qui pesaient lourd!... Mais il en restait Nom de Dieu! Tout un coffre dans le hangar!...

Les deux dames accompagnatrices, elles sont arrivées plus tôt qu'on pensait... Un peu des genres de « bonnes sœurs ». Pas de cornettes, mais des robes grises bien montantes, exactement toutes deux semblables, et puis des mitaines... et des drôles de voix trop douces et bien insistantes... Il faisait pas encore nuit...

— Alors voilà mes chers enfants... Il va falloir se presser un peu... qu'elle a dit comme ça la plus mince... J'espère que vous serez bien sages!... Nous allons faire un beau voyage... Elles les ont rangés deux par deux... Mais Dudule tout seul en avant... C'était bien pour la première fois qu'ils se mettaient en ordre... Elles ont demandé à tous leurs noms...

— Maintenant il faudra plus causer?... Vous êtes des petits enfants très sages!... Comment t'appelles-tu toi mignonne?...

— Mésange-Petite-Peau!... qu'elle a répondu. C'était bien exact d'ailleurs que les autres l'appelaient ainsi. Ils étaient encore neuf en tout... Cinq garçons, quatre filles. Le Dudule nous laissait son clebs... Ils en voulaient pas à Versailles... Ils ont rompu un coup les rangs... Ils oubliaient la daronne!... Elle était toujours dans sa grange... Ils y ont été vite l'embrasser... Y a eu forcément un peu de larmes... C'était tout de même pas très marrant comme séparation... vu les circonstances... C'est la Mésange qu'a pleuré le plus...

— Au revoir Ferdinand!... Au revoir! A bientôt!... qu'ils me criaient encore de l'autre bout de la cour... les dames elles rassemblaient leur troupe...

— Voyons, mes enfants! Voyons!... Allons mes petites filles... Ils me lançaient des derniers appels tout au bout du chemin... « A bientôt pote!... à bientôt!... »

Merde! Merde! Moi je me rendais compte... L'âge ça c'est le plein tour de vache... Les enfants, c'est comme les années, on les revoit jamais. Le chien à Dudule on l'a refermé avec la vioque. Ils pleuraient ensemble tous les deux. C'est lui qui gémissait le plus fort. Ce jour-là c'est vrai, je peux bien le dire c'est un des plus moches de ma vie. Merde!

Une fois comme ça les mômes partis le brigadier s'est installé avec ses hommes dans la cuisine. Ils ont vu que j'étais bien peinard, ils me les ont enlevées les menottes... Le corps était à côté... On avait plus rien à faire puisqu'on attendait que le lendemain l'arrivée du Procureur... Y aurait « Instruction » qu'ils disaient. Ils commentaient ça les Pandores! Enfin ils nous engueulaient plus. Et puis alors ils avaient faim... Ils ont inspecté les placards... si ils voyaient pas du fricot... Ils cherchaient aussi à se rincer... Mais y avait plus rien comme tutu... On a rallumé du feu... Il pleuvait dans la cheminée... Et puis il a refait très froid. Février c'est le mois le plus petit, c'est aussi le plus méchant!... Le début de l'hiver avait pas été trop dur... maintenant ça se vengeait la saison... Ils causaient de tout ça entre eux les guignols... C'était des paysans dans l'âme... Ils traînaient leurs bottes partout... Je regardais leurs tronches de près... Ils fumaient leurs pipes... Ils étaient autour de notre table... On avait le temps de se contempler... Ils avaient comme une épaisse panne à partir des yeux. Entièrement les joues blindées... et puis encore des bourlaguets tout autour du cou... qui leur remontaient aux esgourdes...

Ils étaient fadés en substances, ils étaient plutôt pansus! surtout un qu'était le double des autres... Il fallait pas leur en promettre! Leurs bicornes ils faisaient pyramide au milieu de la table, emboîtés en pile... Leurs bottes aussi c'était « ad hoc » pour faire les sept lieues!... Des porte-parapluies!... Quand ils se levaient tous les cinq en traînant leurs sabres ils déclenchaient une quincaille qu'on a pas idée... Mais ils ont eu de plus en plus soif... Ils ont été chercher du cidre chez les vieux au bout du hameau... Plus tard encore, peut-être vers les huit heures du soir, un autre griffeton est arrivé... Il venait de leur casernement... Il leur apportait du pinard et une petite croûte... cinq gamelles... Il nous restait nous du café. J'ai dit qu'on pouvait leur en faire à condition qu'on nous le laisse moudre. Ils ont bien voulu. La vieille elle est sortie de sa grange. Ils ont été lui ouvrir. L'accès de la colère il était passé. Ça les privait bien ces colosses d'avoir que ça comme pitance! une petite gamelle pour chacun!... et la boule pour cinq!... La daronne elle avait du lard, je le savais bien, encore un petit peu en réserve... Et puis des lentilles, dans une planque à elle, des navets, et puis peut-être même encore une demi-livre de margarine...

— Je peux vous faire la soupe! qu'elle a dit... Maintenant que les mômes sont plus là!... Je peux peut-être vous faire bouffer tous!... Ils ont accepté très heureux... Ils s'en tapaient sur les cuisses... Mais elle repleurnichait quand même... Nous avions une marmite de taille!... elle tenait au moins quinze gamelles... Un autre pinard est arrivé... Celui-là il venait tout droit de Persant... C'était l'épouse du brigadier qui l'envoyait par un gamin avec une lettre et un journal... On s'est assis à côté d'eux... Forcément on partageait... Ça faisait un peu plus de vingt-quatre heures qu'on avait rien becté nous autres... Les gendarmes ils en redemandaient... On a vidé tout le chaudron... Ils ont causé qu'entre eux d'abord... Ils s'animaient à mesure... Ils ingurgitaient tant et plus... Ils se déboutonnaient franchement... Un des cinq... pas le brigadier... un qu'était déjà tout chauve, il semblait plus curieux que les autres... Il a demandé à la daronne ce qu'il faisait le mort en fait de métier

avant de venir à la culture?... Ça l'intéressait... Elle a
essayé de lui répondre, mais elle a pas pu très bien... Elle
s'étranglait à chaque parole... Elle se dissolvait en sanglots...
Elle mouchait dans son assiette... Elle a éternué dans la
poivrière... Tout le monde se marrait finalement... Et puis
ça emportait la gueule... elle avait eu la main lourde avec
le piment... Oh! oua! ouaf!... Il faisait chaud aussi dans
la piaule... Le feu tirait à ravir!... Quand le vent était bien
placé on aurait brûlé la baraque!... mais si il changeait de
direction alors il refoulait dans la tôle!... On étouffait dans
la fumée!... C'est toujours comme ça à la campagne...

Au bout du banc le brigadier, il tenait plus par la chaleur... Il a tombé la tunique... Les autres ils ont fait pareil...
Les huiles du Parquet ils pouvaient venir que le lendemain
matin... Y avait donc pas de pet... Ils se demandaient tous
pourquoi le Commissaire s'était défilé?... Ça les passionnait cette question. Et pourquoi surtout le Procureur lui-
même?... Et pourquoi si rapidement?... Il devait y avoir
eu une bisbille entre le Greffe et la Préfecture... Telle
était la belle conclusion. Si y avait comme ça des bagarres,
nous autres on paumerait certainement... Moi voilà déjà
ce que je pensais. Le brigadier, peu à peu, il a recommencé
son dîner... Il s'est tapé à lui tout seul presque tout un
camembert!... des tartines immenses!... avec le coup de
rouge par-dessus!... Une bouchée!... un coup!... Une bouchée!... une autre!... Je le regardais faire... il me clignait
de l'œil... il était déjà chlasse un peu!... Il est devenu tout
cordial... Il a demandé à la vioque, comme ça, pas du tout
brutal, absolument sans malice, ce qu'il faisait donc son
Courtial, avant qu'ils arrivent à Blême?... Elle l'a compris
tout de travers. Elle en était comme gâteuse à force de
pleurer. Elle lui répondait « Rhumatismes! » elle y était
absolument plus!... Elle s'est remise à battre la breloque...
Les larmes lui reprenaient le dessus... Elle l'a imploré, supplié pour qu'il la laisse dans la cuisine... à côté... encore un
petit peu... Pour le veiller un moment... Par exemple jusqu'à
minuit!... On n'avait plus d'huile ni de pétrole... seulement
que des chandelles mais alors un assortiment!... Les mômes
ils en fauchaient partout, toujours, chaque fois qu'ils sor-

taient... qu'ils passaient un peu dans une ferme... Ils nous en avaient rapporté de tous les calibres des calebombes!... on avait un choix, la vieille voulait en mettre deux... Le brigadier en avait marre de l'entendre glapir...

— Allez! Allez-!... et puis revenez vite! Tout de suite!... Et foutez pas le feu!... Et puis touchez pas au bonhómme hein?... ou je vous renferme dans la grange!... Et puis alors pour de bon!...

Elle y est partie... Au bout d'un instant, comme elle revenait pas un gendarme s'est levé pour voir... « Qu'est-ce qu'elle fabrique?... » qu'ils se demandaient... J'y ai été aussi avec lui... Elle était recourbée à genoux contre le corps...

— Je peux pas le recouvrir?... — Ah! non qu'il répondait le guignol... — C'est pas qu'il me fasse peur, vous savez! Mais il faudra bien qu'ils l'enveloppent... Ils peuvent pas l'emmener comme ça!... Je le bougerai pas! Ça je vous le promets!... J'ai pas besoin d'y toucher! Je voudrais qu'on lui passe une étoffe!... Ça seulement!... c'est tout!... Une étoffe dessous et puis sur la tête...

Je me demandais ce qu'elle voulait lui mettre?... Des draps?... On en avait pas... On en avait jamais eu à Blême... On avait bien des couvertures, mais elles étaient plus que des loques... et des absolument pourries!... On s'en servait plus depuis la paille... puisqu'on couchait tout habillés... des vrais détritus... Le gendarme il voulait pas de ça!... Il voulait qu'elle demande elle-même au brigadier la permission... Mais le brigadier lui il ronflait... Il avait sombré sur la table... On l'apercevait par la porte... Les autres ploucs ils faisaient la manille...

— Attendez! j'y vais!... qu'il a dit à la fin des fins... Y touchez pas avant que je revienne... Mais elle pouvait plus attendre...

— Ferdinand! toi, vas-y donc! Dépêche-toi mon petit! Va me chercher vite dans ma paillasse... tu sais par la fente...! où je rentre la paille?... Fouille! Plonge avec ton bras du côté des pieds... tu vas trouver le grand morceau!... Tu sais bien... celui de l' « Archimède »!... Le rouge... le tout rouge!... Il est assez grand tu sais... Il sera assez grand...

Il fera bien tout le tour!... Rapporte-le-moi! là! tout de suite... Je bouge plus!... Dépêche-toi vite!...

C'était absolument exact... Je l'ai trouvé immédiatement... Il empestait bien le caoutchouc... C'est le morceau qu'elle avait sauvé du fond des décombres le soir de la catastrophe... Elle l'a déplié devant moi... Elle l'a étalé par terre... C'était toujours une bonne toile. C'est la couleur qu'avait changé... Elle était plus écarlate... elle avait tourné tout marron... Elle a pas voulu que je l'aide pour enrouler Courtial dedans... Elle a tout fait ça elle-même... Fallait surtout pas qu'elle le remue... Elle a glissé sous le cadavre tout le tissu tout à fait à plat... extrêmement doucement il faut dire... Elle avait bien assez de métrage pour tout envelopper... Et toute la barbaque de la tête s'est trouvée renfermée aussi... Le brigadier nous regardait faire... L'autre il l'avait réveillé... « Alors qu'il nous criait de loin... Vous allez encore le cacher?... Hein?... Vous êtes enragée alors? »

— Ne me grondez pas, mon bon Monsieur!... ne me grondez pas!... Je vous en supplie! J'ai fait mon possible!... Elle se tournait vers lui à genoux. J'ai rien fait de mal!... J'ai rien fait de mal!... Venez voir!... Venez le voir!... Vous-même! Il est toujours là... Croyez-moi!... Croyez-moi! Je vous en supplie!... Monsieur l'Ingénieur!... Elle l'appelait comme ça, tout d'un coup, Monsieur l'Ingénieur!... Elle se remettait à crier...

— Il montait, Monsieur l'Ingénieur! Vous l'avez pas vu vous autres!... Vous pouvez pas me croire bien sûr!... Mais Ferdinand il l'a vu lui!... Hein que tu l'as bien vu Ferdinand?... Comme il montait bien!... Tu te rappelles dis mon petit?... Dis-leur à eux!... Dis-leur mon petit!... Ils ne veulent pas me croire moi!... Miséricorde! Doux Jésus! Je vais faire une prière! Ferdinand! Monsieur l'Ingénieur! Sainte Marie! Marie! Agneau du Ciel! Priez pour nous! Ferdinand! Je t'en conjure! Dis-leur bien à ces Messieurs! Veux-tu?... Viens faire ta prière! Viens vite!... Viens ici! Ça c'est vrai hein?... Au nom du Père! du Fils! du Saint-Esprit!... Tu la sais celle-là Ferdinand?... Tu la sais aussi ta prière?...

Elle s'épouvantait... elle s'écarquillait blanc les châsses...

— Tu la sais pas?... Mais si tu la sais!... Pardonnez-nous nos offenses!... Allons! Ensemble! Là! Voilà! Comment je vais vous pardonner!... Allons! Comme je vais vous pardonner!... Répète Nom de Dieu!... petit malfrin!...

Elle me fout alors une grande claque!... Les autres là-bas, ils s'en gondolent...

— Ah! Ah! Tu la sais bien alors!... quand même!... Il montait Monsieur l'Ingénieur, il montait c'était magique!... Tenez à dix huit cents mètres!... J'ai monté partout avec lui... Oui!... J'ai monté!... Vous pouvez me croire à présent!... C'est la vérité parfaite!... Je le jure! Ça je le jure!... Elle essayait des signes de croix... Elle pouvait pas les finir... elle s'embarbouillait dans ses loques...

— Dans l'Hydrogène! Dans l'Hydrogène! mes chers Messieurs!... Vous pouvez demander à tout le monde!... C'est pas des mensonges tout ça!... Elle se prosternait le long du corps, elle s'est jetée entièrement dessus... C'était la supplication...

— Mon pauvre chéri!... Mon pauvre amour!... Personne te croit plus à présent. Ah! C'est trop abominable!... Personne veut plus te croire!... Je sais plus moi comment leur dire?... Je sais plus quoi faire?... Je sais pas comme il est monté?... Je sais plus combien!... C'est moi je suis la femme horrible!... C'est ma faute à moi tout ça... C'est ma faute, Monsieur l'Ingénieur!... Ah! oui! Ah! oui! C'est moi qui ai fait tout le mal!... A lui j'ai tout fait du mal! Il est monté deux cents fois!... cent fois!... Je me rappelle plus mon amour!... Deux cents!... Six!... Six cents fois!... Je sais plus!... Je sais plus rien!... C'est atroce!... Monsieur l'Ingénieur!... Trois cents!... Plus! Bien plus!... Je sais pas!... Elle l'étreignait dans l'enveloppe!... elle se crispait entièrement dessus... « Courtial! Courtial! Je ne sais plus rien!... » Elle se rattrapait le gosier en force. Elle se relabourait la tête... Elle s'est arraché les tifs, en rage, à poignées, en se démenant par terre... Elle se refouillait la mémoire...

— Trois mille!... Dix mille! Jésus! Quinze!... Dix-huit

cents mètres!... O Jésus! Ferdinand! Tu peux rien dire?...
C'est trop fort!... Merde de Dieu!... Elle se reperdait dans
les chiffres...

« Mes officiers!... Ferdinand!... Mes officiers! » qu'elle
les appelait! « Au Nom du Ciel! C'est ça, j'y suis! »... Elle
s'est soulevée sur les coudes... « Deux cent vingt-deux
fois!... C'est bien ça!... Deux cent vingt-deux! »... elle
retombait... « Merde! je sais plus rien!... Ma vie! Ma
vie!... » Il a fallu que les cognes la relèvent... Ils l'ont ramenée dans la grange... Ils ont refermé la porte sur elle.
Comme ça absolument seule peu à peu, elle s'est résignée...
et même elle s'est endormie... Plus tard, on est entrés la
voir avec les gendarmes. Elle s'est remise à nous causer
mais alors toute raisonnable. Elle était plus dingue du
tout.

On a encore attendu toute la matinée... La vieille elle
restait dans sa paille... Elle ronflait profondément... Ils
sont arrivés vers midi les gens du Parquet... Le Juge d'Instruction, un petit gros bien empaqueté dans sa fourrure,
il zozotait dans la buée, il toussait, il avait des quintes...
Il est descendu de son landeau avec un autre fias, un
rouquin. Celui-là portait une casquette tout enfoncée sur
les yeux. C'était son médecin légiste. Les gendarmes l'ont
reconnu tout de suite.

Il faisait un froid vraiment aigre... Ils étaient pas
réchauffés... Ils venaient de la gare de Persant...

— Amenez-les donc par ici!... qu'il a ordonné aux
gendarmes, dès en mettant le pied par terre... Amenez-
les-moi dans la grande salle!... Ensemble! la femme et le
merdeux! Nous irons voir le corps plus tard!... Personne
l'a bougé?... Où l'avez-vous mis?... Apportez-moi aussi les
pièces?... Qu'est-ce qu'y avait?... Un fusil?... Les témoins?... Y a des témoins?...

Quelques minutes plus tard il est arrivé encore deux

autres voitures... Une qu'était remplie de policiers, de cognes en civil... et l'autre, une grande tapissière qu'était bourrée de journalistes... Ceux-là ont pris séance tenante des foisons d'instantanés... sur tous les aspects de la ferme... de l'intérieur... les environs... Ils étaient tracassiers ceux-là, les journalistes, bien plus que tous les péquenots. Et puis frétillants surtout!... Il a fallu, ce fut la transe qu'ils prennent ma pêche au magnésium!... et puis celle de la daronne sous tous les profils!... Elle savait plus comment se tapir!... Elle était forcée de rester là, entre les deux bourres... Mais on pouvait plus se bouger tellement la foule devenait compacte... Le Procureur il faisait vilain! On lui marchait dessus!... Il a donné l'ordre aux griffes de faire immédiatement place nette... Ils ont pas traîné... Ils ont culbuté la cohue... Les abords furent vite dégagés... toute la cour aussi...

Le zozotant il prenait froid, il frissonnait dans sa pelure. Il avait hâte que ça se termine, ça se voyait très bien. Il en voulait au service d'ordre... Son greffier il cherchait une plume, il avait cassé la sienne... Il était mal le zozoteur comme ça sur le banc... La salle était trop énorme, humide, le feu était tout éteint... Il se tapait les poignes l'une dans l'autre... Il ôtait ses gants pour souffler. Il se suçait les doigts... Il avait le nez tout améthyste... Il remettait ses gants. Il tortillait du derrière... Il retapait des pieds... Il se réchauffait pas. Tous les papelards étaient devant lui... Il soufflait dessus, ça s'envolait... Le greffier bondissait après... Ils écrivaient rien du tout... Il a voulu voir le flingue. Il a dit aux journalistes : « Photographiez-moi donc cette arme, pendant que vous y êtes!... » Il a dit au brigadier : « Racontez-moi toute l'histoire!... » Alors là, le gros enfiotté il crânait pas comme avec nous! Il bredouillait même plutôt... Il savait pas au fond grand-chose... Je me suis rendu compte tout de suite... Il est sorti avec le juge... Ils arpentaient comme ça dans la cour et de long en large... Quand ils ont eu fini de jacter, ils sont revenus dans la salle... Il s'est rassis le zozoteur... C'était à moi maintenant de causer... J'y ai tout de suite tout raconté... Tout ce que je savais c'est-à-dire... Il m'écoutait

pas beaucoup : « Comment t'appelles-tu? »... J'y ai dit :
« Ferdinand, né à Courbevoie. » « Ton âge? »... J'y ai dit.
« Et tes parents que font-ils? » Je lui ai dit aussi... « Bien!
qu'il a fait... Reste là... Et vous?... » c'était le tour à la
vieille...

— Racontez-moi votre histoire et dépêchez-vous surtout... Il s'était relevé... Il tenait pas assis... Il gambergeait
de long en large... Il les sentait plus ses nougats... Il avait
beau trépigner... C'est frigo la terre battue!... Surtout la
nôtre si humide...

— Ah! Docteur! Mes pieds alors!... On fait donc jamais
de feu ici?... On avait de plus bois du tout... Les gendarmes
avaient tout brûlé!... Il a brusqué le récit de la vieille...

— Ah! Je vois décidément, que vous ne savez pas
grand-zose! Tant pis! Tant pis! On verra tout za plus tard!...
Ça sera pour Beauvais!... Allez! Allez! On s'en va!...
Docteur vous avez regardé le corps?... Hein? Alors qu'est-
ce que vous en dites?... Hein?... Ils sont repartis tous les
deux, recommencer ça... A côté, dans la cuisine, ils discutaient le coup... Ils sont restés peut-être dix minutes...
Ils sont revenus...

— Voilà, qu'il a dit le zozoteur... Vous ! l'épouse!...
La femme Courtial! Non! Des Pereires!... Non?... Zut!...
Vous êtes libres provisoirement! Mais il faudra venir à
Beauvais!... Mon   greffier vous indiquera!... J'enverrai
prendre le corps demain!... S'adressant aux journalistes :
Provisoirement c'est un suicide! Après l'autopsie nous
verrons... Vous serez peut-être libre tout à fait... Enfin on
verra... Vous le numéro! C'était moi... Vous pouvez
partir!... Vous pouvez vous en aller! Il faut retourner tout
de suite chez vous!... Chez vos parents!... Vous donnerez
votre adresse au Greffe!... Si j'ai besoin de vous, je vous
ferai venir! Voilà! Allez! Allez! Brigadier! Vous laisserez
ici un gendarme, n'est-ce pas?... Un seul! Jusqu'à demain
matin! jusqu'à l'arrivée de l'ambulance! Allez! vite
Greffier!... Allez! C'est fini les journaux? Sortez tous
d'ici les reporters!... Plus personne! que la famille et le
planton!... Voilà Gendarmes! pour la nuit! Et vous empê-
cherez d'entrer hein?... de toucher!... de sortir! C'est

compris?... Vous me comprenez tous?... Bon!... Allez! Pressons!... Pressons! Allons, en voiture, Docteur!...

Il battait toujours la semelle! Il se trémoussait devant son landau!... Il en pouvait plus!... Il crevait malgré sa houppelande et malgré l'énorme peau de bique qui lui montait jusqu'aux sourcils... jusqu'au chapeau melon!... En mettant le pied sur la marche :

— Cocher! Cocher! vous m'écoutez! N'est-ce pas? n'est-ce pas? Vous irez vite!... Vous nous arrêterez à Cerdance! au petit « Tabac »! qu'est à gauche!... après le passage à niveau! Vous savez bien où?... Ah! Docteur! J'ai eu des frissons comme jamais de ma vie!... J'en ai pour un mois certainement!... Encore!... Comme tout l'hiver dernier tenez!... Ah!... Je sais pas ce que je ferais pour un grog! Vous savez !... Ils m'ont fait crever dans cette turne!... Vous avez vu cette glacière?... C'est impossible! On est encore mieux dehors!... C'est pas croyable!... Ah! il se conservera le macchabée !...

Il a encore sorti sa tête par-dessous la grande capote au moment qu'ils démarraient... Il regardait l'ensemble de la ferme... Les gendarmes au « garde-à-vous »!... Fouette cocher!... Ils sont partis en bourrasque, dans la direction de Persant... Les bourres, le greffier, les civils ils ont pas attendu leur reste! Ils ont filoché derrière à peine cinq minutes plus tard... Les journalistes eux sont revenus... Ils ont encore repris d'autres photos... Ils savaient tout ces délurés! Ah! Ils étaient bien affranchis... Ils en connaissaient des micmacs...

— Allez! Allez! qu'ils nous ont dit... Faut pas vous en faire... C'est évident que vous y êtes pour rien!... Tout ça c'est des chinoiseries! Que des formalités banales! C'est pour l'extérieur! Pour la forme! Faut pas vous frapper! Ils vont vous relâcher tout de suite! C'est un décorum! La vieille elle se désolait quand même...

— On le connaît un peu nous autres!... C'est pas pour la première fois qu'on le voit travailler!... S'il avait eu des vrais soupçons il serait resté bien plus longtemps! Et puis en plus! raide comme balle! il vous aurait tous embarqués!... Ah! Alors il hésiterait pas! On le connaît quand même! Seulement qu'un poil de présomption! Et puis hop il vous tourniquait! Ah! Alors c'était dans la fouille! Ah! Il est terrible pour le doute! Ah! Il se perd pas dans les nuages... Ah c'est un vrai petit frisé! Ah! Avec lui y a pas de chanson!

— Alors, Messieurs, vous êtes bien sûrs qu'il va pas revenir?... que c'est pas seulement pour le froid?... C'est peut-être pour ça qu'il est parti?...

— Ah! Il a pas froid aux châsses! Ah! Vous pouvez être peinards! Mais non que c'est de la rigolade! Du m'as-tu vu! Ah! là! là! Moi je me frapperais toujours plus! C'est lui qu'est venu pour des prunes!... Ah! alors! Hein! Il peut râler? Ils étaient tous de cet avis...

Ils sont remontés dans leur carriole... Ils se parlaient déjà de gonzesses... Il fallait qu'il démarrent doucement... Ça craquait fort sur leurs essieux... Ils étaient de trop dans la bagnole... Tassés les uns dans les autres... Y en avait deux des journalistes qu'étaient venus très exprès de Paris... ils regrettaient bien aussi le voyage... Tellement que la vieille les relançait avec ses questions ils ont fini par mugir en chœur, en cadence :

« C'est pas un crime!... Pop! Pop! Pop! »
« C'est pas un crime!... Pop! Pop! Pop! »

Tapant comme ça des talons à crever le plancher... Au bout du compte ils se marraient bien. Ils entonnaient des saloperies... Ils sont partis sur *Dupanloup!*

Le gendarme qui restait de garde, il a trouvé dans le hameau une autre bicoque, une toute vite, près de l'abreuvoir, où il pouvait rentrer son cheval. Il préférait ça comme endroit... La nôtre d'écurie c'était qu'un décombre... toute la flotte passait... Et puis alors des courants d'air que ça sifflait comme des orgues!... Sa bête elle souffrait là-dedans. Elle chancelait, chavirait de froid sur ses guibolles... Il l'a donc emmenée ailleurs... Et puis il est revenu encore...

peut-être une heure avant la soupe... Il voulait nous dire quelque chose...

— Écoutez! Vous deux patachons! Vous pourrez-t-y rester tranquilles? Il va falloir que j'aille à Tousne!... C'était un bourg assez loin de l'autre côté du bois Berlot... Il faut que j'aille chercher mon avoine. J'en ai plus moi dans mes sacoches! J'ai ma belle-sœur qu'est là-bas... Elle est buraliste... Alors je resterai peut-être pour la soupe... Je serai rentré un peu plus tard... Mais pas plus tard que dix heures!... Alors vous! Vous ferez pas les gourdes, hein! J'ai plus un seul grain d'avoine!... Et puis tiens je vais emmener le dada... Comme il a son fer qu'est parti... Je passerai à la forge... Je rentrerai à cheval... Je serai plus tôt revenu... Alors c'est compris? Hein?... Vous laissez entrer personne?... C'était compris, entendu... Il s'emmer-dait avec nous... Il allait se taper la cloche... « Bon vent! » qu'on s'est dit... Il a retraversé devant la ferme avec son gaye à la bride... Je l'ai vu s'éloigner... Il commençait à faire nuit...

Nous tous les deux avec la vieille, on n'a pas moufeté... J'attendais qu'il fasse vraiment noir pour sortir... chercher du bois... Alors j'ai fait vite... la palissade j'ai arraché trois planches d'un coup... Je cassais tout ça en margotins... mais qui fumaient forcément... C'était trop humide... Je suis retourné avec la vieille... J'étais content qu'on se réchauffe... C'était pas du luxe! Mais il fallait fermer les yeux! Ça piquait trop fort... Elle était redevenue toute sage après la séance... Mais encore comment inquiète!

— Tu crois ça toi les guignols?... qu'ils vont rien nous dire de plus? Tu crois pas qu'ils cachent encore une truquerie quelconque?... Elle m'interrogeait... Tu les as entendus pourtant comment qu'ils m'ont soupçonnée?... Et tous! T'as bien vu au premier abord... Comme ça de but en blanc!... Ah! Dis donc c'est un sacré vice! Et allez donc! Ah! Alors!...

— Qui ça les bourriques?...

— Ben oui! Les bourriques quoi!...

— Oh! le brigadier c'est qu'un gros plouc!... Comment qu'il a perdu le sifflet! acacac! devant les gerbes!... en cinq sec!... Il existait plus!... Il savait plus où il était!... Il avait plus un mot à dire!... Il avait rien vu ce poireau-là!... De quoi qu'il aurait causé?... Les journalistes ils l'ont bien dit... Vous avez bien vu quand même!... Ceux-là, ils auraient remarqué... Ils la connaissent eux la musique!... Ils nous auraient sûrement prévenus... Ils l'aiment pas eux le zozoteur... C'était que des présomptions... Rien que des baveries!... pas autre chose!... Ils seraient pas barrés comme des pets... si ils pensaient nous posséder! Ah! non alors!... Pas d'erreur... Ils seraient encore là tous les bourres! mais c'est évident voyons!... Plutôt quarante-deux fois qu'une!... Vous l'avez bien entendu!... le zozoteur lui-même! quand il est sorti? Comment qu'il a dit aux autres!... : « Ça c'est un suicide! » Voilà c'est tout! C'est pas midi à quatorze heures!... Le médecin aussi il l'a vu!... Je l'ai entendu quand il disait au petit bourrique. « De bas en haut, mon ami! De bas en haut!... » C'était bien net! Pas un charre!... Et voilà!... Faut pas inventer!... Ça suffit quand même!...

—- Ah! En effet, t'as raison!... qu'elle me répondait tout doucement... Mais elle restait pas convaincue... Elle se fiait pas trop...

— Comment qu'ils vont l'enterrer?... Ils font d'abord l'autopsie? Et après? Pour quoi faire? Hein?... T'as pas idée?... Il faut qu'ils cherchent encore quelque chose?...

— Ça je peux pas vous dire...

— J'aurais bien voulu tant qu'à faire qu'ils le remmènent à Montretout... Mais c'est bien trop loin à présent... Puisqu'ils l'emmènent à Beauvais... Ça se fera donc là-bas l'enterrement? J'aurais bien voulu un « Service »... Je leur demanderai, moi... Tu crois qu'ils voudront?... Ça j'en savais rien non plus...

— Je me demande ce que ça peut coûter à Beauvais un petit « Service » ?... Simplement dans une chapelle!... La plus petite classe par exemple?... C'est sûrement pas plus cher qu'ailleurs... Tu sais, il était pas religieux lui, mais enfin quand même... Ils l'ont assez martyrisé! Un peu de respect ça fera pas de mal... Qu'est-ce qu'ils vont encore lui faire?... Ils voyent donc pas assez comme ça?... Il a rien dans le corps le pauvre homme!... Puisque c'est tout dans la tête... Ça se voit au premier coup d'œil mon Dieu!... C'est assez terrible!... Elle recommençait à chialer...

— Ah! Ferdinand mon petit bonhomme!... Quand je pense qu'ils ont pu croire ça!... Ah! Et puis tu sais... tant qu'ils y étaient... fallait pas qu'ils se gênent... Moi! Pour moi! ça m'est bien égal!... A présent... Mais pour toi? Tu crois que c'est fini?... Toi, mon pauvre petit c'est pas la même chose... Il faut que tu te défendes!... T'as la vie devant toi!... Toi c'est pas pareil!... Toi tu y es pour rien dans tout ça... Au contraire!... Mon Dieu au contraire!... Il faudrait bien qu'ils te laissent tranquille... Tu viens avec moi à Beauvais?...

— Si je pouvais... j'irais... Mais je ne peux pas... j'ai rien à faire à Beauvais!... Il l'a bien dit le zozoteur... « Vous retournerez chez vos parents... » Il me l'a répété deux fois!...

— Oh! Alors, faut pas faire le Jacques!... Va-t'en mon petiot! Va-t'en. Qu'est-ce que tu feras en arrivant?... Tu vas te chercher quelque chose?...

— Mais oui!...

— Moi aussi, il faudra que je cherche... C'est-à-dire... si ils me laissent aller... Ah! Ferdinand!... pendant que j'y pense!... Une inspiration qui lui passe... Viens par ici... que je te montre quelque chose!... Elle me ramène vers la cuisine... Elle se grimpe sur l'escabeau, le petit, elle disparaît dans la hotte jusqu'à la ceinture, elle trifouille dans un des recoins... Elle fait branler la grosse brique... Il tombe de la suie de partout... Elle secoue encore une autre pierre, ça bougeotte, ça tremble... elle extirpe... Du trou elle sort des fafiots... et puis même de la monnaie... J'en savais rien moi de cette planque-là... Ni Courtial non plus certainement... Y en avait pour cent cinquante points et puis quelques thunes... Elle m'a tout de suite refilé un billet de cinquante... Elle a gardé le reste...

— Moi je vais emporter les cent balles et la monnaie... Hein?... Ça fera toujours mon voyage... et puis peut-être les frais de l'église! Si je reste là-bas, cinq, six jours... Ça peut pas durer tout de même plus?... J'aurais bien assez!...

Tu ne crois pas?... Et toi? t'as-t-y encore tes adresses?...
Tu te souviens de tous tes patrons?...

— J'irai voir tout de suite l'imprimeur... que j'ai
répondu... J'aimerais mieux chercher par là...

Elle a refouillé dans la crevasse, elle a retiré encore un
louis, elle me l'a donné celui-là... Et puis elle a reparlé de
Courtial... mais plus du tout exubérante...

— Ah! Tu sais mon petit Ferdinand!... Plus j'y repense...
Plus ça me revient l'affection qu'il avait pour toi... Il la
montrait pas bien sûr!... Tu sais ça aussi... C'était pas son
genre... Sa nature... Il était pas démonstratif!... Pas
lécheur!... Ça tu le sais bien... Mais il pensait tout le
temps à toi... Dans les pires traverses, il me l'a répété souvent!... Y a pas seulement encore huit jours!... « Ferdinand... tu sais Irène, c'est une nature que j'ai confiance...
Il nous fera jamais lui de misère!... Il est jeune! Il est
étourdi! Mais c'est un môme de parole!... Il remplira sa
promesse! Et c'est ça Irène! C'est ça qu'est rare!... » Je
l'entends encore m'ajouter!... Ah! il t'appréciait va!...
C'était bien plus sincère qu'un ami!... Va! Ça je t'assure!...
Et pourtant le pauvre homme! Il pouvait avoir des méfiances!... Il en avait assez vu!... Et comment trompé!
Deux cent mille façons!... plus honteuses les unes que les
autres!... Alors, il pouvait être aigri!... Jamais il m'a dit
un mot pas favorable à ton sujet!... Jamais d'amertume!...
Toujours que des compliments... Il aurait voulu te gâter...
Mais il pouvait pas!... On avait la vie trop dure... Mais
comme il me disait quand il me parlait de choses et d'autres... « Attends un petit peu!... De la patience!... Je lui
ferai son beurre à ce roupiot-là... » Ah! Ce qu'il pouvait
bien te comprendre... Tu sais pas comme il te blairait
bien...

— Moi aussi, Madame, moi aussi!...

— Je sais, je sais Ferdinand!... Mais toi c'est pas la
même chose... T'es encore un môme heureusement!...
Rien est trop triste à ton âge! Maintenant, tu vas la faire
ta vie... C'est qu'un commencement... Tu peux pas comprendre...

— Il vous aimait aussi... que j'ai dit... Il me l'a raconté

souvent... Comment qu'il tenait fort à vous et que sans vous il était plus rien... qu'il existait pas... « Tu vois bien ma femme? qu'il me disait... » Je forçais un peu sur la note... Je faisais de la consolation... Je faisais ce que je pouvais... Alors elle tournait en fontaine...

— Pleurez pas, Madame! Pleurez pas!... C'est pas encore le moment... Il faut vous durcir au contraire... Vous avez pas encore fini!... Là-bas, vous aurez à causer... à Beauvais... Peut-être qu'il faudra vous défendre! Ça les agace quand on pleure... Vous l'avez bien vu!... Moi aussi il faudra me défendre. Vous le disiez vous-même...

— Oui! T'as raison Ferdinand!... Hi! Hi! Oui c'est vrai... Je suis marteau... Je suis qu'une vieille folle!... Elle essayait de résister... Elle se séchait les châsses...

— Mais toi, tu sais, il t'aimait bien... Ah! Ça je t'assure Ferdinand! Je dis pas ça pour te faire plaisir... Tu le savais bien sûr n'est-ce pas?... Tu te rendais bien compte du cœur qu'il avait au fond... malgré quelquefois qu'il était dur... difficile un peu avec nous...

— Oui! Oui! Je savais, Madame!...

— Et maintenant qu'il s'est tué comme ça... C'est épouvantable! Tu te rends compte?... J'y crois pas moi!... C'est pas croyable!... Elle pouvait pas s'en détacher de cette abomination...

— Ferdinand! qu'elle recommençait... Ferdinand! Écoute!... Elle me cherchait les mots exacts... Il en venait aucun... Ah! oui!... Il avait confiance Ferdinand!... J'ai confiance... Et tu sais lui hein?... N'est-ce pas? Il croyait plus à personne...

Notre bois, il flambait plus du tout... Il enfumait toute la crèche... Il éclatait, sautait en l'air... Il s'éteignait au fur et à mesure... Je lui dis à la vieille... « Je vais en chercher de l'autre qui brûle! » J'allais piquer vers le hangar... si je trouvais pas un fagot sec... j'arracherais un peu de la cloison... celle de l'intérieur... J'oblique un peu dans la cour... Je me détourne en passant devant le puits, je regarde du côté de la plaine... J'aperçois quelque chose qui bouge... On aurait dit un bonhomme... « C'est pas possible que c'est le gendarme?... Il rentrerait pas si tôt?... que je me

fais la réflexion... C'est encore un traînard quelconque...
Un mec qui fait du razzia... Eh bien je me dis... Il a le
bonjour!... » « Hé là! Hé là! que je lui crie... Qu'est-ce
que vous cherchez bonhomme?... » Il répond rien... Il se
sauve... Du coup, je me détourne, je vais même pas jusqu'au hangar... Je me goure tout de suite d'un drôle
d'afur... Je me dis : « Merde! Merde! Replie Toto... »
J'arrache vite un bout de barrière... « Ça suffira »... que
je me dis... Je me précipite... Je rentre... et je lui demande
à la vioque :

— Vous avez pas vu personne?...

— Mais non!... Mais non!... qu'elle me fait...

Alors juste au même moment, dans le carreau d'en
face, à pas deux mètres de distance... Je vois une tête qui
me fixe... en transparence... une grosse tronche... je vois
le chapeau aussi... et les lèvres qui bougent... Mais je peux
pas entendre les mots... Je me rapproche avec la bougie,
j'ouvre la fenêtre toute grande comme ça sur le fait...
C'était brave!... Je le reconnais tout de suite alors!...
Mais c'est notre chanoine Nom de Dieu!... C'est le Fleury.
C'est lui!... Le maboul!... très exactement!... Merde!...
D'où qu'il arrive?... D'où qu'il vient!... Il me bafouille...
il me postillonne. Il est tout gesticuleur!... Il a l'air complètement heureux de nous retrouver en chœur!... Ses amis!...
Ses frères!... Il escalade la petite croisée... Le voilà franchement dans la crèche... Il jubile!... Il gambade!... Il
trémousse autour de la table... La vieille elle se rappelait
plus de son blaze, ni de son nom, ni des circonstances!...
Un petit lapsus de la mémoire...

— C'est Fleury!... Voyons! C'est Fleury!... Le Fleury
de la Cloche! Vous le voyez pas?... Regardez-le bien!...

— Ah! mais c'est bien vrai ma foi... Ah! mais oui
c'est bien exact!... Ah! Monsieur le Curé!... Ah! par-
donnez-moi!... Ah! alors vous avez appris? Ah! mais
oui c'est vous!... Ah! mais je deviens folle!... Ah! je vous
remets! Ah! je vous remettais plus!... Vous savez pas
l'horrible chose?...

Lui s'arrêtait pas pour si peu!... Il continuait à gamba-
der! Sautiller!... Gambiller!... Il prêtait pas attention...

Il faisait de la grande cabriole! et puis encore d'autres petits bonds!... des petites saccades en arrière... Il a sauté sur la table... Il a frétillé encore... Il est redescendu d'un seul coup... Sa soutane était toute plaquée blindée de crottes et de bouse... jusqu'aux aisselles... jusqu'aux oreilles!... Ah! Oui sûrement c'était bien lui qu'était dans le champ tout à l'heure!... On s'était fait peur tous les deux!... Ah! il était harnaché!... Il en avait lourd sur les os... Tout un attirail de troufion, un paquetage complet... avec deux musettes! deux bidons! trois gamelles! et par-dessus un cor de chasse... un immense, un magnifique en bandoulière!... Tout ça clinquait à chaque geste... Il arrêtait pas!... C'est son chapeau qui l'énervait le plus... qui lui godaillait dans les châsses... un grand raphia comme pour la pêche... Et puis il s'était décoré! admirablement aussi le mec!... Il en avait plein sa soutane de tous les ordres et des médailles... Et plusieurs Légions d'Honneur... Tout ça était pétri de mouscaille, et puis un lourd crucifix, un Jésus d'ivoire, tout battant au bout d'une grande chaîne... Tellement qu'il était rincé notre joli chanoine, il dégoulinait plein la piaule... Il se promenait comme un arrosoir... sa soutane elle s'était fendue de haut en bas par-derrière... il avait encore les ronces...

La vieille, elle voulait plus qu'il bouge... Elle voulait encore le convaincre... C'était sa passion... Je lui faisais moi des signes... qu'elle l'emmerde pas!... Qu'il s'en irait peut-être tout seul!... qu'il fallait pas l'exalter... Mais elle voulait pas me comprendre... Elle était contente de le revoir... Elle le cadrait dans les petits coins... Il grognait alors comme un fauve... Il se butait pile contre le mur, tête inclinée, prêt à la charge... Il l'écoutait plus... Il pressait ses doigts sur sa bouche... « Chutt! Chutt! » qu'il lui recommandait... Il jetait des regards alentour et pas bien aimables!... Il était traqué le mironton...

— Vous ne savez pas, Monsieur le Chanoine?... Je vois que vous ne savez pas!... Ah! Si vous aviez pu voir!... Ah! Si vous saviez ce qu'il y a eu!...

— Chutt! Chutt!... Monsieur des Pereires?...Monsieur des Pereires? C'est lui maintenant qui réclamait... « Hein?

Monsieur des Pereires?... » Il l'a saisie par les épaules, il
lui reniflait dans la figure et très violemment... Un tic lui
prenait toute la bouche... Il restait crispé après... Il se
détendait en saccades...

— Mais je l'ai pas, Monsieur le Curé!... Mais non!...
Moi je l'ai pas! Vous savez donc rien?... Il est pas ici le
pauvre homme!... Il est plus ici le malheureux!... Voyons!...
On vous l'a pas dit?...

— Pressez!... Pressez vite!... Il la chahutait tant et
plus!...

— Mais il est mort voyons!... Il existe plus!... Je vous
l'ai dit tout de même... Elle avait trouvé un fias qu'était
encore plus résolu...

— Je veux le voir moi!... Je veux le voir!... Il démor-
dait pas de sa marotte... « C'est bien urgent!... Chutt!
Chutt!... Chutt!... Presto! Presto!... » Il a refait le tour
de la table sur la pointe des pieds! Il a regardé dessus et
dessous et puis encore dans la hotte... Il a rouvert les deux
armoires... Il a arraché les clefs... Il a déglingué le coffre
à bois... retourné les gonds... Il était furieux... Il blairait
plus la résistance... Son tic lui retroussait toute la lèvre!...

— Monsieur le Curé!... Monsieur le Curé!... Faites
pas ça!... Elle essayait de le convaincre...

— Ferdinand! Je t'en supplie! Dis-le à Monsieur le
Curé!... N'est-ce pas mon petit, qu'il est mort?... Dis-lui
à Monsieur le Curé!... Elle se raccrochait à sa musette...

— Allez regarder sur la porte, c'est écrit pourtant!...
Dis c'est pas vrai Ferdinand?... « Bonne chance »... Elle
l'agrafait au cor de chasse!... Il emportait tout à la traîne!...
La rombière, la table, et les chaises, les assiettes!...

— Assez! Assez! Vos effronteries! Effrontés! Effrontés
tous!... C'est le Directeur!... Génitron Courtial!... Vous
m'entendez pas?... Lui tout seul!... Vous m'entendez?...
Il sait! Il sait!... Génitron! Là! là!... Je suis attendu!...
Il veut me voir immédiatement!... Rendez-vous!... Rendez-
vous!... Il s'est dépêtré en furie... Elle est allée rebondir
dans le mur...

— Assez! Assez! Je veux lui causer!... On m'empêchera
pas!... Qui?... Il en retroussait toute sa soutane... Il far-

fouillait dans toutes ses poches... Il en sort des petits
papiers... des miettes, des coupures de journaux... Il est
resté comme ça à genoux, en pleine fiévreuse confusion!...
longtemps, longtemps! Il bafouillait, il recomptait... tous
les papelards un par un... et les a tous défroissés... Il les
a encore raplatis... Il en a remis d'autres en boulettes...

— Chutt! Chutt!... Il recommençait... Il voulait plus
nous qu'on bouge. En voilà!... Ça c'est de l'authentique!...
Hein ça? Tu vois bien?... Le pur manuscrit pharaon!...
Oui!... Il m'en remet une pincée...

— Voilà! jeune garçon!... Il me pressait dans le creux
de la main... une boulette!... deux boulettes... Monsieur le
Directeur! Monsieur le Directeur!...

Merde! Ça le reprenait... Ça lui remontait sa colère!...
Il s'est recabré d'un seul élan... Il a ressauté sur la table...
Il réclamait encore Courtial à tous les échos!... Il a embou-
ché le cor de chasse. Il a soufflé dedans un grand coup et
puis des rauques crevaisons... encore des couacs et des
petits râles!...

— Il va venir... Il m'entend!... Dix fois, vingt fois de
suite... Il m'agrippe par le costard, il me bave nettement
dans la fiole, il me souffle dans les yeux... Il pue bien, la
vache... Par bouffées alors qu'il me renseigne comment
qu'il est venu jusque-là... Il est descendu à Vry-Controvert,
la halte du « Départemental » à vingt-deux kilomètres de
Blême! Les « autres » le poursuivent, les « autres » qu'il
ajoute... Il me tarabuste pour me prouver...

— Chutt! Chutt!... qu'il me refait encore... Les Puissants!... Oui! Oui! Il retourne à la fenêtre... Il regarde si
ils viennent?... Il se cache, il grogne à l'abri du volet... Il
rebondit encore... Il scrute les approches... Il va pisser
dans la cheminée... Il se boutonne plus... Il revient tout
de suite à la persienne... Il a dû les voir les Puissants... Il
rumine... il râle comme un sanglier...

— Ah! Ah! qu'il me fait... Jamais!... Rouah!... Rouah!...
Jamais!... Il se retourne sur moi... Il me brandit ses poings
devant la face... Comme il a pu changer ce mec-là, depuis
notre Palais-Royal... Comme il est devenu féroce!... Ils y
ont fait bouffer des scorpions! dans l'internement... Merde!

Il est devenu intraitable!... Il a pompé du vitriol!... Il arrête plus!... Il déambule !... Il carambole contre les murs... Il menace... Il provoque!... On se parle plus la vieille dabe et moi... On est atterrés finalement... Il commence à bien me courir... ce curé brouilleur... Je l'étendrais bien d'un coup derrière!... Je vise un bath pieu près de la fenêtre... Il nous sert à nous de tisonnier... avec un embout bien maous... un beau manche de fonte... ça suffirait pour sa gueule... Ça va faire encore un crime... Je fais signe à la daronne qu'elle se trisse un peu, une seconde... qu'elle se replie le long du mur...! Merde! J'aimerais mieux quand même qu'il se taise... Que j'aye pas besoin d'y toucher... Nom de Dieu, Bon Dieu d'enfoirure!... Comme il est moche!... Comme il est con!... Qu'il s'arrête de nous enculer ce sale fumier-là... sa marotte... Il croit pas à ce qu'on lui raconte... Il a la bille qu'on le lui cache... C'est infernal à la fin!... Je le dis à la vieille!

— Tant pis! Ça suffit! Y en a chiotte!... Because! moi je vais lui montrer quand même...

— Fais pas ça! Ferdinand!... Fais pas ça! Je t'en supplie!...

— Si! Si! Peut-être que ça va le doucher... Il se rendra peut-être compte?... C'est un bourreur ce sale con-là... C'est ça qu'il est dingue... Après on le foutera dehors!... Il arrêtait plus de se débattre, de se cogner dans tout!... Il soulevait la table tout entière... qui était pourtant un monument!... Il était fort le canaque!...

« Le Directeur!... Le Directeur!... qu'il recommençait à beugler... J'ai tout donné ! moi!... » Il s'est reprosterné à genoux, il embrassait son crucifix... Il faisait des mille signes de croix... Après il restait en extase... Les bras étendus de chaque côté... Il faisait le crucifix lui-même!... Et puis debout comme par un ressort... Sur la pointe des pieds, il repartait... Les yeux fixes comme ça, au plafond!... Il rempilait au baratin...

Elle me tirait, elle voulait pas que je lui montre l'autre... dans la cuisine... Elle me faisait des gestes. « Non! Non! » La comédie ça suffisait... J'en avais ma tasse...

— Viens par ici!... que je l'attrape par son cor de

chasse... et hop! que je le hale vers la cuisine... Ah! la sale
tante!... Il nous croit plus!... Non!... Eh ben il va voir ma
vache... Tous les dingos c'est du même... C'est leur joie
qu'on les contrarie... Allons! Allons!... Viens ma tronche!...
J'y déclare un coup dans le pot!... Et que je te le fais un
peu rebondir!... C'est lui maintenant qui en veut plus!...
Ah! Je devenais méchant moi aussi!... Il ramène! Il
groume! Je le ramponne encore dans le fond du couloir...

— Hop là!... Prenez la bougie, Madame, prenez-en
donc deux... Faut qu'il voye absolument bien... Qu'il s'en
mette un coup plein la vue... Faudra plus qu'il vienne nous
faire chier!... Arrivé dans la cuistance, je me fous à genoux...
et je me baisse encore... Je lui montre là bien sous son nez le
corps dans l'enveloppe par terre... Il peut bien se rendre
compte... Je mets à côté l'autre bougie...

— Là, tu regardes bien?... dis, bourrique?... Tu viendras
plus nous entreprendre...? Hein? C'est bien lui?... Tu
reconnais?... Pas?... Il se rapproche... il renifle... Il se
méfie... Il souffle tout du long des jambes... Il se prosterne...
Il fait une prière... Il arrête plus. Et puis il se retourne...
Il me regarde encore... Il reprend son oraison!...

— Alors? T'as bien vu?... que je lui fais... T'as compris
quand même dis casse-couille?... Maintenant, tu vas rester
tranquille?... Tu vas t'en aller gentiment?... Tu vas te barrer
prendre ton dur?... Mais il arrêtait pas de grogner et de
re-sentir encore le cadavre... Alors, je le raccroche par le
bras... Je veux un peu l'écarter... Je voudrais qu'il se
relève... Il repique dans une de ces rages!... Il me balance
un de ces coups de coude!... Un retour en plein dans le
genou... Ah! le vomi! Ah! Ce qu'il me fait mal!... J'en
vois les trente-six chandelles!... Ah! je me retenais à un fil
pour pas le buter séance tenante... Il est enragé le sale
crabe!... Je l'aurais écrasé l'ordure!... La vieille elle s'obstinait tout de même... Elle lui refaisait ça au bon cœur...
aux bonnes intentions... Elle essayait de le rambiner...

— Vous voyez bien, Monsieur le Chanoine! vous voyez
donc bien qu'il est mort!... Vous nous faites tous de la
peine!... C'est tout ce que vous faites!... Il est plus là le
malheureux!... Le gendarme a bien défendu!... Il voulait

599

pas que personne rentre... Nous avons promis! Vous allez nous faire punir!... tous les deux Ferdinand et moi. A quoi ça va vous servir?... Vous voulez pas ça quand même?...

A ce moment-là je me dis : « Eh bien graisse de couille! Puisqu'il veut pas du tout nous croire... Moi je vais lui montrer toute la fiole... Puisqu'il croit comme ça qu'on le cache!... Après je te fouterai dehors!... Ah! ça traînera plus!... » Je soulève donc un coin de l'enveloppe... Je rapproche encore la calebombe... Je lui découvre toute cette belle brandade... Tu veux dis regarder! Qu'il se rende bien compte... Il s'agenouille aussi pour mieux voir... Je lui répète encore :

— Ça va vieux gaz! Tu viens?... Je l'attire... Il veut plus bouger!... Il insiste... Il veut pas partir... Il renifle en plein dans la barbaque... « Hm! Hm! » Il rugit!... Ah! Il s'exalte!... Il se fout en transe... Il en frémit de toute la carcasse!... Je veux alors la recouvrir la tronche... Ça suffit!... Mais il tire en plein sur la toile... Il est enragé! Positif! Il veut plus du tout que je recouvre!... Il plonge les doigts dans la blessure... Il rentre les deux mains dans la viande... il s'enfonce dans tous les trous... Il arrache les bords!... les mous! Il trifouille... Il s'empêtre!... Il a le poignet pris dans les os! Ça craque... Il secoue... Il se débat comme dans un piège... Y a une espèce de poche qui crève!... Le jus fuse! gicle partout! Plein de la cervelle et du sang!... Ça rejaillit autour!... Il arracha sa main quand même... Je prends toute la sauce en pleine face!... J'y vois plus!... Vraiment rien!... Je me débats!... Bougie éteinte!... Il gueule toujours!... Ah! Faut le stopper... Je le vois plus!... Je fonce d'un coup! Je charge dedans... Je m'affole... à l'estime!... Je le bute pile!... Il culbute la vache!... Il va s'écraser dans le mur... Baoum! Plac! J'ai l'élan!... Je suis... Mais je me rebecte!... Je me freine, je me redresse d'autor!... Je reste pas contre!... Je me gafe bien!... Merde!... Je veux pas qu'il calanche dans la trempe!... Je m'essuye les châsses! J'ai toute la présence d'esprit!... Il faut qu'il se requinque tout de suite. Je veux pas le voir par terre!... Je lui sonne les côtes à coups de botte... Il se soulève un peu... Ça va mieux!... Je lui remets une bonne claque en pleine gueule... Ça le relève alors tout à fait... La vieille lui vide sur le cassis toute sa bassine entière de flotte... et de la glaciale... Il se refout à plaindre, à gémir... Alors ça va de mieux en mieux!... Mais il reflanche alors d'une seule pièce... Ah le sale enflure!... Pfloc!... Il s'étale!... Il lui passe des sursauts de lapin... et puis il bouge plus du tout!... Ah! le sale œuf!... Ah il avait pas tenu lerche!... J'ai un peu regardé à la porte... Et puis on l'a transporté nous deux, nous-mêmes sur la bordure de la route... On voulait pas qu'il reste là... Qu'on nous l'attribue en prime!.. Minute! Haricots!... Que le gendarme le retrouve dans la crèche?... et avec ça dans les pommes!... A notre entière discrétion!... Ah! Alors c'était un nougat!... Tout cuit notre jolie belote!... Il fallait même pas qu'on sache qu'on l'avait eu à l'intérieur... Ni vu ni connu!... Salùt! Pas bonnards!... Ah! Dehors! Vive le grand air!... tout évanoui qu'il était!... Quand même, il a regrogné un peu... Il reniflait dans la mouscaille... Ça flottait là-dessus en cascade... On est rentrés vite nous deux... On a bien verrouillé notre lourde... Il venait plein de rafales... J'ai dit à la vieille comme ça :

— Nous faut plus qu'on bouge... Même si il rappelle!... On entend plus rien!... Quand il rentrera l'autre guignol!... On fera les connos et puis c'est tout!... On l'a pas vu! pas connu!... Voilà!... C'est son affaire si il le retrouve!... Bon! elle a compris... C'est conclu!...

Il passe peut-être encore une heure!... Peut-être même un peu davantage... Je rafistole comme ça la cuisine... La vieille faisait le guet au carreau...

— Regardez pas par ici Madame!... Vous retournez pas!... Vous occupez pas du ménage!... Regardez bien ce qui se passe dehors!... Je rallonge le cadavre... Je retape un peu la litière... Ça resaignait à flots à travers la toile... Je rapporte un peu du fourrage... J'en sème à la volée autour... J'éponge les flaques comme ci, comme ça!... Je remets la paille sous la tête... bien épais comme un oreiller... Mais alors le plus difficile c'était les éclaboussures!... Y avait des taches jusqu'au plafond... et même des caillots tout collés!... Ça faisait vraiment tarte!... J'ai essayé

601

de rincer tout ça... J'ai repassé encore l'éponge... Mais ça marquait toujours plus... Tant pis!... Il fallait finir!... J'emmène les calebombes!... Je sors!... On se planque alors à côté... On attend avec la vieille... Ah! la belle pétoche!... Affreux... Comment qu'elle me revenait!... que l'autre guignol il s'aperçoive?... Qu'il se gafe de la corrida?... Ah le beau concombre! Comment qu'on allait tourniquer?... Surtout si il retrouvait le cureton comme ça évanoui sur la route!... C'était un joli accessoire!... Merde!... Il revenait toujours pas le sacré bourrique... Il avait dû se la farcir, la belle-sœur du pot-au-feu!... Pas possible!... On s'est allongés nous par terre!... On avait mis du foin aussi... Je disais rien... Je réfléchissais... La nuit elle finirait jamais!... J'aurais jamais pu m'endormir tellement il me passait de transes... Jamais je crois j'avais tant redouté... Tout d'un coup, j'entends une fanfare... Mais Nom de Dieu de foutue putain!... Mais ça y est! C'est le cor de chasse!... Et ça venait de la plaine... Ça venait de pas loin! Je me dis : « Mais c'est lui!... Ah! la sale brute! » Je reconnaissais tous les couacs! Il rempile! Il va nous remettre ça!... Ah! la tante! Ah! la canasse!... Il décuplait toutes les rafales! Tous les boucans de la tempête!... avec sa trompe éraillleuse! Merde! C'était assez! Quand même! Il soufflait dedans de toute son âme!... Ah! quel phoque!... Ah! ça pouvait devenir drôle quand même un curé pareil... Ah! la chienlit! Ah! quel bouzin! Quelle sale engelure!... Quel sale chiot!... Quelle crampe!... Ah! alors ça j'étais certain!... Et puis, Nom de Dieu! non! C'était mieux encore qu'il gargouille, même infect tel quel!... C'était signe qu'il était repompé... Il devait être heureux!... C'est preuve qu'il était pas crouni! Ah! l'ordure! « Ah! mugis! mugis! reine de vache! » Et que je t'en refile des coups et des coups de trombone!... Ah! Il avait repris tout son souffle!... Il débandait plus!... Taïaut! Taïaut! ma saloperie! Ah! la corne de couac!... Veux-tu en voilà!... Ça valait mieux que de calanchir!... Ça oui! Faut reconnaître! Merde! Mais c'était abject comme renvois! comme coliques en cuivre! Ah! il nous faisait bien chier quand même avec son égout le grand veneur!... Il arrêtait plus!... Une petite minute à peine! Et il remettait tout de suite ça!... Toujours davantage!... Ah! y avait pas d'erreur possible! C'était bien notre enragé!... Elle a duré sa fanfare au moins jusqu'à six heures et demie... Il faisait déjà petit jour, quand on a tapé au carreau... C'était notre gendarme!... Il rappliquait juste... Il tombait à pic... Il avait couché à Blême qu'il a prétendu... A côté de son cheval soi-disant... qu'on n'avait pas pu le referrer à Tousnes... que c'était trop tard... qu'il avait pas trouvé la forge...

— Qui c'est donc qu'a joué du cor dans votre plaine-là? toute la nuit!... Vous avez rien entendu?... Il nous a demandé ça tout de suite...

— Non!... Du cor?... Ah! Non!... qu'on a fait... Absolument pas!... Rien du tout!...

— Tiens c'est drôle quand même... Les vieux ils me disaient...

Il a été ouvrir la fenêtre... Le curé il était juste devant... Il a ressauté comme un cabri... Il attendait que ce moment-là... Il s'est rejeté encore à genoux au milieu de la piaule... Il a recommencé : « Notre Père qui êtes aux Cieux!... Que votre règne arrive!... » Il répétait... Il répétait tout le temps ça... comme un phonographe... Il se cognait les côtes à deux poings!... Il tremblotait de partout... Il sautillait sur ses tibias!... Il se faisait souffrir... Il arrêtait pas une seconde... Il grimaçait de douleurs... des mimiques de torturé!... « Que votre règne arrive!... Que votre règne arrive!... » qu'il ajoutait au plus haut.

« Oh! ben alors!... Oh! ben alors!... » Il était couillonné le gendarme de retrouver un piston pareil... « Ah! ça c'est un particulier!... » Il savait pas quoi conclure... Ça lui en bouchait plusieurs coins... La vieille elle s'occupait ailleurs, elle nous faisait chauffer du café... C'était bien le moment!... Il a arrêté les prières, l'autre supplieux saint Antoine, quand il a vu entrer notre jus... Il a bondi sur une timbale... Il voulait licher tous les bols!... Ah! Il s'occupait entièrement! Il suçait le bec de la cafetière à même!... Il s'est bien brûlé toute la gueule... Il soufflait en locomotive... Le gendarme il s'en bidonnait... « Mais je crois qu'il est fou mon Dieu!... Sûrement qu'il est pas ordinaire!... Ah! ça

sûrement pas!... Ah! moi ce que j'en dis!... Je m'en torche!..
Ça m'est bien égal!... C'est pas mon service les dingos!...
Je les connais pas moi!... C'est de l'Assistance que ça
dépend!... Mais moi je crois que c'est pas un curé... Il a pas
la gueule!... D'où ça qu'il serait venu?... Il serait échappé?
de l'infirmerie alors?... Il vient pas d'un bal des fois?...
Il est pas saoul?... C'est peut-être qu'un déguisement?
Toujours c'est pas mon rayon!... Si c'était un déserteur!...
Alors ça! Alors ça serait mon rayon! Ça me regarderait
alors pour sûr!... Mais il a plus l'âge mille tonnerres! Eh!
Papa!... quel âge que t'as?... Tu veux pas me le dire?... »
Il répondait rien l'autre douteux... Il lampait le fond des
récipients...

— Ah! Il est habile quand même hein? Il boit même avec
son nez! Ah! dis donc? Hé Papa!... Ah! c'est son cor hein
qu'est joli... Ah! C'est une belle pièce!... Ah! Je me demande
d'où qu'il peut venir?

Dans la matinée plus tard il a déferlé sur notre bled une
véritable armée de curieux!... Je me demandais d'où qu'ils
pouvaient bien venir?... Dans ce pays si désert c'était une
énigme!... De Persant? Y avait jamais eu tant de monde!...
à Mesloir non plus!... Ça venait donc de bien plus loin...
des autres cantons!... des autres campagnes... Ils étaient
devenus si nombreux, si denses, qu'ils débordaient sur nos
cultures... Tellement ils étaient comprimés... Ils tenaient
plus sur la route... Ils pilonnaient dans les champs, les deux
remblais se sont effondrés sous les charges de la populace...
Ils voulaient tout voir à la fois, tout connaître et tout renverser... Il pleuvait dessus à grands flots... Ça les gênait
pas du tout... Ils sont restés quand même comme ça pétris
dans la bouse... A la fin des fins ils ont envahi toute notre
cour... Ils produisaient une rauque rumeur...
Au premier rang, dans nos carreaux, il s'est formé sur
notre fenêtre une sorte de bourbier de grand-mères! Ah!

604

c'était joli!... Elles adhéraient contre les persiennes, elles étaient peut-être au moins cinquante... Elles croassaient plus que tout le monde... Elles se bigornaient à coups de riflards!

Enfin l'ambulance promise a fini par arriver... C'était la toute première fois qu'on la risquait hors de la ville... Le chauffeur nous a renseignés... Le grand hôpital de Beauvais venait tout juste de faire l'achat... Qu'est-ce qu'il avait eu comme panne!... Trois crevaisons coup sur coup!... et deux fuites d'essence... Il fallait maintenant qu'il fasse vite pour être rentré avant la nuit... Nous avons fait glisser le brancard... On a pris chacun une attelle... Il fallait pas perdre une seconde!... Il avait une autre frayeur le mécanicien... c'était que son moulin se débraye... Il fallait pas qu'il s'arrête!... pas du tout!... pas une seconde!... Il fallait qu'il tourne même sur place!... Mais ça présentait un danger à cause des petits retours de flamme... On est partis chercher Courtial... Les gens se sont rués sur les issues. Ils nous ramponnaient tellement fort... Ils bloquaient si bien la voûte et le petit couloir, que même en leur foutant des trempes, en fonçant dessus à toute bringue avec le pandore, on est passés en laminoir... On est revenus vite avec la civière, on a glissé les attelles sur les deux coulisses exprès jusqu'au fin fond de la bagnole... ça s'emboîtait exactement. On a refermé dessus les rideaux... Les grands cirés noirs... Et c'était fini!... Les paysans ils se causaient plus... Ils ont ôté leurs casquettes... Toutes les péquenouilles, les jeunes, les vioques, elles se faisaient plein de signes de croix... les pompes bien foncées dans la boue... Et que je te pleus des pleines cascades... Elles ruminaient toutes leurs prières... Dessus ça coulait Nom de Dieu!... Alors le chauffeur d'ambulance il est monté sur son siège... il a poussé l'allumage... Pe! Pe! Tap! Te! Pe! Tap! Pe! Pe! Des renvois terribles!... Le moteur il était mouillé... Il renâclait par tous les tuyaux... Enfin ça se décide!... Il fait un bond... Il en fait deux... Il embraye... il roule un petit peu... Le chanoine Fleury alors quand il voit comme ça le truc partir... Il pique un sacré cent mètres!... Il pousse à fond. Il jaillit de la route en voltige... Il saute sur le garde-boue!... Il a fallu qu'on coure nous autres! Et qu'on l'arrache de vive force! Il se rebiffait tout sauvage!... On l'a renfermé dans la grange! Et d'un!... Mais le moteur une fois bloqué il voulait plus du tout repartir! Il a fallu qu'on pousse en chœur jusqu'à la crête du plateau... qu'on redonne encore de l'élan... Du coup, elle a dévalé la neuve ambulance dans un raffut de râles et de saccades à travers toute la descente... encore près de trois kilomètres!... Ah! c'était du sport!... On est revenus nous vers la ferme... On s'est assis dans la cuisine... On a un peu attendu... que les gens se lassent et se dispersent... Ils avaient plus rien à regarder, c'est évident... mais ils bougeaient pas quand même!... Ceux qu'avaient pas de parapluies, ils se sont installés dans la cour... dans le hangar du milieu, ils cassaient la croûte! Nous avons refermé nos volets.

On a recherché dans nos affaires, dans le peu qui restait à la traîne ce qu'on pourrait bien emporter?... en fait d'habillements possibles... Faut le dire, y en avait pas chouia! La vieille elle a retrouvé un châle... elle gardait bien sûr son falzar, toujours frusquée comme nous autres. Elle avait plus de jupe à se mettre... Question d'aliments, il restait encore un peu de couenne dans le fond du saloir... assez pour une pâtée au clebs... On l'emmenait aussi à la gare... On l'a fait bouffer. J'ai découvert heureusement un petit velours à côtes derrière la penderie... Une requimpette à boutons d'os! Un vrai costard de garde-chasse... C'est les mômes qui l'avaient paumé... Ils l'avaient pas dit à personne...

En plus de mon faux raglan... ça me ferait tout de même de la chaleur... et toujours la culotte cycliste!... Comme linge, c'était fleur totale! pas une seule liquette!... Question des tatanes?... les miennes elles tenaient encore, je les avais un peu fendues à cause des pointures trop étroites... et puis rambinées par-dessous avec des sandales... c'était souple mais c'était froid!... La daronne elle aurait du mal à finir la route à cause de ses charentaises enfilées dans des caoutchoucs. C'est ça qui retenait bien la flotte... Elle se les est enroulées en paquets avec des ficelles et autour des vieux journaux... pour que ça lui fasse des vraies bottes et que ça branle plus dans les panards... Persant c'était encore assez loin!... Et Beauvais bien davantage... Il était plus question de voiture!... On s'est fait repasser un peu de jus... Et puis on s'est rassemblés avec le pandore... C'est lui qui devait nous escorter, il tenait son gaye par la bride qu'avait toujours pas son fer!... Le curé aussi voulait venir!... J'aurais bien aimé qu'on le plante là!... Qu'on l'enferme à clef derrière nous... Mais il faisait un boucan infect aussitôt qu'il se croyait tout seul... C'était donc pas une solution!... Supposons qu'on le laisse en carafe, qu'on le boucle dans sa case... Et puis qu'il fracasse tout?... Qu'il s'échappe ce possédé... qu'il escalade sur les toits?... Et qu'il se foute en bas d'une gouttière?... Et qu'il se casse deux ou trois membres?... Alors qui c'est qu'est bonnard?... Qui c'est qu'on accuse?... Bien sûr c'est encore notre pomme. C'est nous qu'on écroue!... ça faisait pas l'ombre d'un petit pli!... J'ai donc été ouvrir sa lourde... Il s'est projeté dans mes bras!... Il me chérissait éperdument... Par exemple, on trouvait plus le clebs... On a perdu au moins une heure à le filocher... dans le hangar, dans la grange... Il n'était nulle part... ce puceux... Enfin il a rappliqué... Nous étions fin prêts...

Tous les ploucs dehors, dans l'attente, ils ont rien dit de nous voir partir... Ils ont pas fait ouf!... Pas un mot! On leur a passé juste sous le nez... Y en avait plein les caniveaux! Des terreux... des terreux encore... On s'est donc lancés sur la route... Lancés... enfin c'est beaucoup dire... On marchait assez prudemment... Y avait que l'autre cloche qui se dératait... Il gambadait par-ci, par-là... Ça l'intriguait fort lui le cureton de connaître notre itinéraire... « On va voir Charlemagne?... » qu'il s'est mis à demander tout haut... Il comprenait rien aux réponses!... mais il voulait plus nous quitter... Pour le semer c'était midi!... La balade ça l'émoustillait... Il cavalait par-devant avec le petit clebs... Il bondissait sur un talus... Il embouchait son cor de chasse... Il soufflait dedans un petit taïaut!... Et juste en arrivant au ras il rejoignait vivement la troupe... Il emballait comme un zèbre... On est arrivés comme ça en très forte fanfare aux maisons... à l'entrée

même de Persant... Le gendarme il a tourné à gauche...
c'était fini sa consigne... Il nous laissait nous démerder...
Il tenait plus à notre compagnie... C'était pas dans sa direction... Nous on a pris le chemin de la gare... On s'est
renseignés tout de suite quand aux heures des trains...
Celui de la vieille pour Beauvais, il partait juste dans dix
minutes!... Une heure avant celui de Paris... Elle passait
sur le quai, d'en face... C'était le moment de se dire « au
revoir »... On s'est rien dit bien spécialement... On s'est
rien promis du tout... On s'est embrassés...

— Ah! mais! tu piques Ferdinand!... C'était ma barbe
qu'elle remarquait. Une plaisanterie!... Elle était brave...
c'était du mérite en pleine caille... Elle savait pas où elle
allait... Moi non plus d'ailleurs. Ça faisait tout de même
une petite paye qu'on affurait dans les malchances!...
Cette fois on s'était fait étendre!... Ça pouvait bien se
prévoir en somme... Y avait pas trop rien à dire...

Le curé dans la gare comme ça il a pris tout de suite un
peu peur... Il se ratatinait dans un coin... Seulement il me
quittait pas des yeux... Il regardait que moi sur la plate-
forme... écarquillé... Les gens autour ils se demandaient ce
qu'on pouvait bien foutre?... Surtout lui avec sa trompe...
La rombière et son pantalon... Moi mon costard à ficelles...
Ils osaient pas trop se rapprocher... A un moment la buraliste elle cherchait, elle nous a reconnus... « mais c'est les
fous de Blême! » qu'elle a proclamé!... Y a eu alors comme
une panique... Le train de Beauvais entrait en gare... heureusement... Y a eu diversion... La grosse choute s'est
élancée... Elle a grimpé à contre-voie... Elle est restée dans
la portière avec le petit clebs à Dudule... Elle me faisait
des signes « au revoir » !... Je lui ai fait aussi des gestes!...
Au moment que le train démarrait... il lui a pris une détresse... Ah! quelque chose d'infect!... Elle me faisait des
grimaces atroces dans le trou de sa portière... Et puis
« rrah! rrah ! » qu'elle faisait comme des râles d'égor-
gement... comme une espèce d'animal...

— Herdinand! Herdinand! qu'elle a encore pu
gueuler... comme ça à travers la gare... Par-dessus tous les
fracas... Le train a foncé dans le tunnel... Jamais on s'est

revus!... Jamais avec la daronne... J'ai appris beaucoup plus tard qu'elle était morte à Salonique, j'ai appris ça au Val-de-Grâce en 1916. Elle était partie infirmière à bord d'un transport. Elle est morte d'une vérole quelconque, je crois bien que ce fut du typhus, l'exanthématique. On est donc restés tous les deux, le chanoine et moi sur l'autre quai, sur celui de Paris. Il comprenait toujours rien... à la raison qu'on était là... Mais enfin il jouait plus du cor!... Il avait juste la panique que je le plaque en route... A peine le train arrivé il a sauté aussi dans le dur, derrière moi... Jusqu'à Paris qu'il m'a collé... Je l'ai perdu un petit moment en sortant de la gare... Je me suis faufilé par une autre porte... Il m'a rejoint tout de suite la canule!.. Je l'ai reperdu rue Lafayette... juste en face de la pharmacie... J'ai profité du trafic... J'ai bondi dans un tramway entre les amas des voitures... Je l'ai quitté un peu plus loin... Boulevard Magenta... Je voulais être un peu tout seul... réfléchir, comme j'allais m'orienter...

J'étais fort étrangement vêtu... pas présentable dans une ville... Les gens ils me fixaient curieusement... c'était le moment de la sortie des magasins, des burlingues... Il devait être un peu plus de sept heures... Je faisais quand même sensation avec mon raglan raccourci...Je me suis planqué sous une porte, c'était le coup de mon pardessus le plus sec à avaler... tout bouffant dans ma culotte qui me donnait la forme étonnante! Et je pouvais pas me rhabiller là... Et puis j'avais plus de chemise! Mon grimpant tenait que par l'épaisseur!... J'avais plus de chapeau non plus... J'avais que le petit à Dudule, un Jean-Bart en cuir bouilli. Je mettais ça là-bas... Ici, c'était impossible... Je l'ai balancé derrière une porte... Y avait toujours trop de passants... pour que je me risque sur les trottoirs, sapé fantaisie... Je voulais attendre que ça se dégage... Je regardais la rue passer... Ce qui m'a frappé en premier lieu, c'était les récents autobus... leur modèle sans « impériale » et les nouveaux taxis-autos... Ils étaient plus nombreux que les fiacres... Ils faisaient un barouf affreux... J'avais bien perdu l'habitude des trafics intenses... Ça m'étourdissait... J'étais même un peu écœuré... J'ai acheté un petit croissant et un chocolat... C'était l'heure... Je les ai remis tout de suite dans ma poche... L'air ça paraît toujours mou quand on revient de la campagne... C'est le vent qui vous manque... Et puis alors, je me suis demandé si je rentrerais au Passage?... et directement?... Et si les bourres venaient me cueillir?... Ceux du zozoteur...

Plus haut dans le boulevard Magenta, j'ai retrouvé la rue Lafayette, celle-là, j'avais qu'à la descendre, c'était pas très difficile, la rue Richelieu, puis la Bourse... J'avais qu'à suivre toutes les lumières... Ah! Je le connaissais moi le chemin!... Si au contraire, je piquais à droite, j'allais tomber sur le Châtelet, les marchands d'oiseaux... le quai aux fleurs, l'Odéon... C'était la direction de mon oncle... Le fait de trouver un lit quelque part c'était pas encore le plus grave... Je pourrais toujours me décider au dernier instant... Mais pour trouver un emploi? ça c'était coton!... Comment qu'il faudrait que je me renippe?... J'entendais déjà la séance!... Et puis où j'irais m'adresser?... Je suis sorti un peu de ma planque... Mais au lieu de reprendre le Boulevard j'ai tourné par une petite rue... Je m'arrête devant un étalage... Je regarde un œuf dur... un tout rouge!.. Je me dis : « Je vais l'acheter!... » A la lumière je compte mes sous... Il me restait encore plus de sept thunes et j'avais payé mon chemin de fer et celui du cureton... Je l'épluche l'œuf sur le comptoir, je mords dedans... Je le recrache tout de suite... Je pouvais plus rien avaler!... Merde! Ça passait pas... Merde, que je me dis, je suis malade... J'avais le mal de mer... Je sors à nouveau... Tout ondulait dans la rue... Le trottoir... les becs de gaz... Les boutiques... Et moi sûrement que j'allais de travers... Voilà un agent qui se rapproche... Je me hâte un peu... Je biaise... Je me replanque dans une entrée... Je veux plus bouger du tout... Je m'assois sur le paillasson... Ça va tout de même un petit peu mieux!... Je me dis : « Qu'est-ce que t'as Toto?... T'es pas devenu tellement fainéant?... T'as plus la force d'avancer?... » Et toujours ce mal au cœur... La rue, elle me foutait la panique... de la voir comme ça devant moi... sur les côtés... à droite... à gauche... Toutes les façades tout ça si fermé, si noir!

Merde!... si peu baisant... c'était encore pire que Blême!...
pas un navet à chiquer... J'en avais les grolles par tout le
corps... et surtout au bide... et à la tête! J'en aurais tout
dégueulé... Ah! Je pouvais plus repartir du tout! J'étais
bloqué sur la devanture... Là vraiment on pouvait se
rendre compte!... C'était pas du charre... au pied du mur
quoi!... Comment qu'elle s'était évertuée, ça me revenait,
la pauvre daronne, pour qu'on crève pas tous!... C'était
en somme à peine croyable!... Merde! J'étais tout seul
maintenant!... Elle était barrée Honorine!... Merde!...
C'était une bonne grognasse!... absolument courageuse...
elle nous avait bien défendus!... On était tous polichi-
nelles!... J'étais bien sûr de plus la revoir... C'était
positif!...   Ça devenait bien moche tout ça d'un seul
coup!... Et puis tout à fait infect!... C'était encore les
nausées... J'ai retrouvé un paillasson... J'ai vomi dans la
rigole... Des passants qui se rendaient compte... Il a fallu
que je démarre... Je voulais avancer quand même...
    Je me suis encore arrêté à l'extrême bout de la rue Saint-
Denis... Je voulais pas aller plus loin, j'ai découvert une
encoignure, là on me voyait plus du tout... Ça allait mieux
une fois assis... c'est la bagotte qui m'écœurait... Quand je
me sentais m'étourdir, je regardais plutôt en l'air... Ça
m'atténuait les malaises de relever la tête... Le ciel était
d'une grande clarté... Je crois que jamais je l'avais vu si
net... Ça m'a étonné ce soir-là comme il était découvert...
Je reconnaissais toutes les étoiles... Presque toutes en
somme... et je savais bien les noms!... Il m'avait assez
canulé l'autre olibrius avec ses orbites trajectoires!...
C'est drôle comme je les avais retenus sans bonne volonté
d'ailleurs... ça il faut bien le dire... La « Caniope » et
« l'Andromède »... elles y étaient là rue Saint-Denis...
Juste au-dessus du toit d'en face... Un peu plus à droite
le « Cocher » celui qui cligne un petit peu contre « les
« Balances »... Je les reconnais tous franco... Pour pas
se gourer sur « Ophiuchus »... c'est déjà un peu plus
coton... On la prendrait bien pour Mercure, si y avait
pas l'astéroïde!... Ça c'est le condé fameux... Mais le
« Berceau » et la « Chevelure »... On les méprend presque

toujours... C'est sur « Pelléas » qu'on se goure bien! Ce soir-là, y avait pas d'erreur!... C'était Pelléas au poil!... au nord de Bacchus!... C'était du travail pour myope... Même la « Grande nébuleuse d'Orion » elle était absolument nette... entre le « Triangle » et « l'Ariane ». Alors pas possible de se perdre... Une unique chance exceptionnelle!... A Blême, on l'avait vue qu'une fois! pendant toute l'année l'Orion... Et on la cherchait tous les soirs!... Il aurait été bien ravi l'enfant de la lentille de pouvoir l'observer si nette... Lui qui râlait toujours après... Il avait édité un guide sur les « Repères Astéroïdes » et même un chapitre entier sur la « nébuleuse d'Antiope »... C'était une surprise véritable de l'observer à Paris... où il est bien célèbre le ciel pour son opacité crasseuse!... J'entendais comme il jubilait le Courtial dans un cas pareil!... Je l'entendais déconner, là, à côté de moi, sur le banc...

— Tu vois, mon petit, celle qui tremble?... ça c'est pas même une planète... Ça c'est qu'une trompeuse!... C'est même pas un repère!... Un astéroïde!... C'est qu'une vagabonde!... tu m'entends?... Fais gafe!... Une vagabonde!... Tiens encore deux millions d'années, ça fera peut-être une lumière profuse!... Alors elle donnera peut-être une plaque!... Maintenant c'est qu'une entourloupe et tu paumeras toute ta photo!... Et puis c'est tout ce que t'en aurais... Ah! c'est trompeur une « vaporide » mon petit gniard!... Pas même une comète « d'attirance »... Te laisse pas berner, troubadour! Les étoiles c'est tout morue!... Méfie-toi avant de t'embarquer! Ah! c'est pas les petites naines blanches! Mords-moi ça! Comme dynamètre! Quart seconde exposition! Brûle ton film en quart dixième! Qu'elles sont terribles! Ah! défrisable! Gafe-toi Ninette! Les plaques c'est pas donné aux « Puces »!... Mais mon cher Évêque!... Je les rentendais toutes ses salades!... « Une seule fois, quand tu regardes une chose... Tu dois la retenir pour toujours!... Te force pas l'intelligence...! C'est la raison qui nous bouche tout... Prends l'instinct d'abord... Quand il bigle bien, t'as gagné!... Il te trompera jamais!... » J'en avais plus moi de la raison... J'avais les guibolles en saindoux... J'ai marché quand même encore... Et puis j'ai retrouvé un autre banc... Je me suis tassé contre le dossier... Il faisait vraiment plus très chaud... Il me semblait qu'il était là... et de l'autre côté de la planchette, qu'il me tournait le dos, le vieux daron. J'avais des mirages... Je déconnais à sa place... Ses propres mots absolus... Il fallait que je l'entende causer... qu'ils me reviennent bien tous... Il était devant moi sur l'asphalte!... « Ferdinand! Ferdinand! L'ingéniosité c'est l'homme... Ne pense pas toujours qu'au vice... » Il me racontait tous ses bobards... et je me souvenais de tous à la fois!... Je discutais maintenant tout haut!... Les gens s'arrêtaient pour m'entendre... Ils devaient penser que j'étais ivre... Alors j'ai bouclé ma trappe... Mais ça me relançait quand même... ça me tenaillait toute la caboche. Ils me possédaient bien les souvenirs... Je pouvais pas croire qu'il était mort mon vieux vicebroquin... Et pourtant je le revoyais avec sa tête en confiture... Toute la barbaque qui remuait toujours... et que ça grouillait plein la route!... Merde! Et la ferme à pic du talus! et puis le fils à la garce Arton... Et la truelle?... Et la mère Jeanne? et leur brouette? et tout le temps qu'on l'avait roulé avec la daronne!... Ah! La vache! Il était terrible!... Il me recavalait en mémoire!... Je repensais à toutes les choses... Au bar des « Émeutes »... à Naguère!... Au Commissaire des Bons-Enfants... et aux effluves à la gomme!... Et à toutes les patates infectes... Ah! C'était dégueulasse au fond... comme il avait pu nous mentir... Maintenant il repiquait la tante!... Il était là, juste devant moi... à côté du banc... Je l'avais son odeur de bidoche... J'en avais plein le blaze... C'est ça la présence de la mort... C'est quand on cause à leur place... Je me suis redressé tout d'un coup... Je résistais plus... J'allais crier une fois terrible... Me faire embarquer pour de bon... J'ai relevé les châsses en l'air... pour pas regarder les façades... Elles me faisaient trop triste... Je voyais trop sa tête sur les murs... partout contre les fenêtres... dans le noir... Là-haut Orionte était partie... J'avais plus de repère dans les nuages... Tout de même j'ai repiqué Andromède... Je m'entêtais... Je cherchais Caniope... Celle qui clignait contre l'Ours... Je me suis étourdi forcément... J'ai repris quand même ma promenade... J'ai longé les grands Boulevards... Je suis revenu Porte Saint-Martin... Je tenais plus sur mes guizots!... Je déambulais dans le zigzag!... Je me rendais tout à fait compte... J'avais une peur bleue des bourriques!... Ils me croyaient saoul eux aussi!... Devant le cadran du « Nègre » j'ai fait « pst! pst! » à un fiacre!... Il m'a embarqué...

— Chez l'oncle Édouard!... que j'ai dit...

— Où ça l'oncle Édouard?...

— Rue de la Convention! quatorze! J'allais sûrement ne faire épingler si je continuais ma vadrouille... avec ce putain de vertige... Ça devenait un terrible risque... si les bourres m'avaient questionné... J'étais étourdi à l'avance. Jamais j'aurais pu leur répondre... La course en fiacre m'a fait du bien... Ça m'a vraiment retapé un peu... Il était chez lui l'oncle Édouard... Il a pas eu l'air très surpris... Il était content de me revoir... Je m'assois devant sa table... J'enlève un peu ma redingote... J'avais plus que le petit velours à côtes...

— T'es drôlement sapé! qu'il remarque... Il me demande si j'ai mangé?

— Non! J'ai pas faim... que j'ai répondu...

— Alors, ça va pas l'appétit?...

Du coup, il enchaîne... C'est lui qui me raconte ses histoires... Il était fort préoccupé... Il rentrait tout juste de Belgique, il sortait d'un de ces pétrins!... Il l'avait repassée finalement sa petite pompe « l'extra démontable » à un consortium de fabriques... A des conditions pas fameuses... Il en avait eu sa claque des litiges, des réclamations... à propos de tous les brevets... les « multiples », les « réversibles »... C'était marre!... C'était pas son genre, les migraines et les avocats... Avec ce petit pognon liquide, il allait se payer quelque chose de bien franc, bien net... une vraie entreprise mécanique... Une affaire déjà lancée... pour le retapage des voiturettes... pour les « tinettes » de seconde main... Ça c'est un blot toujours fructueux... En plus il reprendrait les lanternes et les trompes de tous les clients. Ça aussi c'était dans ses cordes...

Il les remettrait au goût du jour... Pour le petit matériel d'accessoires, les nickels, les cuivres, y a toujours la demande... Il suffit de suivre un peu la vogue, ça se retape comme ci, comme ça... et puis on retrouve un amateur à trois cents pour cent!... Voilà du commerce!... Il était pas embarrassé... Il connaissait toutes les ficelles... Si il tiquait encore un peu c'était à cause des locaux... Il voulait encore réfléchir... C'était pas très net comme clauses... Y avait un drôle de « pas de porte »... Il flairait une petite vape!... La reprise était assez lourde!... Il prolongeait les pour-parlers... Il avait la leçon... Il avait failli souscrire dans une sorte d'association pour une véritable usine de grandes fournitures carrossières... à cent mètres de la Porte Vanves... Ça s'était pas fait... Ils l'empaquetaient dans le contrat... Les copeaux l'avaient saisi au dernier moment... Il se méfiait de tous les partenaires... Pour ça, il avait pas tort!... Il réfléchissait toujours... C'était trop beau pour être honnête!... presque du quarante-sept pour cent!... Ça! c'était sûrement des bandits!... Il devait pas regretter grand-chose!... Sûrement qu'il était marron avec des gangsters semblables!... Enfin il a eu tout jacté... tout déroulé... tout ce qui était survenu, dans le détail, toutes les bricoles de son business, depuis notre départ pour Blême jusqu'au jour où nous étions... Du coup, c'était à mon tour de raconter mes histoires... Je m'y suis mis tout doucement... Il a écouté tout du long...

— Ah! ben alors! Ah! ben mon petit pote! Ah ben ça c'est carabiné!... Il en restait tout baba!... Ah ben dis donc c'est pas croyable... Ah ben alors, je m'étonne plus que t'es gras comme un courant d'air!... Ah! vous avez dé-rouillé!... Merde!... C'est une leçon! Tu vois mon petit pote!... C'est toujours comme ça la campagne... Quand t'es de Paris, faut que t'y restes!... Souvent on m'a offert à moi des genres de petits dépositaires, des marques, des garages dans des bleds... C'était séduisant à entendre. Des « représentations », des vélos, en pneumatiques... Ton maître par-ci!... Liberté par-là!... Taratata! Moi jamais ils m'ont étourdi!... Jamais! Ça je peux le dire!... Tous les condés de la campagne c'est des choses qu'il

faut connaître!... Il faut être né dans leurs vacheries... Toi
te voilà qu'arrive fleur... Tu tombes dans la brousse!
Imagine!... tout chaud, tout bouillant... Dès la descente,
ils te possèdent!... T'es l'œuf!... Y a pas d'erreur!... Et
tout le monde te croûte... Les jeux sont faits!... On se
régale! Profits?... Balle-Peau!... T'en tires pas un croc
pour ta pomme... T'es fait bonnard sur tout le parcours!...
Comment que tu pourrais toi te défendre?... Tu résistes
pas une seconde... Faut être dans le jus dès le biberon...
Voilà l'idéal!... Autrement t'es bien fait cave à tous les
détours!... Comment que tu pourrais étaler?... Ça s'entrave
pas dans un soupir! Ça s'invente pas les artichauts!...
T'as pas une chance sur cent dix mille... Et puis comme
vous partiez vous autres?... Avec des cultures centrifuges...
Ça alors, c'était du nougat!... Vous la cherchez bien la
culbute... Vous vous êtes fait retourner franco!... C'était
dans la fouille!... Ah! Mais dis donc alors petit pote, ce
que tu peux voir maigre! Mais c'est pas croyable!...
T'aimes ça la soupe au tapioca?... Il trifouillait dans sa
cuisine... Il devait être au moins neuf heures... Il va falloir
que tu te rambines!... Ici tu vas te taper la cloche! Ça je
te garantis!... Il va falloir que tu m'en caches!... Ah! Y
a pas d'erreur ni de chanson... Il m'a rebiglé au tournant...
le joli genre de mon costard... ça le faisait un peu sourire...
et ma combinaison-culotte... et les ficelles pour le fond...

— Tu peux pas rester en loques!... Je vais te chercher
un petit grimpant... Attends... Je vais te trouver quelque
chose... Il m'a ramené d'à côté, un complet tout entier
à lui, de son armoire à coulisse... C'était en parfait état,
et puis un manteau peau d'ours... un formidable poilu...
« Tu mettras ça en attendant!... » et une casquette à rabats
et le caleçon et la liquette en flanelle... J'étais resapé
magnifique!

— T'as pas faim alors?... Du tout?... J'aurais rien pu
ingurgiter... Je me sentais même un malaise... quelque
chose de bien pernicieux... J'avais les tripes en glouglous...
sans charre, j'étais pas fringant!

— Qu'est-ce que t'as alors mon petiot?... Je commençais
à l'inquiéter.

— J'ai rien!... J'ai rien!... Je luttais...

— T'as attrapé froid alors?... Mais c'est la grippe qui te travaille!

— Oh! non... Je crois pas... que j'ai répondu... Mais si tu veux bien mon oncle, une fois que t'auras fini de manger... On pourra peut-être faire un petit tour?...

— Ah! Tu crois que ça va te dégager?...

— Ah! Oui! mon oncle!... Oui, je crois!...

— T'as donc mal au cœur?...

— Oui! un tout petit peu, mon oncle!...

— Eh bien t'as raison!... Descendons tout de suite tiens!... Moi je mangerai plus tard!... Tu sais je suis un peu comme ta mère... Subito! Presto! Y a jamais d'arêtes! Il a pas terminé sa croûte... On est partis tout doucement jusqu'au coin du café de l'Avenue... Là, il a voulu qu'on s'assoye à la terrasse... et que je prenne une infusion de menthe... Il me causait encore de choses et d'autres... Je lui ai demandé un peu des nouvelles... Si il avait vu mes parents?...

— Au moment de partir en Belgique, ça va faire deux mois hier!... J'ai fait un saut au Passage... Je les ai pas revus depuis!... Ils se retournaient bien les méninges, qu'il a ajouté, à propos de tes lettres! Ils les épluchaient tu peux le dire... Ils savaient plus ce que tu devenais... Ta mère voulait partir te voir tout de suite... Ah! Je l'ai dissuadée... J'ai dit que j'avais moi des nouvelles... Que tu te débrouillais parfaitement... mais que vous aviez pas une minute à cause des semailles! Enfin des bêtises!... Elle a remis le voyage à plus tard!... Ton père était encore malade... Il a manqué son bureau plusieurs fois de suite cet hiver... Ils avaient peur tous les deux que, cette fois-là, ça soye la bonne... qu'ils attendent plus Lempreinte et l'autre... qu'ils le révoquent... Mais ils l'ont repris en fin de compte... Par contre, ils y ont défalqué intégralement ses jours d'absence!... Imagine! Pour une maladie!... Pour une compagnie qui roule sur des cent millions!... qu'a des immeubles presque partout! C'est pas une honte?... C'est pas effroyable?... D'abord tiens c'est bien exact... plus qu'ils sont lourds plus qu'ils en veulent... C'est insatiable voilà tout! C'est jamais assez!... Plus c'est l'opulence et tant plus c'est la charogne!... C'est terrible les compagnies!... Moi je vois bien dans mon petit truc... C'est des suceurs tous tant qu'ils sont!... des voraces! des vrais pompe-moelle!... Ah! C'est pas imaginable!... Parfaitement exact... Et puis c'est comme ça qu'on devient riche... Que comme ça!

— Oui mon oncle!...

— Celui qu'est malade peut crever!...

— Oui mon oncle...!

— C'est la vraie chanson finale, petit fias, faut apprendre tout ça!... et immédiatement! tout de suite! Méfie-toi des milliardaires!... Ah! Et puis j'oubliais de te dire... Y a encore quelque chose de nouveau... du côté de leurs maladies... Ton père veut plus voir un médecin!... Même Capron qu'était pas mauvais! et pas malhonnête, en somme... Il poussait pas à la visite... Elle non plus ta mère, elle veut plus en entendre parler... Elle se soigne complètement elle-même... Et je te garantis qu'elle boite... Je sais pas comment qu'elle s'arrange... Des sinapismes! des sinapismes!... Toujours la même chose avec moutarde! sans moutarde! Chaud! froid! Chaud! froid! Et elle s'arrête pas de travailler!... Et elle se démanche!... Il faut qu'elle retrouve des clients!... Elle en a fait des nouveaux pour sa nouvelle Maison de Broderies... des dentelles bulgares... Tu te rends compte! Ton père bien sûr il en sait rien... Elle représente pour toute la Rive droite... Ça lui fait des trottes... Si tu voyais sa figure quand elle rentre de ses tournées... Ah! alors faut voir la mine!... C'est absolument incroyable!... J'aurais dit un vrai cadavre... Elle m'a même fait peur l'autre jour!... Je suis tombé dessus dans la rue... Elle rentrait avec ses cartons... Au moins vingt kilos j'en suis sûr! T'entends vingt kilos! A bout de poignes... C'est pesant toutes ces saloperies!... Elle m'a même pas aperçu!... C'est la fatigue qui la tuera... Tu t'en feras autant à toi-même si tu fais pas plus attention! Ça je te dis mon pote! D'abord tu manges beaucoup trop vite... Tes parents te l'ont toujours dit... De ce côté-là ils ont pas tort...

618

Tout ça c'était ma foi possible... Enfin c'était pas important... Enfin pas beaucoup... Je voulais pas du tout le contredire... Je voulais pas créer de discussion... Ce qui me gênait pendant qu'il me causait... que je l'écoutais même pas très bien... C'était la colique... Ça m'ondoyait dans les tripes... Il continuait à me parler...

— Qu'est-ce que tu vas faire après ça?... T'as déjà quelque chose en tête?... Une fois que t'auras repris du lard?... Lui aussi ça le souciait un peu la question de mon avenir...

— Ah! mon petit pote! Tout ce que je t'en dis, c'est pas pour que tu te presses!... Oh! mais non!... Prends tout ton temps pour tes démarches! Savoir d'abord où on se trouve!... Va pas piquer n'importe quoi!... Ça te retomberait sur le râble!... Faut te retourner mais tout doucement... Faut faire attention!... Le travail c'est comme la croûte... Il faut que ça profite d'abord... Réfléchis! Estime! Demande-moi! Tâte! Examine!... à droite, à gauche... Tu décides quand tu seras sûr!... A ce moment-là, tu me le diras... Y a pas la foire sur le pont... Pas encore... Hein?... Prends pas quelque chose au petit hasard... Tout juste pour me faire plaisir... Pas une bricole pour quinze jours!... Non!... Non!... T'es plus un gamin... Encore un condé à la gode... Tu finiras par te faire mal!... Tu te perdrais en réputation.

On est repartis vers chez lui... On a fait le tour du Luxembourg... Il reparlait encore d'un emploi... ça le minait un peu comment j'allais me démerder?... Il se demandait peutêre en douce dans le tréfonds de sa gentillesse si j'en sortirais jamais de mes néfastes instincts... de mes dispositions bagnardes?... Je le laissais un peu mijoter... Je savais plus quoi lui dire... J'ai rien répondu tout de suite... J'avais vraiment trop de fatigue et puis un vilain mal aux tempes... Je l'écoutais que d'une oreille... Arrivés au boulevard Raspail je pouvais même plus arquer droit... Je prenais le trottoir tout de traviole... Il s'est rendu compte... On a fait encore une halte... Je pensais tout à fait à autre chose... Je me reposais... Il me la cassait l'oncle Édouard avec toutes ses perspectives... J'ai regardé encore en l'air... « Tu les connais toi, dis mon oncle, les « Voiles de Vénus »...

la « Ruche des Filantes »?... Tout ça sortait juste des nuages... c'était des poussières d'étoiles... Et Amarine?... et Proliserpe?... je suis tombé dessus coup sur coup... la blanche et la rose... Tu veux pas que je te les montre?... » Il les avait sues l'oncle Édouard, autrefois les constellations... Il savait même tout le grand Zénith, un moment donné... du Triangle au Sagittaire, le Boréal presque par cœur!... Tout le « Flammarion » il l'avait su et forcément le « Pereires »!... Mais il avait tout oublié... Il se souvenait même plus d'une seule... Il trouvait même plus la « Balance »!

— Ah mon pauvre crapaud, à présent j'ai perdu mes yeux!... Je te crois sur parole! Regarde tout ça à ma place!... Je peux même plus lire mon journal! Je deviens si myope ces jours-ci que je me tromperais d'astre à un mètre! Je verrais plus le ciel si j'étais dedans! Je prendrais bien le Soleil pour la Lune!... Ah! dis donc! Il disait ça en rigolade...

— Ah! Mais ça fait rien... qu'il a ajouté... Je te trouve toi joliment savant! Ah mais t'es fortiche! T'en as fait dis donc des progrès!... C'est pas de la piquette! T'as pas beaucoup briffé là-bas!... Mais t'as avalé des notions!... Tu t'es rempli de savoir-vivre!... Ah! T'es trapu mon petit pote!... Tu te l'es farcie ta grosse tête!... Hein dis mon poulot? Mais c'est la science ma parole!... Ah! y a pas d'erreur!... Ah! je le faisais rire... On a reparlé un peu de Courtial... Il a voulu un peu savoir à propos de la fin... Il m'a reposé quelques questions... Comment ça s'était terminé? Ah! Je pouvais plus tenir qu'il m'en cause!... Il m'en passait une panique... Une crise presque comme à la vieille... Je pouvais plus me retenir de chialer!... Merde!... Ça faisait moche!... Ça me secouait les os... Pourtant j'étais dur!... C'était sûrement l'intense fatigue...

— Mais qu'est-ce que t'as! mon pauvre crabe!... Mais t'es tout défait! Mais voyons, il faut pas te frapper!... Ce que j'en disais tout à l'heure à propos de ta place, c'était seulement pour qu'on en cause... Je prenais pas ça au sérieux! Faut pas le prendre non plus! Tu vas pas quand même t'effarer pour des fariboles pareilles!... Tu me connais pourtant assez bien!... T'as pas confiance dans ton oncle?... Je disais pas ça pour te chasser!... Voyons gros andouille!

tu m'as pas compris?... Rentre-moi tout de suite ces pleurs!
T'as l'air d'une mignarde à présent!... Hein mon petit
boulot c'est fini?... Un homme ça chiale pas!... Tu resteras
tant qu'il faudra!... Là! Voyons quand même!... Tu vas
d'abord te remplumer... Je veux te voir rebouffi, rebondi!
gavé! gras du bide! On voudrait pas de toi n'importe où!
T'y penses pas! comme ça?... Tu peux pas te défendre tel
quel!... On prend pas les papiers mâchés! Faut être maous
sur la place! Tu leur fouteras tous sur la gueule... Baoum!...
Renversez-moi tout ça!... Un coup du droit! Bang! Un
coup du gauche... Garçon! Monsieur? Un biscoto!... Il
me consolait comme il pouvait, mais j'arrivais pas à me
tarir. Je tournais tout à fait en fontaine.

— Je veux m'en aller, mon oncle!... Je veux partir!...
Je veux partir loin!...

— Comment t'en aller?... Partir où?... En Chine?...
Loin? Où ça?...

— Je sais pas, mon oncle!... Je sais pas!... Je dégoulinais
de plus en plus fort... Je me suis relevé... J'étouffais!...
Mais une fois debout j'ai trébuché... Il a fallu qu'il m'étaye...
Quand on est arrivés chez lui, il savait plus vraiment quoi
faire!... Ni dire!...

— Eh bien mon gros!... ben mon toto!... Faut oublier
quand même tout ça!... Mettons que j'ai rien dit du tout!...
C'est pas de ta faute mon pauvre gniard! Allons! Tu y es
pour rien!... Courtial, tu sais comment il était!... C'était
un homme extraordinaire!... C'était un parfait savant!...
Là je suis entièrement d'accord!... Je l'ai toujours dit,
tout le premier... Et je crois qu'il avait du cœur!... Mais
c'était un homme d'aventure!... Extrêmement calé, c'est
un fait! Extrêmement capable et tout!... et qu'a souffert
mille injustices!... Oui! ça c'est encore entendu!... Mais
c'était pas la première fois qu'il se promenait sur les pré-
cipices!... Ah! C'était un zèbre pour les risques!... Il les
frisait les catastrophes!... D'abord les gens qui jouent aux
courses? pas?... C'est qu'ils aiment se casser la gueule!...
Ils peuvent pas se refaire!... Ça on peut pas les empêcher...
Il faut qu'ils arrivent au Malheur!... Dame! Très bien!...
C'est le goût du risque!... Ça me fait bien de la peine quand

même! Ah! Tu peux croire, ça me touche beaucoup!...
J'avais pour lui de l'admiration... Et même une sincère
amitié!... C'était un cerveau unique!... Ah! Je me rends
bien compte! Une véritable valeur!... J'ai l'air bête, mais
je comprends bien... Seulement c'est pas une raison parce
qu'il vient maintenant de mourir, pour toi en perdre le
boire et le manger!... pour te décharner jusqu'aux os!...
Ah! ça non alors! Par exemple! Ah! Nom de Dieu! Non!...
Tu pourrais pas gagner ta vie dans l'état où tu te trouves!...
C'est pas à ton âge voyons qu'on se détruit comme ça la
santé, parce qu'on est tombé sur un manche!... Tu vas pas
remâcher ça toujours!... Mais t'as pas fini mon pote!...
T'en verras bien d'autres, ma pauvre bouille!... Laisse les
jérémiades aux rombières!... Ça les empêche pas de pisser!...
Ça leur fait un plaisir intense!... Mais toi t'es un mec à la
redresse!... Pas que t'es à la redresse Routoutou?... Tu vas
pas te noyer dans les pleurs?... Hi! Hi! Hi! Tu vois pas ça
dans la soupe?... Il me donnait des toutes petites claques...
Il essayait de me faire marrer!...

— Ah! le pauvre saule pleureur!... Il nous revient comme
ça de la campagne? Déglingué!... Fondu!... Raplati!...
Allons mon poulot!... Allons maintenant du courage!...
Tiens, je te parlerai plus de t'en aller!... Tu vas rester avec
moi!... Tu te placeras nulle part!... C'est conclu! C'est
entendu!... Là, t'es plus tranquille?... Plus jamais tu te
chercheras une place!... Là! T'es content à présent?... Tiens,
je vais te prendre moi, dans mon garage!... C'est peut-être
pas très excellent d'être apprenti chez son oncle... Mais
enfin tant pis!... La santé d'abord! Les usages, je m'en fous!...
Le reste ça s'arrange toujours! La santé! voilà!... Je te
dresserai moi, tiens mon petit pote! Je veux que tu prennes
d'abord de la panne!... Ah! Oui! Ça te ronge toi de chercher des places... J'ai bien vu chez tes parents... T'as pas
la façon facile, t'as pas le tempérament pour... Tu seras
plus jamais contraint... puisque c'est ça qui t'épouvante!...
Tu resteras toujours avec moi... Tu tireras plus les cordons...
Tu ferais pas un bon placier... Ah ça non! Hein? Je peux
pas! Je peux pas mieux te dire!... T'aimes pas aller te
présenter?... Bien! C'est ça qui te fout la pétoche?... Bon!

— Non mon oncle! C'est pas tant ça!... Mais je voudrais partir...

— Partir! Partir! Mais partir où?... Mais ça te turlupine, mon petit crabe!... Mais je te comprends plus du tout!... Tu veux retourner dans ton bled?... T'en veux pousser des carottes?

— Oh! Non! mon oncle... Ça je veux pas!... Je voudrais m'engager...

— Une idée qui te traverse toute cuite?... Oh! ben alors! T'y vas rondement!... T'engager?... Où?... Mais pour quoi faire?... T'as tout ton temps mon poulot!... Tu t'en iras avec ta classe! Qu'est-ce qui te précipite?... t'as la vocation militaire?... C'est marrant quand même!... Il me considérait avec soin... Il me retrouvait tout insolite... Il me dévisageait...

— Ça c'est une lubie, mon lapin... Ça te prend comme une envie de pisser!... Mais ça te passera aussi de même!... Tu vas pas devenir comme Courtial? Tu veux tourner hurluberlu?... Ah! ben dis donc tes parents?... T'as pas réfléchi un petit peu?... Comment qu'ils vont chanter alors? Ah! la sérénade! Ah! j'ai pas fini d'entendre! Ils diront que c'est moi le responsable!... Ah! Alors minute!... Que je t'ai foutu des drôles d'idées! Que t'es sinoque comme ton dabe!...

Il était pas content du tout... J'ai voulu tout lui avouer!... Comme ça d'emblée... N'importe quoi!... N'importe comment!...

— Mais je sais pas rien faire mon oncle... Je suis pas sérieux... Je suis pas raisonnable...

— Mais si que t'es sérieux ma grosse bouille! Moi je te connais bien... Mais si! que t'es raisonnable!

J'en pouvais plus moi de chialer...

— Non! Je suis un farceur mon oncle!...

— Mais non! Mais non! mon poulot!... T'es un petit connard au contraire! T'es la bonne bouille que je te dis!... T'as pas un poil de rusé! T'es bonnard à toutes les sauces!... Il t'a possédé le vieux coquin! Tu vois donc pas vieux trésor? C'est ça que tu peux pas digérer!... Il t'a fait!

— Ah! non! Ah! non!... J'étais hanté... Je voulais pas des explications. J'ai supplié pour qu'il m'écoute... « Je faisais que de la peine à tout le monde! » Je lui ai dit et répété... Ah! Et puis j'avais mal au cœur!... Et puis je lui ai reparlé encore... toujours je ferais de la peine à tout le monde!... C'était ma terrible évidence!...

— T'as bien réfléchi?...

— Oui mon oncle!... Oui, je te jure, j'ai bien réfléchi!... Je veux m'en aller!... demain... dis... demain...

— Ah! Mais la maison brûle pas!... Ah ça non!... repose-toi encore! On part pas comme ça!... En coup de tête!... On contracte pas pour un jour!... C'est pour trois années mon ami!... C'est pour mille quatre-vingt-cinq jours... et puis les rabiots!...

— Oui, mon oncle...

— T'es pas si méchant voyons!... Personne te repousse?... Personne t'accuse!... Ici, t'es pas mal quand même?... Je t'ai jamais brutalisé?...

— C'est moi mon oncle qu'est méchant... Je suis pas sérieux. Tu sais pas mon oncle!... Tu sais pas!...

— Ah mais ça te reprend! Mais c'est une manie, mon pauvre bougre!... que tu te tracasses à ce degré-là!... Mais tu vas te rendre vraiment malade...

— J'y tiens plus mon oncle!... J'y tiens plus!... J'ai l'âge mon oncle!... Je veux partir!... J'irai demain mon oncle!... Tu veux bien?...

— Pas demain mon pote! Pas demain! Tout de suite! Tiens! Tout de suite! Il s'énervait... Ah! ce que t'es têtu quand même! Mais tu vas attendre une quinzaine! Et puis même un mois! Deux semaines pour me faire plaisir! On verra... d'ailleurs ils voudraient jamais de toi, tel quel!... Ça je peux te le jurer à l'avance... Tu ferais peur à tous les majors!... Il faut d'abord que tu te rebectes! Ça c'est l'essentiel!... Ils te videraient comme un malpropre!... T'imagines?... Ils prennent pas les soldats squelettes!... Il faut que tu te rempiffes en kilos!... Dix au moins! t'entends?... Ça je t'assure!... Dix pour commencer!... Autrement! Barca!... Tu veux aller à la guerre?... Ah! mais! Ah! mais! Tu tiendrais comme un fétu!... Qui c'est qui m'a flanqué un zouave qu'est gros comme un souffle... Allons! Allons! à plus tard!... Allez! Chère épingle! rentre-moi

donc ces soupirs!... Ah! ben! Ils auraient de quoi rire!...
Ils s'emmerderaient pas au Conseil de te voir en peau et
en os!... Et au corps de garde?... Ah! ça serait la crise!
Salut soldat Pleurnichon!... T'aimes pas mieux « sapeur »?...
Où ça que tu vas t'engager?... T'en sais rien encore?...
Alors comment que tu te décides?...

Ça m'était bien égal en fait...

— Je sais pas mon oncle!...

— Tu sais rien!... Tu sais jamais rien!...

— Je t'aime bien mon oncle, tu sais!... Mais je peux
plus rester!... Je peux plus!... T'es bien bon toi, avec moi!...
Je mérite pas mon oncle! Je mérite pas!...

— Pourquoi ça que tu mérites pas?... dis petit con?...

— Je sais pas mon oncle!... Je te fais du chagrin aussi!...
Je veux partir mon oncle!... Je veux aller m'engager demain.

— Ah! ben alors c'est entendu!... J'accepte! Ça va!
C'est conclu! Mais ça nous dit toujours pas quel régiment
que t'as choisi?... Ah! mais c'est que t'as juste le temps!...
Il se moquait de moi dans la combine...

— Tu veux pas aller dans la « griffe »?... T'es pas pour
la « Reine des Batailles »?... Non?... Je vois ça!... Tu veux
rien porter!... Les trente-deux kilos?... Tu voudrais mon
fiote! tu voudrais qu'on te porte! Dissimulez-vous Nom
de Dieu!... T'en pinces pas?... Sous le fumier là qu'est à
gauche!... Au défilé! Un! deux! un! deux!... T'en veux pas
des belles manœuvres?... Ah! Ah! mon lascar!... Utilisez
donc votre terrain!... Tu dois être calé dedans?... T'en as
assez vu des terrains?... Tu sais maintenant comment c'est
fait?... Les poireaux? la cafouine autour?... Hein?... Mais
t'aimais mieux les étoiles!... Ah! Tu changes d'avis?...
T'es pas long!... Astronome alors?... Astronome!... T'iras
au « 1ᵉʳ Télescope »! Régiment de la Lune!... Non? Tu
veux rien de ce que je te présente?... T'es pas facile à contenter! Je vois que t'aimes mieux la « griffe » quand même!...
T'es-t'y bon marcheur?... T'en auras des cloques mon
jésus!... « Les godillots sont lourds dans le sac! les godillots!... » T'aimes mieux des furoncles aux fesses?... Alors
bon! dans la cavalerie!... En fourrageur! Nom de Dieu!...
Dans les petits matafs ça te dit rien?...

Y a de la goutte à boire là-haut!
Y a de la goutte à boire!...

Il faisait le clairon avec sa bouche : « Ta ra ta ta ta!
Ta ta ta!... »

— Ah! Pas ça mon oncle!... Pas ça!... Il me rappelait
l'autre numéro.

— Comme t'es sensible, ma pauvre bouille!... Comment
que tu feras bien dans la vache bataille?... Attends!... T'as
pas tout réfléchi?... Reste là! T'as encore cinq minutes!...
Reste avec moi encore un peu... Une affaire de deux,
trois semaines!... Le temps que ça se dessine!... Tiens
mettons un mois!...

— Non mon oncle!... J'aime mieux tout de suite...

— Ah! ben toi! t'es comme ta mère!... Quand t'as une
musique dans le cassis, tu l'as pas ailleurs!... Ah! Je sais
plus quoi te dire... Tu voudrais pas être cuirassier?... Gras
à lard comme te voilà, tu ferais pas mal sur un cheval!
Ils te verraient plus dans ta cuirasse!... Tu serais fantôme
au régiment!... Tu risquerais plus un coup de pique!...
Ça c'est une affaire!... Ah! C'est la merveilleuse idée!
Mais là encore faut que t'engraisses!... même comme fantôme t'as pas assez!... Ma pauvre andouille, il te manque
au moins dix kilos!... Et je suis pas exagéré!... Toujours
dix kilos!... T'aimes mieux cette combinaison-là?...

— Oui mon oncle!...

— Je te vois d'ici moi, à la charge!... Moi je voyais rien
du tout!...

— Oui mon oncle!... Oui, je veux bien attendre...

— Les « Gros frères »! Ferdinand!... « Gros frère!... »
L'ami des nourrices! Le soutien de la « fantabosse »! La
terreur des artilleries!... On aura de tout dans la famille!...
T'iras pas dans la marine... T'as déjà comme ça le mal de
mer!... Alors tu comprends?... Et ton père qu'a fait cinq
années? Qu'est-ce qu'il va nous dire?... Lui, c'était dans
les batteries lourdes!... On aura de tout dans la famille!...
Toute l'armée mon pote!... Le 14 juillet chez soi!... Hein?..
Taratata! Ta ta ta!...

Toujours pour me dérider, il a cherché son képi, il était au-dessus de la cheminée, à droite près de la glace... Je le vois encore son pompon, un petit poussin jaune... Il se l'est posé en bataille...

— Voilà Ferdinand! Toute l'armée!... C'était joyeux comme conclusion.

— Ah! va donc! qu'il s'est ravisé... Tout ça c'est du flan!... T'as pas fini de changer d'avis!... Elle est pas encore dans le sac ta feuille... ton matricule? mon pote? Va mon petit tringlot!... T'as bien le temps!... Il a soupiré... C'est jamais la place qui manque pour faire des conneries!... Actuellement t'es bouleversé... Ça se comprend un peu... T'as chialé comme une Madeleine... Tu dois avoir beaucoup soif!... Non?... Tu veux pas un coup de ginglard?... J'ai un calvados extra!... Je te mettrais du sucre avec... T'en veux pas?... T'aimes mieux un coup de rouge tout simple, du rouquin maison? Tu veux que je te le fasse chauffer?... Tu veux pas une camomille?... Tu veux pas un coup d'anisette?... T'aimes mieux un coup de polochon? Je vois tout ce que c'est!... Du roupillon pour commencer!... C'est la sagesse même!... C'est moi qui déconne tu vois... Ton besoin, c'est dix heures d'afile... Allez ouste!... mon cher neveu!... Assez bavoché comme ça! Sortons la litière du Jésus!... Ah! le pauvre vieux miron- ton!... Il a eu bien trop de misères! Ça te réussit pas la campagne! Ça mon fiote je l'aurais juré... Reste donc toujours avec moi!...

— Je voudrais bien mon oncle... Je voudrais bien!... Mais c'est pas possible, je te jure!... Plus tard mon oncle!... Plus tard? tu veux pas?... Je ferais rien de bon mon oncle, tout de suite... Je pourrais plus!... Dis mon oncle, tu veux bien que je parte?... Dis que tu demanderas à papa?... Je suis sûr qu'il voudra bien lui!...

— Mais non! Mais non!... Moi je ne veux pas... Ça le mettait en boule... Ah! Ce que t'es têtu quand même!... Ah! Ce que tu peux être obstiné!... absolument comme Clémence!... Ma parole! Tu tiens de famille!... Mais tu te ravages à plaisir!... Mais le régiment mon petit pote!... mais c'est pas comme tu t'imagines!... C'est plus dur encore

qu'un boulot!... Tu peux pas te rendre compte... Surtout
à ton âge!... Les autres, ils ont vingt et une piges! c'est
déjà un avantage. T'aurais pas la force de tenir... On
te ramasserait à la cuiller...

— Je sais pas mon oncle, mais ça vaudrait mieux que
j'essaye!...

— Ah! Du coup, c'est de la manie!... Allez! Allez! On
va se pieuter! Maintenant tu dis plus que des sottises,
demain nous en reparlerons... Moi je crois surtout que
t'es à bout... C'est une idée comme une fièvre. Tu bafouilles
et puis c'est marre... Ah! Ils t'ont fadé comme coup de
serpe... Ah! il était grand temps que tu rentres!... Ah!
Ils t'ont bien arrangé!... Ils t'ont soigné les agricoles!...
Ah! c'est le bouquet!... Maintenant tu déconnes! Eh bien
mon colon!... Ah! moi alors, je vais te restaurer... Et tu
vas me cacher quelque chose!... Ça je peux déjà maintenant te prévenir!... Tous les jours des farineux!... du
beurre! et de la carne! et de première!... pas des petites
côtelettes je t'assure!... Et du chocolat chaque matin!...
Et puis l'huile de foie de morue à la bonne timbale! Ah!
Mais moi je sais ce qu'il faut faire!... C'est fini les cropinettes! et les sauces de courant d'air!... Mais oui mon
petit ours!... C'est terminé la claquette!... Allons ouste!
au plume à présent!... Tout ça c'est des balivernes!... T'es
simplement impressionné!... Voilà moi, ce que je trouve...
T'es retourné de fond en comble!... A ton âge, on se rem-
piffe d'autor!... Il suffit de plus y penser!... Penser à autre
chose!... Et de bouffer comme quatre!... comme trente-
six!... Dans huit jours ça paraîtra plus! C'est garanti
Banque de France! Et Potard Potin!

On a sorti le pageot de l'armoire... Le lit-cage qui grin-
çait de partout... Il était devenu minuscule... Quand j'ai
essayé de m'allonger je m'emmêlais dans les barreaux.
J'ai mieux aimé le matelas par terre... Il m'en a mis un
deuxième... un matelas à lui... Je tremblais encore comme
une feuille... Il m'a redonné des couvertures... Je continuais la grelotte... Il m'a complètement recouvert, enseveli
sous un tas de manteaux... Toutes ses peaux d'ours je les
avais dessus... Y avait un choix dans l'armoire!... Je fris-

sonnais quand même... Je regardais les murs de la piaule...
Ils avaient aussi rapetissé!... C'était dans la pièce du milieu,
celle de l'Angélus...

— Je peux pas t'en fourrer davantage! Hein?... Dis
mon vieux crocodile? Je peux pas quand même t'étouffer?...
Tu vois pas ça?... que je te retrouve plus?... Ah ben! ça
serait du guignolet! du propre!... du mimi! Ah ben! ça
me ferait un beau trouffion!... Estourbi sous les couvertures!... Tu parles alors d'une chanson!... Eh ben! Je serais
frais moi dans le coup!... Ah ils m'arrangeraient au
Passage!... Oh ben oui! Le cher enfant!... Le trésor! Je
serais coquet pour m'expliquer!... Péri dans son jus le
monstre! Pfouac! Absolument! Oh! là! là! Quelle mani-
gance!... Mon empereur n'en jetez plus!... La cour est
pleine!... Je me saccadais pour rire en chœur... Il est allé
vers sa chambre... Il me prévenait encore de loin...

— Dis donc je laisse ma porte ouverte!... Si t'as besoin
de quelque chose aie pas peur d'appeler!... C'est pas une
honte d'être malade... J'arriverai immédiatement!... Si
t'as encore la colique tu sais où sont les cabinets?... C'est
le petit couloir qu'est à gauche!... Te trompe pas pour
l'escalier!... Y a la « Pigeon » sur la console... T'auras
pas besoin de la souffler... Et puis si t'as envie de vomir...
t'aimes pas mieux un vase de nuit?...

— Oh! non mon oncle... J'irai là-bas...

— Bon! Mais alors si tu te lèves passe-toi tout de suite
un pardessus! Tape dans le tas! n'importe lequel... Dans
le couloir t'attraperais la crève... C'est pas les pardessus
qui manquent!...

— Non mon oncle.

COLLECTION FOLIO

1013. Georges Simenon — *Le blanc à lunettes.*
1014. H. G. Wells — *L'histoire de M. Polly.*
1015. Jules Verne — *Vingt mille lieues sous les mers.*
1016. Michel Déon — *Tout l'amour du monde.*
1017. Chateaubriand — *Atala, René, Les Aventures du dernier Abencerage.*
1018. Georges Simenon — *Faubourg.*
1019. Marcel Aymé — *Maison basse.*
1020. Alejo Carpentier — *Concert baroque.*
1021. Alain Jouffroy — *Un rêve plus long que la nuit.*
1022. Simone de Beauvoir — *Tout compte fait.*
1023. Yukio Mishima — *Le tumulte des flots.*
1024. Honoré de Balzac — *La Vieille Fille.*
1025. Jacques Lanzmann — *Mémoire d'un amnésique.*
1026. Musset — *Lorenzaccio précédé de André del Sarto.*
1027. Dino Buzzati — *L'écroulement de la Baliverna.*
1028. Félicien Marceau — *Le corps de mon ennemi.*
1029. Roald Dahl — *Kiss Kiss.*
1030. Hubert Monteilhet — *Sophie ou les galanteries exemplaires.*
1031. Georges Simenon — *Ceux de la soif.*
1032. Jean Anouilh — *Le directeur de l'Opéra.*
1033. Patrick Modiano — *Les boulevards de ceinture.*
1034. Jean d'Ormesson — *Un amour pour rien.*
1035. Georges Simenon — *Le coup de vague.*
1036. Guy de Maupassant — *Miss Harriet.*
1037. Karen Blixen — *La ferme africaine.*
1038. M. Balka — *La nuit.*
1039. Violette Leduc — *Trésors à prendre.*
1040. Edgar Poe — *Histoires grotesques et sérieuses.*
1041. Marguerite Yourcenar — *Alexis ou le Traité du Vain Combat suivi de Le Coup de Grâce.*
1042. Pierre Drieu la Rochelle — *Mémoires de Dirk Raspe.*
1043. Milan Kundera — *La valse aux adieux.*
1044. André Gide — *Le retour de l'enfant prodigue.*

*Cet ouvrage
a été achevé d'imprimer par
l'imprimerie Bussière à Saint-Amand (Cher)
le 18 février 1982.
Dépôt légal : février 1982.
1er dépôt légal dans la collection : juillet 1976.
Imprimé en France (618).*